Zu diesem Buch

Cadence Roth, Hollywood-Schauspielerin, Sängerin und im Guinness-Buch der Rekorde verzeichnet als «kleinster aus eigener Kraft und mit eigenen Mitteln beweglicher Mensch», empfindet ihre erste große Rolle – sie spielt den niedlichen kleinen Waldgnom Mr. Woods in dem gleichnamigen, rasend erfolgreichen Film – als tiefe Enttäuschung, da das Publikum ihr wahres Gesicht, das sich hinter der stickigen Gummihaut verbirgt, nie zu sehen bekommt. Später wird sie mit ihrer Bitte nach interessanten Rollen von den Großen der Branche so lange hingehalten, daß ihr nichts anderes übrigbleibt, als mit einem kleinen Tingeltangel-Unternehmen bei den Kindergeburtstagen reicher Vorstädter aufzutreten. Als dann ein Mann in ihr Leben tritt, der sie einen Augenblick lang glauben und hoffen läßt, alles könne doch noch anders werden, stürzt sie sich in ein Abenteuer, das so riskant geplant ist, daß es eigentlich gutgehen muß.

Armistead Maupin, geboren 1944 in Washington, studierte Englisch an der University of North Carolina und arbeitete als Reporter und für eine Nachrichtenagentur. Er schrieb für Andy Warhols Zeitschrift *Interview*, die *New York Times* und die *Los Angeles Times*. Seine Geschichten aus San Francisco, die berühmten «Tales of the City», schrieb er mehrere Jahre lang für den *San Francisco Chronicle*. Die «schrägen Stories» (*Der Spiegel*) liegen in sechs Bänden in der Reihe der rororo-Taschenbücher vor: «Stadtgeschichten» (Nr. 13441), «Mehr Stadtgeschichten» (Nr. 13442), «Noch mehr Stadtgeschichten» (Nr. 13443), «Tollivers Reisen» (Nr. 13444), «Am Busen der Natur» (Nr. 13445), «Schluß mit lustig» (Nr. 13446). Armistead Maupin lebt in San Francisco.

Armistead Maupin

Die Kleine
Roman

Deutsch von Carl Weissner

Rowohlt

Veröffentlicht im Rowohlt Taschenbuch Verlag GmbH,
Reinbek bei Hamburg, Juni 1996
Titel der Originalausgabe «Maybe the Moon»
Erstmals erschienen 1992 bei HarperCollins, New York
Copyright © 1992 by Armistead Maupin
Für die deutsche Ausgabe Copyright © 1994 by
Rogner & Bernhard GmbH & Co. Verlags KG, Hamburg
Umschlaggestaltung Walter Hellmann
(Illustration: Cathrin Günther)
Satz Bembo und Frutiger (Linotronic 500)
Gesamtherstellung Clausen & Bosse, Leck
Printed in Germany
1490-ISBN 3 499 13657 0

**Für Tamara De Treaux
1959 – 1990**

Tamara, melde dich

Mr. Woods (1981) C–112 m.**
R: Philip Blenheim. Mary Lafferty,
Roger Winninger, Callum Duff,
Maria Koslek, Ray Crawford. Ein
scheuer Elfjähriger (Duff) entdeckt
im Wald hinter seinem Elternhaus
am Stadtrand einen Kobold. Eine
warmherzige, denkwürdige Fabel
von nahezu universellem Reiz über
das Wesen des Andersseins.
Drehbuch von Dianne Hartwig.
Jeremy Lauter wurde für seine be-
rückende Ausstattung mit den
zauberhaftesten Bäumen seit
THE WIZARD OF OZ mit
einem Oscar ausgezeichnet.

> Leonard Maltin's TV Movies
> and Video Guide
> Ausgabe 1992

**Das Notizbuch
mit Spiralbindung**

1

Das Tagebuch war Renees Idee. Sie hat dieses Notizbuch letzte Woche bei Walgreens entdeckt und prompt entschieden, daß es für mich Zeit wäre, einiges aufzuschreiben. Damit ihr's genau wißt, es ist ein Mr.-Woods-Notizbuch mit Spiralbindung und einem grünen Pappdeckel, auf dem der kleine Bastard sehnsüchtig aus seinem Loch im Baumstamm linst. Renee hat darin ein bedeutsames Omen gesehen. Am Abend hat sie mir das Ding beim Essen so feierlich und zeremoniös überreicht, daß ich mir vorkam wie Moses auf dem Berg Sinai. Seitdem wirft sie mir, so wahr mir Gott helfe, andauernd verstohlene Seitenblicke zu, beobachtet mich auf Schritt und Tritt und wartet gespannt darauf, daß mich die Muse küßt.

Um das Jammern und Klagen auf ein Minimum zu beschränken, sollte ich wahrscheinlich erst anfangen, wenn meine Tage vorbei sind, aber Renee meint, grade jetzt wäre die richtige Zeit zum Schreiben. So ein Tagebuch-Experte, den sie in der Oprah-Winfrey-Show gesehen hat, hätte gesagt, daß die wichtigen Sachen immer passieren, wenn man sich total beschissen fühlt; man würde es nur erst hinterher merken. Ich habe da ernste Zweifel, aber wenn ihr euch auf das Risiko einlassen wollt, soll's mir recht sein.

Im Augenblick tut Renee, als würde sie sich ganz auf *America's Most Wanted* konzentrieren. Obwohl sie am anderen Ende des Zimmers ist und sich wie ein überdimensionales Himalaja-Kätzchen in die Sofaecke kuschelt, kann ich beinahe ihren Atem im Nacken spüren, während ich dies schreibe. Der Erwartungsdruck ist enorm, aber da es ihr so viel zu bedeuten scheint, werde ich versuchen, mich irgendwie aus der Affäre zu ziehen.

Wer weiß, vielleicht hat sie ja recht. Vielleicht bietet mein Leben Stoff für einen Film. Vielleicht entdeckt eines Tages ein genialer junger Drehbuchautor oder Regisseur diese Seiten und sieht den perfekten kleinen Film vor sich, den er oder sie immer schon machen wollte. Und wenn das passiert – wer könnte mich wohl spielen, wenn nicht ich selbst? (Nachdem ich ein paar Pfund abgenommen und mir Jacketkronen zugelegt habe, versteht sich.) Dann würde Cadence Roth zu dem erlauchten Kreis von Sophia Loren, Ann Jillian, Shirley Mac-Laine und einer Handvoll weiterer Actricen gehören, denen die Ehre zuteil wurde, sich selbst spielen zu dürfen. Und wegen der «besonderen Art» des Stoffs würde sich die Academy bei der Oscar-Verleihung ein Bein für mich ausreißen. Ich wäre auch wie geschaffen für Talkshows, und man muß seine Phantasie nicht gerade strapazieren, um sich nach dem Film auch noch eine Comedy-Serie im Fernsehen vorzustellen.

Daß Renee mich so drängt, hat natürlich einen guten Grund: Sie weiß, daß sie Teil der Story sein wird. Gestern beim Wäschesortieren hat sie mir allen Ernstes gesagt, sie würde sich am liebsten von Melanie Griffith spielen lassen. Das ist nicht so abwegig, wie man vielleicht denken könnte. Renee ist ein bißchen kräftiger als Melanie, und ihr Gesicht ist nicht so zart, aber der Gesamteindruck von weicher, rosiger Baby-Niedlichkeit ist ganz derselbe. (Wenn du das liest, Renee, laß es dir eine Lehre sein und hör auf zu spicken.) Fest steht, daß wir uns die sinnliche Blondine für die zweite Hauptrolle aussuchen könnten, wenn wir das richtige Drehbuch und den richtigen Regisseur anschleppen. Ich weiß, hinter diesem Wenn steht ein dickes Fragezeichen, aber es schadet nie, ein oder zwei Wunschträume zu haben.

Den Zaster könnten wir wirklich gebrauchen. Meinen letzten Job hatte ich im November, vor vier ganzen Monaten, in einem halbstündigen Infomercial, wo ich – sag, daß es nicht stimmt, Cady – eine Dose Anticellulitis-Creme spien mußte. Bis jetzt hab ich das Epos noch nicht auf dem Bildschirm gesehen. Wahrscheinlich ist das Bundesgesundheitsamt dem halbseidenen Typ aus Oxnard, der das Ding finanziert hat, auf die Schliche gekommen und hat ihm eine einstweilige Verfügung reingewürgt. Auch gut. Die arme Renee, die letzte der wahren Gläubigen, hat sich mit der Schmiere drei Wochen lang die Schenkel eingerieben, und der ganze Lohn für ihre Mühe war ein fieser Ausschlag.

Renee, das muß ich noch sagen, bringt von ihrem Job im Fabric Barn eine Handvoll Dollar nach Hause, und das sichert im Moment unsere Versorgung mit Cornflakes. Zum Glück muß ich keine Miete zahlen und nicht mal eine Hypothek abstottern, weil ich das Haus hier vor zehn Jahren mit der mickrigen Gage für meine Rolle in *Mr. Woods* auf einen Streich gekauft habe. Trotzdem spüren wir die Rezession und sind ständig klamm. Der Pleitegeier sitzt noch nicht auf dem Dach, aber er flattert schon in der Nachbarschaft rum. Vorbei die Tage, als Renee und ich uns noch Pediküre und Porenreinigung im Hair Apparent geleistet haben und anschließend in Hollywood schick ausgegangen sind.

Ehrlich gesagt, ich fühle mich allmählich ein bißchen eingesperrt. Da ich nicht Auto fahre, bin ich ziemlich ans Haus gebunden, wenn Renee auf Arbeit ist; es sei denn, daß jemand auf der Fahrt nach weiß-ich-wohin mal vorbeischaut. Das ist das Problem mit dem Valley – es ist so weit weg von allem. Ich bin mit knapp zwanzig hier rausgezogen, hauptsächlich wegen meiner Mutter, die es sich in ihren jüdischen Dickkopf gesetzt hatte, daß wir in Studio City viel sicherer wären als, sagen wir mal, in West Hollywood, wo es mir besser gefallen hätte. Wir haben hier sieben Jahre zusammen gewohnt, Mom und ich, bis zu dem Tag, als sie auf dem Parkplatz vom Pack 'n Safe einen Herzschlag gekriegt hat.

Renee hab ich kennengelernt, als ich im Fabric Barn eine Leopardenfell-Imitation kaufen wollte. (Ich nähe mir meine Kleider selbst und kenne deshalb so ziemlich jedes Geschäft zwischen hier und West L. A.) Sie war mir sofort sympathisch, weil sie die einzige Verkäuferin war, die bei meinem Anblick nicht aus den Latschen kippte. Sie war so was von hilfsbereit und nett, und beim Zuschneiden des Stoffs erzählte sie mir einen «dreckigen Witz», der allenfalls dreckig wäre, wenn man zwölf Jahre alt ist und in Salt Lake City wohnt. Als ich ihr das mit dem Leopardenfell erklärte, und daß Mom und ich uns in die Premiere von *Out of Africa* reinschummeln wollten, wurde sie so aufgeregt, daß man hätte meinen können, sie bedient Meryl Streep persönlich.

«Aach», sagte sie, «das klingt ja so glamourös.»

Ich erinnerte sie daran, daß wir keine Einladungen hatten, und daß die Masche mit dem Dschungelkostüm noch lang keine Erfolgsgarantie war.

«Trotzdem», meinte sie, «Sie werden dabei sein. Vielleicht lernen Sie sogar Robert Redford kennen!»

Ich verkniff es mir, ihr zu sagen, daß ich Mr. Redford schon kennengelernt und langweilig gefunden hatte, als Mom bei den Dreharbeiten zu *Der elektrische Reiter* als Statistin engagiert war. Um ganz ehrlich zu sein, ich wollte Renee menschlich sympathisch sein und nicht als jemand, der berühmte Leute kennt. «Eigentlich mach ich es eher aus Reklamegründen», sagte ich. «Ich bin selber Schauspielerin.»

«Ach ja? Hab ich Sie in irgendwas gesehen?»

Mein Gesicht verriet keine Regung, als ich mit dem Knaller rausrückte. «Haben Sie *Mr. Woods* gesehen?»

Ihr großer weicher Mund wurde vor Entgeisterung ganz

schlaff. «Soll das ein Witz sein? Das ist mein Lieblingsfilm! Mit dreizehn war ich viermal drin!»

Ich zuckte mit den Schultern. «Das war ich.»

«Wo? Als was?»

«Na, kommen Sie.» Ich lachte in mich hinein und zog die Augenbrauen hoch. «Wie viele Rollen hatten sie wohl für jemand von meiner Größe?»

Die Ärmste wurde knallrot. «Sie meinen...? Na ja, klar, aber ich hab immer gedacht, das war... war das nicht so 'n mechanisches Dingens?»

«Nicht die ganze Zeit. Manchmal war's eine Kluft aus Gummi.» Ein Schulterzucken. «Da war ich drin.»

«Ehrenwort?»

«Erinnern Sie sich an die Szene, wo Mr. Woods die Kinder zu seinem Versteck am Bach führt?»

«Ja.»

«Das war ich.»

Renee legte ihre Schere weg und sah mir in die Augen. «*Wirklich?*»

Ich nickte. «Und geschwitzt hab ich wie ne Sau.»

Sie kicherte.

«Außerdem war ich noch in der Szene am Schluß, wo sie ihn zum Abschied umarmen.»

Der Blick ihrer großen, schokoladebraunen Augen umflorte sich. Sie lehnte sich einen Moment an die Wand, stieß einen wohligen Seufzer aus und legte die Hände über Kreuz auf ihren fülligen Busen. Irgendwie erinnerte sie mich an eine Grabfigur aus dem Mittelalter. «Den Teil liebe ich über alles.»

«Freut mich ja so», sagte ich, und es war ehrlich gemeint, auch wenn ich mich wahrscheinlich anhörte wie Joan Crawford, die sich für ihren Müllmann eine nette Bemerkung abringt. Ich hör das schon so lange, daß mir meine Antworten langsam ausgeleiert vorkommen.

Doch Renee schien nichts aufzufallen. Sie hing ihren Erinnerungen an den Kobold nach und schaute verträumt in die Ferne. «Und am nächsten Tag, als Jimmy die Eichel in seiner Lunchbox findet. Ach, war das *traurig*. Ich hab den ganzen Nachmittag bloß in der Einkaufspassage gehockt und geflennt.» Nach einer melancholischen Pause wandte sie mir ihren Blick wieder zu. «Ich hab mir sogar die Puppe gekauft. Eine von den lebensgroßen. Ich hab sie immer noch. Das ist ja nicht zu fassen.»

«Sind die Augen rausgefallen?»

«Wie bitte?»

«Bei der Puppe», ergänzte ich. «Ich hab gehört, die Augen halten nicht.»

Sie schüttelte den Kopf und machte ein bekümmertes und leicht gekränktes Gesicht wie eine Mutter, die man grade gefragt hat, ob ihr an ihrem Kind keine Mangelerscheinungen auffallen. «Nein», sagte sie, «mit den Augen ist nichts.»

«Gut.»

«Schwören Sie total, daß Sie's sind?»

Ich hielt die Hand hoch. «Ich schwör's total.»

«Ist ja nicht zu fassen.»

Als ich ging, begleitete mich Renee zum Ausgang. Bei dem Versuch, sich meiner Gangart anzupassen, stellte sie sich ein bißchen linkisch an, aber es war klar, daß sie es aufregend fand, mit mir gesehen zu werden. Ich spürte, wie uns die Blicke der anderen Angestellten folgten, während wir zwischen den hochkant stehenden Ballen Seide und Satin durchgingen. Ich wußte, Renee würde anschließend von mir erzählen, und das freute mich für sie. Die gaffenden Idioten würden feststellen, daß ihre nette Art doch mal für etwas gut gewesen war; daß sie es war, die zuletzt lachte; und daß sie nicht das blonde Dummchen war, für das man sie wahrscheinlich hielt.

Ich wurde Stammkundin im Fabric Barn. Da ich für ein Kleid nicht mehr als einen Meter Stoff brauche, hat mir Renee immer Reste aufgehoben, von denen sie dachte, daß sie mir gefallen würden: dicken schwarzen Samt, pfauenfarbenen Satin oder mit Flamingos bedruckten Pyjama-Flanell in Pink. Sie verwahrte diese Fundstücke in einer Schachtel unter dem Ladentisch, und wenn ich ins Geschäft kam, stiefelten wir ins Lager und freuten uns wie Seeräuber mit einer frisch erbeuteten Kiste Dublonen. Während ich mich mit den Stoffen drapierte und für meinen neuen alten Fan schamlos den Clown spielte, saß Renee auf einer Transportkiste und erzählte mir lange, komplizierte Geschichten von ihrem Ham.

Ham war der Typ, mit dem sie zusammenlebte, ein fescher rothaariger Fernsehtechniker, dessen Konterfei auf dem baseballgroßen Foto-Button an ihrer Handtasche prangte. Sein richtiger Name war Arden Hamilton, was sie echt klasse fand, aber für seine Freunde hieß er einfach Ham. Soviel ich feststellen konnte, verbrachte er die meiste Zeit im Sattel einer Motocross-Maschine, aber Renee war völlig vernarrt in ihn. An Arbeitsbeginn machte sie ihm jeden Morgen ein Freßpaket, und – was ich noch erstaunlicher fand – es war ihr egal, wer davon wußte.

Nach Moms Tod war ich am Boden zerstört. Nicht nur hatte ich meine Managerin und beste Freundin verloren, sondern meine gefürchtete Tante Edie, Moms hoffnungslos zickige Schwester, reiste aus der Wüste an und wollte sich «um alles kümmern». Dazu gehörte auch, daß sie mich postwendend nach Baker, Kalifornien verfrachten wollte – den Ort meiner trübseligsten Kindheitserinnerungen. Ich bräuchte einen, der für mich sorgt, meinte sie, und hinter ihrem Haus hätte sie einen richtig schicken Airstream-Wohnwagen stehen, der bloß vor sich hingammelte. Warum ich denn nicht diese runtergekommene kleine Bruchbude verkaufte und in meinen Geburtsort zurückkehren wollte, wo mich alle noch kannten und was von mir hielten?

Dummerweise hatte ich kein einziges gutes Argument dagegen. Ich brauchte tatsächlich einen, der für mich sorgte, obwohl ich es weiß Gott nicht so ausgedrückt hätte. Ohne jemanden, der mich fuhr und im Haushalt die Sachen erledigte, an die ich nicht rankam, hätte ich im Nu zwischen lauter leeren Lean-Cuisine-Schachteln festgesessen. Außerdem hatte damals keiner meiner Bekannten den geringsten Bedarf an einem Hausgenossen. Jeff, mein bester Freund, der am ehesten in Frage gekommen wäre, war strenggenommen nicht mehr alleinstehend, seit er sich vor einigen Jahren in einen Gärtner aus Silver Lake verliebt hatte. Die anderen waren entweder offiziell verheiratet oder überzeugte Singles, oder sie stotterten bereits ein Eigenheim ab.

All das ging mir durch den Kopf, als mich Tante Edie zwei Tage nach Moms Tod vor dem Fabric Barn absetzte. Natürlich war ich nicht grade in der Stimmung für einen Einkaufsbummel, aber für die Beerdigung brauchte ich was Dunkles und Properes, und das einzige, was mein Kleiderschrank zu bieten hatte, war ein schwarzes Cocktailkleid mit Pailletten. Als ich Renee sagte, was ich wollte und worum es ging, führte sie mich mit steinern würdevoller Miene ins Lager, wo sie in Tränen ausbrach, auf die Knie fiel und die Arme um mich schlang. Ich wollte sie keinesfalls vor den Kopf stoßen, aber ich mußte einigermaßen die Beherrschung wahren. Ich wußte, wenn ich anfing zu flennen, würde ich nicht mehr aufhören können.

«Es geht schon», sagte ich gleichmütig und tätschelte ihr die Schulter.

Sie ließ mich los, blieb aber trotz des kalten Zementbodens auf den Knien und wischte sich mit dem Handrücken das zerlaufene Augen-Make-up von den Backen. Eigentlich hatte ich mit meinem Kummer schon genug zu tun, aber ich weiß noch, daß ich dachte: Sie sieht aus wie eine Figur aus einem Fellini-Film, wie ein hinreißend lockeres Mädchen, das vor dem Altar kniet und der Muttergottes ihr sündiges Herz ausschüttet.

Ehrlich gesagt, ihr theatralischer Gefühlsausbruch verblüffte mich. Ich hatte kaum ein halbes Dutzend Mal im Fabric Barn eingekauft, und mein Verhältnis zu Renee war freundschaftlich, aber geschäftsmäßig geblieben. Jetzt fragte ich mich zum erstenmal, was sie wohl in mir sah. Eine geschätzte Kundin, der grade die Mutter weggestorben war – oder etwa eine tragische Kuriosität, eine verwaiste groteske Figur? In ihr einen Fan zu haben, war eine Sache. Etwas anderes war es, von ihr bemitleidet zu werden.

«Was machst du jetzt?» fragte sie.

«Ich seh zu, daß ich damit fertig werde.»

Der Ton, in dem mir das rausrutschte, klang gereizt. Ich milderte seine Wirkung mit einem Lächeln, aber das schien nichts zu nützen, denn sie machte ein völlig verzagtes Gesicht. Seufzend sank sie nach hinten auf ihre strammen Waden. «Entschuldige bitte», sagte sie. «Ich weiß, es geht mich eigentlich nichts an.»

Ich sagte ihr so nett wie möglich, daß ich für ihre Anteilnahme dankbar war.

Sie wischte sich wieder die Tränen ab. «Ich wollte dir nichts vorheulen.»

«Schon gut.»

«Hast du damit gerechnet?»

Nach ein paar Sekunden ging mir auf, daß sie Moms Tod meinte. Ich sagte, Herzkrankheiten lägen bei uns in der Familie.

«Aber, ich meine... du hast nicht gedacht...?»

«Nein. Das nicht.»

Renee schüttelte langsam den Kopf. Dann sagte sie: «Hast du was dagegen, wenn ich mich hinsetze?»

«Nein, warum denn?»

Sie sah mich mit einem schiefen, tränenfeuchten Lächeln an.

«Ich war mir nicht sicher, was Leute so machen.»

«Sie verrenken sich.»

Sie lachte. «Jede Wette.»

«Also», sagte ich, um zum Thema zu kommen, «meinst du, ihr habt einen netten Crêpe de Chine?»

«Ach so... ja.» Sie wirkte abwesend, als wäre sie in Gedanken woanders.

«Was ist?»

«Nichts.»

«Komm schon... raus damit.»

«Es kommt mir jetzt so blöd vor.»

«Renee. Sag schon.»

«Es ist aus», sagte sie mit einem herzzerreißend hilflosen, kleinen Schulterzucken. «Das ist alles.»

«Was ist aus?»

«Das mit mir und Ham. Er sagt, ich muß gehn.»

Sie durchnäßte mich erneut mit ihren Tränen und schluchzte so heftig, daß sie keinen zusammenhängenden Satz mehr herausbrachte. Jetzt dämmerte mir, warum sie sich meiner Trauer so prompt angeschlossen hatte – und wer von uns zweien wirklich verwaist war.

Ich will erst gar nicht versuchen, es spannend zu machen, denn ihr wißt ja schon, was dann kam. Eine Woche danach – im Juni werden es drei Jahre – zog Renee mit siebzehn Paar Stöckelschuhen, ihren christlichen Gymnastik-Tapes und der erwähnten Mr.-Woods-Puppe bei mir ein. (Während ich dies schreibe, schielt das kleine Gummischeusal aus seiner Nische im Stereoschrank zu mir herunter.) Übrigens war es Renee, die darauf bestanden hat, daß wir zusammenziehen, obwohl ich ihr von Anfang an gesagt habe, daß ich ernste Bedenken hätte. Schließlich kannten wir uns kaum, und daß sie mich so anhimmelte, hätte ihr den Blick für die praktischen Realitäten des Zusammenlebens mit jemandem wie mir trüben können. Auf jeden Fall bin ich keine Mitbewohnerin wie jede andere. Ich glaubte einfach nicht, daß sie es bringen könnte.

Aber da irrte ich mich. Renee schob sich so glatt und lapidar in mein Leben, wie Mom daraus verschwunden war. Tante Edie fand, daß ich mit Renee einen guten Grund zum Hierbleiben hatte: Sie war die «gute Freundin» mit Auto, die liebend gern mit mir zusammenwohnen und sogar Miete zahlen würde. Zur Beerdigung fuhr sie mich nach Baker, wo sie, wie vorauszusehen, während der Traueransprache zur Verwunderung aller anderen eimerweise Tränen vergoß. Bis zur Rückkehr nach Los Angeles waren wir bereits ein eingeschworenes Team. Wie ein alter Hase wartete sie jedesmal, bis ich aus dem Wagen geklettert war, oder sie bat die Kellnerin im Denny's um ein Telefonbuch, das ich mir unterschieben konnte, oder scheuchte die kleinen Kinder und großen Hunde weg, die ich im Freien unweigerlich anlocke. Sie war kein bißchen tütelig und machte es so ungezwungen, als würde sie allen ihren Bekannten so zuvorkommend begegnen.

Und was noch besser war – sie hörte nie auf, mein Fan zu sein. Ihre Begeisterung für meine Karriere schien eher noch zu wachsen, während wir uns in unserer schwesterlichen Traulichkeit einrichteten. Eines Tages zeigte ich ihr meine Eintragung im *Guinness Book of World Records*. Sie war so beeindruckt, daß sie die Seite fotokopierte und in ihrer Handtasche verstaute, damit die Girls im Fabric Barn – oder am

Postschalter oder an der Kasse von Ralph's Supermarkt – sich davon überzeugen konnten, daß sie, Renee Marie Blalock, mit der kleinsten gehfähigen Person der Welt unter einem Dach wohnte.

Ein bißchen komme ich mir wie eine Schwindlerin vor, denn die Guinness-Eintragung, die ich ihr gezeigt habe, ist schon vier Jahre alt. 1985 wurde mir der Weltrekord von einer drei-undsiebzig Zentimeter großen Jugoslawin weggeschnappt, die buchstäblich aus dem Nichts auftauchte. Mom und ich riefen die Guinness-Redaktion in New York an und wollten wissen, ob diese ausländische Konkurrentin überhaupt Beine hat, und sie stellten sich unglaublich blöd an. Demnächst wird Renee einmal zu oft mit mir angeben und bei einem Spielverderber mit einer neueren Ausgabe auf Widerspruch stoßen, und dann habe ich einen echten Erklärungsnotstand.

Inzwischen ist es längst Nacht, und draußen fällt ein satter Frühlingsregen. Das Wasser rauscht von den Markisen run-ter und läßt die Blätter der Bananenstauden vor unserer glä-sernen Schiebetür wie Schellack glänzen. Wir strahlen den Teil des Gartens mit einem rosaroten Spot an, und wenn man ein bißchen die Augen zusammenkneift, könnte man mei-nen, man schaut in ein schummrig beleuchtetes Aquarium. Ich erwarte fast, daß sich ein Schwarm von großen Goldfi-schen oder vielleicht ein riesiger violetter Tintenfisch zu uns hereinschlängelt.

Renee hat den Fernseher ausgeschaltet und studiert jetzt eine alte Ausgabe von *Us*, als würde sie sich auf ein Pop-Quiz vorbereiten. Sie hat mich schon eine ganze Weile nicht mehr bespitzelt, deshalb nehme ich an, daß sie mit mir zufrieden ist oder jedenfalls entschieden hat, daß sie mit gespielter Gleich-gültigkeit am meisten erreicht. Ich liege bäuchlings auf mei-nem Lieblingskissen – meinem «tuffet», wie Renee es beharrlich nennt, obwohl ich ihr schon vor Jahren erklärt habe, daß ein «tuffet» entweder ein kleiner Schemel oder ein Büschel Gras ist. Der Kissenbezug hat ein staubrosa Tapetenmuster mit Einhörnern und einer Maid mit einem hohen spitzen Hut. Es ist kein antikes Stück, aber ich mag es, weil es zu meinen Körpermaßen paßt und weil Mom es mir zum Geburtstag geschenkt hat.

Ich sag euch noch, wie der Rest des Zimmers aussieht, falls ihr es für den Film nachbauen wollt. An der einen Wand steht ein altes Sofa (auf dem grade Renee sitzt), dessen grüner Kordsamtbezug dringend erneuert werden müßte. Wir haben die schlimmsten Risse mit strategisch verteilten Kissen verdeckt, als könnten wir damit Gott weiß wen täuschen. Das Bücherregal daneben ist eins von diesen billigen Rattangestellen, und die beiden unteren Fächer sind für meine Bücher reserviert: Eine Tolkien-Ausgabe im Schuber, ein halbes Dutzend neuere Biografien von Filmstars und ein Mapplethorpe-Bildband, den ich mir nur vornehme, wenn ich mich ernstlich verausgaben möchte.

Die Wände des Wohnzimmers sind in einer Farbe gestrichen, die sich karibische Koralle nennt. Auf dem kleinen Pappstreifen im Farbengeschäft wirkt es warm und gedämpft, aber als große Fläche erinnert es unverkennbar an nuttigen Nagellack. Wir hassen die Farbe und haben uns vorgenommen, das Zimmer neu zu streichen, aber im Moment ist dazu einfach nicht das Geld da. Ich stelle mir was japanisch Elementares vor, aber Renee scheint sich einen Laura-Ashley-Alptraum in den Kopf gesetzt zu haben – eine Chintztapete in Pink und Grün. Da werde ich wohl noch ein ernstes Wort mit ihr reden müssen.

Es gibt drei Lichtquellen im Zimmer – eine Stehlampe aus Messing, ein schwarzer Keramik-Panther mit einem Trodelschirm und ein kleines modernes Plastikding, das unter

dem Fach, in dem Mr. Woods haust, ans Bücherregal ge-
klemmt ist. Den blöden Panther habe ich vor fünf Jahren
spontan in einem Trödelladen an der Melrose Avenue erstanden, und zwar vor allem deshalb, weil mein Freund Jeff, der
mit war, behauptet hat, es handle sich um ein äußerst wert-
volles Stück Fünfziger-Jahre-Kitsch. Andere waren davon
nicht so überzeugt. Mom wollte das Ding gleich beim ersten
Anblick wieder rausschmeißen, und Renee hat auch schon
ein paarmal gemosert. Ich glaube, ich gebe den beiden allmählich recht – das Ding hat wirklich etwas Deprimieren-
des.

Später, im Bett.
Renee ist jetzt in ihrem Zimmer und schäkert am Telefon mit
ihrer neuesten Eroberung herum, einem Typ namens Royal,
den sie letzte Woche im Sizzler kennengelernt hat. Sie hat ihn
noch nicht mitgebracht, aber ich kann ihn mir schon ganz gut
vorstellen: schludrige schwarze Klamotten, eine jodfarbene
Bräune und lange Haare, die er straff nach hinten kämmt und
zu einem kleinen ausgefransten Pferdeschwanz bindet. Renee
sagt, er ist Scientologe und braut sein eigenes Bier, und bei-
des scheint sie ungeheuer zu beeindrucken. Manchmal weiß
ich wirklich nicht, was ich von ihr halten soll.
Vorhin ist sie zu mir reingekommen und hat mir gesagt,
daß der Scheck geplatzt ist, den ich meinem Zahnarzt
Dr. Baughman für eine drei Monate zurückliegende Behand-
lung ausgestellt hatte. Als ich ihr sagte, ich hätte das Telefon
nicht läuten hören, machte sie ein verdutztes Gesicht und
sagte dann: «Ach so, nein... hat es auch nicht. Ich weiß es
schon länger, aber ich hab dich nicht stören wollen.»
Bei der Arbeit an unserem Opus, meinte sie. Jetzt störte sie
mich ja nur beim Einschlafen.
«Seine Helferin, die mit den dicken Augenbrauen...»

«Wendy», sagte ich.

«Genau. Die hat mich heute bei der Arbeit angerufen.»

Ich konnte richtig spüren, wie ich rot anlief. «Sie hat es nicht erst hier versucht?»

«Na ja, nein... ich meine, es könnte sein, daß sie...»

«Nein, hat sie nicht. Ich war den ganzen Tag da.»

«Oh.»

«Renee, würdest du ihr das nächste Mal bitte sagen, daß ich ein großes Mädchen bin und mich selber um meine finanziellen Angelegenheiten kümmern kann?» Das hört sich vielleicht ein bißchen biestig an, aber ich bin es so leid, daß ich von Leuten herablassend behandelt werde, die kleine Menschen automatisch für hilflos halten. Sogar meine eigene Mutter, Friede ihrer Asche, ist mir ab und zu mit diesem Scheiß gekommen. Einmal, ich war ungefähr fünfundzwanzig, hatten wir bei Universal zu tun, und die Leiterin des Besetzungsbüros, eine wirklich hippe Person, die mich anscheinend sehr mochte, wollte uns zum Lunch in die Kantine einladen. Da hat Mom ihr bestes Donna-Reed-Gesicht aufgesetzt und gesagt: «Nett von Ihnen, aber vielen Dank, ich hab sie schon abgefüttert.» Ich hab damals keinen Ton gesagt, aber ich war noch tagelang sauer auf meine Mutter. Wie konnte sie mich nur als Hamster hinstellen, den man füttern muß!

Renee wirkte geknickt. «Sie hat eigentlich nicht wegen dir angerufen. Sie hat nur meinen Termin für morgen bestätigt.»

«Ach so.»

«Sie hat bloß... verstehst du... zwei Fliegen mit einer Klappe schlagen wollen.»

Ich war ein bißchen erleichtert, aber es half nicht viel. Wendy hätte mich trotzdem persönlich anrufen sollen. «Wieviel schulde ich denen?» fragte ich.

«Zweihundertvierundsiebzig Dollar.»

«Scheiße.»

Renee zog den Kopf ein, und ich ahnte schon, was jetzt kommen würde.

«Ich könnte dir was leihen.»

«Nein danke», wehrte ich ab.

«Vielleicht sollte ich langsam mal Miete zahlen. Es ist wirklich nicht fair, daß ich...»

«Scheiß drauf, Renee. Du tust so schon genug.» Ich strich die Bettdecke glatt und überlegte, was zu tun wäre. Ich hatte in einer Woche drei Schecks platzen lassen, und Nachschub war nicht in Sicht. Renee schon wieder anzupumpen, wäre nur eine vorübergehende Lösung gewesen. Kurz und gut, ich mußte schleunigst Arbeit finden, wenn ich mir meine kostbare Unabhängigkeit bewahren wollte.

«Was ist mit Tante Edie?» fragte Renee.

«Wieso?»

«Könnte sie dir nicht was leihen?»

Ich warf ihr einen drohenden Blick zu. Sie wußte doch, wie unsinnig dieser Gedanke war. Schon bei der geringsten Andeutung, daß ich arm dran war, hätte Tante Edie innerhalb von drei Minuten auf der Matte gestanden. Und nichts hätte ihr größere Befriedigung verschafft. Ich war vielleicht verzweifelt, aber so verzweifelt auch wieder nicht. Es gibt Schlimmeres, als Hunger zu leiden.

«Tja...» Renee fiel nichts mehr ein, und sie fingerte verlegen am Ausschnitt ihres Pullovers. «Willst ne Tasse Kakao?»

«Zisch ab. Ruf deinen Stenz an.»

«Aber was wirst du jetzt...?»

«Is schon gut», versicherte ich ihr und scheuchte sie mit einer Handbewegung aus dem Zimmer. «Morgen früh ruf ich Leonard an.»

Leonard ist mein Agent, die Quelle aller Hoffnung und Verzweiflung. Ich habe ihn angeheuert, als ich mit *Mr. Woods* fertig war. Der erste Job, den er mir besorgt hat, war eine Rolle in einem Horrorfilm namens *Bugaboo*, in dem ich einen Zombie zu spielen hatte und ganz am Schluß genau vier Sekunden auf der Leinwand zu sehen war. Eine Hausfrau – Suzi Kenton, erinnert ihr euch? – macht ahnungslos ihren Kühlschrank auf und findet mich zusammengekauert neben dem Orangensaft im untersten Fach.

Ob ihr's glaubt oder nicht, die Rolle war ein echter Fortschritt für mich, denn man bekam tatsächlich mein Gesicht zu sehen (wenn auch grau und schorfig), und es füllte die ganze Leinwand. Laut Tante Edie, die niemals lügt, gehörte dieser kurze strahlende Augenblick im Licht des Kelvinator so eindeutig mir, daß Kinobesucher in Baker wahrhaftig aufstanden und in Beifallsgeschrei ausbrachen. Das kann eigentlich nicht sein, denn es gibt dort nur ein Drive-in, aber ich wußte, was die alte Hexe damit sagen wollte. In den Augen der Leute, die ihr wichtig waren, hatte ich endlich einen legitimen Status als Filmstar und war nicht mehr nur eine Zwergin in einem Gummikostüm. Ich gebe zu, es war ein ganz gutes Gefühl.

Seitdem ist alles und nichts passiert. Ende der achtziger Jahre habe ich eine Weile experimentelles Theater gemacht. Ein Theater in Downtown Los Angeles hat mich mehr oder weniger adoptiert, und ich war sehr gefragt bei Künstlern, die Sachen über Entfremdung und Absurdität machten. Es waren umgängliche, erstaunlich naive junge Leute, und sie gaben sich größte Mühe, alles zu vermeiden, was nach «Ausbeutung von anders Befähigten» aussehen konnte. Mir ging das bald auf den Keks, und eines Tages nahm ich zwei von ihnen beiseite und sagte ihnen, sie sollten sich keinen abbrechen. Ich wäre eine gestandene Schauspielerin, und selbstverständlich würde ich ihnen einen Ölschlick-Mutanten spielen oder auf einer Banane hocken und mich im Kreis drehen, wenn es in dem bescheuerten Skript steht und sie mir was dafür bezahlen.

Danach waren sie nicht mehr so verklemmt, und wir haben uns glänzend verstanden. Meine Mutter, für die Liberace ein Avantgardekünstler war, kam zu einer Vorstellung und war hinterher entsetzt und verwirrt, obwohl sie behauptete, sie hätte es «interessant» gefunden. Renee würde es bestimmt genauso gehen, und darum ist es wahrscheinlich gut, daß ich dort aufgehört habe. Außerdem war die Gage ziemlich mies (manchmal gab es auch gar nichts), und da die Arbeit nichts mit Film zu tun hatte, trat ich bloß auf der Stelle.

Bis auf den Abend, als ein Star in die Vorstellung kam: Ikey St. Jacques, der schwarze Kinderdarsteller, der damals den herzigen Siebenjährigen in der Serie *What It Is!* gespielt hat. Ikey, in einer Kluft aus Silberlamé mit burgunderroten Applikationen, saß ganz oben in der hintersten Reihe und hatte eine extrem langbeinige erwachsene Begleiterin dabei. Die Kunde von seinem Erscheinen verbreitete sich in Windeseile. Meine Mitspieler versuchten nach Kräften, sich blasiert zu geben, aber sie waren sichtlich beeindruckt, daß uns so eine Ikone die Ehre gab. Ich hatte, ehrlich gesagt, schon seit Jahren meine Zweifel, was das wahre Alter des Kleinen anging, und war deshalb kein bißchen überrascht, als er in die Garderobe kam und mir ein Geständnis machte.

Zu mir nach hinten zu kommen, war für ihn gar nicht so einfach, denn er mußte durch den ganzen Müll waten, der auf der Bühne herumlag: Große klebrige Fladen von theaterblutgetränktem Verbandsmull und ungefähr zwei Dutzend Gummipuppen in verschiedenen Stadien der Zerfleischung. Seine Bekannte, sagte er, warte draußen im Wagen auf ihn, aber er müsse mir einfach sagen, was für eine großartige,

wunderbare Schauspielerin ich sei, und mein Auftritt hätte
ihn total inspiriert, zumal er selber ja auch so klein sei – und in
Wirklichkeit nicht sieben, sondern siebzehn. «Sonst noch
was Neues?» sagte ich mit einem Schulterzucken, und wir
lachten alle beide und wurden sofort die dicksten Freunde
und tauschten unsere Telefonnummern aus. Seine richtigen
Freunde, sagte er, würden ihn Isaac nennen, und ich sollte das
auch tun. Bevor er ging, erzählte er mir noch ein paar sagen-
hafte Geschichten über andere Pseudoknirpse in Hollywood,
und ich garantiere euch, bei manchen wäre euch die Spucke
weggeblieben.

Ihr könnt euch vorstellen, wie aufgeregt ich war, als mich
Isaac eine Woche später anrief und sagte, er hätte für *What It
Is!* eine Episode mit einer kleinwüchsigen Person vorgeschlagen, und er wollte mich als Gaststar haben. (Genauso
hat er sich ausgedrückt.) Ich sollte einen Clown spielen, der
Ikey in einer Einkaufspassage in Phoenix begegnet und ihm
bewußt macht, was menschliches Mitgefühl ist. Wie ich
diese inspirierende Tat vollbringen sollte, hat er nicht gesagt,
aber er hat mir versichert, die Rolle wäre hochgradig an-
spruchsvoll und gleichzeitig hinreißend komisch, und ein
Emmy wäre mir praktisch sicher.

Kaum hatte ich die halbe Einwohnerschaft von Baker angerufen, um die freudige Kunde unters Volk zu bringen, da rief
mich Isaac zurück und sagte mir, daß das Projekt gestorben
war – seine eigenen Produzenten hatten es gekillt. Sie hatten
eine Heidenangst, daß beim Auftritt einer weiteren kleinen
Person in der Show die Presse das Thema unter die Lupe nehmen und dabei auf Ikeys Geheimnis stoßen würde. Das sei
einfach zu riskant. Die Stimme des Kleinen hätte sich sowieso schon drastisch verändert, und er wäre «in ernster Ge-
fahr, zu einer grotesken Figur zu werden». Isaac versicherte
mir, er habe mit Zähnen und Klauen für seine Idee gekämpft,

aber die Leute, die das Sagen hatten, wären stur geblieben. Meine langerwartete Paraderolle war nicht einmal bis zur Drehbuchreife gediehen.

Zu seiner Ehre muß ich sagen, daß er mich vor ungefähr sechs Monaten angerufen und gefragt hat, was ich so mache, aber in Sachen Karriere gab es bei mir nicht viel zu berichten. Ich hatte ein bißchen Geld verdient mit telefonischer Kundenwerbung für einen Teppichreinigungsdienst in Reseda, aber die Arbeit war unvorstellbar langweilig gewesen. Mein Chef hatte allerdings ein paar nette Bemerkungen über meine Sprechstimme gemacht, und ich überlegte, ob ich vielleicht für den Rundfunk arbeiten könnte. Isaac schien das für eine gute Idee zu halten. Ich rief also meinen furchtlosen Agenten Leonard Lord an und bat ihn, sich mal umzuhören. Er sagte, seine Kontakte in diesem Sektor wären minimal, aber er würde es raustickern und sehen, was sich machen ließ. Seitdem habe ich nichts mehr von ihm gehört.

Das reicht für heute abend. Es ist spät, und ich steigere mich allmählich in Depressionen rein. Die Regenwolken haben sich ein bißchen verzogen, und vor meinem Schlafzimmerfenster hängt eine Mondsichel, die aussieht, als hätte sich der liebe Gott grade den Zehennagel geschnitten. Das und die warme Brise, die meine Vorhänge wabern läßt, soll mich jetzt ablenken. Es könnte schließlich alles noch schlimmer sein. Außerdem bin ich bis jetzt immer mit allem fertig geworden. Ich habe meine Freunde und mein Talent und mein Engagement, und ich weiß, daß es am Firmament von Hollywood einen Platz für mich gibt.

Wenn nicht, wechsle ich den Agenten.

2

Eine Woche später. Auf meiner Luftmatratze im Garten. Ich habe gerade meine erste Eintragung gelesen und kann gar nicht fassen, wie trübselig das alles klingt. Ach, na ja. Ich könnte es wahrscheinlich darauf schieben, daß ich meine Tage hatte, aber ich glaube nicht, daß ich euch lange was vormachen könnte. Die Wahrheit ist, daß es nicht die falsche Zeit im Monat, sondern im Jahrhundert ist. Ich weiß nicht, wann oder wie es so gekommen ist. Die Welt hat sich einfach verändert, als ich grade nicht drauf geachtet habe – vielleicht war ich aus und hab einen Cheeseburger gegessen oder Margarine eingekauft oder mir in Westwood einen Film angesehen –, und hinterher war alles völlig anders, und die Welt war ein fremder Ort mit Leuten, die ich nicht kannte, und mit Verhaltensweisen, die mir so rätselhaft sind wie die Bedienung meines Videorecorders.

Heute morgen, zum Beispiel, habe ich aus dem Fenster geschaut, und da hatte jemand eine riesige gelbe Schleife um meinen Laternenpfahl gebunden. Ich legte meine Nähsachen weg, ging raus und starrte finster zu dem monströsen Plastikding rauf. Ich fragte mich, ob vielleicht Renee dahintersteckte. Die Schleife war für mich knapp außer Reichweite, aber nach ein paar linkischen Hüpfern kriegte ich sie ab. Kaum hatte ich das Ding in der Hand, da kam meine Nachbarin, Mrs. Stoate, in einer schicken Hemdbluse über ihren gepflegten Rasen gelaufen.

«Cady, was machen Sie denn?» Sie sah mich an, als hätte sie mich grade ertappt, wie ich ihren Kindern Dope verkaufe.

Ich sagte ihr, ich würde das geschmacklose Ding abmachen.

«Aber Bob und ich haben sie für die ganze Straße besorgt.»

Nach einem Blick in beide Richtungen sah ich, was sie meinte: Jedes Haus hatte seine eigene Schleife. «Tja, das war sehr nett von Bob und Ihnen, aber das hier ist mein Vorgarten, und da will ich so was nicht.»

Sie zuckte ein wenig zusammen. «Es ist eine amerikanische Tradition.»

Ich ging die Einfahrt rauf und zog die Schleife hinter mir her. «Und ich hab immer gedacht, ‹Tie A Yellow Ribbon› wär bloß 'n dämlicher Song.»

«Wir haben es doch nur gemacht», rief sie mir nach, «weil wir gedacht haben, Sie können nicht...»

«Hochlangen», wollte sie sagen, aber sie schluckte es noch rechtzeitig runter.

«Der Krieg ist aus», schrie ich. «Kriegt euch wieder ein.»

«Wir wollen den Jungs nur unsere Verbundenheit zeigen!»

Das trifft den Nagel auf den Kopf. Die Stoates sind wie alle anderen hier: Vor lauter Freude, daß sie's einem aufmüpfigen Volk mal so richtig gezeigt haben, können sie kaum noch an sich halten. Endlich liegt die Schande von Vietnam hinter ihnen, wie von Zauberhand ausgelöscht durch diesen sauberen kleinen Super-Bowl-Krieg, den sie grade am Fernseher verfolgen konnten. Was macht es schon, daß wir ein Land plattgebombt, ein Meer verseucht und zweihunderttausend Menschen eingeäschert haben – die Stoates sind wieder stolz, Amerikaner zu sein.

An der Haustür drehte ich mich um. Mrs. Stoate starrte mir nach und hüllte sich in mörderisches Schweigen – ihre dunkelsten Ahnungen hatten sich bestätigt. Ich winkte ihr gut gelaunt und knallte die Tür hinter mir zu. Inzwischen hat sie bestimmt schon ihren Mann im Büro angerufen – er hat eine

Toyota-Vertretung, wenn ich mich recht entsinne – und ihm erzählt, was für eine Verräterin ich bin. Bis heute abend wird die ganze Familie über mich Bescheid wissen. Nichts dagegen. Ihre offene Feindschaft ist mir lieber als die zuckersüße christliche Herablassung, mit der sie mir seit Jahren begegnen.

Wenn ich noch einen Funken Verstand hätte, würde ich diese Bruchbude verkaufen und nach Hollywood oder Santa Monica ziehen. Vielleicht hätte ich dort Nachbarn, für die Tony Orlando noch ein schlechter Witz ist. Ich könnte mir dort kein Haus leisten, aber ich könnte was Nettes mieten und hätte immer noch ein bißchen Geld in Reserve. Ich habe immer davon geträumt, in einer Hazienda aus den zwanziger Jahren zu wohnen, mit Ziegeldach und einem Springbrunnen im Garten. Das wäre natürlich nichts für Renee. Sie hätte es zu weit zum Fabric Barn, und die teure Gegend jenseits vom Mulholland Drive würde sie einschüchtern.

Es ist auch nicht so, als könnte uns nichts auseinanderbringen. Ich garantiere euch, eines Tages wird Renee einen schlaksigen Schleicher kennenlernen, der sie so an Ham erinnert, daß sie sich ruck, zuck von mir abseilt. Warum auch nicht? Wir schulden einander nichts. Eigentlich ist es tröstlich zu wissen, daß wir zusammenleben und uns so nah sein können und trotzdem jeder sein eigenes Leben führt. Da es ihr um die wahre Liebe geht und mir um Starruhm, kommen wir uns auf der Straße zum Erfolg fast nie in die Quere.

Falls ihr wissen wollt, was aus dem Bierbrauer und Scientologen geworden ist – der ist abgemeldet. Renee hatte ihn schon nach der zweiten Begegnung satt, als sie über seiner Kommode ein Foto von L. Ron Hubbard entdeckte und dahinterkam, was ein Scientologe ist. Bis dahin, sagte sie, hätte sie gedacht, das wäre «so eine Art komplizierter Wissenschaftler». Was erklärt, warum sie anfangs so beeindruckt war. Wie sich herausstellte, wollte der Kerl sie nur anwerben, denn er erzählte ihr den ganzen Abend, wie L. Ron aus Kirstie Alley einen anderen Menschen gemacht hat. Das war eine schwere Enttäuschung für Renee, und es sieht so aus, als wollte sie von Männern erst mal nichts mehr wissen. Ich sage das, weil sie jetzt wieder mit ihrer Mr.-Woods-Puppe schläft. Wenn es je ein verräterisches Zeichen gegeben hat, dann das.

Am Morgen nach meiner letzten Eintragung habe ich Leonard angerufen und mich erkundigt, ob vom Rundfunk schon jemand angebissen hat.
«Leider nicht, Schatz.»
«Wo hast du's überall versucht?»
Er zögerte eine Sekunde zu lang mit seiner Antwort. «Da und dort.»
Natürlich hatte er kein Schwein angerufen und seit meinem letzten Anruf überhaupt nicht mehr an mich gedacht. Aber ich wollte ihn nicht weiter keilen. Leonard kann ausgesprochen schlampig sein, aber er ist ein angesehener Agent und hat in allerhand wichtigen Sachen die Finger drin. Ich habe mich vor zehn Jahren mit ihm zusammengetan, als er noch keine dreißig war und sich auf dem Set von *Mr. Woods* herumtrieb. Er vertrat Callum Duff, den niedlichen Zehnjährigen, der den Freund des Kobolds spielte. Eines Tages kamen wir vor dem Schminkwagen ins Gespräch. Ich steckte halb in Gummi, der Schweiß lief mir übers Gesicht, und ich war bestimmt kein besonders erbaulicher Anblick, aber eh ich mich's versah, gehörte ich zu Leonards Klientel.
Ich vermute, in der ersten Zeit hat ihn das Neue an unserer Bekanntschaft bei der Stange gehalten. Er hat mich ein- oder zweimal im Monat angerufen, um meine neuesten Anekdoten zu erfahren und über seinen kleinen verschworenen Freundeskreis zu tratschen. Wenn man ihm glauben wollte,

handelte es sich um ein paar Jungs, die so schwul waren wie er, sowie um Dolly Parton und Cher. Die Angebote kamen nicht grade knüppeldick, aber ich hatte ständig zu tun, meistens in Horrorfilmen, wo ich in dem einen oder anderen Kühlschrank meine Grimassen schnitt.

Eines Tages, wir kannten uns ungefähr ein Jahr, lud er mich ein, auf einer Party zu singen, die er und sein Liebhaber in ihrem mondänen neuen Haus in den Hollywood Hills gaben. Die Einladung war auf Büttenpapier gedruckt, und das Ereignis wurde angekündigt als *Ein Abend mit Mr. Woods*. Ich stand auf einem rotlackierten Stutzflügel in einem postmodernen Atrium mit lauter weißen Gipsfiguren und sang meine schärfste Version von «Stand By Your Man». Die Jungs waren begeistert, und ich habe mich bestens amüsiert, obwohl ich in erster Linie gekommen war, um Dolly und/ oder Cher kennenzulernen. Leonard, der kleine Drecksack, hatte es mir praktisch versprochen, um mir den Auftritt schmackhaft zu machen.

Seitdem haben wir nur noch rein geschäftlichen Umgang, und immer bin ich es, die ihn sucht. Leonards Stern ist in den letzten Jahren, nach dem Kaliber seiner Klienten zu urteilen, fulminant aufgegangen. Ständig sehe ich seinen Namen in den Fachzeitschriften oder in den Gesellschaftsspalten der hiesigen Zeitungen, wo er im gleichen Atemzug mit hochkarätigen Figuren wie Barry Diller, Sandy Gallin und David Geffen erwähnt wird. Ich schätze, das freut mich für ihn, aber sein Erfolg hat bis jetzt nicht unbedingt auf mich abgefärbt.

In Sachen Rundfunk habe ich bei ihm nicht nachgehakt. Leonard wird nur sauer, wenn man ihn zum Lügen zwingt.

«Also», sagte ich statt dessen, «keine Neuigkeiten, wie?»

Er rang sich mir zuliebe ein Seufzen ab. «Leider nein, Schatz.»

«Ich will dich nicht nerven, aber bei mir wird's langsam eng.»

«Ich weiß.»

Ich überlegte, wie ich es am besten formulieren könnte, und sagte schließlich: «Die Aussichten sind vielleicht nicht rosig, aber ich hab an *Twin Peaks* gedacht.»

«Ausgeschlossen.»

«Laß mich erst ausreden, ja? Ich weiß nicht, was sie in der nächsten Saison machen, aber Lynch hat schon kleine Leute besetzt und –»

«Das ist im Eimer, Cady.»

«Was?»

«*Twin Peaks* ist im Eimer. Erledigt. Das erlebt keine Saison mehr.»

«Im *Eimer?*»

Er lachte glucksend.

«Ist das schon Stadtgespräch, oder wo hast du den Scheiß her.»

«Also komm», sagte er ungläubig und amüsiert, «wo bist du denn gewesen?»

«Im Valley, Leonard.» Ich sagte es gerade so streng, daß es nicht zornig klang. «Davon rede ich doch die ganze Zeit. Wenn du mich hier nicht bald rausholst, krieg ich überhaupt nichts mehr mit.»

«Von wegen», sagte er. «Dir entgeht doch nie was.» Er schmeichelte mir jetzt, und das war wirklich ein schlechtes Zeichen, denn zu so etwas greift er nur, wenn er gar keine Karte mehr im Ärmel hat. Ein mulmiges Gefühl im Magen sagte mir, daß ich auf das Schlimmste gefaßt sein mußte.

«Paß auf», sagte er, «ich glaube, ich weiß einen, der dir helfen kann.»

«Was soll das heißen?» Ich hielt den Atem an und hoffte inständig, daß es nicht das war, was ich dachte.

«Der Typ heißt Arnie Green. Ist ein prima Kerl. Ein alter Hase. Er hat eine Agentur in –»

«Leonard. Ich weiß, wer Arnie Green ist.»

«Na ja…»

«Er vermittelt Zirkusnummern. Ich bin keine Zirkusnummer. Ich bin Schauspielerin.»

«Natürlich bist du das, aber…»

«Er vermittelt Clowns und Schwertschlucker, Herrgott.»

«Cady, hör zu, ich… ich versuch dir hier zu helfen.»

Ja, dachte ich. *Du willst mir helfen, aus deinem Leben zu verschwinden. Du hast mich satt und willst mich loswerden.*

«Es ist doch so», sagte er im nettesten Ton, den ich je von ihm gehört habe. «Du brauchst Arbeit. Was nützt dir der falsche Stolz? Du machst ja auch Telefonwerbung, Menschenskind. Arnie Green ist vielleicht nicht dasselbe wie Film, aber immerhin kann er dafür sorgen, daß du im Gespräch bleibst.»

«Mit Zwergweitwurf.»

Leonard seufzte. «Es ist mehr.»

«Du läßt mich also fallen?»

«Hab ich das gesagt?»

«Du sagst nie, was Sache ist, Leonard.»

«Ich versteh nicht, warum du so sauer auf mich bist. Ich versuch doch nur zu helfen.»

«Ich weiß», sagte ich und versuchte, ein bißchen Zerknirschung reinzulegen.

«Du mußt einsehen…» Er unterbrach sich. Anscheinend wollte er sich nicht auf dünnes Eis begeben.

«Was?» Keine Antwort.

«Was, Leonard? Was muß ich einsehen?»

«Daß der Markt einfach keinen Bedarf hat. Ich mach dir nichts vor, Cady. Sie schreiben keine Rollen für kleine Menschen. Ich find's genauso beschissen wie du.»

«Ich will keine Rolle extra für mich. Ich will einfach ne Rolle. Warum muß meine Größe ein Problem sein? Wir leben nicht unter einer Käseglocke, Leonard. Kleinen Menschen begegnet man überall, genau wie Rothaarigen und Tunten.»

Es war eine hübsche Rede, aber ein großer Fehler. Die meisten meiner schwulen Bekannten genießen es heutzutage, sich Tunten zu nennen, aber Leonard gehört eindeutig nicht zu ihnen. Er hat zehn Jahre gebraucht, bis er überhaupt mal das Wort «schwul» in den Mund genommen hat. An seinem langen, klammen Schweigen merkte ich, daß ich ihn gekränkt hatte.

«Es ist doch nicht, daß ich Julia Roberts sein will», improvisierte ich drauflos. «Sie können mich für jede Charakterrolle nehmen. Ich kann alles spielen, was Bette Midler spielt. Oder Whoopi Goldberg. Ich hätte die Hellseherin in *Ghost* sein können.»

Leonard grummelte was.

«Wieso denn nicht?»

«Zuviel Zelda Rubinstein.»

Ich bin sicher, er brachte ihren Namen aufs Tapet, um sich für den Ausdruck «Tunte» zu revanchieren. Es war seine boshafte Art, mir zu stecken, daß nicht alle kleinen Menschen Versager sind. Doch ich ließ mich nicht provozieren. «Du weißt, auf was ich raus will», sagte ich. «Es ist bloß eine Frage der kreativen Besetzung.»

«Nein. Es kommt noch was dazu.»

«Nämlich?»

«Sie müßten dich versichern, Cady.»

«Na und? Sie müssen jeden versichern.»

«Ja... aber in deinem Fall wär ich mir nicht sicher.»

«Verdammt, wieso denn?»

Wieder eine gequälte Pause. Dann: «Wieviel hast du zugenommen?»

Ich traute meinen Ohren nicht. «Wie bitte?»

«Ich will dir nicht zu nahe treten, Cady.»

«Nur zu. Tu dir keinen Zwang an.»

«Paß auf…»

«Was soll das, Leonard? Du hast mich zwei Jahre nicht gesehen. Hör ich mich an, als wär ich zu dick?»

«Es wird geredet…»

Einen kurzen, köstlichen Augenblick genoß ich die Phantasievorstellung, daß Bruce Willis und Demi Moore oder vielleicht die Redgrave-Schwestern im Spago beim Essen über mich tratschten: *Hast du in letzter Zeit mal Cadence Roth gesehen? Ist sie nicht fett wie ne Sau?* Als ich mit den Füßen wieder auf der Erde war, entschied ich, daß mich einer von Leonards Busenfreunden sonntags beim Brunch in West Hollywood gesehen haben mußte. «Und was redet man so?» fragte ich ihn eisig.

Er wich der Frage aus. «Ich kann dich ja verstehn», sagte er. «Weiß Gott, ich hab auch ständig mit Gewichtsproblemen zu kämpfen.»

«Red kein' Scheiß. Du bist quasi ne Bohnenstange.»

«Ist doch egal. Man kann es sich nicht leisten, auch nur ein Pfund zuzunehmen, Schatz. Es belastet den Organismus. Es ist einfach nicht gesund. Und genau das werden sie sagen.»

«Wird wer sagen?»

«Die Studios.»

«Oh.» Ich wartete eine Sekunde. «Also laß mich mal zusammenfassen. Erstens, ich bin zu klein. Zweitens, ich bin zu dick.»

«Hör doch auf, Cady. Du weißt, daß du für mich was Besonderes bist.»

«Rufst du mich deshalb so oft an?» Schweigen.

«War nicht so gemeint», sagte ich, denn auf einmal hatte ich

Angst, ihn wirklich zu verlieren. «Es sind bloß meine wild-gewordenen Hormone. Im Moment könnt' ich kleine Katzen ersäufen.»

«Kann ich dir Arnie Greens Nummer geben?»

«Nein danke, ich weiß, wie ich ihn erreiche.»

«Er ist wirklich ein anständiger Kerl.»

«Bestimmt.»

«Ich werde trotzdem die Augen offenhalten, Schatz.»

«Danke.»

«Paß auf dich auf.»

«Du auch.» Als ich den Hörer auflegte, war ich den Tränen nahe und restlos durcheinander. «Trotzdem die Augen offenhalten» – war das nur ein hohles Versprechen, oder war es Leonards krasse Art, die Trennung endgültig zu machen? So oder so – ich wußte, daß ich abgemeldet war.

Renee und ich ließen uns an diesem Abend von Domino's eine Peperoni-Pizza liefern, die wir im Wohnzimmer auf dem Fußboden aßen. «Das war's für mich», sagte ich, während ich mir eine Schleife Mozzarella vor den Mund schlenkerte. «Ab morgen mach ich Diät.»

Renee kicherte. «Klar.»

«Nein, im Ernst, Renee.»

«Sicher.» Sie zuckte mit den Schultern und warf mir einen komischen Blick zu. Ich wußte, daß sie mir nicht glaubte.

«Was war das für eine, von der du letzte Woche erzählt hast?»

«Eine was?»

«Diät», sagte ich. «Die mit den Protein-Shakes.»

«Ach so. Die Cher-Diät.»

Ich verzog das Gesicht. «Steht die in einem Buch?»

«Ja. ich hab's im Laden.»

«Kannst du's mir mitbringen?»

«Klar.» Sie nahm eine Peperoni und stopfte sie sich in den Mund. «Was bringt dich darauf?»

«Nichts. Wird nur Zeit, daß ich meinen Kram auf die Reihe kriege.»

Renee nickte zerstreut.

«Ich hab ein paar Ideen für Jobs. Da muß ich mich von meiner besten Seite zeigen.» Damit meinte ich natürlich Arnie Green, aber ich brachte es noch nicht fertig, ihr davon zu erzählen. Renee erwartet Glanz und Gloria von mir. Der Gedanke, sie zu enttäuschen, war mir unerträglich.

«Oh», sagte sie, und ihre Miene hellte sich auf. «Hast du mit deinem Agenten gesprochen?»

«Ja.»

«Und? An was denkt er so?» Ihre Augen hatten wieder dieses filmvernarrte Glitzern.

«Ach... es wär schon einiges möglich.»

«Toll!»

«Es ist nichts Festes, Renee.»

«Na, wenn du schon auf Diät gehst...» Ihr Blick besagte, daß ich nur verschämt auswich und in Wirklichkeit etwas ganz Fabelhaftes in petto hatte. Ich kam mir vor wie der letzte Schwindler. Ehrlich gesagt, die Diät soll mir vor allem meine Beweglichkeit zurückgeben. Ich habe zwar nicht so viel Übergewicht, aber nach einem kurzen Gang bin ich schon außer Atem. Mit meiner Selbstachtung habe ich eigentlich nie Probleme, aber wenn ich in letzter Zeit in den Spiegel sehe, fühle ich mich an einen Strandball mit zwei Beinen erinnert.

Renee wollte nach dem Essen eine Spazierfahrt machen; wir kletterten in ihr uraltes Kabrio und tuckerten den Ventura Boulevard runter. Der Abendhimmel war rosig angehaucht, der Regen hatte alles blankgewaschen, und die Luft war für April erstaunlich mild. Mit ihren flatternden blonden Haaren und dem blauen Angorapullover brachte Renee die pickeligen Jungs, die am Straßenrand herumlungerten, ganz schön in Wallung. Aus der Entfernung konnten die geilen Böcke mich so wenig sehen wie ich sie, deshalb nahmen sie einfach an, daß die Blondine mit dem prall ausgefüllten Pullover auf Abenteuer aus war. So oft wir an einer roten Ampel hielten, brachen sie in ein stark übertriebenes Lustgeheul aus.

«Sie sind das Letzte», sagte Renee, als es zum dritten- oder viertenmal passierte.

Ich sah zu ihr hoch und keckerte. «Du findest es toll.»

«Tu ich nicht.»

«Was Leckeres dabei?»

«Nee. Sie sind zum Kotzen. Sie sind halb nackt.»

«Was? Wo?» Ich löste meinen Sicherheitsgurt, kniete mich auf den Sitz und spähte über den Rand der Tür. Vier hemdlose Typen mit Skateboards saßen auf einer Mauer vor einem kleinen Einkaufszentrum. Sie waren nicht gerade mein Typ. Zuviel Ähnlichkeit mit Matt Dillon.

«Wie wär's, wenn ich denen was flitze?» fragte ich.

«Caaady.» Renee verdrehte die Augen und kicherte.

«Warum nicht?»

«Mensch, du bist fast dreißig.»

Ich gab mich eingeschnappt. «Soll das vielleicht heißen, ich bring's als Flitzer nicht mehr?»

«Komm, beherrsch dich.»

«Es wär ganz einfach. Wir machen einfach die Tür hier auf...»

Sie griff an mir vorbei und zog meine Hand vom Türgriff weg. «Was ist denn in dich gefahren?»

«Du traust es mir nicht zu.»

«Oh, und ob ich's dir zutraue.»

Wir grinsten uns an und waren uns einig, und ich ließ das Spielchen sein. Ich wollte ihr sagen, wir dürften uns nicht zu

Opfern machen lassen, wir müßten uns den Typen stellen und es ihnen heimzahlen. Aber ich hielt den Mund. Ich wußte, sie würde quengelig werden und mir vorwerfen, daß ich sie mal wieder belehren wollte.

Ich rutschte auf den Sitz runter und legte meinen Sicherheitsgurt wieder an. Über den Palmen und Exxon-Reklamen, die an mir vorbeiglitten, nahm der Himmel die Farbe einer reifen Nektarine an. Ich sog die feuchte Luft ein, lehnte mich zurück und genoß die Vorboten des Sommers. Aus einem Autoradio hörte ich «Kiss the Girl», einen Disney-Schlager, der an diesem pseudotropischen Abend fast sündig klang.

«Wo fahren wir jetzt hin?» fragte ich.

«Ich weiß nicht. Mulholland? Was mit ner schönen Aussicht?»

«Dann mal los.»

Als wir die Hollywood Hills erreichten, hatte sich eine lila Abenddämmerung auf sie gesenkt. Renee war so schweigsam, daß ich mich langsam fragte, ob sie Kummer hatte. Wenn sie eine größere Bombe platzen lassen wollte, würde sie warten, bis wir ganz oben waren und ausstiegen, um das Lichtermeer im Valley zu betrachten.

Als wir langsam durch eine steile Serpentine fuhren, schaute ich hoch und sah, daß Renee stirnrunzelnd in den Rückspiegel starrte. «Was ist?» fragte ich.

«Nur so ein paar Typen.»

«Typen?»

«In einem Auto.»

«Fahren sie uns nach?»

«Weiß ich nicht.»

Ich lachte in mich hinein. «Wie machst du das bloß? Setzt du Duftmarken?»

Renee warf wieder einen Blick in den Rückspiegel und gab keine Antwort. Ich konnte jetzt hören, daß sie uns was nachschrien. Es klang wie der typische Singsang von Rednecks. Das einzige Wort, das ich deutlich verstehen konnte, war «Schwanz». Warum können manche Kerle kein hübsches Paar Titten sehen, ohne ein Loblied auf ihren Bammelmann zu singen? Wenn sie auf Titten abfahren, warum reden sie dann nicht von Titten?

Renee machte plötzlich ein erschrockenes Gesicht. «O nein!»

«Was ist?»

«Sie setzen sich neben uns.»

«Na und?»

«Provozier sie nicht, Cady. Bitte.»

«Ich?»

«*Meensch, sieh dir das an.*» Die Stimme war pures Orange County und kam von einer Stelle direkt oberhalb meiner Tür. Ich konnte den Rand von seinem Hut sehen. Ein kleines Sternenbanner war drangenäht. «*Scheiße, Mann, sie hat 'n Kind dabei.*»

Ich beherrschte mich und schaute eisern gradeaus.

«*Nee, es is gar kein Kind. Scheiße, was'n das?*»

«Cady», winselte Renee.

«Ja?»

«Was soll ich machen?»

«Fahr einfach schneller.»

«Aber...»

«Ich zeig ihnen nicht den Hintern. Fahr einfach nur zu.»

«*Leck mich, das glaubste nich. Sie hat sogar eine für dich dabei.*»

Ich sah gradeaus und zeigte ihm ganz diskret den Finger.

«*Ha ha... sieh mal einer an. Hast du gesehn, was die bescheuerte Halbe da macht?*»

«Cady.» Renee warf mir einen verzweifelten Blick zu.

«Schon gut», sagte ich. Ich reckte noch immer den Mittelfinger. «Reg dich ab.»

Die Typen blieben noch einen Moment neben uns und lachten wie die Hyänen, dann zischten sie ab und verschwanden mit quietschenden Reifen um die nächste Kurve. Als ich sehen wollte, wie sich Renee gehalten hatte, liefen ihr die Tränen runter. Die Ärmste. Solche Zwischenfälle gehn ihr wirklich an die Nieren. Sie hat damit nicht soviel Erfahrung wie ich.

«Wie können die so widerlich sein?»

«Weil sie viel Übung haben.»

«Wenn die wüßten, wer du bist, würden sie sich in Grund und Boden schämen.»

«Wir fahren Schlangenlinien, Renee.»

«O je...» Sie packte das Lenkrad und brachte den Wagen wieder unter Kontrolle. «Entschuldige.»

«Was meinst du mit ‹Wenn sie wüßten, wer ich bin›?»

«Wenn sie gewußt hätten, daß sie die gräßlichen Sachen zu Mr. Woods sagen.»

«Gott nee!» rief ich lachend. «Denkst du, sie würden einen Pfifferling drum geben?»

«Ja... ja, das glaub ich.»

«Du bist ja soo sentimental.»

«Ich wette, sie haben den Film gesehen. Ich wette, sie haben geheult.»

«Und gleich anschließend sind sie zur ACLU* gegangen.»
Renee runzelte die Stirn und sah mich ratlos an.

«Bloß so ne Gruppe», sagte ich.

Sie machte ein leidendes Gesicht. «Mir ist es ernst, und du machst dich drüber lustig.»

«Nein, tu ich nicht.» Manchmal gibt sie mir das Gefühl, als hätte ich einem Kind die Eiswaffel aus der Hand geschlagen.

* American Civil Liberties Union (Vereinigung von Bürgerrechtlern)

«Ich glaub an Mr. Woods», sagte sie.

«Ich weiß, Herzblatt.» Ich fand ein Kleenex im Handschuhfach und gab es ihr. «Schneuz dich mal.»

Wir saßen auf unserem Grashügel und betrachteten das Lichtermeer im Valley. Es war kühler geworden, aber die Luft war immer noch sehr angenehm. Unterhalb von uns schwebte am Berghang ein Polizeihubschrauber auf und nieder, der mit seinem grellen Scheinwerferstrahl das Unterholz absuchte. Die Nacht war so still und klar, daß ich ganz unten in Sherman Oaks einen Hund bellen hörte.

«Ich hab heute Ham gesehen», sagte Renee.

«Ach ja?» Ich versuchte, den beiläufigen Ton zu treffen, in dem sie es gesagt hatte.

«Er war in der Bratkartoffelbude. Im Einkaufszentrum.»

«Was hat er gesagt?»

«Ich hab nicht mit ihm gesprochen. Hab ihn nur gesehn.»

«Oh.»

«Es war das erste Mal seit fast zwei Jahren.»

«Drei», sagte ich.

«Er hat gut ausgesehen.»

Großer Gott, dachte ich. Der Dreckskerl hat sie sitzenlassen. Wozu diese rührselige Tour?

Sie sah mich von der Seite an. «Meinst du, ich soll ihn anrufen?»

«Nein, meine ich nicht.»

«Er wirkt ganz verändert, Cady. Trauriger. Vielleicht hat er Sehnsucht nach mir. Wie soll ich das rauskriegen, ohne...»

«Herzchen, er hat deine Sachen vor's Haus geschmissen und die Türschlösser ausgewechselt.»

Renee fiel in ihre griesgrämige Rolle zurück und nickte stumm.

«Ich finde, das war deutlich», ergänzte ich.

«Ja.»

«Außerdem hat er dir die ganzen Jahre nie gefehlt. Das hast du mir x-mal gesagt.»

Wieder ein Nicken.

«Was soll das also?»

Sie seufzte und starrte trübsinnig in die Ferne. Der Hubschrauber stieg höher, drehte ab und wurde mit wachsender Entfernung immer kleiner. Ich dachte, sie würde wieder flennen, aber sie kräuselte nur die Lippen und sagte mit einem leichten Stirnrunzeln: «Ich hab nachgedacht. Vielleicht hat er recht gehabt.»

«Mit was?»

«Vielleicht *ist* er der einzige, der sich je für mich interessieren wird.»

«Ach Schatz...»

«Verstehst du?»

«Nein, versteh ich nicht. Paß auf, Renee, bloß weil es manche Männer in einer Beziehung nicht lang genug aushalten... also, das muß nicht heißen...»

Ich sprach nicht weiter, denn ich hatte keine Ahnung, was der Knackpunkt eigentlich war. Die Wahrheit ist, daß ich Renee fast nie mit ihren Liebhabern sehe. Wenn sie was laufen hat, ist sie ständig bei ihnen zu Hause. Gut möglich, daß sie vor lauter Unsicherheit schon beim dritten Rendezvous wie eine Klette an ihnen hängt und sogar die Nettesten verprellt.

Ich versuchte es anders, griff rüber und schmiegte meine Hand in ihre – meinen «Baby-Seestern», wie sie es nennt, in ihren großen Fanghandschuh – und sagte: «Kopf hoch.»

Händchenhalten wirkt bei ihr fast immer, aber ich spare es mir bis zuletzt auf, damit sich der Effekt nicht abnutzt. Außerdem stört mich, daß so ein Komm-zu-Mama-Eindruck entsteht, wenn Große und Kleine sich gefühlsmäßig austauschen. Mir ist nie ganz wohl dabei.

Renee lächelte matt. «Aber was könnte es sonst erklären?»

«Was erklären?»

Sie zuckte mit ihren großen blauen Angoraschultern. «Daß sie nicht bei der Stange bleiben.»

«Weil sie Dumpfbacken sind.»

Sie gab einen ungeduldigen Laut von sich. «Wie können sie denn *alle* Dumpfbacken sein?»

«Was weiß ich. Ist eins der großen Rätsel der modernen Welt. Dumpfbacken wie Sand am Meer.» Ich entzog ihr meine Hand und schrieb mit dem Zeigefinger in die Luft: «*Die Nacht der tausend Dumpfbacken.*»

Sie kicherte. Endlich.

«Und weißt du was? Es könnte an mir liegen», sagte ich so leichthin, als wäre ich grade auf die Idee gekommen. Da ich in dem verdammten Haus so viel allein bin und zuviel Zeit habe, im eigenen Saft zu schmoren, mache ich mir in letzter Zeit allerhand Gedanken.

«Wie meinst du das?»

Ich zuckte mit den Schultern. «Vielleicht verprelle ich sie dir.»

«Cady...» Ach, ging ihr das ans Herz. «Ich geb ständig mit dir *an*.»

«Na, das meine ich ja. Nicht alle sind wie du, Schatz. Vielleicht wär's besser, du läßt es unter Verputz.»

Ihre Hand legte sich zitternd auf ihren Busen, und sie starrte mich ehrlich entsetzt an. «Das ist das Schlimmste, was ich je von dir gehört hab.»

«Ist bloß so ne Theorie.»

«Na, sie ist aber blöd. Die Leute sind *beeindruckt*, daß ich mit dir zusammenwohne. Vor allem, wenn ich ihnen sage, wer du mal warst.»

Warst, ja? Manchmal gibt sie mir das Gefühl, als wär ich die Norma Desmond des Elfenreichs.

«Ich hab nur sagen wollen», erklärte ich ihr ganz ruhig, «daß manche Typen vielleicht denken, du wärst gebunden.»

«Was soll das denn heißen?»

«Du weißt schon. Als wären wir beide verbandelt.»

Ihr stockte der Atem. «Lesben?»

«Nein, du Herzchen.» Ich lachte in mich hinein.

«Was denn dann?»

«Ich weiß nicht.» Das wurde langsam heikel. «Ich hoffe bloß, den Leuten ist klar, daß du unabhängig bist. Ich meine... daß du dich frei entscheiden kannst.»

Jetzt wirkte sie völlig verstört.

«Was ist?» fragte ich.

«Willst du, daß ich ausziehe?»

Ich schüttelte nur den Kopf und sah sie lächelnd an.

«Na, es hat sich aber so angehört.»

«Du bist ja so verkorkst», sagte ich.

Renee schob ihre dicke Unterlippe vor. «Na, du aber auch.»

Ich glaube, da fiel uns beiden ein Stein vom Herzen.

Seit diesem Abend hat sich allerhand getan. Von den Cellulitis-Leuten kam am Tag darauf ein Scheck, mit dem ich knapp den Zahnarzt bezahlen und meine anderen geplatzten Schecks ausgleichen kann. Anscheinend senden sie das Infomercial jetzt doch – in ein paar Wochen, wie sie sagen –, und ich stelle mich schon mal auf endlose Wiederholungen dieser Peinlichkeit ein. Ich kann es nicht mal als Publicity rechtfertigen, denn alles, was man von mir sieht, sind zwei dicke kleine Beine an einem Pott aus Mylar und Styropor. Renee ist natürlich völlig aus dem Häuschen und informiert gerade alle Welt.

Das Geld verschafft mir wenigstens ein bißchen Zeit, und ich mache jetzt als Vorbereitung auf mein Meeting mit Arnie Green ein Verschönerungsprogramm. Ja, ich hab ihn angerufen, und Renee weiß davon. Deshalb liege ich hier auf der Luftmatratze, habe ein bißchen Babyöl auf der Haut und sonne mich wie verrückt – trotz der ganzen Geschichten über Ozonschicht und Hautkrebs und was noch alles. Das Meeting ist auch der Grund, weshalb ich die Cher-Diät mache. Ich hab zwar gesagt, es wäre nur für mich, aber das stimmt nicht. Ich tu es wegen Arnie Green, einem alten Knacker, dem Haarbüschel aus den Ohren wachsen.

Wenn euch das noch nicht ankotzt, wie wär's dann damit: Ich nähe mir extra für Arnie Green ein Kleid. Ich arbeite morgens daran, während im Fernsehen die Joan-Rivers-Show läuft. So war es auch heute, als mir die beschissene gelbe Schleife an meinem Laternenpfahl aufgefallen ist. Das Outfit ist schwarzweiß und aus Satin – wie ein Fummel aus *Denver-Clan*, etwas, das Alexis zu einer Vorstandssitzung tragen könnte. In Leonards Büro würde ich mit dieser Sorte von Achtziger-Jahre-Retro-Klamotte absolut peinlich wirken, aber für Arnie ist es wahrscheinlich genau das Richtige.

Ich will es schwer hoffen. Ich habe mir dazu noch einen passenden Hut gemacht.

3

Es ist spät, und ich bin hundemüde, aber ich habe wieder Arbeit. Die Versuchung ist groß, das Tagebuch links liegen zu lassen, denn am liebsten würde ich jetzt aus diesem muffigen Kostüm steigen und ein heißes Bad nehmen. Andererseits habe ich fast zwei Wochen nichts mehr geschrieben, und es gibt einiges zu erzählen. Ich fürchte, daß ich ein paar wichtige Details vergesse, wenn ich sie jetzt nicht aufschreibe. Renee hat mich gerade mit einer Tasse Kakao belohnt, und ich werde den Glukose-Schub nutzen, euch von meinem Meeting mit Arnie Green berichten, so gut ich kann.

In den zehn Tagen, die ich mir gegeben hatte, um wieder in Form zu kommen, habe ich fast zweieinhalb Kilo abgenommen. Für mich ist das eine beachtliche Leistung. Mein Hintern ist zwar nicht flacher geworden, aber ich habe neue Energie gewonnen und meine Wangenknochen sind wieder hervorgetreten. Am Abend vor dem Termin hat mir Renee die Haare mit Henna gefärbt, und morgens habe ich zwei Stunden auf mein Make-up verwendet, besonders auf die Augen. Alle sagen, daß die Augen mein stärkstes Plus sind – smaragdgrün mit warmen braunen Flecken, erotisch, aber vertrauenerweckend. In Baker, als Teenager, habe ich sie oft stundenlang im Spiegel betrachtet und mir vorgestellt, wie der Rest von so einem hübschen Girl aussehen könnte.

Arnie Greens Büro ist in North Hollywood. Ich ließ mir einen Termin um halb neun geben, damit wir beide noch frisch waren und Renee mich auf der Fahrt zur Arbeit absetzen konnte. Als erste Klientin des Tages würde ich mich auch nicht dem nervtötenden Palaver im Vorzimmer aussetzen müssen, das ich mir lebhaft vorstellen konnte, obwohl ich dort noch nie gewesen war. Ich hätte in stummer Agonie zwischen all den anderen gesessen und Däumchen gedreht, während mir eine wasserstoffblonde Akkordeonspielerin in den höchsten Tönen von ihrem kürzlichen triumphalen Comeback auf einer Aktionärsversammlung von Amway vorschwärmte. Wer möchte sich so einen Streß zumuten?

Ich faßte es als schlechtes Zeichen auf, daß wir auf Anhieb einen Parkplatz fanden. Wir waren in einer Art Geisterstadt, einem kleinen Einkaufszentrum, von dem mehr als die Hälfte leerstand. Wo ein Geschäft den Besitzer gewechselt hatte, war der abblätternde alte Schriftzug auf der Sperrholzwand einfach übermalt worden. Arnies Büro hatte eine Fensterfront und war eins von dreien, die zur Straße hin lagen. Die beiden anderen waren ein philippinisches Importgeschäft und ein Laden mit ockerfarbenen Vorhängen, die an den Rändern blaßrosa ausgeblichen waren. Auf dem handgemalten Schild stand VID-MART ENTERPRISES.

«Aha», sagte ich, «da kann ich den Hut gleich mal vergessen.»

Renee war entgeistert. «Warum? Er steht dir so gut.»

Es war ein kecker Dreispitz aus dem gleichen schwarzweißen Satin wie mein Kleid. Ich hatte einen ganzen Vormittag dafür gebraucht und das Ergebnis mit stolzem Wohlgefallen betrachtet, aber in dieser schäbigen Umgebung fand ich ihn überkandidelt und grauenhaft deplaziert. Ich kam mir vor wie eine abgehalfterte Baroneß, die in einem Obdachlosenasyl mit ihrer Tiara protzt.

«Er paßt hier nicht her», sagte ich.

«Behalt ihn wenigstens auf, bis er ihn gesehen hat.»

«Renee...»

Sie nölte vor sich hin, während ich die Hutnadeln rauszog und den Dreispitz im Handschuhfach verstaute. Ich versuchte, in den Außenspiegel zu sehen. «Ist meine Frisur lädiert?»

«Nein.» Renee steckte mir ein paar Strähnen hinter die Ohren. «Du siehst fabelhaft aus.»

Ich knurrte was.

«Ich schwör's, Cady. Dein Teint ist ein Gedicht. Du strahlst.»

Ob strahlend oder nicht, ich fühlte mich wie der letzte Idiot. Renee stieg aus, machte die Beifahrertür auf und hob mich heraus. Ich strich mein Kleid glatt und stöhnte. Was für ein Wahnsinn. Warum hatte ich nur auf diese elende Tunte Leonard gehört? Und warum, in Gottes Namen, hatte ich geglaubt, etwas aus schwarzweißem Satin wäre das Passende für einen Morgentermin?

Eine Frau mit Lockenwicklern und Bermuda-Shorts kam aus dem Importgeschäft, blieb wie angewurzelt stehen und starrte mich an. Ich reagierte mit einem dünnen Lächeln und machte die Andeutung einer huldvollen Geste. Es war ihr kein bißchen peinlich. «Sind Sie im Showbusiness?» fragte sie.

«Ich arbeite dran.» Wie von Furien gehetzt peilte ich Arnies Tür an.

«Vom Zirkus?»

«Sie war Mr. Woods», verkündete Renee großspurig.

«Herrgott, Renee!»

Meine Mitbewohnerin lief rot an, als sie meine entnervte Miene sah. Dann wandte sie sich wieder an die Frau: «Wir müssen uns beeilen. Wir haben einen Termin bei ihrem Agenten und sind schon spät dran.»

«Er ist nicht mein Agent», maulte ich, als Renee mir die Tür aufhielt.

«Na, is ja egal.»

Wir verzogen uns in einen Raum, der nicht größer als unser Wohnzimmer war. Es gab einen Schreibtisch mit einer Empfangsdame, und an der einen Wand standen fünf oder sechs Plastikstühle. Eine Reihe von Publicityfotos war das einzige, was den Raum davor bewahrte, mit dem Wartezimmer eines Tierarztes verwechselt zu werden. Ich erkannte tatsächlich ein paar Tiere auf den Hochglanzfotos: Einen beigefarbenen Gaul mit einem Cowgirl im Sattel, einen kostümierten Kakadu, eine Tingeltangelreihe von Pudeln – und, jawohl, einige Kleinwüchsige, die mich alle turmhoch überragten. Soweit keine Überraschungen.

Die Empfangsdame sah von der Tastatur ihres Computers hoch. «Cadence Roth?»

Ich hob die Hände und grinste sie an. «Schuldig, Euer Ehren.»

Sie warf mir einen Blick zu, der besagte, ich solle mir den neckischen Kram für den Boß aufheben. Ich nahm es ihr nicht übel. Das alte Mädchen hatte sich bestimmt schon allerhand Stuß anhören müssen. Ich fragte mich, ob sie vielleicht Mrs. Green war. «Er kommt gleich wieder», sagte sie. «Er holt sich grade Doughnuts.»

«Kein Problem.»

«Haben Sie eine Mappe mitgebracht?»

Ich sagte, die hätte ich Mr. Green bereits geschickt.

«Oh.» Sie hantierte einen Augenblick mit den Papieren auf ihrem Schreibtisch. Dann hörte sie auf und sagte: «Bitte, nehmen Sie doch Platz.» Sie wandte sich an Renee, die mit großen Augen die Fotos an der Wand betrachtete. «Gehören Sie dazu?»

Einen Moment fürchtete ich, Renee würde sich als mein Manager ausgeben. Bei Verkäufern oder in der Schlange vor einer Kinokasse lasse ich ihr so was durchgehen, aber bei

Agenten ist es was anderes. Selbst bei Agenten wie Arnie Green. Sie könnten Fragen stellen, auf die Renee keine Antwort weiß. In der Eile des Aufbruchs hatte ich an diesem Morgen vergessen, sie darauf hinzuweisen.

Doch Renee sagte nur ja und verzichtete auf jede Ausschmückung.

«Kaffee?» fragte die Empfangsdame. «Sie? Oder Sie?»

«Nein danke», sagte Renee.

Ich schüttelte lächelnd den Kopf. Dann hievte ich mich auf das Besuchersofa. Nichts als Arsch und Ellbogen. Ich absolviere dieses Manöver fast schon ein ganzes Leben lang, aber eine elegante Methode habe ich noch immer nicht gefunden.

Renee war vor einem der Fotos stehengeblieben. «Ooh, schau mal», sagte sie. «Er hat Big Bubba unter Vertrag.»

«Tatsächlich?» sagte ich mit geheuchelter Begeisterung, denn die Empfangsdame beobachtete mich, und ich hatte nicht die leiseste Ahnung, wer oder was Big Bubba war.

«Er ist schon seit Jahren bei uns», sagte sie.

«Wunderbar», sagte ich. Was bin ich doch für eine Hure.

«Sind Sie ein Fan von ihm?»

Die Frage war Gott sei Dank an Renee gerichtet. «O ja!» kam die Antwort.

«Und wie», sagte ich zur Empfangsdame. «Sie schwärmt für Big Bubba.»

In diesem Augenblick kam Arnie mit seiner Tüte Doughnuts herein. Ich wußte gleich, daß er es war, denn er setzt an Halloween immer eine Anzeige in die Fachzeitschriften, und er sah genauso aus wie auf seinem Foto: hager und kahl und penetrant gebräunt. Und aus den Ohren kamen Haarbüschel wie häßliche Raupen. Statt eines buntkarierten Kammgarnanzugs trug er allerdings eine hellblaue Freizeithose mit passendem Golfhemd.

55

Ich rutschte vom Sofa, damit er mich in voller Größe zu sehen bekam. Das erleichtert meistens die Unterhaltung, wenn ich jemanden das erste Mal treffe. Außerdem fühlen sie sich nicht mehr so unbehaglich, wenn sie sehen, daß man gehen kann.

Arnie beugte sich herunter und gab mir die Hand. «Miss Roth.» Er hatte offensichtlich seine Hausaufgaben gemacht.

«Mr. Green.»

«Ich habe mich schon auf diese Begegnung gefreut.»

«Tja... gut.» Ich wußte nicht recht, ob seine Höflichkeit geheuchelt war oder nicht. Trotzdem war ich dankbar dafür.

«Und die Dame...» Er wies auf Renee, die an der Wand mit den Fotos stand und sich überflüssig vorkam.

«Ist meine Freundin», sagte ich. «Sie hat mich gefahren.»

«Ah ja.» Mit seiner blaugeäderten Hand machte er eine ausholende Bewegung zu seiner Tür hin. Die Geste schloß Renee ein. Ich hätte schwören können, daß mir ein Hauch von purem Testosteron an der Nase vorbeiwehte. «Bitte», sagte er, «nach Ihnen.»

Renee zeigte auf ihre linke Titte. «Ich?»

«Warum nicht? Wir sind hier alle Freunde.»

Das paßte mir gar nicht. Erstens wollte ich Arnies ungeteilte Aufmerksamkeit, und zweitens sollte Renee nicht sehen, wie ich ihm um den Bart ging. Als sie mich fragend ansah, ließ ich meine flache Hand über die Kehle zucken.

«Lieber nicht», sagte sie zu Arnie.

«Warum nicht?»

«Äh... ich sollte vielleicht auf das Auto achten.»

Arnie machte ein gequältes Gesicht, als hätte meine Fahrerin angedeutet, daß sein Büro in einer dubiosen Gegend lag.

«Das Verdeck ist unten», erklärte ich ihm. «Wir haben Sachen im Wagen.»

«Wie Sie wollen.»

Ich folgte ihm ins Büro. Es hatte keine Fenster, nur an der einen Wand ganz oben einen verglasten Spalt. Der Stuhl für die Klienten war bedenklich hoch, und ich ließ mir von Arnie raufhelfen. Er stellte sich sehr ungeschickt an und kam ein bißchen ins Schlingern. Als er mich absetzte, hörte ich in seinem Kreuz etwas knacken. Soviel zur Cher-Diät.

Hinter seinem Schreibtisch knabberte Arnie an einer Doughnut, während er meine Mappe studierte. «Mister Woods, eh?»

Ich nickte und leistete mir ein bescheidenes Lächeln.

«Da war ich mit meinen Enkeln drin.»

«Mmm.»

«Dann war das also Ihre Stimme?»

Nein, sagte ich, die Stimme des Kobolds sei elektronisch erzeugt worden, und ich hätte nur die Bewegungen gemacht. Mr. Woods sei manchmal ein Roboter gewesen, und manchmal hätte ich dringesteckt. (Ich müßte wirklich mal ein Blatt mit technischen Daten zusammenstellen. Weiß Gott, ich werde oft genug nach dem Kram gefragt.)

Nach einer Weile sagte Arnie: «Ich glaube, die anderen Filme kenne ich nicht.»

Ich lächelte sarkastisch. «Glaub ich Ihnen gern.»

Er lachte leise und ließ das Gebiß eines alten Pferdes sehen. Es gefiel ihm, daß ich so professionell war, die Flucht nach vorn anzutreten.

«Sie haben mich spielen lassen», sagte ich. «Das war mir gut genug.»

Arnie wischte sich den Doughnutzucker von den Fingern. «Sie wissen, ich vermittle keine Leute zum Film.»

Ich nickte. «Ich will nur Arbeit, Mr. Green.»

«Arnie.»

«Arnie.»

«Sie können singen», sagte er. «Sie haben ne gute Stimme.»
Ich hatte ihm ein selbstgemachtes Demoband geschickt, auf
dem ich «Coming Out of the Dark» sang, die neue Num-
mer, mit der sich Gloria Estefan von den Totgesagten zu-
rückgemeldet hatte. Genau der richtige Ton von robustem
Überlebenswillen.
«Das Band ist ziemlich schlecht», gab ich zu bedenken. «Die
Tonqualität, meine ich.»
«Trotzdem. Ich kann es raushören. Sie klingen wie... wie
hieß sie noch gleich? Teresa Brewer.»
Gar nicht schlecht geraten.
Arnie grinste. «Sie sind zu jung, um sich an sie zu erinnern.»
Ich sagte, ich wüßte, wer sie war, und würde es als Kompli-
ment auffassen.
Er sah wieder in die Mappe. «Sie machen Ihre Maske selbst.
Und Ihre Kleider auch.»
«Wer sonst?»
«Die Schuhe da sind nicht von Ihnen.» Er schielte auf meine
schwarzen Kunstlederslipper runter.
«K-mart», sagte ich. «Kinderabteilung.»
Er setzte ein beinahe großväterliches Lächeln auf und schüt-
telte langsam den Kopf. Dann wandte er seinen wäßrigen
Blick wieder der Mappe zu. Nach längerem Schweigen sagte
er: «Ich seh da nichts von Ringkämpfen.»
«Nein», sagte ich. «Werden Sie auch nie.»
Er nickte bedächtig, als fände er das ganz vernünftig.
«Und ich will auch nicht durch die Gegend geschmissen wer-
den.»
Wieder ein Nicken.
«Irgendwelche Aussichten?»
Er zog eine Schublade auf und nahm einen leicht zerfledder-
ten Aktenhefter heraus. «Möglich, ja.»
Wie sich herausstellte, hatte er eine Vereinbarung mit einer

kleinen Firma im Valley, die sich PortaParty nannte und für gesellschaftliche Anlässe – meistens Kindergeburtstage bei reichen Leuten – die «farbige» Ausgestaltung und Unterhaltung besorgte. Sie hatten gerade einen ihrer weiblichen Clowns (Normalgröße) ans Fernsehen verloren und suchten Ersatz.

Arnie versicherte mir, ich müßte nicht den Clown spielen. Ich könnte mir selbst was aussuchen, vielleicht auch singen – Hauptsache, der Chef war zufrieden. In erster Linie hätte ich Süßigkeiten zu verteilen und die Kinder zu ertragen. Wenn mir das zusagte, meinte er, könnte ich nächstes Wochenende anfangen.

Es war mir durchaus nicht zuwider, vor allem das mit meiner Vorgängerin, die wegen eines Fernsehjobs gekündigt hatte.

Wenigstens war es Showbusiness. In gewissem Sinne.

Auf Arnies Vorschlag überschlief ich die Sache, und am nächsten Morgen rief ich ihn zurück und nahm an.

«Es ist nur ein Anfang», sagte er.

Warum hatte ich dann das fatale Gefühl, daß es das Ende war?

Meine Stimmung wurde im Lauf des Tages immer trübseliger. Ich ertappte mich dabei, daß ich an die Corsos dachte, an die ich mich jahrelang nicht mehr erinnert hatte. Sie waren ein kleinwüchsiges Ehepaar, das sich aus dem Showbusiness zurückgezogen hatte. Als ich sie kennenlernte, lebten sie schon eine Weile im Ruhestand, und von der Karriere waren nur noch ein paar abgegriffene Alben und eine Wohnung voll alter Erinnerungsstücke übrig. Sie hatten wie ich in einem Film mitgewirkt, der alle verzauberte, aber niemand kam darauf, wenn sie es nicht ausdrücklich erwähnten.

Mom hatte sich Mitte der siebziger Jahre auf einem Kongreß der Little People of America in Irene und Luther vernarrt. Sie hatten einen Dia-Vortrag über ihre längst verflossene Karriere gehalten. Mom fand die beiden so toll, daß sie mit mir den weiten Weg nach Phoenix fuhr, damit ich das Paar in seinem natürlichen Habitat sehen konnte. Ich war damals ein vergrübelter Teenager und hatte mit meiner Selbstfindung einen Haufen Probleme. Wahrscheinlich dachte sie, die Begegnung mit den zweien wäre ein erhebendes Erlebnis für mich.

Die Corsos waren Ende fünfzig und wohnten im sechsten Stock eines Hochhauses am Stadtrand. Luther mit seinen knapp Einszwanzig konnte auf mich runtersehen. Er hatte ein Gesicht wie ein verhutzelter Apfel und trug eine karierte Hose und ein Hemd mit Button-Down-Kragen. Seit einem Schlaganfall konnte er nur noch mühsam sprechen. Irene, die noch größer war als er und aggressiv fliederfarbenes Haar hatte, bestritt den größten Teil der Unterhaltung. Soweit ich mich erinnere, ging es hauptsächlich um die Kinder, um Bridge-Turniere und um den flüchtigen Augenblick des Ruhms, als sie vor fast vierzig Jahren in *Wizard of Oz* als Gnome mitgespielt hatten.

Das Wohnzimmer war voll von *Oz*-Kitsch: Zinnsoldaten aus Plastik, Plüschlöwen und böse Hexen, wohin man sah. Sie hatten sogar die Backsteine des Balkons in dem unverkennbaren Gelbton gestrichen. Ich habe den Film immer geliebt, aber seinen märchenhaften Reiz konnte ich um nichts in der Welt mit diesen prosaischen Menschen in Verbindung bringen. Herrgott, das waren Gnome, die in ordinären Hausschlappen rumliefen. Gnome mit einem Mikrowellenherd, die Pop-Tarts aßen und sich im Fernsehen Golfturniere ansahen. Es ergab einfach keinen Sinn.

Zum Teil lag das Problem an ihrer Größe. Irene und Luther waren zur Zeit der MGM-Produktion Teenager gewesen. Danach waren sie beide noch mehr als dreißig Zentimeter gewachsen und ziemlich in die Breite gegangen. Irene sagte mir, viele der damaligen Gnome wären inzwischen größer – eine schockierende Mitteilung, die ich kommentarlos zur Kenntnis nahm. Irgendwie fühlte ich mich hintergangen. Ich erinnerte mich, daß die meisten Gnome keine Zwerge, sondern normal proportionierte Kleinwüchsige gewesen waren. Gut möglich, daß man der Hypophyse den richtigen Schubs gegeben hatte, der ein entsprechendes Wachstum auslöste. Genau besehen waren die Corsos überhaupt nicht mit mir zu vergleichen.

Irene brachte uns Cokes und Ding-Dongs und rasselte die abgenudelten Details ihrer gemeinsamen Tage im Märchenland *Oz* herunter. Kennengelernt hatten sie sich in dem gecharterten Bus, mit dem Papa Singer, der normalgroße Anwerber und «Betreuer» der Gnome, durchs Land gefahren war, um die kleinen Leutchen aufzusammeln. Als sie Anfang 1938 Kalifornien erreichten, wurden sie zusammen mit den anderen Darstellern im Culver Hotel untergebracht. Das Gebäude gibt es übrigens noch, allerdings sind jetzt Büros drin. Sooft wir daran vorbeifahren und ich an die alten Zeiten denke, sehe ich es unwillkürlich als eine Art Ellis Island für meine Leute.

Wie viele andere, die man für *Oz* verpflichtet hatte, traten die Corsos erst mal in einer Plotte namens *The Terror of Tiny Town* auf, dem weltweit ersten und letzten Western-Musical, das ausschließlich von Kleinwüchsigen bestritten wurde. Irene trug lederne Chaps und saß auf einem Shetlandpony, als Luther ihr einen Heiratsantrag machte. Sie sagte, sie wäre vor Freude schier gestorben, aber ehe sie ihn erhörte, hätte sie erst ihre Mutter in Ithaka angerufen. Luther versetzte seine Armbanduhr, damit er ihr einen Ring kaufen konnte, und als die Dreharbeiten zu *Oz* anfingen, waren sie verheiratet und hatten im Culver ein Doppelzimmer.

Als ich Irene fragte, was sie als Gnome bekommen hätten, lächelte sie nur und sagte: «Nicht soviel wie Toto.» Das war, wie sich herausstellte, die reine Wahrheit. Aber Luther und sie waren so verliebt und von ihrem Auftritt so begeistert, daß es ihnen auf das Geld nicht ankam. Sie hätte nie gedacht, daß sie mal beim Film landen würde, und das Ganze wäre für sie wie ein bezahlter Urlaub gewesen. Sie beharrte aber darauf, daß sie und Luther einen gesunden Geschäftssinn hätten, und deshalb wären sie auch mit ihrem Versandhandel so erfolgreich gewesen. Ob ich mal ihre Ehrenurkunde vom Kiwanis Club sehen wollte?

Die Corsos kannten nur ein paar von den Gnomen, die noch lebten. Drei oder vier wohnten in Phoenix und ließen sich ab und zu bei LPA-Treffen sehen. Einen hatten sie auf ihrer schwarzen Liste – einen alten Knacker in einem Pflegeheim, der jahrelang jedem, der dafür stillhielt, vorgemacht hatte, er sei der Bürgermeister der Gnome gewesen. Irene sagte, er wäre bloß einer vom Fußvolk gewesen und nicht der Schnauzbart mit der großen Taschenuhr, den wir alle in Erinnerung hätten. Ich fand die Aufschneiderei des Alten ziemlich harmlos, aber Irene sagte, er hätte sie in größte Verlegenheit gebracht, denn ständig hätten Reporter bei ihr angerufen und was über ihn wissen wollen. Der richtige Bürgermeister sei ein Freund von ihr gewesen, und er sei schon seit einigen Jahren tot.

Mehr noch ärgerten sich die Corsos über Judy Garland, obwohl sie noch immer ein Foto mit persönlicher Widmung von ihr auf dem Kaminsims stehen hatten. Judy, sagte Irene, sei eines Abends in der Jack-Paar-Show aufgetreten und hätte gemeine Bemerkungen über die Gnome gemacht. Sie hätte sie als verluderte und versoffene Bande hingestellt, bloß um beim Studiopublikum billige Lacher zu erzielen. Das hätte sie und Luther gekränkt, zumal Judy immer so nett gewesen war. Die Geschichten stimmten nicht, aber die Mär von den degenerierten Gnomen setzte sich so fest, daß Hollywood schließlich einen Film darüber machte, der *Under the Rainbow* hieß und überhaupt nicht witzig war. Sie mußten die Gnome von Zwergen spielen lassen, weil es dank der wunderbaren Fortschritte der Medizin nicht mehr genug Kleinwüchsige gab.

Unser Besuch bei den Corsos dauerte ungefähr zwei Stunden. Als wir gingen, gab mir Irene einen förmlichen Kuß und schenkte mir ein gerahmtes Gedicht über kleine Menschen, das sich «Small Blessings» nannte. Anschließend tranken Mom und ich Erdnußbutter-Milchshakes und machten einen langen Ausflug in die Wüste. Sie fragte nicht nach meinem Eindruck von den Corsos, also schwieg ich mich aus. Ich wußte, wie schnell sie eingeschnappt sein konnte. Sie ahnte aber, was ich dachte – wahrscheinlich hatte sie mich deshalb nicht gefragt –, und auf der ganzen Heimfahrt wirkte sie deprimiert und zugeknöpft.

Rückblickend würde ich sagen, daß sie erwartet hat, ich würde Irene und Luther ins Herz schließen, einen verschwörerischen Händedruck mit ihnen austauschen und ihr elfenhaftes Patenkind werden. Mindestens hat sie gehofft, ich würde mich nicht mehr so allein fühlen. Weiß Gott, ich habe versucht, ihr den Gefallen zu tun, aber es sprang einfach kein Funke über. Dem bekifften Indianer-Hippie, der uns im Dairy Queen die Milchshakes machte, hab ich mich näher gefühlt als diesen traurigen, zu groß geratenen Verlierern in ihrem Hochhaus.

Ich biß in den sauren Apfel und rief den Typ von PortaParty an, um meinen ersten Einsatz zu besprechen. Er hieß Neil Riccarton und hörte sich ganz nett an, obwohl er eine mickrige Stimme hatte, die mich an Kevin Costner erinnerte. Er sagte, ich solle auf dem Parkplatz des Einkaufszentrums an der Ecke Sunset und Crescent Heights zum «Ensemble» stoßen. (Das gefiel mir – es klang so nach Theater.) Von dort würden wir im offiziellen PortaParty-Kleinbus zu der Party fahren. Den Bus, sagte er, könnte ich nicht verfehlen, denn er wäre mit Clowns und Luftballons bemalt. Unser Auftritt wäre in Bel Air, im Haus eines Frauenarztes.

Nach einiger Überlegung entschied ich mich für eine Art Pierrot-Kostüm – schwarzer Polyesterstoff mit weißen Rüschen an Hals und Ärmeln und großen roten Knöpfen an der Vorderseite. Das würde auffallend und zugleich strapazierfähig sein, so daß ich es mehrmals verwenden konnte. Statt des traditionellen weißgeschminkten Gesichts blieb ich bei meinem normalen Make-up, denn damit würde ich mich – vor allem, wenn es Sommer wurde – wesentlich wohler fühlen. Außerdem wollte ich, daß sie mich sahen, wie ich war.

Als der große Tag kam, fuhr mich Renee zum Treffpunkt.

«Wer sind die anderen?» fragte sie. Ihr Haar flatterte wie frische Wäsche im Wind. Wir hatten gerade das krumme Rückgrat der Stadt erreicht, und die Fahrt ging jetzt hinunter nach Hollywood. Alles in allem war es ein wunderschöner Morgen.

«Welche anderen?»

«Die noch bei der... Party mitmachen.»

Ich sagte, ich wüßte es nicht genau. Meistens Clowns. Ein paar Pantomimen.

«Aach!» meinte sie begeistert.

Ich warf ihr einen strafenden Blick zu.

«Sei nicht so negativ», sagte sie. «Man kann aus allem was machen.»

Ich hatte das dumpfe Gefühl, daß sie diese vulgäre Lebensweisheit von ihrem Scientologen hatte, aber ich sprach es nicht aus, weil ich wußte, wie empfindlich sie in solchen Dingen war. Als gäbe es eine stillschweigende Übereinkunft, beschränkten wir uns auf Kommentare zur vorbeihuschenden Szenerie und wichen ihrem beschissenen Liebesleben genauso aus wie meiner beschissenen Karriere. Schließlich erreichten wir den Sunset Boulevard, und dann sah sie den PortaParty-Kleinbus.

«Aach», platzte sie heraus. «Der sieht wirklich schick aus.»

Sie fuhr auf den Parkplatz, griff rüber und machte meine Tür auf, damit ich besser sehen konnte. Hinter dem Bus standen einige Clowns und pafften eine letzte Zigarette. Einer von ihnen, eine Emmett-Kelly-Imitation mit Air Jordans an den Füßen, prallte bei meinem Anblick verdutzt zurück. Als er sich wieder gefangen hatte, rief er zu einem jungen Schwarzen hinüber, der vor einer Schachtel mit Partygeschenken hockte.

Neil Riccarton richtete sich auf und kam mit wiegendem Gang und einem strahlenden Lächeln auf uns zu. Er steckte in einem grauen Baumwoll-Overall, wie ihn Zirkusarbeiter tragen, und der Reißverschluß war so weit auf, daß man einen beeindruckenden, seidig glänzenden Brustkorb zu sehen bekam. Der Anblick raubte mir den Atem. Erst als er den Mund aufmachte, konnte ich diesen schlaksigen Traummann wieder mit der tranigen Hinterwäldlerstimme in Verbindung bringen, die ich am Telefon gehört hatte.

«Sie sind Cadence, nicht?»

«Stimmt.» Ich wies auf Renee, die neben der Fahrertür stand. «Das ist meine Freundin Renee.»

«Hallo», sagte Neil.

Sie erwiderte das Hallo und errötete.

Er wandte sich wieder an mich. «Kann ich helfen?»

Wenn Renee dabei ist, lasse ich mir sonst immer von ihr raushelfen, weil sie mit meinem Gewicht und seiner Verteilung vertraut ist und es nicht zu bösen Überraschungen kommen kann. Aber bei Neil machte ich eine Ausnahme. Behutsam und doch mit Nachdruck glitten seine großen Hände unter meine Achseln, hoben mich mit einer einzigen hydraulischen Bewegung heraus und setzten mich ab. Ich bedankte mich knapp und verbarg meine Verunsicherung, indem ich die Rüschen an meinen Ärmeln aufschüttelte. Ich mußte meine ganze Willenskraft aufbieten, um ihm nicht direkt auf die Weichteile zu starren.

Reiß dich zusammen, dachte ich. *Mach kein Lustobjekt aus dem Kerl. Der schwarze Mann als Superhengst ist ein entwürdigender Mythos.* Es konnte natürlich auch sein, daß er schwul war, aber das bezweifelte ich ernstlich, und mein Radar funktioniert auf diesem Gebiet meistens ganz gut. Zum Glück wurden meine unkeuschen Gedanken im Zaum gehalten von seiner quäkenden Kevin-Costner-Stimme, mit der er sich anhörte wie das Opfer einer schlechten Synchronisation. Ich sagte mir, wenn ich mich darauf konzentrierte, würde ich den Tag durchstehen können, ohne mich lächerlich zu machen.

Neil wandte sich an Renee. «Ich fürchte, wir haben nur noch einen Platz im Bus.»

Als Renee ein ratloses Gesicht machte, schaltete ich mich rasch ein. «Sie kommt nicht mit. Sie hat mich nur hergebracht.»

«Ach so. Verstehe.»

Renee bedachte ihn mit ihrem gewinnendsten Lächeln. Das Mädchen ist ja so leicht zu durchschauen. «Ich geh ins Beverly Center», sagte sie. «Heut ist mein Tag dafür.»

«Aha.»

«Wir müssen eine Zeit ausmachen, wann sie mich wieder abholt», sagte ich zu ihm. «Was meinen Sie, wie lange wir brauchen?»

Neil furchte die Stirn. «Ich weiß nicht. Läßt sich nicht so genau sagen. Bis fünf oder so.»

«Ich kann ja hier auf dich warten», bot Renee an, «wenn ihr bis dahin nicht zurück seid.»

Neil zuckte mit den Schultern und sah mich an. «Oder ich kann Sie nach Hause fahren.»

Ich sagte ihm, daß ich im Valley wohne.

«Ich weiß», sagte er. «Ich auch.»

«Ach wirklich?» kam es von Renee – ein bißchen zu begierig, wie ich fand.

«Gar kein Problem», sagte Neil, noch immer an mich gewandt. «Ich mach das immer für unsere Truppe.»

Ehe ich mich versah, war Renee verschwunden, und ich hockte eingezwängt im Bus – mit Neil, drei Clowns, einem Haufen Partykram und einer klapperdürren Feenprinzessin namens Julie. Ein Sitz wäre bei mir Platzverschwendung gewesen, deshalb stauchte ich mir einen handbemalten Vorhangstoff zurecht, der anscheinend als Kulisse verwendet wurde. Als wir auf dem Sunset in Richtung Bel Air fuhren, brach Neil das Eis und gab bekannt, daß das neue Ensemblemitglied sein Debüt beim Film gemacht hatte, und zwar als Na-ihr-wißt-schon.

«Scheiße», sagte Julie, «für so ne Rolle würd ich auf der Stelle sterben.»

Ich sagte ihr, es hätte nicht gerade mein Leben verändert.

«Trotzdem», sagte sie. «Es ist ne *Legende*.»

Einer der Jungs, ein Clown namens Tread mit treudoofem Blick und rotem Schnauzbart, sah über die Schulter zu mir nach hinten und sagte: «Ich war echt begeistert von der Stelle, wo Mr. Woods den präparierten Keks ißt.»

«Und danach süchtig wird», meinte ein anderer.

«Das war echt cool», sagte der dritte.

«Die Szene würden sie heute erst gar nicht drehen.»

«Scheiße, nee. Niemals, Mann.»

Neil warf Tread einen merkwürdigen Seitenblick zu.

«Hey», sagte Tread. «Ich bin sauber.»

«Nur nicht während der Arbeit», sagte Neil. «Mehr verlang ich nicht.»

«Jessas», murmelte Tread.

«Na komm.» Neils Miene blieb freundlich, obwohl sie gequält wirkte. «Seh ich vielleicht aus wie Marilyn Quayle?»

«Total!» rief Julie und ließ ein quäkendes Lachen folgen. Sie machte den Arm lang und schlug ihm auf die Schulter. «Vor allem, wenn du diesen verkniffenen Zug um den Mund kriegst.»

«Verkniffen?»

«Du weißt schon.» Julie kräuselte die Lippen, was Tread und einen anderen veranlaßte, es ihr nachzutun. Alle bis auf Neil fanden es zum Schreien.

«Leute», sagte er und zog das Wort in einem Valley-Singsang in die Länge. «Nicht vor der Neuen.»

Julie prustete los und steigerte sich in einen wahren Janis-Joplin-Hustenanfall rein. Emmett Kelly sah es sich eine Weile mitleidig an, dann patschte er ihr ein paarmal auf den Rücken, doch ohne Erfolg. Neil schaute zu mir nach hinten und zwinkerte mir zu. «Noch ist es nicht zu spät für einen Rückzieher.»

«Ach was», sagte ich. «Kein Problem für mich.»

Das Haus des Frauenarztes war ein Flachbau aus Naturstein mit einer blütenweißen Kieseinfahrt, satten Rasenflächen und einer blutroten Eingangstür, die höher als das ganze Haus wirkte. Als wir ankamen, bauten die Leute vom Party-Service auf dem Rasen gerade ein Zelt auf. Neil bekam seine Instruktionen von der Frau des Arztes, einer nervösen Magersüchtigen mit so einer kunstvoll zerzausten, windschiefen

Frisur, wie sie in Bel Air groß angesagt sind. Er stellte den Bus, wie befohlen, neben dem Tennisplatz ab.

Als ich wieder festen Boden unter den Füßen hatte, streckte ich mich und atmete tief durch. Mein linker Fuß war mir unterwegs eingeschlafen, und ich stampfte ein paarmal auf den Kies wie ein altes Varieté-Pferd bei einer Rechenaufgabe. Neil sah es und fragte grinsend: «Geht's?»

«Ja.»

«Was willste blasen?»

«Wie bitte?»

«Luftballons oder Seifenblasen?»

«Wie wär's mit weder-noch?»

Er lachte in sich hinein. Dann wühlte er hinten im Bus und gab mir ein Fläschchen Seifenlauge. «Versuch's mal. Kommt bei Kindern immer gut an.»

Ich fragte ihn, wie klein sie wären.

«Fünf oder so. Das Geburtstagskind wird jedenfalls fünf.»

«Alles klar.»

«Wir singen ‹Happy Birthday› und rollen die Torte rein.»

Ich lächelte ihn an. «Möchtest du, daß ich aus dem Ding rausspringe?»

Er schien es als Nervosität aufzufassen, denn er zwinkerte mir aufmunternd zu und sagte: «Keine Sorge. Du bringst das.»

Jeder andere, der mir mit so einem Mickymaus-Job gekommen wäre, hätte was zu hören bekommen, doch Neil war eine Ausnahme. Im Lauf des Tages konnte ich sehen, wie sehr er seine Arbeit liebte und wieviel ihm daran lag, daß auch ich mich dabei wohl fühlte. Er ging fabelhaft mit den Kindern um, war nie herablassend und befaßte sich mit ihren Wehwehchen wie jemand, der sich noch gut erinnert, wie so etwas ist. Hier das Bild, das mir am stärksten in Erinnerung geblieben ist: Neil an seinem elektrischen Piano, ein lustiges

Glitzern in den Augen, wie er dem Geburtstagskind mit einer flotten Version von «You Must Have Been a Beautiful Baby» ein Ständchen bringt. Als ich ohne Vorwarnung in die zweite Strophe einstimme, ist er überrascht, daß ich so gut singen kann, und zwinkert mir anerkennend zu. Ein befriedigender Augenblick.

Auch die anderen hatten ihre festen Rollen. Tread führte Zauberkunststücke vor und blies Luftballons auf, die zu Tierfiguren wurden. Emmett Kelly und sein Freund schlugen Purzelbäume, und Julie schlappte mit ihrem Zauberstab herum und erzählte Witze, die selbst für eine Feenprinzessin, die vor Kindern im Vorschulalter auftrat, unvorstellbar lahm waren. Mir erging es mit meinen Seifenblasen nicht viel besser, aber die meisten Kinder – Gott segne ihre voyeuristischen kleinen Herzen – ergriffen begierig die Gelegenheit, eine Erwachsene, die noch kleiner war als sie, aus der Nähe zu betrachten.

Um fünf waren wir fertig und packten unseren Kram wie Zigeuner, die weiterziehen. Diese Vorstellung von unserem Job hatte ich mir inzwischen zurechtgelegt, und sei es nur aus Gründen der geistigen Hygiene. Irgendwie fand ich es erträglicher, mir einzureden, daß wir nicht im Bel Air des Jahres 1991 waren, sondern im Rumänien des ausgehenden 19. Jahrhunderts (allerdings ohne die Pogrome) – Zigeuner auf der Walz, die auf einer Kirmes ihrem Gewerbe nachgehen. Schließlich hatten wir Gras unter den Füßen und machten unsere eigene simple Musik, und über uns wölbte sich ein blauer Himmel. Was machte es, daß die Dorfbewohner alle fünf Jahre alt waren und die vornehme Dame des Orts eine lächerliche Frisur hatte? Phantasie ist die Kunst, nicht wählerisch zu sein.

Wir ließen die anderen auf dem Parkplatz aussteigen, und Neil fuhr mich wie besprochen nach Hause. Als es den

Canyon raufging, entschuldigte er sich für das Benehmen der
Arztfrau, die mich – unter anderem – «niedlich» genannt
hatte, und zwar in dem gleichen tüteligen Ton, in dem sie
auch mit ihrer fünfjährigen Tochter redete.

Ich sagte ihm, ich sei daran gewöhnt.

«Ja, aber trotzdem...»

«Hat sie dir ein Kompliment wegen deinem Rhythmusge-
fühl gemacht?»

Er grinste und sah mich von der Seite an. «Sie hat gesagt, ‹Do
the Right Thing› hätte ihr sehr gefallen.»

Ich lachte.

«Sie sind nicht alle so schlimm.»

«Na Gott sei Dank.»

«Aber mit den Kindern hat's doch Spaß gemacht.»

Es war keine Frage, aber ich murmelte was Zustimmendes,
weil ich kein Spielverderber sein wollte. Es klang bestimmt
nicht überzeugend. Ich habe nichts gegen Kinder. Manche
können ganz nett sein, wenn man mit ihnen allein ist. Aber
wenn sie in Massen auftreten, gehe ich ihnen lieber aus dem
Weg. Zum Beispiel, wenn sie sich versammeln, um sich mit
Zucker vollzudröhnen.

Neil fragte, wo ich so gut singen gelernt hätte.

«Daheim. In Baker.»

«Baker?»

«Das liegt in der Wüste. Kennt kein Mensch. Sie nennen es
‹Das Tor zum Death Valley›.» Ich verdrehte die Augen.
«Vornehme Umschreibung von Fegefeuer, was?»

Er lachte in sich hinein. «Das meinen sie doch nicht im Ernst,
oder?»

«Oh, und ob. Steht auf einem großen Transparent quer über
der Straße.»

«Kann ich mir gar nicht vorstellen.»

«Du Glücklicher.»

«Hast du in der Schule gesungen?»

«Manchmal. Bei ein oder zwei Schulfesten. Meistens hab ich zu Hause meine Bee-Gees-Platten gespielt und mitgesungen.»

Er nickte nachdenklich. «Jetzt, wo du's sagst, seh ich den Einfluß. Deine Stimme erinnert wirklich...»

«An die Gibbs-Brüder?»

«Ja.»

Ich sagte ihm, daß Arnie fand, ich würde mich anhören wie Teresa Brewer.

«Nee», sagte er, «mehr wie die Bee Gees.»

«Na, danke für die Blumen, und scheiß drauf.»

«Doch, wirklich. Es ist ein toller Sound. Könnte sein, daß du da was hast. Du solltest ne Platte aufnehmen.»

Wie war doch gleich dieser Spruch über Hollywood? Eine Stadt, wo man an einer Überdosis Ermutigung sterben kann? Ich wollte nicht allzu gierig erscheinen und machte deshalb ein skeptisches Gesicht.

«Was ist denn an den Bee Gees auszusetzen?» fragte er.

Ich verdrehte die Augen. «Muß ich das einem Schwarzen wirklich erklären?»

Er deutete ein Lächeln an und zuckte mit seinen enormen Schultern, als wollte er sagen, daß er einen liberalen Geschmack hatte und gernhaben konnte, was er wollte. «Es war kein schlechter Sound. Und er kommt auch wieder. Wart's ab. In den Klubs sieht man schon wieder Stiefel mit Blockabsätzen.»

«Ich kann's kaum erwarten.»

«Wann bist du hergezogen?»

«Neunzehnhundertachtzig.»

«Abgehauen?»

«Na ja... gewissermaßen. Mit meiner Mom.»

«Du meinst, vor deinem Vater?»

«O nein. Der hat sich schon vorher abgesetzt. Als ich drei war.» Ich sah ihn lächelnd an. «Als er gemerkt hat, daß sein kleiner Däumlich so klein *bleiben* wird.»

«Oh.»

«Mom und ich wollten einfach von Baker weg. Und ich wollte ein Star werden.» Das Eingeständnis war mir peinlich, deshalb zog ich die Augenbrauen hoch, um ihm zu zeigen, daß ich wußte, wie dumm die Bemerkung war. Er sollte nicht denken, daß ich mich so ernst nahm. Obwohl ich's tue.

«Du hast gleich ne Rolle gekriegt», sagte er. «*Mr. Woods*, das war... wann war das?»

«Einundachtzig.»

«Nicht schlecht für'n Mädchen, das neu ist in der Stadt.»

«Vermutlich, ja.»

«Hast du vorgesprochen?»

«Nein. Philip hat mich zufällig gesehen, als ich mal mit Mom unterwegs war.»

«Philip Blenheim?»

Ich nickte nur und genoß sein Staunen. Die meisten sind beeindruckt, wenn sie hören, daß ich mal mit einem berühmten Regisseur per du war. Aber eben – ‹es war einmal›.

Ein Lächeln glitt über Neils Gesicht. «Er hat dich *entdeckt*?»

«Er ist über mich gestolpert.»

«Ach komm. Wo?»

«Im Farmers Market. Ich war mit Mom zum Brunch da, und es war ein solches Gewühl, daß er mich aus Versehen gerempelt hat. Aber er war wahnsinnig nett. Hat uns zu Smoothies eingeladen und sich in einer Tour entschuldigt. Mir ist erst später klargeworden, daß er die ganze Zeit überlegt hat, ob ich in das Gummikostüm passe. Er hat sich unsere Nummer notiert und Mom noch am gleichen Abend angerufen. Am nächsten Tag hatte ich das Drehbuch.»

Neil schüttelte fassungslos den Kopf.

«Was für ne große Sache das war, hab ich erst gemerkt, als er die Presse ausgesperrt hat.»

«Daran erinnere ich mich. Denen von der Presse hing die Zunge raus.»

Ich sagte, es wäre die verrückteste Zeit meines Lebens gewesen. Und das erhebendste Gefühl.

Im Canyon wurde es rasch dunkel. Neil sagte eine Weile nichts mehr und konzentrierte sich auf die Straße. Schließlich fragte er: «Bist du diese Woche mal in nem Videoladen gewesen?»

«Nein. Warum?»

«Sie machen grade ne große Promotion.»

«Für was?»

«*Mr. Woods*. Große Pappfiguren von Jimmy und dem Kobold. Bewegt von kleinen Elektromotoren.»

«Ach ja?»

«Ist es nicht das zehnjährige Jubiläum?»

«Doch», sagte ich. Ich hatte natürlich gewußt, daß so was kommen würde, aber ich hatte es momentan vergessen. Ich hatte *versucht*, es zu vergessen.

«Vielleicht wirst du zu einer Wiedersehensfeier eingeladen.»

«Niemals.»

«Wieso nicht?»

«Philip will den Zauber erhalten.» Die letzten drei Worte sagte ich wie immer als Zitat.

«Was soll das heißen?»

Ich zuckte die Schultern. «Mr. Woods ist etwas, was man nur auf der Leinwand sieht. Der Film ist alles. Deshalb tritt der Kobold nie in der Öffentlichkeit auf, nicht mal bei der Oscar-Verleihung. Philip will nicht darüber reden, wie er das mit der Figur gemacht hat, und er will auch nicht, daß sonst jemand darüber redet. Es würde die Leute daran erinnern, daß Mr. Woods nicht aus Fleisch und Blut ist. Darum will er es nicht.»

«Aber ich finde es faszinierend. Besonders jetzt.»

«Philip meint, es würde den Film kaputtmachen, das Geheimnis zerstören und bla-bla-bla. Jedenfalls hat er damals so gedacht. Ich glaub nicht, daß er seine Meinung geändert hat.»

«Ist denn dein Name im Abspann erschienen?» Der besorgte Blick, mit dem er mich ansah, tat mir gut.

Ich erzählte ihm, daß im Abspann ein Dutzend «operators» des Kobolds aufgeführt waren, darunter auch ich. Das Publikum hätte denken können, daß ich ein Techniker oder Roboter-Ingenieur war und nicht eine Schauspielerin, die einen Auftritt absolviert hatte. Ich erzählte ihm von dem Interview, in dem mich ein Reporter von *Dramalogue* über meine Rolle befragt hatte – als das erschienen war, hatte Philip losgeschrien und mir vorgeworfen, ich würde das Geheimnis des Films ruinieren. Ich sagte Neil, daß es mich fast den Job gekostet hätte und daß Philip bis zum letzten Drehtag sehr frostig zu mir gewesen war.

Neil runzelte die Stirn. «Aber inzwischen hat er's verkraftet, oder?»

«Wer weiß? Ich bin ihm die ganzen Jahre nicht mehr begegnet.»

Er schüttelte nachdenklich den Kopf. «Was für eine Story.»

Ich hatte dafür nur ein Schulterzucken.

«Danke, daß du mir das erzählt hast. Wenn ich mir das nächste Mal den Film ansehe, werd ich daran denken, daß du es bist.» Er sah mich mit einem liebenswerten Lächeln an. «Für mich wird es das Geheimnis nicht ruinieren.»

Als wir vor dem Haus hielten, kam Renee barfuß und in Jeans rausgerannt und trug den bestickten gelben Pullover, den sie nur bei besonderen Gelegenheiten anzieht. Wer weiß, wie lange sie hinter der Tür gestanden und gewartet hatte.

«Wie ist es gelaufen?» fragte sie und lehnte sich an den Bus.

«Ganz gut», sagte ich.

«Hat es den Kindern Spaß gemacht?»

Ja, sagte ich, sie hätten sich fabelhaft amüsiert.

«Soll ich dir raushelfen?» fragte mich Neil. Sein Profil hob sich von Renees Gesicht ab wie ein Granitbrocken vor einer Nebelwand. Tja, liebend gern, dachte ich. Ich brauche zwei Hände, groß wie Bratpfannen, und zwar unter jeder Achsel eine. Und an meinem Hals vielleicht noch einen warmen Atemhauch, der erfrischend nach Juicy Fruit riecht.

«Ich mach das schon», flötete Renee.

Ich durchbohrte sie mit ein paar Dutzend funkelnden Blicken, die ihr wie gewöhnlich alle entgingen. Schon kam sie halb besoffen vor Hilfsbereitschaft auf meine Seite gerannt. Als sie die Beifahrertür aufriß, rutschte ich vom Sitz und machte mich selbst an den Abstieg.

«Bist du sicher?»

«Und wie.» Ehe ich aus Neils Blickfeld entschwand und mich aufs Pflaster plumpsen ließ, warf ich ihm über die Sitzkante einen humorigen Blick zu.

Als ich mich aufrichtete, bot ihm Renee gerade an, auf eine Tasse Kaffee hereinzukommen.

«Nein danke», sagte er. «Ich hab noch... verstehn Sie... meilenweit zu gehn, bevor ich schlafen kann.»

Renee faßte das Robert-Frost-Zitat wörtlich auf. «Ich hab gedacht, Sie wohnen ganz in der Nähe?»

Neil lächelte höflich. «Na ja, nicht so weit. Aber ich muß noch ein paar Sachen erledigen.»

Renee nickte.

«Es hat Spaß gemacht», sagte er zu mir.

«Find ich auch.»

Einen Augenblick trafen sich unsere Blicke. Dann fuhr er los.

Nach ein paar Metern rief er mir noch zu: «Ich sag morgen Bescheid wegen dem nächsten Job. Ich hab ein paar Ideen für neue Songs!»

«Prima!» schrie ich zurück.

Als der Bus um die nächste Ecke verschwunden war, ging Renee mit mir zur Haustür. «Er ist nett, find'st du nicht?»

«Ja.»

«Sieht auch gut aus.»

«Er ist in Ordnung», sagte ich.

Es ist fast Mitternacht, und ich habe endlich mein Bad genommen. Für diese Eintragung habe ich drei Stunden gebraucht – mehr, als ich gedacht hatte. Renee hat ein paarmal reingeschaut und mir Kakao nachgeschenkt. Ich hab ihr angemerkt, daß sie mich furchtbar gern über meinen neuen Boß ausfragen wollte, aber sie hat es sich verkniffen; wahrscheinlich aus Respekt vor meiner unerwartet eifrigen Tagebuchschreiberei. Mir ist das ganz recht, denn ich bin mir über meine Gefühle sowieso nicht im klaren. Ich hätte sie lüstern genannt und es dabei belassen, wenn ihr mich vorher danach gefragt hättet. Bevor er mit mir gesungen und mich nach Hause gefahren und diese herzerwärmende Bemerkung über das Geheimnis gemacht hat.

4

Fünf Tage später. Wieder auf meiner Luftmatratze. Ich sollte euch ein bißchen von Jeff Kassabian erzählen, mit dem ich jetzt beinahe zehn Jahre befreundet bin, denn wir haben uns letzten Sonntag zum Brunch getroffen, und er hat mir die lachhafteste Geschichte aller Zeiten vorgetragen. Das gehört zwar zu den Dingen, die Jeff liebenswert machen, aber es hatte auch was Trauriges, denn zur Zeit ist ihm nicht sehr nach Lachen zumute. Daß er sich manchmal einsam fühlt, ist bei ihm normal, aber ich wollte, er würde nicht jede Alltäglichkeit – jedenfalls alltäglich für ihn – zu einem sagenhaften Erlebnis hochstilisieren, bloß um seine Einsamkeit zu überspielen.

Jeff ist Schriftsteller und ungefähr so alt wie ich. Er bringt sich mit Bürojobs durch, aber seine kreative Energie fließt in das Buch, das er grade schreibt – ein endloser autobiographischer Roman über Kindheit und Jugend eines schwulen Armeniers im Central Valley. Es ist schon sein zweites Buch. Sein erstes handelte von einem weißen Jungen, der sich während des Zweiten Weltkriegs in einem Internierungslager für Japaner in einen japanischen Jungen verliebt. Von dem Buch wurden ungefähr fünftausend Exemplare verkauft, und er kriegte irgendeinen schwulen Literaturpreis dafür. Ich bin zu seiner einzigen Signierstunde gegangen – im Different Light in Silver Lake –, und dort hab ich bei ihm am Tisch gesessen, hab Weißwein aus Pappbechern getrunken und mit seinen Autogrammjüngern geflirtet.

Als ich Jeff in einer Videobar in West Hollywood kennenlernte, wußte ich von Homosexualität so gut wie nichts, obwohl mich meine neunzehn Jahre in Baker gründlich auf den Umgang mit Schwulen und Lesben vorbereitet hatten. Ich konnte stundenlang in einer Schwulenkneipe auf einem Bierkasten hocken und mich amüsieren – trinken und lachen und Quaaludes einwerfen –, und nicht einen Augenblick kam ich mir wie ein verirrter Marsbewohner vor. Die schönsten Boy-Starlets der Stadt beugten sich mit ihren hübschen Gesichtern zu mir runter und erzählten mir die ausgefallensten Sachen. Von meiner ersten Begegnung mit Jeff ist mir nur in Erinnerung geblieben, wie hocherfreut ich war, als er einen guten Freund von sich als «Größenschwuchtel» bezeichnet hat – und wie lange ich brauchte, bis ich merkte, daß er nicht von einem schwulen Zwerg sprach.

Seitdem sind wir, mit Unterbrechungen, dicke Freunde. Jeffs letzter Liebhaber ist an Aids gestorben. Im Oktober werden es zwei Jahre. Ned war ein älterer Typ von Mitte fünfzig. Ein richtig patenter Kerl und für Jeff, glaube ich, ein wirklicher Halt. Seit er tot ist, ergeht sich Jeff zunehmend in kreativ ausgeschmückten Erinnerungen. Ich will damit nicht sagen, daß er lügt. Nur daß er die Fakten kunstvoller arrangiert als jeder, der mir bisher begegnet ist. Nicht nur als Schriftsteller, sondern auch im wirklichen Leben ist er eher ein Arrangeur, der die Karten ständig mischt und in immer neuen Konfigurationen ausbreitet. Ich habe längst gelernt, seine Erinnerungen wie seine Zukunftsvisionen mit einem Zentner Salz zu nehmen.

Am Sonntag rief er mich also aus seinem Haus in Silver Lake an.

«Ist es zu spät für einen Brunch bei Gloria's?»

Ich fragte ihn, um was es ginge.

«Ich hab grade was Unglaubliches erlebt.»

«Ah ja?» Ich versuchte, nicht allzu blasiert zu klingen.

«Ich brauch deinen Rat.»

«*Meinen* Rat?»

«Es wird dich umhauen – wenn es das ist, was ich glaube. Und wenn nicht, wird's einfach ein netter Brunch.»

«Ich nehme an, du willst im Moment nicht mehr verraten?»

«Natürlich nicht», sagte er.

Ich wußte, daß Renee nach Beverly Hills wollte, um Schuhgeschäfte abzuklappern. Also beschloß ich, eine Fahrt bei ihr zu schnorren. Ich hatte Jeff schon eine Ewigkeit nicht mehr gesehen und sehnte mich nach einer Abwechslung, vor allem, wenn ich dabei nicht durch Einkaufspassagen latschen mußte. Ich fragte Jeff, ob er mich anschließend nach Hause fahren würde.

«Jederzeit.»

«Also gut, abgemacht.»

«Prima. Nach dem Brunch können wir zu mir und noch ein bißchen rumhängen.»

«Du wirst mir doch nichts vorlesen, oder?»

Er lachte, aber es klang leicht gequält, deshalb sagte ich ihm, ich hätte nur Spaß gemacht.

«Ich hab immer gedacht, es hätt dir gefallen.»

«Hat es ja. Tut es auch noch. Ich sag doch, es war nur Spaß.»

Na ja, nicht ganz. Als wir das letzte Mal bei ihm rumgehangen sind, hat er mir lang und breit aus seiner Autobiographie vorgelesen. Es war ganz interessantes Zeug – vor allem, wenn man Jeff kennt –, aber es ging ungefähr eine Stunde zu lang. Seine Verführung im Alter von zwölf Jahren – in einem Schuppen, wo sie Erbsen pulten, oder was weiß ich – hätte man gut um die Hälfte kürzen können. Außerdem erzählt er alles im Präsens und beharrt darauf, das würde literarischer klingen. Mag ja sein, aber manchmal kann es einem auf die Nerven gehen.

«Keine Sorge», sagte er mißmutig. «Ich verschon dich.»

«Jetzt sei doch nicht so. Ich bin dein größter Fan. Hab ich dich nicht den schwulen Saroyan genannt?»

Er grummelte was.

«Ich geb dir deine Streicheleinheiten beim Brunch», sagte ich munter. «Du bezahlst doch, oder?» Die Frage klang drängender, als ich mir anmerken lassen wollte. Dieser Tage ist jedes Essen, das nicht aus einem Cher-Shake besteht, ein teurer Luxus für mich.

«Natürlich», sagte Jeff. Er war immer noch ein bißchen sauer auf mich. «Ich hab dich doch eingeladen, oder nicht?»

Da es ein gemütlicher Sonntag in Silver Lake werden sollte, zog ich ein blaugrünes T-Shirt an und garnierte es mit einer bunten Pop-Perlenkette und meiner Ansteckerknadel mit dem künstlichen Stein in schreiendem Pink. Wenn ich nicht kostümiert oder in Abendgarderobe bin, trage ich fast immer T-Shirts, denn sie sind billig und bequem, und man kann sich mit Accessoires so richtig verausgaben. Eine Zeitlang habe ich allerhand buntes und glitzerndes Zeug als Gürtel dazu getragen, aber seit ein paar Jahren mache ich mir nicht mehr die Mühe. Wenn man gebaut ist wie ich, hat es nicht viel Sinn, so zu tun, als hätte man eine Taille.

Auf der Fahrt durch den Canyon war Renee ganz aufgekratzt. Sie sagte, sie könnte es nicht erwarten, endlich Ölfarben zu kaufen, denn im Fernsehen hätte sie einen Typ gesehen, der einem zeigt, wie man schneebedeckte Berggipfel mit Weihnachtsbäumen malt, indem man einfach den Pinsel auf die Leinwand stupst. Er wäre nicht grade ein Traumtyp – sogar schon ein bißchen alt –, aber er hätte so eine tiefe, samtene Stimme, und die gäbe einem so eine innere *Ruhe,* auch ohne daß man was malt. Mir wird jetzt schon mulmig, wenn ich mir vorstelle, wie in Zukunft unsere Abende aussehen werden: Ich liege mit diesem Tagebuch bäuchlings auf meinem Kissen, und Renee steht vor ihrer Staffelei, wo sie unter dem unheimlichen Bann eines bärtigen Typs mit Strickjacke endlos ihre schneebedeckten Gipfel hintupft. Sie hat mich auch wieder nach Neil ausgefragt. Sie hat mich nicht gebeten, ihr ein Rendezvous mit ihm zu verschaffen, aber ich glaube, sie ist kurz davor. Ich würde ihr den Gefallen liebend gern tun, wenn Neil nicht mein Arbeitgeber wäre, und wenn ich Renee nicht so gut kennen würde. Neil und ich haben eine nette, unkomplizierte, rein berufliche Beziehung, und das Klügste wird wohl sein, es so zu lassen.

Vor dem Gloria's erklärte ich Renee den Weg zum nächsten Laden für Künstlerbedarf, dann schickte ich sie los und ging alleine rein. Im überfüllten Restaurant arbeitete ich mich durch einen Wald von Beinen. Die meisten steckten in den derzeit angesagten Hüllen – neonfarbene, enganliegende Glanzdinger, mit denen Schwule wie Heteros aussehen und umgekehrt.

Auf halber Strecke bekam ich Blickkontakt mit einem Burschen, der eine Zahnlücke hatte und eine pfauengrüne Radlerhose trug. «Hallo, Cady», sagte er lächelnd. Ich lächelte zurück, obwohl ich mich nicht an ihn erinnern konnte. Sein praller Sack schwebte über mir wie ein Zeppelin, irisierend wie ein Schmetterlingsflügel in der Morgensonne.

«Hier drüben.» Jeff winkte mich an einen Tisch. Hinter ihm ragte ein Spalier mit weißer Bougainvillea auf, durch das ich die zornigen Wischer des Verkehrs auf dem Sunset sehen konnte. «Ich hab dir ein Kissen mitgebracht», sagte er und hob mich auf einen Stuhl.

«Was? Tatsächlich?» Es war ein Kissen mit Paisley-Bezug, breit und flach und von der richtigen Festigkeit – grade so, wie ich es brauchte. Ich machte es mir bequem, zupfte mein T-Shirt zurecht und sah mich um.

«Und jetzt soll ich dir wohl aus der Hand lesen.»
Jeff lachte in sich hinein.
Ich rutschte auf meinem Thron hin und her. «Du hast das von zu Hause mitgebracht? Wirklich?»
«Ist ja nicht weit.»
«Du bist krank.» Ich musterte ihn kurz und machte mich wieder vertraut mit dem sympathischen Gesicht, den dunklen Augen und dem schieferblauen Bartschatten an seinem Kinn, den er schon zur Mittagszeit hat. Seine Wimpern, die schon immer sein attraktivstes Merkmal waren, kamen mir irgendwie noch üppiger vor, als wären sie ein Ausgleich für sein schütter werdendes Haar. Er trug eine grüne Kordhose und ein einfaches weißes Hemd mit aufgekrempelten Ärmeln. Wenn ich mich recht erinnere, hatte er das gleiche an, als ich ihn an jenem Abend vor vielen Jahren im Blue Parrot kennengelernt habe. Es ist seine Schriftstellerkluft.
«Ich hab uns Margaritas bestellt», sagte er.
Ich sagte, er könne meine haben. Ich sei auf Diät.
«Ach, wenigstens *eine*.»
«Muß ich besoffen sein, um mir deine Neuigkeit anzuhören?»
Er lächelte. «Nein.»
«Siehst gut aus», sagte ich.
«Danke. Du auch.»
«Also... wenn du mir nichts vorlesen wirst, hoffe ich, daß es um Sex geht.»
Er lachte glucksend.
«Letzte Nacht?»
Er nickte.
«War sein Ding größer als ne Salami?»
«Immer eins nach dem andern.»
«Sag schon.» Ich verschränkte die Arme und wartete.
«Also, gestern mittag bin ich zum Joggen in den Griffith

Park gefahren. Ich hab an der üblichen Stelle geparkt, und da hab ich diesen Jungen gesehn, der an einem Auto lehnte.»

«Beschreibung, bitte.»

«Ach... so zwanzig, einundzwanzig. Sandfarbenes Haar. Angezogen, als käme er grade aus einem Seminar an der Uni.»

«Niedlich?»

«Sehr.»

«Weiter.»

«Also, ich bin losgelaufen, den Pfad lang, denn dazu war ich ja gekommen...»

«Natürlich.»

«...und bin ne halbe Stunde gelaufen, hab mich völlig verausgabt, und als ich wieder zum Parkplatz kam, hat er immer noch dagestanden und an seinem Auto gelehnt.»

«O je.»

«Wieso?»

«War doch hoffentlich kein Bulle?»

«Nein. Jetzt halt doch mal die Klappe und laß mich ausreden.»

«'tschuldigung.»

«Also, ich wollte grad ins Auto steigen, da hat er sich... verstehst du, so von der Seite an mich rangemacht und versucht, eine Unterhaltung anzufangen, aber total unbeholfen – irgendwie ängstlich und zögernd, aber geil bis obenhin. Es war ganz merkwürdig. Wie eine Rückblende. Wie eine Erinnerung an die Zeit, als ich meine ersten Gehversuche als Homo gemacht hab. Es war beinah rührend.»

Ich nickte nur. Ich wollte ihn nicht triezen, während er voll in die Saiten griff.

«Also hab ich das Heft in die Hand genommen – wie ich mir's damals von den andern gewünscht hätte. Ich hab ihm gesagt, daß ich 'n eigenes Häuschen hab, und er hat sofort kapiert. Er ist mir nachgefahren, und wir hatten sagenhaften Sex bei mir zu Hause. Nichts Exotisches, eigentlich nur das Grundrezept, aber er war so jung und begeisterungsfähig... und geküßt hat er wie ein Engel.»

Ich nahm meine Serviette und fächelte mir Kühlung zu.

Er lachte. «Sein Schwanz war auch ein Gedicht.»

«Groß?»

«Ein Gedicht, hab ich gesagt.»

«Ist er über Nacht geblieben?»

«O ja.»

«Hast du ihm vorgelesen?»

«Nein», sagte er knapp. «Leck mich.»

«Doch, hast du. Du hast den armen Knaben gezwungen, sich das ganze nächste Kapitel anzuhören.» Ich sah es richtig vor mir: Jeff am Kopfende sitzend, ein Kissen im Rücken, seinen gelben Notizblock in der Hand; der Junge mit zerzaustem Haar, in postkoitaler Traulichkeit an ihn gekuschelt. Ich konnte Jeff sogar hören, wie er über seine eigenen Witze lachte und seine treffenden Formulierungen mit einem penetrant andächtigen Seufzen begleitete.

«Ich schwör dir», sagte er langsam und ein wenig drohend, «ich werd dir... nie... mehr...»

«Ach, sei nicht so verklemmt. Wirst du ihn wiedersehen?»

«Glaub nicht.»

«Warum nicht?»

Er zuckte mit den Schultern. «Ich hab ihm meine Telefonnummer gegeben, aber er hat mir seine nicht geben wollen.»

«Wo wohnt er denn?»

«Ich weiß nicht.»

«Wie heißt er?»

«Bob, hat er gesagt. Aber... wer weiß?»

«Ist das alles?»

«Nicht ganz. Heute früh, als ich noch geschlafen hab, ist er verschwunden. Er hat mir einen Zettel auf die Kommode gelegt – ‹Danke, mach's gut› – und hat sich einfach verdrückt. Ich hab seit hundert Jahren nicht mehr so gut gevögelt, und... ich weiß nicht... es hört sich vielleicht doof an, aber ich hab mich auf einmal so abserviert gefühlt. Ich hab gedacht, wir würden vielleicht ins Kino gehn oder so. Oder wenigstens zusammen frühstücken.»

«Klar.»

«Aber... er war weg, und da hab ich mir eben Kaffee gemacht und 'n bißchen an meinem Buch gearbeitet, und dann bin ich zu Fuß hier runter und hab ein paar überfällige Videos zurückgebracht, und als ich in den Laden kam, hatten sie da so ein großes *Mr.-Woods*-Display. Hast du das Ding schon gesehen?»

Ich sagte, ich hätte davon gehört.

«Na ja, es bewegt sich, weißt du, und es besteht aus einem großen Bild von Mr. Woods und... dem kleinen Jungen. Ich komm nicht mehr auf seinen Namen.»

«Callum Duff.»

«Nein, im Film, meine ich.»

«Ach so... Jeremy.»

«Genau. Natürlich.»

Einen Augenblick wirkte er abwesend. «Und?» sagte ich.

«Und... ich hab einfach wie angewurzelt dagestanden und hatte plötzlich ein ganz komisches Gefühl, denn mir wurde klar, daß er es war.»

«Wie? Was?»

«Bob. Der Junge, mit dem ich letzte Nacht geschlafen hab.»

«Und der soll wer sein?»

«Callum Duff.»

Ich sah ihn stirnrunzelnd an. Ich ahnte ungefähr, was er sagen wollte, aber ich brachte es nicht zusammen. «Du meinst, er hat ausgesehen wie er?»

«Ich glaube, er *war* es, Cadence. Er war so, wie ich ihn mir heute vorstellen würde.»

«Also komm...»

«Tja...»

«Callum lebt in Maine», sagte ich.

«Ach ja?»

«Ja. Seit Jahren schon.»

«Oh.» Er machte ein ganz enttäuschtes Gesicht.

«Seine Eltern haben ihn nach Hause geholt, als wir fertig waren. *Mr. Woods* ist der einzige Film, den er je gemacht hat. Zur Oscar-Verleihung ist er noch mal gekommen, und das war's dann.»

Ich erinnerte mich an den großen Abend vor vielen Jahren. Callum und Sigourney Weaver auf der Bühne, wo sie irgendeinen langweiligen Technik-Oscar überreichten. Das kindliche «verdammt», das ihm über die Lippen kam, als er ein schwieriges Wort falsch vom Teleprompter ablas. Alle Welt war hingerissen von dem einzigen Augenblick echter Spontaneität bei der ansonsten rigoros durchgeplanten Veranstaltung. Callum ging unter donnerndem Applaus von der Bühne, und seine Sommersprossen verschmolzen zu einem Erröten, das man sogar auf einem Schwarzweißfernseher noch sehen konnte. Die Stadt lag ihm zu Füßen, doch er wollte nur eins – zurück nach Rockport, seine Freunde wiedersehen, fleißig lernen und mal Anwalt werden wie sein Vater. Hat er damals jedenfalls zu den Reportern gesagt.

Jeff wollte es sich nicht ausreden lassen. «Vielleicht ist er zurückgekommen.»

«Ich denke, davon hätt ich gehört», sagte ich behutsam.

«Du meinst, du hast noch Kontakt mit ihm?»

«Na ja, nein. Nicht mehr. Aber Leonard hätt es mir gesagt, wenn er wieder da wäre.»

»Wer ist Leonard?»

«Mein Agent. Leonard Lord.»

«Ach so, ja.»

«Er ist auch Callums Agent. Oder war es. So bin ich an ihn gekommen. Während der Dreharbeiten zu *Mr. Woods*. Ich hab dir das bestimmt schon mal erzählt.»

Jeff nickte verzagt. Sein ganzer Traum war ihm entglitten.

«Die Ähnlichkeit war so stark, hm?»

«Na, vielleicht auch nicht.»

«Er scheint aber nett zu sein. Das mit dem Zettel war richtig lieb.»

«Ja.»

Er tat mir unwillkürlich leid. Es war das erste Mal seit Neds Tod, daß er mir von einem Bettgenossen überhaupt erzählt hatte. «Es wär eine tolle Story», sagte ich schwach. «Du solltest was daraus machen.»

Unsere Margaritas kamen, und wir bestellten das Essen – Sandwich mit gegrillter Hähnchenbrust für ihn, einen Obstteller für mich. Um ihn aufzuheitern, erzählte ich ihm von meinem neuen Job und strich meinen gutaussehenden Boß heraus, um es für ihn interessant zu machen.

«Ist der Typ verheiratet?» fragte Jeff.

Ich schüttelte den Kopf. «Geschieden. Hat einen siebenjährigen Sohn. Das Kind lebt mit der Mutter in Tarzana.»

«Mmm.»

«Was soll das heißen?»

«Hört sich an, als wär er reif.»

Ich verdrehte die Augen. «Jeff, er ist mein *Boß*.» Ich merkte, wie sehr es ihn juckte, mir eine heiße Affäre anzudichten, aber ich dachte nicht daran, ihn gewähren zu lassen. Meinem

Sexualleben hat er schon die absurdesten Dimensionen gegeben. Es macht ihm den größten Spaß, mich als kleine läufige Hündin hinzustellen, die sich quer durch Tinseltown fickt. Ich habe ihm mal gesagt, daß es Kleinwüchsige genauso ärgert wie Schwule und Schwarze, wenn so getan wird, als wären sie sexbesessen. Das hat auf ihn überhaupt keinen Eindruck gemacht. Er sagte, er hätte das nie als Beleidigung aufgefaßt, und ich sollte es auch nicht tun.

Tatsache ist und bleibt: Ich führe nicht das Leben einer flotten Nutte. Das letzte Mal, daß ich Sex hatte, ist schon mehr als fünf Jahre her. Der Kerl hieß Henry Soundso und war ein alter Freund von Jeff, der aus Kentucky zu Besuch war. Sie kannten sich aus ihrer Studentenzeit an der Uni in Davis. Er war so ne Art Hippie, klapperdürr und leicht weggetreten, aber ganz nett. Eines Nachmittags, als Jeff einkaufen war, hat mir Henry eine Massage gemacht, und zwar mit Zedernöl. Das Fläschchen hatte er in einem verzierten Lederfutteral. Als seine Hand versehentlich zwischen meine Schenkel glitt – ein verständlicher Ausrutscher bei so einem kleinen Körper –, reagierte ich mit einem lustvollen Stöhnen, das alles andere als gedämpft war. Alles weitere ergab sich von selbst.

Ja, und er hat mich auch penetriert. Ich weiß, daß ihr euch das als erstes fragt, also bringen wir's doch gleich hinter uns. Ich bin nicht einfach kleinwüchsig, ich bin ein Zwerg, ja? Was bedeutet, daß bei mir gewisse Stellen mehr der Durchschnittsgröße entsprechen als andere. Das kann man sich vielleicht ein bißchen schwer vorstellen, aber ihr könnt es mir glauben – ich würde euch in solchen Dingen nichts vorlügen. Auf jeden Fall, den armen Henry hat es anscheinend noch mehr überrascht als mich, und hinterher hat er sich einen Haufen Gedanken gemacht, ob er mich vielleicht ausgenutzt hätte. Ich hab ihm versichert, davon könne keine Rede sein. Trotzdem war er bis zu seiner Abreise völlig geknickt.

Im folgenden Dezember hat er mir aus Bowling Green eine lange, todernste Weihnachtskarte geschickt, mit der er wohl rauskriegen wollte, ob das Erlebnis bei mir ein bleibendes Trauma hinterlassen hatte. Er schrieb, er hätte Jeff nichts davon gesagt, und er schwor, er werde es auch nie tun. Als ginge es darum, meine Ehre zu schützen. Jeff wußte es natürlich längst, weil ich damit rausgerückt war, kaum daß wir Henry am Flughafen abgesetzt hatten. Seitdem übertreibt Jeff mein sexuelles Potential genauso, wie er alles andere aufmotzt.

Da wir grade beim Thema sind: Mit Männern meiner Größe habe ich nie viel Glück gehabt. Zunächst mal gibt es nicht viele, und die, die mir begegnet sind, haben mich einfach nicht angetörnt. Mom hat mehrmals versucht, mich mit Männern zu verkuppeln, die sie bei LPA-Treffen kennengelernt hatte, aber ich fand die Kerle lachhaft macho und unattraktiv. Manche Leute würden jetzt sagen, daß diese Unfähigkeit, zu meiner Sorte eine erotische Beziehung herzustellen, ein Zeichen von tiefem Selbsthaß ist. Kann sein, daß sie recht haben. Oder vielleicht ist es einfach so, daß ich große Kerle eben mag. Weiß Gott, andere Frauen müssen sich für ihren Geschmack in puncto Männer auch nicht entschuldigen.

Anfang der achtziger Jahre ist es bei mir in Sachen Sex eine Zeitlang ganz gut gelaufen. Nette Männer haben mich an den unwahrscheinlichsten Orten angesprochen, und ich wurde so was wie ein Serien-Flittchen, wenn auch mit gelegentlichen Gewissensbissen. In meinen trübsten Augenblicken hab ich mich manchmal gefragt: Wollen die wirklich *mich,* Cadence Roth, oder sind sie bloß abartig? Dann ist mir klargeworden, wie sehr ich der Welt der Großen und ihrer Semantik auf den Leim gegangen war. Wenn Sex mit Kleinwüchsigen per Definition abartig war, dann blieb mir nichts anderes übrig, als mich dem Abartigen an den Hals zu werfen, wo immer es mich fand, und für seine Existenz verdammt dankbar zu sein. Wenn andere Frauen mit langen Beinen und großen Titten Erfolg hatten, warum dann nicht auch ich mit meinem Körper? Und wenn der Typ hinterher im Kreis seiner Kumpel darüber lachte und mich nie mehr anrief, würde ich auch damit fertig werden wie jede moderne Frau. Ich entschied, daß alles nur Ansichtssache war, und daß es darauf ankam, mein Geschick in die eigenen Hände zu nehmen.

Heutzutage sieht es eher mau aus. Mein Sexleben dreht sich hauptsächlich um Big Ed, einen robusten Dildo, den ich mir letztes Jahr im Pleasure Chest gekauft habe. Zusammen mit einem guten Keanu-Reeves-Film rettet mir dieser fabelhafte Apparat so manchen Abend, wenn Renee eine Verabredung hat und ich allein bin. Ehrlich gesagt ist das auch einer der Gründe, weshalb ich Probleme habe mit ihrem Vorhaben, Berggipfel zu malen – es wäre eine erhebliche Einschränkung meiner Privatsphäre. Natürlich könnte ich mir jederzeit einen Fernseher ins Zimmer stellen. Aber Big Ed ist ungefähr so leise wie ein Stealth-Bomber.

Nach dem Lunch bestand Jeff auf einem Abstecher in den Videoladen, damit ich mir das neue *Mr.-Woods*-Display ansehen konnte. Der geliebte Kobold hatte tatsächlich einen Arm, der sich bewegte. Jeff starrte die Figur von Callum lange an, machte aber keinen Versuch, seine Theorie wieder aufzutischen. Ich merkte allerdings, daß sie ihm noch immer durch den Kopf ging.

«Warum leihen wir uns den Film nicht aus?» sagte er.

Ich verzog das Gesicht.

«Komm schon. Warum nicht?»

«Also zunächst mal ... der Film macht mich nicht an.»

«Wann hast du ihn das letzte Mal gesehn?»

«Vor drei Jahren», sagte ich, «als Renee bei mir eingezogen ist.»

«Na, ich hab ihn nicht mehr gesehn, seit er rauskam. Ich würd ihn gern mit dir ansehen. Du kannst deinen Kommentar dazu geben.»

Ich stöhnte leise.

«Es geht mir nicht um... diesen Typ», sagte er. «Darüber bin ich weg.»

Ich sagte, ich hätte Probleme mit dem Film.

«Ach komm. Ich dreh dir 'n Joint.»

«Jeff.»

«Bitte...»

Anmerkung für den Ausstatter:

Jeff hat ein eher gleichgültiges Verhältnis zu seiner Umgebung. Der Bungalow, den er gemietet hat – vom Gloria's ein Stück den Berg rauf – dottergelb und an vielen Stellen blättert die Farbe. Vor dem Haus steht eine halbtote Palme, und die Einfahrt wird von verkümmerten Rosenstöcken gesäumt. An diesem Tag entbot uns eine Kloschüssel, die ein Nachbar zur Abholung auf den Bürgersteig gestellt hatte, ein krudes Willkommen. (In Los Angeles renovieren sie ihre Toiletten anscheinend öfter als sonstwo auf der Welt: Man kann in dieser Stadt um keine Ecke biegen, ohne daß man am Bordstein ein halbes Scheißhaus sieht, das jemand ausgemustert hat, weil es ihm nicht mehr modisch genug ist.) Jeffs Entschuldigung für seine Behausung lautet, daß er sie als eine Art Zitat aus einem Roman von Nathanael West empfindet, aber damit macht er uns anderen nichts vor. Wenn nicht die Glasglöckchen über dem Eingang wären und die Regenbogenfahne, die am Schlafzimmerfenster als Vorhang dient, könnte man meinen, da wohnt ein Hackbeilmörder. Drinnen sieht es sogar noch schlimmer aus: Stapel von alten Zeitungen, schmutzige Wäsche überall auf dem Boden, Dutzende von halbverdorrten Topfpflanzen, die einen anflehen, sie aus ihrem Elend zu erlösen.

Jeff drehte einen Joint und machte uns einen großen Krug Eistee, bevor wir uns den Film ansahen. Ich war schon seit Monaten nicht mehr angetörnt, und der Stoff machte mich sofort blöd. Als der Vorspann durchlief, kicherte ich bereits in den höchsten Tönen. Jeff wies mich mit einem tantenhaften *Psst!* zurecht und kroch förmlich in den Bildschirm rein. Als Callum seinen ersten Auftritt hatte und von der Schule nach Hause radelte, verengten sich Jeffs Augen in verzückter Konzentration.

«Und?» fragte ich. «Was meinst du?»

«Weiß nicht», sagte er. «Ist ja auch egal.»

Danach redeten wir nur noch über meine Rolle und die technischen Finessen, mit denen mein Kostüm ausstaffiert war. Wie erwartet, war es mir vollkommen unmöglich, mich von dem Film einlullen zu lassen. Alles, woran er mich erinnerte, waren Hitze und Langeweile, mein schwerer Atem unter der Gummimaske, die nervenden Flippergeräusche der elektrischen Schaltungen in meiner Zipfelmütze. Auch die herzergreifende Filmmusik löste nichts bei mir aus, denn schließlich hatte ich ja im Zentrum dieser Fantasie, im emotionslosen Auge des Orkans gelebt. Ich bin wahrscheinlich der einzige Mensch auf der Welt, der einen guten Grund hat, bei diesem Film rein gar nichts zu empfinden.

Während der Abschiedsszene von Jeremy und Mr. Woods kurz vor Schluß kniete sich Jeff vor den Videorecorder und hielt den Film an, als das Gesicht des Jungen in Großaufnahme erschien. Ich fragte mich, worum es ihm ging. Die Augenfarbe? Ein besonderer Gesichtsausdruck? Eine verräterische Konstellation von Sommersprossen? Aber er hockte nur wortlos da, in das diesige blaue Licht des Bildschirms getaucht, und sein Profil hob sich dramatisch von Callums Gesicht ab. Ich kam mir fast wie ein Eindringling vor.

«Vielleicht doch nicht», sagte er schließlich.

Ich murmelte etwas, um mein Mitgefühl zu zeigen.

«Entschuldige», sagte er.

«Na komm.»

«Ich hätt es schwören können.»

«Ich bin einfach froh, daß du einen ins Bett gekriegt hast», sagte ich.

Doch ich wollte mich nicht lumpen lassen und rief gleich am nächsten Morgen bei Leonard an. Sein Sekretär sagte, er sei in einer Besprechung. Ich bat ihn, ihm zu sagen, daß er mich «wegen Callum Duff» zurückrufen sollte. Er hat sich erst gestern bei mir gemeldet, und trotz der Verspätung hat er sich angehört, als wäre er sauer, daß ich es fertiggebracht hatte, ihn zweimal in einem Monat anzuhauen. Ich sagte, es täte mir leid, ihn behelligen zu müssen, aber ein Freund von mir hätte Callum in der Stadt gesehen, und ich wäre ihm dankbar, wenn er mir Callums Telefonnummer geben könnte.

Leonard sagte, er hätte keine Telefonnummer. Er würde Callum schon seit Jahren nicht mehr vertreten, und seines Wissens wäre Callum immer noch «auf irgendeinem College an der Ostküste».

Ich habe es nicht übers Herz gebracht, Jeff davon zu erzählen.

5

Es ist spät, aber ich schulde euch eine Eintragung. Ich habe wie eine Irre für PortaParty gearbeitet und manchmal zwei Vorstellungen am Tag absolviert. Die Mundpropaganda hat Wunder gewirkt: In Bel Air und Beverly Hills sind wir wie ein Lieblingsrezept von einer reichen Arztfamilie zur anderen weitergereicht worden. Manchen Kindern sind wir schon so ein Begriff, daß sie meinen Namen wissen und richtig keß werden, wenn ich während meines Gesangsteils frage, welches Lied sie sich wünschen. Im Haus eines Dermatologen hat letzte Woche eine Achtjährige so inständig um «Like a Virgin» gebeten, daß ich schließlich nachgegeben und es *sotto voce* gesungen habe, während die Erwachsenen draußen in der Cabana ihren koffeinfreien Kaffee schlürften. Ich brauche euch nicht zu sagen, daß es ein durchschlagender Erfolg war.

Ich gebe zu, daß ich es schön finde, so im Mittelpunkt zu stehen, aber mir wird mulmig bei dem Gedanken, daß ich mich von diesem Spezialpublikum vereinnahmen lasse. Jeder Auftritt nimmt mir ein bißchen von der Illusion, eine vom fahrenden Volk zu sein, und ich fühle mich immer mehr wie ein Hofnarr. Natürlich habe ich zu Neil kein Wort davon gesagt. Er ist begeistert, daß das Geschäft auf einmal so floriert, und er schreibt das in erster Linie mir zu. Womit er – seien wir ehrlich – wahrscheinlich auch recht hat. Auf jeden Fall bin ich was Ausgefallenes, und man kann sich die Szene leicht ausmalen: «Bitte, bitte, Mammi, darf ich? Zachary hat die Zwergendame *auch* zu seinem Geburtstag gehabt.»

Meine heimliche Fantasie ist, daß wir eines Tages vor den Kindern der Spellings oder Spielbergs auftreten, und daß Aaron oder Steven – oder ihre Frauen, oder wenigstens jemand, der für sie arbeitet – das riesige Talent entdecken, das unter meinem Schlabberkostüm schlummert, und mir auf der Stelle einen Vertrag anbieten.

Weit hergeholt? Vielleicht. Aber man darf ja noch Träume haben. Jedenfalls beackern wir die richtige Gegend, und früher oder später müssen uns die Ärzte ja mal ausgehen.

Renee und ich sind heute nach Hollywood gefahren und haben uns im El Capitan den *Raketenmann* angesehen. Auf den Film war ich weniger neugierig als auf das Kino, einen gewaltigen Art-Deco-Prunkbau, den die Disney Corporation frisch renoviert hat und jetzt als ihr Flaggschiff-Theater betrachtet – was immer das heißen soll. Vor dem Film gab es eine Live-Show mit flott kostümierten Platzanweiserinnen, die einen Steptanz hinlegten und einen hoffnungslos krampfigen Song über das El Capitan und die fabelhaften Stars von einst sangen. Renee war ganz hingerissen. Auf mich haben diese Kids wie Roboterfiguren aus Disneyland gewirkt. Ihr Lächeln war so grimmig und wächsern, als würden sie uns am Eingang zur Hölle begrüßen.

Der *Raketenmann* hat für Erwachsene nicht viel zu bieten, aber das Publikum in der heutigen Vorstellung schien sich prächtig zu amüsieren. Sie stampften mit den Füßen und johlten wie die Idioten. Den größten Beifall gab es, als sich ein Gangster gegen die Nazis stellte und sagte: «Ich mach vielleicht krumme Geschäfte, aber ich bin ein loyaler Amerikaner.»

Das Gelbe-Schleifen-Fieber grassiert. Auf dem Walk of Fame kommt man keinen Block weit, ohne daß man auf irgendein Arschloch mit einem General-Schwartzcoff-T-Shirt stößt.

(Nein, ich weiß nicht, wie er sich schreibt, und ich will's auch gar nicht wissen. Für mich ist er bloß noch so ne Mattel-Actionpuppe, die man uns diesen Sommer andreht.) Sogar die Nutten – ich schwör's euch – laufen in Desert-Storm-Tarnhemden rum. Prostis für Petrol. Bimbos gegen Bagdad. Es ist so surreal, daß einem die Worte fehlen.

In West Hollywood haben sie gerade eine riesige Reklame für ein schnittiges, ziemlich finster wirkendes Auto installiert (die Marke habe ich vergessen), und darüber steht groß das Wort STEALTH. Richtig subtil, nicht? Den Leuten, die diesen Schlitten kaufen, sollte man Nummernschilder verpassen, auf denen steht: MEIN ZWEITWAGEN IST EIN BOMBER. So weit ist es also mit uns gekommen – Krieg ist wieder so attraktiv geworden, daß man damit Autos verkaufen kann, die das Benzin saufen, für das wir all die Menschen da drüben gekillt haben.

Nach dem Kino waren wir noch in Book City, der alten Großbuchhandlung in Hollywood mit Regalen bis zur Decke. Ich mag sie, weil ich immer eine Menge Sachen in Augenhöhe finde und mich in dem Labyrinth verirren kann. Renee langweilt so was, deshalb läuft sie meistens raus und trinkt irgendwo einen Milchshake. Behauptet sie jedenfalls. In Wirklichkeit, glaube ich, sieht sie sich bei Frederick's of Hollywood die Reizwäsche an. Dafür hat sie eine große Schwäche. Alles, was ich von Frederick's will, ist ein Fleckchen auf dem Bürgersteig, wo man meinen Stern einzementieren kann.

In Book City habe ich eine neue Ausgabe von *Rumpelstilzchen* gefunden. Ich suche schon seit Jahren danach, denn man könnte den Stoff toll verfilmen, und ich wäre wie geschaffen für die Hauptrolle. Ich hätte nichts dagegen, mich noch mal als Mann zu verkleiden. Hauptsache, mein Gesicht ist zu sehen. Heute abend habe ich also diese neue Version des Märchens gelesen und dazu meinen Cher-Shake geschlürft. Rumpelstilzchen ist hier kein böser Zwerg, sondern wird in zarter Umschreibung «ein kleines Männchen» genannt. Ein Fortschritt ist diese Sorte von liberalem Revisionismus nur, wenn man der offenen Verachtung die völlige Unsichtbarkeit vorzieht. Ich glaube nicht, daß mir das liegt.

Die Handlung war so ziemlich dieselbe, und der kleine Kerl kriegte wieder unverdient eine reingewürgt. Am Ende hatte er sich in Grund und Boden gerammt, und sein einziges Verbrechen war, daß er sich auf eine Adoption eingelassen und versucht hatte, seinen Teil der Abmachung zu erfüllen. Der eigentliche Bösewicht, wenn ihr mich fragt, ist dieses korrupte Luder von Müllerstochter. Auf Anweisung des Zwergs hat sie dem König ganze Zimmer voll Goldfäden gesponnen und ihn sogar dazu gebracht, daß er sie heiratet, obwohl immer klar war, daß sie Rumpelstilzchen als Lohn für seine Dienste ihr erstgeborenes Kind geben muß. Und als der Zwerg seinen Lohn abholen will, hat sie die Unverschämtheit, so zu tun, als wäre ihr Unrecht geschehen. Kein Wunder, daß er sie losschickt, damit sie seinen Namen erfährt – sie hat ihn wie einen Niemand behandelt, dessen Gefühle nicht zählen. Das steht natürlich nicht im Text, aber zwischen den Zeilen kriegt man mit, daß sich der Kleine auch mit allem Gold des Königreichs nicht kaufen läßt. Menschliches Leben hat für ihn den höchsten Wert, und deshalb hat er sich auch so sehr ein eigenes Kind gewünscht.

Vielleicht denkt ihr, ich spinne, aber das Märchen hat für mich eine echte Story, aus der sich ein faszinierender Film machen ließe: die Geschichte von einem bärbeißigen und zänkischen, aber sehr menschlichen alten Zwerg, der ganz allein im Wald lebt und sich nach einem Kind sehnt.

Als ich Renee das alles erklärte, sagte sie: «Ja, aber die meisten sind an die alte Story gewöhnt.»

Ich sagte ihr, daß es immer noch die alte Story wäre, nur eben neu gesehen.

«Ja, gut, aber weißt du... es ist nicht witzig, wenn er nicht...»

«...ein fieser Stinker ist.» Sie kicherte.

«Das ist nicht zum Lachen», sagte ich streng. «Zwerge sind bei so was fast immer die Fiesen. Gemeine, rachsüchtige kleine Drecksäcke, die unter Brücken hausen und kleine Kinder fressen.»

«Wirklich?» sagte sie leise zweifelnd und versuchte, eine ernsthafte Miene zu machen. Es ging ihr total daneben.

«Es ist dir garantiert schon aufgefallen, Renee. Nenn mir mal einen netten Zwerg aus einem Märchen.»

Einen Augenblick dachte sie angestrengt nach. Dann riß sie die Augen auf und sagte: «Dopey?»

Hätte ich Bier im Mund gehabt, ich hätte es ihr ins Gesicht gespuckt. «*Dopey?*»

«Na, ich...»

«Gut, Renee. Dopey. Gute Antwort.»

Sie sah mich verständnislos an und fragte sich anscheinend, was für einen Murks sie jetzt wieder gemacht hatte.

«Das macht sich prima auf einem Kinoplakat», sagte ich mit beißendem Hohn. «CADENCE ROTH IST DOPEY.» Ich kniete mich auf mein Kissen und gab ihr ein Beispiel für eine Filmkritik: «Seit Linda Hunts Grumpy hat man keine so oscarverdächtige Leistung mehr gesehen.»

Als Renee endlich merkte, daß ich ihr nicht böse war, kicherte sie erleichtert und wippte auf dem Sofa ein- oder zweimal auf und nieder. «Ich hab nicht gewußt, daß wir von einer Rolle für *dich* sprechen.»

«Seit wann reden wir *nicht* von einer Rolle für mich?»

«Na ja, ich versteh nicht, warum Dopey doofer als Rumpelstilzchen sein soll.»

«Ist er aber. Kannst mir glauben. Bei dem einen geht's um Mythos, beim anderen um Kitsch.»

Jetzt kam sie überhaupt nicht mehr mit.

«Nicht so wichtig», fügte ich rasch hinzu. «Alles nur Spekulation.»

«Hast du mit Leonard darüber gesprochen?»

«Über was?»

«Rumpelstilzchen.»

«Da gibt's nichts zu besprechen. Es gibt nicht mal ein Drehbuch. Bis jetzt ist es bloß ne Idee.»

«Ach so.» Sie stand auf und ging durchs Zimmer. An der Küchentür blieb sie stehen. «Willste Popcorn?»

«Klar. Danke.»

«Steht das auf deinem Diätplan?»

«Solang ich die Butter weglasse.»

«Oh.»

«Mach Butter drauf», sagte ich.

Sie kicherte und verschwand in der Küche.

«Ich brauch tierisches Fett», rief ich ihr nach. »Ich hab zuviel gearbeitet.»

Als wir das Popcorn gefuttert hatten, bot mir Renee eine Fußmassage an. Das ließ ich mir gefallen. Ich fühlte mich wie im siebten Himmel. Auf dem Fußboden des Wohnzimmers lag ich bäuchlings und mit angewinkelten Beinen auf meinem Kissen, und Renee hockte mit einer Plastikflasche voll rosaroter Lotion neben mir. Um euch eine ungefähre Vorstellung von diesem Erlebnis zu machen, braucht ihr euch nur auszumalen, daß euch jemand massiert, der euren Fuß komplett in einer Hand unterbringt.

Während der Massage erzählte mir Renee von Lorrie Hasselmeyer, einer neuen Kollegin im Fabric Barn. Wenn ich es recht sehe, ist Ms. Hasselmeyer in dem Laden die einzige Frau, die Renee als menschlichen Fußabtreter – in Liebesdingen – noch übertrifft. Was vermutlich der Grund ist, weshalb Renee nicht aufhören kann, von ihr zu reden.

«Sie hängt sich einfach so verzweifelt rein», meinte Renee.

«Mmm.» Die Massage beschäftigte mich ein bißchen mehr als die Anekdote.

«Als der Typ nicht angerufen hat, ist sie zu ihm nach Hause gefahren und hat ihm einen Zettel an seine Harley gemacht.»

«Is nich wahr.»

«Doch. Ich schwör's.»

«Großer Gott.»

«Sie hat auch noch damit angegeben, Cady. Sie fand das richtig cool.» Renee ließ meinen Fuß einen Augenblick los, um sich frische Lotion auf die Handfläche zu drücken. Als sie die Flasche quetschte, gab es ein Geräusch wie ein Baby mit Durchfall. Mein Fuß hing in der Luft und fühlte sich unerklärlich nackt und verlassen. Als ihre Hände lieblich duftend und glitschig zurückkehrten, verschwand er darin wie in einem gläsernen Schuh. «Zu kalt?» fragte sie.

«Nee, is prima.»

«Du würdest mir sagen, wenn ich mal so werde, nicht?»

«Wie was?»

«Wie Lorrie Hasselmeyer.»

«Gott, na klar.»

«Ich finde, kein Kerl ist es wert, daß man ihn anbettelt.»

«Scheiße, und ob.»

Renee nahm sich jetzt meinen anderen Fuß vor und schwieg eine Weile. Ihre Gedanken hingen in der Luft, rührend leicht zu erraten und so unverkennbar wie der Duft der Lotion. Ich schwör euch, ich wußte fast Wort für Wort, was sie als nächstes sagen würde.

«Hat Neil mal ... was von mir gesagt?»

«Wieso?»

«Du weißt schon», sagte sie.

Ich zögerte, dachte an verschiedene Ausflüchte und sagte schließlich: «Renee, er hat dich erst zweimal gesehen.»

«Dreimal.»

«Na schön.»

«Also? Was hat er gesagt?»

«Er hat gesagt, du machst 'n netten Eindruck.»

Ihre Finger hielten inne. «Ist das alles?»

«Na ja... er hat gesagt, du hättest tolle Titten.»

«Machst du Witze?»

Ich lachte in mich hinein. «Ja.»

«Aach, Cady, das find ich nicht gut.»

«Entschuldige.»

Sie knetete wieder meine Zehen. «Ich hab bloß gedacht, er hätt vielleicht was gesagt.»

«Nein», sagte ich sachlich. «Eigentlich nicht.» Das klang zu harsch, also fügte ich hinzu: «Wir reden meistens nur von der Arbeit.»

Einen Augenblick wirkte sie gedankenverloren. «Er ist richtig gescheit, nicht?»

«Glaub schon.» Sagen wir's mal so: Für Renees Begriffe ist Neil ein Genie. Aber ich hielt mich zurück, denn ich weiß, daß sie drauf und dran ist, sich auf ihn zu fixieren, und ich glaube nicht, daß er je einen Gedanken an sie verschwendet hat. Für sie wäre es nur eine weitere Gelegenheit, um im Schnellverfahren ihre Gefühle geknickt zu kriegen.

6

Renee stammt aus San Diego und war ein Soldaten-kind. Das verbindet uns eigentlich, denn mein Vater war Ausbilder in Fort Irwin, gleich um die Ecke von Barstow. Was zur Hälfte erklärt, warum ich den Namen Cadence bekam. Die andere Hälfte hat damit zu tun, daß meine Mutter Klavierlehrerin war.

Kadenzen waren anscheinend das einzige, was meine Eltern gemeinsam hatten. Außerdem waren die Cady Mountains ganz in der Nähe und flankierten den trübseligsten Abschnitt des Interstate Highway. Damit hatte ich auch gleich meinen Spitznamen weg. Mom hatte dazu einen umständlichen, langweiligen Spruch auf Lager, den sie bei jedem Vorsprechtermin auf Deubel-komm-raus abgelassen hat.

Bei Renee war die Mutter der militärische Elternteil – eine *Wave*, wie man das wohl nennt. Ihr Dad hatte irgendeinen zivilen Job auf dem Marinestützpunkt. Sie haben Renee dauernd auf Kinderschönheitswettbewerbe geschickt – mit fünf hatte sie schon Babylippenstifte und ihre eigenen Majorettenstäbe. Als Teenager hat sie am Wettbewerb um den Titel der Miss San Diego teilgenommen, aber sie hat es nicht bis in die Endausscheidung geschafft. Im gleichen Jahr ließen sich ihre Eltern scheiden, und Renee hat sich die Hauptschuld daran gegeben – sie war schon damals so. Noch ein einziger Miss-Titel wie der – behauptet sie –, und die Ehe wäre gerettet gewesen. Nach der Highschool ist sie mit einem Typ, den sie als Kellnerin bei Arby's kennengelernt hatte, nach L.A. gezogen. Sie nahmen sich ein Apartment in Reseda, und schon nach wenigen Tagen ließ er sie sitzen. Ich habe keine Ahnung, was das Problem war. Renee spricht nie von ihm.

Was Renee mag
Wasserrutschen
Die Farbe Pink
Kaugummi, der beim Reinbeißen spritzt
Extra viel Mayonnaise
Stories über die Krebskrankheit von Michael
    Landon
Angorawolle
Mich

Was ich an Renee mag
Ihre Loyalität
Ihre makellose Haut
Ihr Farbgefühl (außer bei Pink)
Ihren Reispudding
Daß sie ihrem Auto einen Namen gibt, obwohl sie
    nicht mal weiß, wo die Batterie ist
Wie sie riecht, wenn sie aus der Dusche kommt

Renee spricht im Schlaf, gibt es aber nicht zu. Ich kann sie durch ihre Schlafzimmertür hören – so ein damenhaftes Gebrabbel, völlig unverständlich und anscheinend irgendwie für ein Publikum bestimmt. Es hat etwas so Förmliches und Melancholisches und drückt einen solchen Verlustschmerz aus, daß ich es insgeheim als ihre Miss-San-Diego-Dankesrede betrachte.
Ich frage mich unwillkürlich, ob die Kerle in ihrem Leben diesen Monolog auch zu hören bekommen und davon die

Motten kriegen. Oder hat sie bei denen im Schlafzimmer andere Träume?

Ich fürchte, ich schildere sie viel zu sehr als tragische Figur, wie eine Delta Dawn oder so was. Aber so ist es gar nicht. Sie ist wirklich eine großartige Person. Ich kann von Glück sagen, daß ich sie habe.

7

Laut Zeitungsberichten hat Los Angeles heute seine letzte totale Sonnenfinsternis des Jahrtausends erlebt. Die Griffith-Sternwarte war von dreitausend Menschen umlagert, aber ich habe es mir in Pasadena angesehen, wo wir auf einer Bar-Mizwa aufgetreten sind. Kurz vor dem großen Augenblick habe ich, solange ich noch die Aufmerksamkeit meines Publikums hatte, «Lucky Old Sun» und «Moon River» gesungen. Die Familie Morris, die uns engagiert hatte, hat ihre Gäste mit Schweißerbrillen ausstaffiert – zwecks Aufwertung clever mit Goldflitter beklebt –, damit alle den gespenstischen schwarzen Fingernagel beobachten konnten, der sich vor die Sonne schob.

Während die anderen abgelenkt waren, habe ich mich mit Neil zum Verschnaufen in eine stille Ecke des Gartens verzogen. Ich hab mich unter einem Baum ins Gras gelegt, und Neil hat sich zu mir gesetzt und eine Packung Zigaretten aus der Brusttasche seines Overalls gefischt. «Hast du's gut sehen können?»

Ja, sagte ich, eine der alten Damen hätte mir ihre Schweißerbrille geliehen, aber ich fände das ganze Trara reichlich übertrieben. Die Verkehrsstaus an diesem Morgen waren die Hölle gewesen, und überall waren verbiesterte Irre unterwegs.

«Welche alte Dame?» fragte Neil.

«Die mit den roten Haaren und den wackligen Zähnen.»

«Ach, die.»

Ich erzählte ihm, was sie gesagt hatte, als ich ihr die Brille zurückgab – «Ist es nicht unfaßbar? Man kommt sich ganz klein vor.»

Er kicherte in sich hinein. Dann schüttelte er eine Zigarette aus der Packung und zündete sie mit seinem Bic an. «Und was hast du gesagt?»

«Ich hab ihr recht gegeben.»

Neil mußte lachen. «Ich hab gedacht, es wird viel dunkler. Weißt du, so ein riesiger Schatten, der übers Land zieht.» Seine Hand mit der Zigarette machte eine ausholende Bewegung.

«Ach, na ja. Es war besser als die Harmonische Konvergenz.»

«Scheiße, die hab ich ganz verpaßt.»

«Tja, siehst du.»

«Was sollte denn da passieren?»

«Was weiß ich. Die Harmonien sind konvergiert. Die Harmonikas. Irgend so was.»

Wieder ein Kichern.

«Wenigstens war diesmal was zu sehen.»

«Eben», sagte er und streckte die Beine aus. Er stützte sich auf die Ellbogen und schaute hinauf zur Sonne, die man allerdings wegen der Zweige nicht sehen konnte. Die Strahlen, die durchs Laub drangen, sprenkelten sein Gesicht. Ich fand, daß er in dieser Haltung wie ein wunderschöner Bergrücken wirkte. «Wie lange soll es dauern?»

«Noch ne Viertelstunde oder so», sagte ich.

Er schwieg eine Weile. Dann sagte er: «Du warst vorhin sagenhaft.»

«Danke.»

«Vor allem bei ‹Moon River›.»

«Freut mich.»

«Dein Geplauder hat mir auch gefallen.»

Ich hatte die Gäste damit unterhalten, daß Sonne und Mond

Geschwister sind, und wie selten Schwesterchen Mond Gelegenheit hat, dem arroganten großen Bruder die Schau zu
stehlen. Ich weiß, auf Papier wirkt es blöd, aber für eine Bar-
Mizwa in Pasadena während einer Sonnenfinsternis war es
gerade richtig.

«Weißt du was?» fragte Neil.

«Was?»

«Ich finde, du solltest ein Video machen.»

Mein Herz schlug vor Begeisterung einen Purzelbaum, doch
ich ließ mir nichts anmerken. «Klar. Dürfte ja nicht allzuviel
kosten.»

«Na ja», sagte er, «ich kenne jemand.»

«Mit Geld?»

«Nein, aber sie will ein Video machen.»

Ich warf ihm einen müden Blick zu. «Eine Freundin oder so
was?»

«Gott nee.» Mit einem Lächeln ging er darüber hinweg.
«Bloß jemand, den ich kenne. Sie studiert am American Film
Institute und muß in einem ihrer Kurse einen Kurzfilm dre-
hen.»

«Ach so.»

«Wenn's dich nicht interessiert...»

«Doch. Schon möglich.»

Er stemmte sich schwungvoll hoch und kreuzte die Beine
zum Schneidersitz. «Ich weiß, daß sie's mit Stil machen
würde, Cady. Sie hat einen guten Geschmack. Manche von
ihren Ideen sind ganz interessant.»

«Du hast mit ihr schon drüber gesprochen?»

Er wirkte leicht verlegen. «Ein bißchen.»

Ich versicherte ihm, daß ich nicht eingeschnappt war.

«Sie will es in Schwarzweiß drehen, mit langen Schatten und
ganz einfacher Ausstattung, so ne Art Lotte-Lenya-Effekt –
geheimnisvoll und schön. Sie hat ein Tonstudio zur Verfü-

gung, und ich könnte Synthesizer spielen. Wir könnten es für praktisch umsonst machen.»

Ich legte den Kopf in den Nacken und dachte darüber nach.

«Was soll ich singen?»

«Ich hab an ‹If› gedacht.»

«Den alten Bread-Song?»

«Ja. Ich finde, der paßt zu deiner Stimme.»

«Meinst du?» Ich konnte es gar nicht fassen, daß er sich über mich und meine Fähigkeiten Gedanken gemacht hatte. Seit Mom tot ist, hat das eigentlich niemand mehr getan. Ich fühlte mich auf einmal von einer Last befreit, die mir bis dahin gar nicht bewußt gewesen war.

«Der Song hat was zu sagen», meinte Neil, «und man hat ihn eine Ewigkeit nicht mehr gehört.»

«Außer in Fahrstühlen.»

«Aber bei dir wäre er wieder ernst zu nehmen.»

«Vermutlich, ja.»

«Es würde hinhauen, Cady. Ich weiß es. Wenn du ihn singst... es würde den Leuten das Herz zerreißen.»

Ich vernahm ein schwaches Alarmsignal. «Geht es uns *darum?*»

Er zuckte mit den Schultern.

«Neil, ich bin keine Poster-Figur.»

«Das weiß ich.»

«Wenn deine Bekannte auf so was raus will...»

«Nein, nein. Ich hab ihr viel von dir erzählt – was für eine tolle Person du bist; was für ein starkes und einnehmendes Wesen du hast. Sie kapiert das, Cady. Sie weiß Bescheid.»

Ich spürte, wie ich rot wurde. Neil hatte noch nie so unumwunden gesagt, was er von mir hielt.

«Vielleicht sollte ich nicht so direkt werden», sagte er.

«Nein, ich versteh schon, um was es dir geht.»

«Wirklich?»

109

Ich nickte.

«Von mir aus könntest du auch was Lockeres singen.»

«Scheiß drauf. Ich will, daß es den Leuten das Herz zerreißt.»

Er lachte. Wir lachten beide.

«Es würde Spaß machen», sagte er. «Wir haben nichts zu verlieren.»

«Schon klar.»

«Dann machst du's also?»

«Scheiße, warum nicht?»

«Prima.»

«Alles klar.»

Seine hinreißenden braunen Augen verweilten einen Moment auf mir. Dann wurde sein Blick nervös und schweifte in die Runde. «Meinst du, wir haben uns zu lange rar gemacht?»

Ich lächelte ihn an. «Du bist der Boß. Wer sollte dir auf die Finger klopfen?»

«Ja, aber...»

«Was ist denn? Hast du Tread die Regie überlassen?»

«Eben.»

«Der macht das schon.»

«Ja, aber wir wissen nicht, was eine Sonnenfinsternis mit *ihm* macht.»

Das fanden wir beide zum Brüllen. Mitten in unserem Lachkrampf kam das Objekt unserer Belustigung mit wehendem Schnauzbart angetrabt. «Oh, hallo, ihr zwei. Hab euch schon gesucht.»

Wir begrüßten ihn unisono und sahen fürchterlich schuldbewußt drein.

«Mrs. Morris wartet auf euch. Es gibt einen großen Trinkspruch oder so was.»

«Oh... na ja.» Neil warf mir einen heimlichen Verschwörer-

blick zu, sprang auf und wischte sich die Grashalme vom Ho-
senboden. Vom Haus drang gedämpfter Applaus herüber –
da wurde zweifellos wieder der Sonne gehuldigt. Ich stand
auf, und während ich die Knitterfalten meines Pierrot-Ko-
stüms glattstrich, hatte ich irgendwie das Gefühl, daß eine
idyllische Episode zu Ende war.

Tread war, wie erwartet, ganz aus dem Häuschen – die Sonnenfinsternis war für ihn ein mystisches, elementares, huma-
nisierendes Ereignis –, und er berichtete uns, daß er an diesem bedeutsamen Tag seine Kristalle mit besonderer Sorgfalt
ausgerichtet hatte. Neil verhielt sich ganz reizend und ließ
sich nichts anmerken, doch sein Lächeln schien ihm jeden
Augenblick entgleisen zu wollen. Ich wagte nicht, ihn anzusehen. Tread ist manchmal ein richtiger Doofkopp, aber es
hätte keinen Sinn, ihn zu kränken. Daß Neil das versteht –
und weiß, daß mir das bewußt ist –, macht ihn mir nur noch
sympathischer.

«Schaut auf den Boden», sagte Tread, als wir zurück zum
Haus gingen. «Die beste Show ist da unten.»

Ich sah runter und konnte nichts entdecken.

«Was meinst du damit?» fragte Neil.

«Ich glaube, da müßte man erst mal was rauchen», sagte
ich.

«Nicht so voreilig», meinte Tread. «Schau nur richtig
hin.»

«Tu ich ja.»

«Siehst du nicht die kleinen Halbmonde?»

Jetzt sah ich sie. Was ich für das übliche Spiel von Licht und
Schatten gehalten hatte, waren in Wirklichkeit Tausende von
winzigen Halbmonden – oder Halbsonnen, wenn man so
will –, die wie Haarnadeln einer unordentlichen Göttin über
den Boden verstreut lagen.

«Das sind alles Fotos», erklärte uns Tread. «Das Licht wird

durch das Laub der Bäume gefiltert und macht tatsächlich Fotos von der Sonnenfinsternis.»

«Erstaunlich», murmelte Neil.

«Ja», sagte ich ehrlich beeindruckt. «Gute Erklärung.»

Tread sah mich an und hatte ein breites, schiefes, metaphysisches Grinsen im Gesicht, als wollte er sagen: Hab ich's dir nicht gesagt? «Du solltest öfter mal runterschauen.»

«Meinst du?»

«Klar. Da gibt's überall was Gutes zu sehen.»

«Ich werd es mir merken», sagte ich.

Jetzt ist es Nacht. Ich bin in meinem Schlafzimmer, und draußen sehe ich denselben Mond, der heute vormittag für solchen Wirbel gesorgt hat. Renee ist im Wohnzimmer und pinselt schneebedeckte Gipfel unter Anleitung ihres heimlichen Fernsehschwarms. Die Welt, sagen sie, geht wieder ihren Alltagsgeschäften nach, doch ich sehe erwartungsvoll einem bedeutsamen Schritt entgegen. Neil sagt, daß seine Bekannte – sie heißt Janet Glidden – sofort mit dem Video anfangen will. Das ist mir recht, obwohl ich längst noch nicht so schlank bin, wie ich gerne wäre. Ach na ja. Ich zieh mir einfach was Schwarzes an, leg das richtige Make-up auf und absolviere meinen Auftritt unter einer blauen Drei-Watt-Birne. Kommt ja sowieso nur auf die Stimme an.

Jeff hat heute abend angerufen und mir gesagt, er hätte in dem Zellulitis-Infomercial meine Beine erkannt. Wir haben herzhaft gelacht. Ich hab mich vorsichtig erkundigt, ob er von seinem Freund aus dem Park gehört hätte. Er sagte nein und ging nicht weiter darauf ein, also ließ ich das Thema fallen. Ich glaube, er fühlt sich ein bißchen in seinem Stolz verletzt. Soviel ich weiß, rufen ihn die Jungs meistens an.

Vor einer Weile hat Tante Edie aus Baker angerufen, um zu fragen, wie es mir geht – und um nachträglich noch ihren

Kummer wegen Merv Griffin loszuwerden. Sie hatte grade im Schönheitssalon eine alte Ausgabe von *Globe* gesehen. «Hast du gewußt, daß er so ist?» fragte sie.

Ich sagte, das wüßten so gut wie alle.

«Arme Eva Gabor», sagte sie.

8

Es gibt ein paar wichtige Sachen zu berichten, aber erst erzähl ich euch mal, wie heute morgen mein Hintern beschnuppert wurde.

Renee hat diese Woche frei und wir haben uns in Schale geworfen und sind nach Beverly Hills gefahren, um uns «einen schicken Tag» zu machen, wie Renee das nennt. Auf unserem Schaufensterbummel standen wir grade vor dem Bijan und gaben uns so geschmackvoll blasiert, wie wir nur konnten, da tauchte aus dem Nichts so ein großer häßlicher Köter auf und steckte mir ohne jedes Vorgeplänkel seine große nasse Schnauze unter den Rock. Renee hat ein paarmal versucht, ihn wegzuscheuchen, aber es hat nichts genützt. Er hatte seinen ersten Hauch von kondensierter Frau erschnuppert und war nicht mehr zu halten.

«Ach Mensch», stöhnte Renee, «ich hasse so was.»

«Meinst du, ich nicht?»

Sie kicherte und versuchte noch mal, ihn zu verscheuchen. Dann sagte sie: «Nein, nicht. Wir dürfen nicht lachen.»

«Wieso nicht?»

«Sonst denkt er, du bist tierlieb.»

«Vielleicht bin ich das auch», sagte ich.

«Nein, im Ernst, Cady. Sei streng mit ihm.»

«Ach Menschenskind.»

«Drück dich wenigstens an die Wand.»

«Dann kommt er mir bloß von vorne.» Ich hob die Hände und drückte die Hundeschnauze von mir weg. «Recht so, Renee? Ist dir das elegant genug?»

«Hör auf.»

«Er hat doch hoffentlich keinen Steifen?»

Wir lachten uns gerade schief, als eine hochnäsige Dame in einem roten Lederkostüm aus dem Geschäft kam und uns mit ihrem bösen Blick streifte. «Kann ich Ihnen helfen?»

Ich weiß nicht warum, aber ich fand das unheimlich komisch. Ich kriegte einen solchen Lachkrampf, daß Renee mit einer Erklärung einspringen mußte. «Der Hund hat sie... belästigt.»

«Ist es Ihr Hund?»

«*Nein.*» Renee klang richtig beleidigt. «Wir haben ihn noch nie gesehn.»

Ich hielt mir inzwischen das Zwerchfell und schnappte nach Luft. Der Hund war ein Stück zurückgewichen. Er legte den Kopf schräg und betrachtete ehrlich verblüfft mein verrücktes Gebaren.

«Fehlt Ihnen was?» fragte mich die Frau.

Ich winkte ab.

Die Frau musterte uns noch einen Augenblick und ging wieder rein. Ich lehnte mich an die Wand und versuchte, meine Fassung wiederzufinden. Zwei ältere Damen waren stehengeblieben und gafften uns an. Renee entbot ihnen ein gequältes, peinlich berührtes Lächeln. Der Hund hatte anscheinend gemerkt, daß der Spaß vorbei war. Er verlor das Interesse und trabte die Straße runter.

«Na, vielen Dank», sagte Renee mürrisch.

«Gilt das ihm oder mir?»

«Dir.»

Ich wischte mir die Lachtränen ab und winkte den beiden Gafferinnen zu. Sie sahen sich nervös an und stapften beleidigt davon. «Ich fand es spaßig», sagte ich zu Renee, um ihr mein Verhalten zu erklären.

«Du hättest was *sagen* können.»

«Unmöglich.» Ich hob abwehrend die Hand, um ihr zu zeigen, wie ehrlich ich es meinte. «Ich hab kaum noch Luft gekriegt.»

«Sie hat gedacht, du hast 'n Anfall.»

«Ich weiß», sagte ich und versuchte, ein schuldbewußtes Gesicht zu machen. «Tut mir leid.»

«Und dein Lidstrich ist verschmiert.» Renee kniete sich vor mich, zog ein Kleenex aus der Handtasche und fing an, mein Gesicht zu reparieren. «Mit Hunden, das vergeß ich immer.»

«Macht doch nichts», sagte ich.

Sie tupfte weiter an mir herum. «Was meinst du, woher der gekommen ist?»

Ich überlegte einen Augenblick und sagte dann: «Ich will geleckt sein, wenn ich's weiß.»

Sie mußte so lachen, daß sich ihr Gesicht ganz verzerrte und ihre großen freundlichen Knie in jener bedenklichen Art auseinandergingen, die mir so gut bekannt war.

«Renee...?»

Sie kreischte und blökte wie eine Filmtrine von Anno dazumal nach einem gelungenen Gag.

«Du machst dich grade naß, hab ich recht?»

Alles, was sie zustande brachte, war ein Nicken und erneutes Kreischen. Sie war inzwischen zusammengeklappt wie ein Taschenmesser, und es war eine ganz beachtliche Leistung, daß sie es trotzdem noch fertigbrachte, die Balance zu halten.

«Nur zu», sagte ich. «Ist eh schon zu spät.»

Glücklicherweise kann ich vermelden, daß der Vormittag keine totale Pleite war, denn Renee hat für solche Notfälle immer ein Reservehöschen in der Handtasche. Sie hat mir erzählt, sie hätte diesen wertvollen Tip aufgeschnappt, als sie in ihrer Kindheit an Schönheitskonkurrenzen teilgenommen hat. Untadelige Unterwäsche war damals in den Umkleideräumen anscheinend noch eine echte Frage des Stolzes. In einem Coffee-Shop in der Nähe verzog sie sich mißmutig aufs Klo, setzte sich dann zu mir in eine Nische und aß ein Stück Kuchen mit.

«Was meinst du, warum sie das machen?» fragte sie.

«Wer?»

«Hunde.»

Ich zuckte mit den Schultern. «Weil sie's können.»

«Muß ja richtig abartig für dich sein.»

Ich sagte, es käme mir vor, als müßte ich mit Drachen zusammenleben.

Einen Augenblick war sie ratlos. Dann lächelte sie matt und schaute auf die Straße hinaus. «Ich kann Beverly Hills sowieso nicht leiden. Die Leute sind so eingebildet.»

«Mmm.» Mir war es eigentlich schnuppe, wo ich war. Ich war einfach froh, in einem Raum mit Air-conditioning zu sitzen und mich mit Koffein und Zucker aufzumöbeln.

«Komm, wir fahren nach Haus und ziehen uns um.»

«Hast du doch schon.»

«Nein, raus aus den Edelklamotten, meine ich.»

«Ich dachte, heut ist unser schicker Tag.»

«Na ja…» Sie sah auf ihre blaßrosa Bluse und den weißen Leinenrock herunter. «Ich schätze, wir können auch so hin.»

«Wohin?»

Ihr Blick wich mir aus.

«Wohin, Renee?»

«Icon.»

«Was wollen wir denn da?»

«Du weißt doch…»

Ich brauchte eine Weile, bis ich drauf kam. Vielleicht, weil ich es verdrängt hatte. Die nagelneue Mr.-Woods-Attraktion von Icon Studios, die diese Woche mit großem Trara und massivem Presserummel eröffnet worden ist. In *Entertainment Tonight* hatten Renee und ich einen großen Bericht darüber gesehen – Charlton Heston und Nancy Reagan, wie sie gerade aus dem Scheißding aussteigen. Der Märchentraum, zu dem gehört, daß ich um jeden Preis unsichtbar bleibe, hat im Valley als hochklassige Rummelplatz-Nummer ein neues lukratives Leben begonnen. Meine Begeisterung könnt ihr euch denken.

«Ich weiß, du findest es blöd», sagte Renee.

«Das wird doch gräßlich überlaufen sein.»

«Vielleicht auch nicht.»

«Was wird da eigentlich geboten?»

«Ich weiß nicht», sagte sie. «Ich glaub, sie lassen einen über den Wald gondeln.»

«Ich hasse Themenparks, Renee. Wirklich. Ich verabscheue sie. Ich hab nichts als Verachtung dafür. Kannst du nicht mit Lorrie hin?» (Das ist ihre neue Arbeitskollegin.)

«Ach bitte, Cady. Ohne dich hätt ich keinen Spaß.»

Ich wußte, daß ich es nicht abbiegen konnte. Ich sagte, ich würde mitgehen, aber nur unter zwei Bedingungen – daß wir uns nicht unnötig aufhalten und nach der Gondelfahrt sofort wieder gehen; und daß sie keiner Menschenseele verraten darf, wer ich bin. Es hätte mir grade noch gefehlt, daß sie einer urlaubenden Familie von plattärschigen Lutheranern meine ausgelaugten Kobold-Meriten runterbetet.

Ich sollte erwähnen, daß Icon Studios nur einen Steinwurf von meinem Haus in Studio City entfernt ist. Die Anlage ist an den Berghang gebaut, und zwar auf zwei Ebenen, verbunden durch eine Rolltreppe, die aussieht wie ein gigantisches Hamster-Tretrad aus Plexiglas. Die untere Ebene besteht aus zwei Bereichen – Filmstudio und Themenpark –, die so gut wie nichts verbindet. Die Touristenmassen, die sich jedes Jahr durch den Park schieben, um die Familienfotos in «Fleet Parkers Garderobe» zu bestaunen, bekommen den Star genausowenig zu sehen wie in Disneyland die originale Mikkymaus. Das Ding ist pures Plastik. Die Illusion einer Illusion.

Ich war fast sieben Jahre nicht mehr im Park. Tante Edie hatte bei ihrem ersten Besuch in L. A. darauf bestanden, daß Mom und ich mit ihr hingehen – für Provinzler ist es ein Muß. Alles war noch so, wie ich es in Erinnerung hatte. Jedenfalls war's noch genauso abstumpfend. Die buntgekleidete Herde, die sich vom Hamster-Tretrad transportieren ließ, war das, woran ich immer denken muß, wenn ich den Ausdruck «Neue Weltordnung» höre. Wenn das Gedränge zu groß wurde, schob sich Renee als Prellbock vor mich, aber die meiste Zeit ging es nur zäh voran. Die Luft war schal und drückend heiß unter dem bleichen, dunstigen Himmel, und für meinen Geschmack gab es viel zu viele freilaufende Kinder. Sobald wir die untere Ebene erreicht hatten, steuerten wir sofort einen Getränkestand an. Mir reichte es jetzt schon.

Renee beugte sich runter und gab mir mein schaumiges Diet Coke. «Geht's einigermaßen.»

«Der Hund war mir lieber», sagte ich.

«Cady.»

«War nur Spaß.» Ich leckte den Schaum vom Rand des Bechers.

«Ich möchte, daß es dir gefällt», sagte sie.

«Ich bin begeistert.»

«Ich meine das Mr. Woods Adventure.»

Ich grinste in den Schaum. «Wie lang ist die Schlange?»

«Nicht besonders lang.»

«Ich wette, sie ist länger, als du sehen kannst.»

Ich hatte recht, aber ich rieb es ihr nicht hin. Fast eine halbe Stunde sah ich nichts als einen Wald von Beinen, während wir mit einigen hundert Getreuen wie Kälber durch ein ausgeklügeltes Gitterlabyrinth geschleust wurden. Um uns bei Laune zu halten, hatte man ein Dutzend Videomonitore installiert, über die nicht nur Clips aus *Mr. Woods* flimmerten, sondern auch ein schmalziger Tribut an «den kleinen Kerl», und zwar von Philip Blenheim persönlich. Renee war natürlich selig und kicherte bei ihren Lieblingsszenen. Ich dagegen war nur dankbar für die Klimaanlage.

Kurz vor der Gondelbahn kam ein Schild mit der Aufschrift: KINDER UNTER 90 ZENTIMETERN MÜSSEN IN BEGLEITUNG EINES ERWACHSENEN SEIN.

«O je», sagte ich düster, um Renee auf die Schippe zu nehmen. «Sieh dir das an.»

«Na und?»

«Die lassen mich nicht mitfahren. Ich bin zehn Zentimeter drunter.»

«Na, ich bin doch ne Erwachsene.»

Ich sagte, sie würden vielleicht einen Beweis verlangen.

«Ich hab 'n Ausweis dabei», sagte Renee, die den Witz nicht mitbekam.

«Was meinst du, warum das Schild da hängt?» Allmählich machte ich mir doch Sorgen.

«Hat bestimmt nichts zu bedeuten», meinte Renee.

«Solange ich nicht mit dem Arsch im Unterholz lande.»

Renee hatte anscheinend darauf gewartet, daß ich in letzter Sekunde noch kneifen würde. Sie runzelte die Stirn und schob die Unterlippe vor. «So schnell fährt das Ding nicht, Cady. Nicht mal Nancy Reagans Frisur war durcheinander.»

Die Frau vor uns, eine dickliche Weißhaarige in einem pink-

farbenen Jogginganzug, drehte sich um und lächelte zu mir runter. «Es ist ganz harmlos», sagte sie. Ich fragte mich, wie lange es sie schon drängte, sich einzumischen. «Mir ging's genau wie Ihnen, aber es is 'n reines Kinderspiel.»
«Gott sei Dank.»
Die Frau nickte. «Mir ging's genau wie Ihnen.»
«Sie kennen es also schon?»
«War letzte Woche mit den Kindern meiner Schwester da.»
«Macht es Spaß?» schaltete sich Renee ein.
«Na ja... wenn Sie Mr. Woods so gern haben wie ich.»
«Oh, das tu ich!»
Die Frau lachte.
«Ich meine, davon gehe ich aus», sagte Renee mit einem Kichern.
Sie warf mir einen schuldbewußten Blick zu. Ich sah sie streng an, denn ich merkte, wie wild sie darauf war, meine Geschichte auszuplappern. Die dicke Dame machte einen ganz netten Eindruck, aber ich war müde und gereizt und zu sehr mit Ideen für mein Video beschäftigt. Ich hatte weder den Nerv noch die Zeit für das strapaziöse kleine Ritual einer Erklärung zu meiner Person.

Die neue Attraktion erwies sich als aufgemotztes Märchenland in einer kalten, dunklen Halle von der Größe eines Hangars. In Gondeln, die mit «Baumrinde» verkleidet waren, bewegten wir uns in teils ruckelnder, teils gleitender Fahrt durch die Traumwelt. Vor Beginn der Fahrt hatte uns Philip in seinem Video darauf hingewiesen, daß unser Abenteuerland nicht der Wald am Stadtrand war, den wir aus dem Film kannten, sondern «der ferne, geheimnisvolle Ort, wo Mr. Woods einst zu Hause war». Übersetzung: Ich bin zwar hemmungslos genug, um diese Figur auszubeuten, aber ich vergreife mich nicht an einem Filmklassiker.

Dieser Ortswechsel bot natürlich die ideale Möglichkeit, die Szenerie mit Mr.-Woods-Ablegern zu bevölkern, mit einem ganzen Klüngel von liebenswerten Robotern, die man nach seinem Bild geschaffen hatte. Das vertraute, verhutzelte Gesicht, das einst so charmant und einzigartig gewesen war, tauchte während unserer Fahrt hinter jedem Busch und Baumstumpf auf – mal als junges Mädchen, mal als krabbelndes Baby oder als ein Trupp Holzfäller auf dem Heimweg von der Arbeit. Es gab Mr.-Woods-Farmer mit ihren Frauen und Mr.-Woods-Soldaten, die in den Krieg zogen. Es gab sogar eine Trauung in einer Kirche, wo alle aussahen wie Er. Im pyrotechnischen Finale wurden mindestens hundert der kleinen Scheißer – vermutlich bösartige (der Plot war mir schleierhaft) – von einem riesigen Katapult durch den Wald geschleudert.

Mich ließ das alles völlig kalt. Als wir uns im Pulk wieder ans Tageslicht schoben, tauschten Renee und die dicke Dame ihre Eindrücke aus. Renee war ganz angetan, fand aber, Mr. Woods hätte als Braut arg seltsam gewirkt. Ich biß mir auf die Zunge und äußerte irgendwas Vages – es hätte so schön altmodisch an das aufregende Gefühl erinnert, an der Hand durch einen dunklen Raum geführt zu werden. Renee fiel nicht darauf rein und sah mich komisch an, ehe sie weiter mit der Frau palaverte.

Als wir allein waren, sagte Renee mißmutig, sie müßte mal.

«Mach doch.»

«Hör mal», sagte sie, «ich hab ihr nichts verraten.»

Ich sagte, das wüßte ich.

«Wieso bist du dann eingeschnappt?»

Ich sagte, ich wäre nicht eingeschnappt, nur müde. Und *sie* käme mir eingeschnappt vor.

«Willst du mit?» In die Damentoilette, meinte sie.

Ich schüttelte den Kopf, sah sie mit einem matten Lächeln an und bat sie, mir bei der Suche nach einem stillen Plätzchen zu helfen.

Wir entschieden uns für eine kleine, aber sehr gepflegte Rasenfläche gleich um die Ecke von Fleet Parkers Garderobe. Während ich zwischen den Paradiesvögeln wie ein vollautomatischer Gartenzwerg im Gras hockte, hörte ich auf einmal eine jugendliche Männerstimme, die meinen Namen sagte.

Der Bursche hatte sich ganz ungezwungen hingekniet, als er mich ansprach. Er war Anfang zwanzig und gutaussehend, mit einer Stupsnase und sandfarbenem Haar. Er trug ein blaues, kariertes Hemd und eine lässige Hose und sah der Hälfte aller Schmachtlocken von West Hollywood zum Verwechseln ähnlich. Ich konnte sein Gesicht nirgends unterbringen.

«Ja?»

«Ich bins. Callum.»

Ich kann euch nur sagen, daß der Name eine ganze Weile in der Luft hing wie der Nachhall eines Glockenschlags.

«Du willst mich verscheißern», sagte ich.

Ohne die Zähne zu entblößen, zeigte er mir sein hübschestes Lächeln. «Nö.»

Ich schlug mit der flachen Hand auf die Erde. «Was in aller Welt machst du hier?»

«Vermutlich dasselbe wie du.»

Meine Gedanken überstürzten sich natürlich, und ich hatte echte Mühe, mit der Situation fertig zu werden. «Hast du schon die Gondelfahrt gemacht?» fragte ich.

«Vor ein paar Stunden.»

«Ziemlich geschmacklos, wie?»

Er lächelte nur und zuckte mit den Schultern. Es war nett von ihm, daß er seine Meinung für sich behielt. Ich fragte mich, wieviel Loyalität er noch für Philip empfand; ob er noch Kontakt zu ihm hielt, vielleicht sogar als sein Gast hier war, als offizieller Teilnehmer an dem Klamauk zum zehnjährigen Jubiläum.

«Es ist nicht grade *schauderhaft*», sagte ich ein wenig einschränkend, «aber es ist auch kein Fortschritt gegenüber ‹Piraten der Karibik›.»

«Darf ich mich zu dir setzen?» fragte er.

«Klar. Komm schon.»

Er hockte sich neben mich auf den Rasen.

«Ich warte auf eine Freundin», sagte ich und sah ihn mir in seiner neuen, erwachsenen Version an. «Sie ist auf dem Klo.»

Er nickte.

«Was meinst du – hat das Scheißding Chancen?» fragte ich.

«Keine Ahnung.»

«Kann ich in deiner Gegenwart Kraftausdrücke in den Mund nehmen?»

Er lachte. «Hast du doch immer.»

Ich legte als Ausdruck meines Entsetzens die Hand auf die Brust.

«Ich hab's überlebt», sagte er grinsend.

«Machst du hier Ferien oder was?»

«So quasi. Nicht direkt. Na ja, eine Kombination.»

Ich mußte lachen über seine vertraute Unentschlossenheit – eine reifere Version der Gavotte, die er immer im Verpflegungswagen vor dem Gestell mit den Süßigkeiten veranstaltet hatte.

«Ich hab vielleicht Arbeit», sagte er munter. «In einem Film.»

Es gab mir einen kleinen Stich, wie immer, wenn ich höre, daß andere einen Film machen. Ich weiß, es ist schrecklich und kleinkariert, aber ich kann es nicht ändern. «Toll», sagte ich betont locker. «Freut mich für dich.»

Er nahm die Gratulation wie ein verschämter Prinz mit gesenktem Kopf entgegen, und ich erinnerte mich wieder, daß es ein Tick von ihm war – oder machte er es absichtlich?

«Mit wem?» fragte ich.

«Steht noch nicht fest.»

«Ah.» *Ein Film mit Philip,* dachte ich. *Es ist ein Millionending, und sie haben ihn zum Stillschweigen vergattert.* Doch dann wurde mir klar, wie dumm meine Paranoia war. Schließlich hatte der Junge sein halbes Leben in einem Fischerdorf vertrödelt. Wahrscheinlich war er einfach zu nervös, um darüber zu sprechen. «Ich hab gedacht, du lebst im Ruhestand», sagte ich neckisch.

Er zupfte an den Grashalmen herum, während er überlegte, was er antworten sollte. «Wie gut hast *du* dich gekannt, als du elf warst?»

Ich hatte mich eigentlich verdammt gut gekannt, aber es wäre unfair gewesen, es auszusprechen. Wir waren in ganz verschiedenen Verhältnissen aufgewachsen. Meine hatten mich gezwungen, möglichst rasch zu Potte zu kommen. «Es hat dich also gepackt, wie?»

Er nickte.

«Tja», sagte ich. «Schön, dich wieder bei uns zu haben.»

«Danke.»

«Wer ist dein Agent?»

Ein Schulterzucken. «Immer noch Leonard.»

«Oh», sagte ich neutral. «Gut.» Der elende Drecksack. Er *hatte* also gewußt, daß Callum zurück war, und er hatte mich absichtlich angelogen. Aber warum? Damit ich ihm nicht auf die Pelle rücke? Um sicherzugehen, daß ich Callum nicht wegen einer Rolle in seinem neuen Film bekniee? Wahrscheinlich. Jedenfalls war es ein brutaler Hinweis, daß Leonard nichts mehr mit mir zu tun haben wollte.

«Er ist immer noch so knallhart», sagte Callum. «Du kennst ja Leonard.»

«O ja.»

«Wahrscheinlich muß man so sein.»

«Absolut.»

«Bist du noch im Geschäft?»

«Ach ja.» Ich versuchte, mich so gut es ging locker und aufgeräumt zu geben.

Doch Callum sah mich so betroffen an, daß er mir ein bißchen leid tat. «Ich hätt nicht fragen sollen.»

«Komm, du kannst ja nicht alles wissen.»

«Was machst du grade?»

Ich sagte, ich würde ein Video machen, und beließ es dabei. Von PortaParty erzählte ich ihm nichts, denn er hätte sich nur Mühe gegeben, was Positives und Ermutigendes zu sagen, und das hätte mich erst recht deprimiert.

«Ein Song, hm?»

«Einer oder zwei.»

«Ich weiß noch, wie gut du gesungen hast.»

«Danke.»

«Ich hab dich in diesem Horrorfilm gesehen», sagte er.

«In welchem?»

Er dachte angestrengt nach, aber der Titel fiel ihm nicht mehr ein.

«Hab ich so graues Gelump an mir hängen gehabt?»

«Ja, genau», sagte er.

«*Bugaboo.*»

«Richtig, *Bugaboo.*» Er lachte.

«Der ist in Maine gelaufen?»

Er schüttelte den Kopf. «Kabelfernsehen.»

«Ach so.»

Er zupfte wieder ein paar Grashalme aus. «Ich hab deine Weihnachtskarten bekommen. Danke.»

«Gern geschehen.»

«Tut mir leid, daß ich dir nie eine geschickt hab.»

«Ach was», meinte ich wegwerfend, «du hast zusehn müssen, daß dir Schamhaar wächst.»

Er lachte. «Trotzdem.»

«Meine Adressenliste für Weihnachtskarten ist endlos.» Ich wollte ihm damit sagen, daß es für mich mehr eine Art therapeutisches Hobby ist als ein Ritual von Geben und Nehmen. «Es gibt viele, die nicht antworten. Ich schreib Karten an Phil Donahue und Tracy Ullman. Manchmal schick ich Karten an Leute, die gar nicht mehr leben.»

Er lachte, weil es wie ein Scherz klang. Das war es zwar auch, aber es ist auch eine Tatsache. Manchmal bin ich bei Bekannten nicht auf dem laufenden; sie werden krank und sterben, und ich erfahre es erst Monate später, oft nur ganz zufällig – sagen wir mal, auf einer Party oder beim Schlangestehen für *Truth or Dare*. «Wie schrecklich», sage ich dann und erzähle es allen, die den Betreffenden gekannt haben könnten, und streiche in meinem Adressenbuch den Namen durch. Ich hab das schon so oft gemacht, daß es inzwischen ein schockierend alltägliches Ritual ist.

Callum habe ich davon nichts gesagt, aber ich habe mich gefragt, ob er versteht, was ich meine. Ich wollte ihm begreiflich machen, daß ich mich in der Welt von heute ganz gut auskenne, und daß er mit mir über alles reden kann.

«Wie geht's deinen Eltern?» fragte ich.

«Gut. So ziemlich alles beim alten.»

«Gibt es . . . sonst jemand in deinem Leben?»

Er grinste wie ein ertappter Schuljunge. «Du meinst, ob ich verheiratet bin?»

«Oder sonstwas.»

Er hielt die Hand hoch. «Siehst du einen Ring?»

Ich lächelte. «Muß ja nichts Amtliches sein.»

Er zuckte mit den Schultern. «Ein paar Freundinnen.»

«Ein *paar*?»

Er lachte.

«Hier?»

«Was?»

«Freundinnen.»

«Nein. Daheim.»

«In Maine?»

«Ja.»

«Das kann nicht sehr spaßig sein.»

Wieder ein Schulterzucken. «Ich bin noch nicht lang hier. Wie geht's deiner Mutter?»

Ich nahm den abrupten Themenwechsel zur Kenntnis und sagte ihm, daß meine Mutter vor drei Jahren gestorben ist.

«Das tut mir leid.»

«Danke.»

Ich wußte beim besten Willen nicht, wie ich die Frage nach einer zufälligen Anbandelung im Griffith Park geschickt in die Unterhaltung einflechten sollte, und darum fragte ich erst mal, was er seit seiner Ankunft hier gemacht hatte.

«Nicht viel», sagte er bedauernd. «Ein Haufen Geschäftsessen.»

Ich reagierte mit einem wissenden Nicken, als hätte auch ich – und zwar in letzter Zeit – die schreckliche Last zahlloser Geschäftsessen zu tragen gehabt. Ich malte mir aus, wie Callum wieder die Runde machte und in der Hollywood Canteen dieses neue, aber seltsam vertraut wirkende Gesicht einem alternden Baby-Mogul präsentierte, der es zehn Jahre lang nicht mehr gesehen hatte. Was für einen potenten Eindruck das machen würde! Und was für ein gefundenes Fressen für die Medien – der Junge, der Hollywood mit zehn Jah-

ren erobert und ihm dann die einfachen Freuden eines Teen-
agerdaseins in New England vorgezogen hat, kehrt als er-
wachsener Herzensbrecher auf die Leinwand zurück. Wenn
der Film nur einigermaßen was taugt, könnte Callum noch
vor Jahresende ein Megastar sein.

«Bist du erreichbar?» fragte ich.

«Klar. Ich wohne im Chateau Marmont.»

«Oh. Gut.»

«Die Vermittlung stellt dich durch.»

«Prima.»

Er lächelte wie ein Kater in der Sonne. «Weißt du noch, wie
Ray da gewohnt hat?» Er meinte Ray Crawford, den griesgrämigen alten Knacker, der in *Mr. Woods* Jeremys Großvater gespielt hatte.

«Und ob», sagte ich. Ich war dort nie eingeladen worden,
aber ich wußte, daß Ray eine Suite im Marmont hatte. Falls
ihr euch an ihn erinnert – er hat zuletzt noch genauso ausgesehen wie im Film, bloß daß er keine Strickwesten mehr getragen hat, sondern ärmellose Pullover unter kurzärmeligen
Hemden. Er ist vor etwa fünf Jahren ohne viel Trara gestorben. In *Entertainment Tonight* gab's eine kurze Notiz.

«Ich hab den Balkon neben seinem», sagte Callum.

«Ist das ein Fortschritt?» fragte ich scherzhaft, denn keiner
hatte Ray besonders leiden können.

Er lachte. «Mir gefällt's da ganz gut.»

Ich sah Renee kommen und griff rasch in meine Handtasche
und gab ihm meine Visitenkarte. «Das bin ich», sagte ich.

Er warf einen Blick darauf. *Cadence Roth lebt von der Schau-
spielerei* steht da, und dann folgt meine Telefonnummer und
die Nummer von Leonards Büro. «Sehr clever», sagte er und
steckte die Karte in seine Hemdtasche. «Ich hab ganz vergessen, daß Leonard auch dein Agent ist.»

«Vergißt er auch gern.»

Er lachte ein bißchen, aber es klang eher gequält.

«Sag ihm 'n Gruß von mir, wenn du ihn siehst», sagte ich.

«Mach ich.»

Dann war Renee da, und Callum wollte aufstehen, um sich vorzustellen. Ich bremste ihn, indem ich ihn am Hemdsärmel festhielt.

«Versprich mir, daß du nicht kreischst», sagte ich zu Renee.

«Was?»

Callum sah mich an und grinste.

«Versprich es, Renee.»

Sie zuckte mit den Schultern. «Ich versprech's.»

«Das ist Callum Duff.»

Renee nahm ihn ins Visier. Ihr Mund wurde schlaff, und ihre Augen verengten sich. So sieht sie meistens aus, wenn sie sich an eine Telefonnummer zu erinnern versucht oder mit dem Typ im Fernsehen verschneite Berggipfel malt.

«Dank dir», sagte ich, als das Kreischen ausblieb. «Callum – das ist Renee Blalock, meine Hausgenossin.»

Callum sprang auf und hielt ihr die Hand hin. «Hallo.»

Sie gab sein Hallo als schwaches Echo zurück.

«Renee ist ein großer Fan von dir.»

«Schwören Sie's total?» fragte sie.

Sie sah so ungläubig drein, daß ich zu ihm sagte: «Sie glaubt nicht, daß du's bist.»

«Oh... na dann...»

«Erspar ihm den Schwur, Renee. Er ist es.» Ich stand auf, strich mir das T-Shirt am Hintern glatt und machte Anstalten zu gehen. Callum wurde allmählich ungeduldig, und ich hatte für einen Tag genug Menschheit gesehen. Ich wollte nach Hause und mich aalen, vielleicht unterm Rasensprenger, mit nichts als einem Walkman bekleidet. Renee kam jetzt natürlich erst richtig in Fahrt.

«Sie haben den Jeremy so toll gespielt», sagte sie zu Callum. «Ich hab mir immer gewünscht, ich wär Sie.»

«Danke.»

«Ehrlich, es ist mein voller Ernst.»

«Das merk ich», sagte Callum. «Vielen Dank.»

Renee wippte vor Aufregung auf den Fersen und ließ den armen Jungen nicht aus dem Bannstrahl ihrer Augen.

«So», sagte ich. «Wird Zeit für uns.»

«Oh. Is gut.» Renee wurde ganz verlegen und sagte zu Callum: «Ich hoffe, ich hab Sie nicht...»

«Sie waren sehr nett», sagte er. «Ich mag den Film auch.»

Renee sah mich mit glänzenden Augen an. «Weißt du, was toll wäre?»

Aus Rücksicht auf Callum warf ich ihr einen Blick zu, der sie zur Vorsicht mahnte. «Was?»

«Ein Foto von euch beiden.»

Ich gab ihr in freundlichem Ton zu bedenken, daß keiner von uns eine Kamera dabeihatte.

«Da hinten haben sie eine.» Sie zeigte auf eine Stelle des keuschen, postmodernen Rummelplatzes. Da stand ein kleiner Pavillon von Fuji Films, eine Art High-Tech-Spielzimmer für Erwachsene. «Man kann sich vor jedem Hintergrund fotografieren lassen, den man will.»

Callum sagte sofort: «Dann könnten Sie ja auch mit aufs Bild.»

«Ach... meinen Sie?»

«Warum nicht?»

«Aach, wär das toll.»

«Mußt du nicht wohin?» fragte ich Callum.

«Noch nicht gleich.» Ein Blick wie zwischen Erwachsenen in Gegenwart eines Kindes. «Macht mir wirklich nichts aus. Ich hätt selber gern ein Andenken.»

«Man muß nicht mal Schlange stehn», sagte Renee.

«Na ja . . . auch gut.»

Mir hatte endlich gedämmert, daß jeder von uns einen Abzug kriegen würde und wie sehr mir so ein Foto zupaß käme. Ich malte mir bereits aus, wie ich Jeff damit triezen könnte.

Am Ende entschieden wir uns für einen blauen Himmel mit Wölkchen als Hintergrund. Renee plädierte zum Steinerweichen für einen *Mr.-Woods*-Hintergrund, aber den schmetterte ich ab, weil ich merkte, daß es Callum peinlich war.

Er setzte sich auf einen Stuhl, ich posierte auf seinen Knien, und Renee stellte sich hinter ihn und legte ihm dezent eine Hand auf die Schulter. Unser seltsam viktorianisches Tableau lockte eine kleine, aber faszinierte Menschenmenge an.

«Du hast echten Sportsgeist», sagte ich zu Callum, als er mich wieder absetzte.

«Na komm.»

«Wo bist du verabredet?»

«Da drüben», sagte er und wies mit den Augen in die Richtung. «Auf der andern Seite.» Er meinte die aktive Seite von Icon Studios – den Ort, wo wir vor Jahren gemeinsam einen Film gedreht hatten.

Ich nickte, als wüßte ich Bescheid, und beließ es dabei. Ich wollte nicht naseweis erscheinen.

Callum bestand darauf, für die Fotos zu zahlen, und sagte zu Renee, die bereits im siebten Himmel schwebte, sie solle sich eins in Postergröße bestellen. Die Aufnahme war besser geworden, als ich erwartet hatte. Renee sah ganz reizend aus, und ihre blonden Haare hoben sich als gelbe Strähnen vom blauen Himmel ab. Bei mir kamen endlich mal die Wangenknochen zur Geltung, und meine Augen – so versicherte mir jedenfalls Renee – hatten ihren besten Schlafzimmerblick. Callum erinnerte noch stärker als im wirklichen Leben an das

Kind, das ich einmal gekannt hatte. In seinen Augen war etwas liebenswert Unkompliziertes und Wahrhaftiges zum Vorschein gekommen, als der Verschluß der Kamera klickte. Es war richtig gespenstisch.

«Erkennt man dich auf der Straße?» fragte ich ihn.

«Nö», sagte er. «Meistens nicht. Fast nie.»

«Mich auch nicht.»

Er lachte. «Dann sind wir ja quitt.»

Ich merkte, daß er wegwollte, und ich sagte ihm, es hätte mich sehr gefreut, daß wir uns über den Weg gelaufen waren. Und daß er mich jederzeit anrufen sollte, wenn ihm danach war. Er bedankte sich nett, legte sich aber nicht fest. Das war für mich keine Überraschung. Enge Freunde waren wir ja nie gewesen. Renee dankte ihm überschwenglich dafür, daß er mit uns für ein Foto posiert hatte. Dann übertrieb sie es und hauchte ihm auch noch ein linkisches Küßchen auf die Wange.

Ungefähr an der Stelle, wo er mich entdeckt hatte, verabschiedeten wir uns von ihm und fuhren mit der riesigen Rolltreppe hinauf zum Parkplatz.

Als wir zu Hause waren, rief ich sofort bei Jeff an. Nach sechsmaligem Läuten ertönte das übliche nervige Gedudel von k. d. lang, gefolgt von der Mitteilung, daß der schwule Saroyan in einem Motel in Palm Springs war und erst Montag früh wieder zurück sein werde. Das war eine so herbe Enttäuschung, daß ich ihm die grausam mysteriöse Nachricht hinterließ, er könne mich jederzeit anrufen, um etwas über «die neueste Jeremy-Sichtung» zu erfahren. Ich dachte nicht im Traum daran, die Story an seinen Anrufbeantworter zu verschwenden. Außerdem wußte ich aus Erfahrung, daß er die Geschichte mehr genießen würde, wenn sie festlich in ein bißchen Geheimnistuerei verpackt war.

Den ganzen Abend habe ich noch keinen Pieps von ihm gehört. Das wundert mich, ehrlich gesagt, denn er hört seinen Anrufbeantworter sonst regelmäßig ab, ganz gleich, wo er sich aufhält. Überhaupt hat das Telefon noch kein einziges Mal geklingelt, seit Renee und ich – sie im Stehen, ich im Liegen – mit unserer kreativen Hausarbeit beschäftigt sind.

Renees Malerei macht gute Fortschritte. Nach den schneebedeckten Gipfeln malt sie jetzt Wasserfälle. Sie sagt so oft «Ach, Mist!», daß ich sie erwürgen könnte, doch sie hat eine richtige Begabung für diese Art Malerei. Und ich verstehe jetzt, was sie an ihrem Lehrer findet – er hat tatsächlich so ein gewisses Etwas. Während ich hier auf meinem Kissen liege, umspült mich seine ruhige Stimme wie warmer Honig, als wäre er ein netter alter Onkel, der sich über eine Wiege beugt und Kindergeschichten erzählt. Ich frage mich, ob er eine Gefolgschaft hat. Ob Leute seine Sendung nur einschalten, um diese Stimme zu hören.

Ich bin fast am Ende meines Tagebuchs. Noch zwanzig Seiten, und ich muß mir ein neues besorgen, aber diesmal eins mit mehr Klasse und ohne das häßliche Konterfei von Mr. Woods vorne drauf. Der heutige Vormittag, habe ich beschlossen, ist mein letztes Sayonara an den kleinen Heini gewesen. Jedesmal, wenn ich schwach werde und mich wieder auf diese bankrotte Mythologie einlasse, fühle ich mich hinterher platt und ausgelaugt wie eine Legende zu Lebzeiten.

Das Leben ist zu kurz, um zurückzuschauen.

Vor allem meins.

Es ist nach Mitternacht, und Jeff hat immer noch nicht angerufen. Renee hat vor einer halben Stunde ein neues Nachthemd eingeweiht und ist mit fettglänzendem Gesicht in die Heia gegangen.

Ich stellte mir Jeff in seinem Motelzimmer vor, mit Pool vor der Tür und einem billigen, niedrig stehenden Wüstenmond zwischen den Palmen. Er hat grade spektakulären Sex gehabt (das Gesicht kann ich leider nicht genau sehen) und ist im Begriff, sein argloses Opfer mit dem nächsten Romankapitel zu traktieren. So daß es durchaus sein könnte, daß er vorhat, noch seinen Anrufbeantworter zu checken, eh er Feierabend macht.

Zum Teufel damit. Ich brauche meinen Schönheitsschlaf.

9

Heute früh habe ich eine Mausefalle entdeckt, die Renee in der Küche aufgestellt hat. Ich hätte vielleicht damit leben können, wenn es eine normale Falle gewesen wäre; aber nein, es war ein Rechteck aus weißem Plastik mit so einem gelben Kleister, auf dem das arme Ding pappte. Die Maus war noch sehr lebendig und hat gräßlich gezappelt. Sogar die Seite vom Kopf war in dem widerlichen Zeug festgeklebt. In ihrem verzweifelten Kampf hat sie jeden Muskel angestrengt, aber außer zu einem Schiß hat es nicht gereicht. Ich mag gar nicht dran denken, wie lange sie womöglich schon in dieser Lage war.

Renee ist, wie früher Mom, der offizielle Kammerjäger im Haus, aber heute morgen war sie auf einem Einkaufsbummel, von dem anzunehmen war, daß er Stunden dauern würde. Ich machte das Türchen unter der Spüle auf und suchte hektisch nach der Mausefallenschachtel, weil ich die schwache Hoffnung hatte, daß darauf nähere Anweisungen standen. Als ich sie da nicht fand, stupste ich die Wandschranktüren auf und entdeckte auf dem obersten Regal eine Schachtel, die aussah, als könnte sie die richtige sein. Sie war rot und gelb und hatte an der Schmalseite die Aufschrift «E–Z Catch». Ich schlug mit dem Besenstiel nach ihr, bis sie in einer Lawine von stinkenden Putzlappen auf mich runterkam.

Es standen tatsächlich Instruktionen drauf, und zwar in spanisch und englisch: *Eche raton con trampa. Zusammen mit Maus entfernen.* Dazu eine reizende Illustration von einer Maus, die auf dem sinistren Schmant pappte. Die Zeichnung war so verspielt, daß sie fast wie ein Comic wirkte. Sogar kleine Perlen von Mäuseschweiß (oder waren es Tränen?) quollen aus dem Kopf. *Keine Federn, keine Schnappvorrichtung, keine eingeklemmten Finger. Wegwerfbar, hygienisch und sofort einsatzbereit.*

Was nun? Wenn ich dem Rat folgte und das Lebewesen bequem im Mülleimer entsorgte, würde es dort erschöpft und halb gelähmt vor Angst stundenlang im Dunkeln liegen, bis seine Kräfte schwanden und die Ameisen kamen, um es bei lebendigem Leib zu fressen. So etwas konnte ich nicht verantworten. Also ließ ich in die abgesenkte Spüle einige Fingerbreit lauwarmes Wasser laufen (in der Annahme, das würde es für die Maus angenehmer machen) und ersäufte den kleinen Banditen.

Es dauerte eine Ewigkeit, bis das Zappeln aufhörte. Um ganz sicher zu gehen, drückte ich die Maus anschließend noch eine Weile unter Wasser. Als ich die winzige, triefende Leiche hochhielt und angstvoll nach Zeichen von Leben suchte, kam mir die perverse Erinnerung an Glenn Close, wie sie in *Fatal Attraction* aus dem Badewasser schnalzt. Aber die Maus war vollkommen regungslos. Ich trug die Mausefalle raus und warf sie in die abgesenkte Mülltonne an der Straße. Dann lief ich leicht angeekelt ins Haus zurück, duschte ausgiebig und rieb mich mit dem Badeschwamm ab.

Ich bin nicht das, was man einen geborenen Killer nennt. Den ganzen Vormittag war ich restlos fertig. Man sollte meinen, Renee wäre in solchen Dingen die Empfindliche, aber weit gefehlt – sie hat mit Mäusen schon manches My Lai veranstaltet und Dutzende zu Tode gebracht, und es macht ihr überhaupt nichts aus. Sie bringt es sogar fertig, in ausgesprochen fröhlicher Stimmung zu sein, wenn sie morgens nach ihren Fallen sieht.

Ich schreibe das am Strand von Santa Monica. Renee hat noch drei Tage Urlaub und ist wild entschlossen, das Beste daraus zu machen. Wir kampieren unter einem neuen Sonnenschirm mit Blumenmuster, den sie gestern in einem K-mart gekauft hat. Ich trage meine neueste Kreation, einen pinkfarbenen Badeanzug aus Jeansstoff mit enormen Rüschen, die mich wie ein viktorianisches Riesenbaby aussehen lassen. Renee hat einen königsblauen Bikini an und liest in *People* den saftigen Klatsch über Annette Bening, die von Warren Beatty ein Kind kriegt. Vom Meer weht eine sanfte Brise, und der Himmel ist erstaunlich klar und blau. Meine Mitbewohnerin hat es anscheinend noch nicht gemerkt, aber zwei Badetücher weiter liegt ein Chicano, der schon seit einiger Ewigkeit mit ihr anbandeln will. Zum Beweis hat er unter seiner Speedo ordentlich einen stehen. Ich schätze, ich sollte es ihr sagen. Früher oder später.

Weiter im Text: Ich hatte Jeff die Nachricht auf sein Band gesprochen, und am nächsten Morgen rief er mich endlich an. «Also, Cadence, was gibts?»
Er klang gereizt, und ich beschloß, ihm nicht auf die neckische Tour zu kommen. «Callum Duff ist in der Stadt. Schon seit ein paar Monaten.»
Er blieb so lange still, daß ich mich fragte, ob er wütend auf mich war. Obwohl ich mir keinen Grund denken konnte.
«Du darfst dich freuen», fügte ich hinzu.
«Woher weißt du das?»
«Ich hab ihn gesehen. Wir haben uns unterhalten.»
«Aber du weißt nicht, ob es derselbe ist.»
«Nein, aber ich hab ne prima Möglichkeit, um es rauszufinden.»
Wieder eine Pause. Dann die verstohlene Frage: «Er steht doch nicht neben dir, oder?»

Ich lachte. «Nein, Jeff. Ich hab ein Foto. Gestern aufgenommen.»

«Oh.»

«Was ist denn?» sagte ich. «Ich hab gedacht, du wärst außer dir vor Freude.»

«Du hast ihm doch nicht gesagt, daß ich...?»

«Keinen Ton hab ich gesagt. Dein Name fiel überhaupt nicht.»

«Gut.»

«Der nächste Schritt liegt ganz bei dir.»

«Seh ich nicht so.»

«Na ja... wie du willst.» Mein zundertrockener Ton gab ihm zu verstehen, daß es mir nicht besonders wichtig war. Ich kam mir eh schon ein bißchen wie ein Zuhälter vor. Sollte er sich seine Bettpartner doch selber suchen.

«Du weißt, er hatte meine Nummer, und er hat nie angerufen.»

«Na und?»

«Na, *ich* kann ihn doch jetzt nicht anrufen, einfach so, aus heiterem Himmel. Er hat mir nicht mal gesagt, wo er wohnt.»

«Ach so. Verstehe.»

«Man hat ja auch noch seinen Stolz.»

«Mmm.»

«Wo *wohnt* er denn?»

«Spielt das ne Rolle?»

«Cadence...»

«Im Chateau Marmont.»

Er gab einen Laut von sich, der anzudeuten schien, daß er sich so etwas schon gedacht hatte.

«Da hast du ihn dir doch vorgestellt, nicht? In einem Schloß.»

«Sehr witzig.»

«Er ist ein Schwarm, Jeff. Ich versteh jetzt, was du damals gemeint hast.»

«Ja, ja. Ein Schwarm mit ner Macke.»

«Wieso? Weil er dich nicht angerufen hat?»

Keine Antwort.

«Willst du das Foto sehn oder nicht?»

Er gab ein langgezogenes Stöhnen von sich, das «ja» heißen sollte. Ich sagte ihm, er wüßte, wo er mich finden kann. Er sagte, er würde vorbeikommen, sobald er mit seinen Liegestützen fertig war. Ich legte auf, ging ins Wohnzimmer und schüttelte die Sofakissen auf. Ich spürte die Vorfreude, die immer in mir aufsteigt, wenn ich einen, den ich wirklich mag, ins nervtötende Land der Gelben Schleifen locke.

Eine Stunde später erschien er mit einem verwelkten Nelkenstrauß, den er «einer hispanischen Person an einer Ampel» abgekauft hatte. Er gab sich Mühe, cool zu wirken, aber sein rundes Bartstoppelgesicht verriet eine gespannte Erwartung, als hätte er sie mit einer Puderquaste aufgetragen. Er kniete sich kurz hin, um mir das rituelle Wangenküßchen zu verpassen, und steuerte dann sofort das Foto an.

«Wo ist das gemacht?»

Ich sagte es ihm.

«Ich dachte, du hältst es dort nicht aus.»

«Stimmt auch. Renee hat mich hingelotst. Ist er es, Jeff?»

Er nickte.

«Bist du überrascht?»

«Nein. Du?»

Ich schüttelte den Kopf und deutete mit einem schiefen Lächeln an, daß ich nichts dafür konnte.

«Hat er mit irgendwas zu erkennen gegeben, daß er schwul ist?»

Ich erzählte ihm von den Freundinnen in Maine.

«Oh. Na toll.»

«Vielleicht hält er sich nur bedeckt», meinte ich.

«Das mein ich ja. Er macht 'n verkorksten Eindruck. Und wenn's wirklich ne Freundin gibt, ist eh Sense.»

«Ich glaub, er ist einfach noch jung, Jeff.»

Mit einem Seufzer ließ er sich in den Sessel plumpsen. «Zu jung. Ich hab keine Lust, ihn anzulernen. Wenn er schwul ist und sich nicht dazu bekennen will, hab ich nicht die Zeit, um auf ihn zu warten.»

Seine abgeklärte Tour ging mir langsam auf die Nerven. Ich machte es mir auf meinem Kissen bequem und erinnerte ihn daran, daß Callum nur zehn Jahre jünger war als er.

«Ja, schon», meinte er, «aber sieh dir an, was in den zehn Jahren alles passiert ist.»

Dagegen ließ sich nichts sagen. Wer zehn Jahre Siechtum und Tod miterlebt hat, sieht manches anders. Callum war behütet in Neuengland aufgewachsen, während Jeff zunehmend militant wurde – man konnte sich gut vorstellen, daß die beiden nicht gerade auf der gleichen Wellenlänge lagen. Ich fand einfach, daß sie eine attraktive Kombination wären. Jeff fand das auch, wie ich verdammt gut wußte, obwohl er sich alle Mühe gegeben hatte, mich vom Gegenteil zu überzeugen.

«Weißt du», sagte ich nach einer Pause, «es kommt schon mal vor, daß man ne Telefonnummer verliert.»

Er brütete noch eine Weile vor sich hin. «Angenommen, ich ruf ihn an – was soll ich denn sagen?»

Ich zuckte die Schultern. «Du hättest mich zufällig getroffen, und ich hätt dir erzählt, daß ich ihn bei Icon gesehen hab, und da wär dir aufgegangen, wer er ist.»

«Und dann knallt er den Hörer auf die Gabel.»

«Vielleicht nicht.»

«Du hättest nichts dagegen, wenn ich dich erwähne?»

«Natürlich nicht.»

«Das wär wenigstens ein Anknüpfungspunkt. Was für ein Zufall es war und so weiter.»

«Klar.» Ich dachte kurz nach. «Wenn er dir gesagt hat, er heißt Bob – wird es ihn erschrecken, daß du seinen richtigen Namen weißt?»

«Wahrscheinlich», sagte er.

«Ach na ja. Kann nicht schaden, mal guten Tag zu sagen. Willst du von hier anrufen? In Renees Zimmer ist auch ein Telefon, falls du ungestört sein willst.»

«Sie ist nicht da?»

«Nee.»

Er seufzte wieder. «Das wird ne gräßliche Demütigung.»

«Dann laß es doch», sagte ich. «Oder tu es einfach und schreib ein Romankapitel darüber.»

Er bedachte mich mit einem sardonischen, brüderlichen Lächeln. Dann ging er in Renees Zimmer und zog die Tür hinter sich zu.

Ich machte uns gerade einen Tee, als er wieder herauskam und mir sagte, daß Callum im Chateau Marmont nicht zu erreichen war. Er sagte, er hätte keine Nachricht hinterlassen, denn für Callum wäre er ja nur ein Abenteuer für eine Nacht gewesen, und das schon vor Wochen. Wie er Callums Aufenthaltsort rausgefunden hatte – ganz zu schweigen von seiner wahren Identität –, sei nichts, was man einem Hotelangestellten anvertraut. Nicht mal dem Empfangschef vom Chateau Marmont.

Jeff wies auf die Teekanne, die ich in der Hand hielt. «Das ist doch nicht für mich, oder?»

«Doch. Für uns beide.»

«Ich muß los, Cadence.»

«Du Knallkopp.»

«Ich weiß. Ich mach es wieder gut.»

142

Ich stellte die Teekanne ab. «Nur zu. Laß mich sitzen. Laß mich hier draußen bei all den grünen Witwen.»

Er lachte. «Ich hab ne Verabredung mit einem Verlagslektor...»

«Schon gut. Wird dir noch leid tun. Wenn mein Video auf MTV der große Renner ist, werd ich dran denken.»

«Was für ein Video?»

«Vergiß es. Du hast es eilig.»

«Du hast ein Video?»

«Ich erzähl dir ein andermal davon. Willst du Callums Foto?»

Er zögerte einen Augenblick. «Du meinst – zum Behalten?»

«Ich hab zwei davon.»

«Oh... na dann – danke.» Er ging ins Wohnzimmer, nahm das Foto und warf einen Blick darauf. «Wird ne schöne Erinnerung sein. Vor allem, weil du drauf bist.»

«Ja, ja. Du kannst mich mal.»

Er schmunzelte. «Wie gehts übrigens Renee?»

Ich sagte, es ginge ihr gut, und sie hätte diese Woche frei und wäre nur eben mal für ein paar Stunden weg. Ich hielt mich nicht weiter bei dem Thema auf, weil ich wußte, daß es ihn eigentlich nicht interessierte. Jeff hat Renee immer für einen hoffnungslosen Fall gehalten; vor allem seit Ostern, glaube ich, als er sie mal beim Kirchgang gesehen hat, in ihrem protestantischen Fummel, komplett mit Mieder und Handtasche. Sie sind sich nicht spinnefeind, aber sie sind auch nicht grade ein Herz und eine Seele. Bei den meisten meiner Freunde ist das so. Ich bin das einzige, was sie verbindet.

«Tu mir 'n Gefallen», sagte ich.

«Klar.»

«Versuch was über diesen Film rauszukriegen.»

«Welchen Film?»

«Den er grade dreht. Für den er hergekommen ist.»

«Ach so.»

«Sag aber nicht, daß ich danach gefragt hab. Laß es nur so einfließen. Ich bin sicher, es kommt von allein zur Sprache.»

«Is gut.» Er dachte einen Augenblick nach. Dann warf er mir einen verschlagenen Blick zu. «Also darum geht's dir in Wirklichkeit.»

«Mir geht's um gar nichts», sagte ich mit Nachdruck. «Es ist bloß ein Gefallen, den du mir tun sollst.» Ich kam mir vor wie Rumpelstilzchen. Der böse Zwerg, der eine Bedingung stellt. Ich entschied mich für ein selbstironisches Lachen, um ihn von meiner Unschuld zu überzeugen, und hielt ihm die Wange für ein Küßchen hin.

«Ich ruf dich bald an», sagte er, als er sich wieder aufrappelte. «Wegen einem Film.»

«Oh.» Mit Verzögerung wurde mir klar, daß er von einem Kinobesuch sprach. «Is gut.»

«Übrigens, hast du das von Pee-wee gelesen?» (Eine Zeitlang haben wir uns jeden Samstagmorgen gemeinsam *Pee-wee's Playhouse* angesehen. Wir sind auch begeisterte Fans des Films – ich meine den ersten, nicht die Fortsetzung, wo sie so hartnäckig versucht haben, ihn als Hetero auszugeben.)

«Was ist mit ihm?» fragte ich.

«Er ist in Florida verhaftet worden, weil er in einem Pornokino sein Ding rausgeholt hat.»

«O nein», sagte ich, «vor einem Mann?»

«Nee. Allein.»

«Kann man wegen so was verhaftet werden?»

Jeff war bereits aus der Tür und eilte zu seinem Auto. «In Florida schon!»

Ich winkte ihm und sah ihm von der Haustür nach, bis er in seinem rostigen Civic um die nächste Ecke verschwunden war. Als ich in der Küche nach einer Vase für seine Nelken suchte, fragte ich mich, ob er wirklich mit einem Lektor zum Essen verabredet war, oder ob er jetzt zum Chateau Marmont fuhr, um den ganzen Tag den Hoteleingang zu beobachten. Zuzutrauen war es ihm. Und in seinen Augen hatte ich ein verräterisches Glitzern bemerkt.

Am folgenden Tag fingen in einem leerstehenden Gewächshaus am La Brea Boulevard die Dreharbeiten für das Video an. Es war das zweite Mal, daß Neil und ich uns mit seiner Bekannten Janet Glidden vom American Film Institute trafen. Sie war eine große, schlanke Weiße mit enormen Zähnen und einer schwarzen, strähnigen Mähne, die wie Acryl glänzte. Ständig wischte sie sich die Haare aus dem Gesicht. Ihre hektische Art, die sie auf Schritt und Tritt bei der Arbeit behinderte, hätten andere vielleicht als eine Folge von Kokainmißbrauch oder als ganz normale Anfängernervosität gedeutet, aber ich wußte es besser.
Das Gewächshaus gehörte einem Bekannten von Janet, und er hatte es ihr nur für zwei Tage überlassen. Selbst für einen simplen Lippensynchron-Job war das reichlich knapp bemessen, und ich tat mein Bestes, damit alles gut voranging. Was in erster Linie hieß, daß ich in einem pinkfarbenen Glitzergewand auf einer behelfsmäßigen Bühne stand und mich nicht vom Fleck rührte, während Janet-from-another-Planet total überdreht herumschusserte und sich dauernd entschuldigte. Ihre Finger waren lang und elfenbeinfarben und zitterten sichtlich, während sie die verschiedenen Lichtquellen einstellte und zurechtrückte.
Sie sagte, die Beleuchtung würde ganz natürlich wirken, und sie war sehr stolz darauf. Auf der einen Hälfte des gläsernen Giebeldachs hatte sie ein großes Tuch so arrangiert, daß melodramatische schmale Lichtbahnen wie auf einem Altarbild

auf die Bühne fielen. Von Zeit zu Zeit stieg sie draußen wie gehetzt auf eine Leiter und stocherte mit einem Bambusstab an dem Tuch herum. Sie sagte, sie würde mit Licht einen Set bauen, genau wie Orson Welles es in *Citizen Kane* getan hatte. Es wäre die einzige Möglichkeit, mit einem begrenzten Budget «Grandeur» zu erzeugen.

Neil lehnte am hinteren Ende des Gewächshauses an einem Tisch, wo die Pflanzen eingetopft wurden, und betrachtete die Grandeur aus der Entfernung. Er trug eine lässige dunkelbraune Gabardinehose und einen hautengen weißen Baumwollpullover. Er sagte nicht viel, aber dann und wann zwinkerte er mir zu, um stilles Einverständnis über Janets schusseliges und überdrehtes Benehmen zu signalisieren. Ich glaube, ihm war genauso schnell wie mir klargeworden, daß sie einfach nicht das Zeug dazu hatte.

Als sie sich mal entschuldigte und nach draußen hastete, um eine Vorsatzlinse zu suchen, kam Neil nach vorn und setzte sich zu mir auf die wackelige Sperrholzbühne.

«Ist man hier sicher?» fragte er.

Ich brauchte einen Moment, bis mir bewußt wurde, daß er die Bühne meinte. «Ist man das irgendwo?» gab ich zurück.

Er lachte. «Da hast du auch wieder recht.»

Ich fragte ihn nach seinem Eindruck.

«Tja... ist natürlich schwer zu sagen, ohne die Musik dabei.»

«Na ja», sagte ich mißmutig, «ich mach mir keine Hoffnungen auf MTV.»

Er lächelte.

«Nicht mal auf den offenen Kanal.»

«Willst du aussteigen?»

Nein, sagte ich, es ginge schon. Ich müßte ja nur noch einen Tag drangeben, und Janets kleiner Film – ob gut oder nicht –

146

würde Produzenten wenigstens beweisen, daß ich schon was gemacht hatte. Ich wollte Neil zuliebe kein Spielverderber sein, weil er so große Hoffnungen in das Projekt gesetzt hatte und von Janet anscheinend noch enttäuschter war als ich. Außerdem wollte ich, daß er mich als einen Menschen sah, der viel zu nett und großmütig ist, um vor einer überkandidelten Filmstudentin eine Primadonna-Nummer abzuziehen, auch wenn es sich jederzeit rechtfertigen ließe. Ich wollte wohl einen guten Eindruck auf ihn machen. Will. Präsens.

«Sie ist sonst nicht so», sagte er.

Ich fragte ihn, wo er sie kennengelernt hatte.

«Sie war ne Freundin von meiner Ex-Frau.»

Ich nickte bedächtig. «Und du hast sie bei der Scheidung gekriegt.»

Er schmunzelte. «Nicht direkt. Wir sind uns zufällig übern Weg gelaufen, und sie hat mir erzählt, was sie am AFI macht. Hat sich angehört, als hätt sie ganz präzise Vorstellungen.»

«Ach, na ja», sagte ich.

«Mhm.»

«Vielleicht sollten wir sie mit Tread verkuppeln.»

Er lachte. «Der könnt ein bißchen von ihrer Energie gebrauchen.»

Ich sagte, er solle nicht Panik mit Energie verwechseln.

«Panik?» Auf seiner Stirn bildeten sich Hieroglyphen. «Du meinst, wegen dem Dreh?»

«Wegen mir.»

Das setzte ihm anscheinend schwer zu. «Ich weiß nicht, Cady. Sie ist ziemlich cool.»

«Schon möglich», gab ich zu. «Aber wenn sie 'n Zwerg sieht, kriegt sie die Motten.»

«Aber als wir uns mit ihr getroffen haben, war sie doch ganz locker.»

«Sicher», sagte ich. «Und dann hat sie ne Woche Zeit gehabt zum Nachdenken. Ich hab so was schon oft erlebt, Jeff. Ich kenne zu viele Frauen wie sie.»

«Meinst du wirklich?»

«Ja.»

Er fragte, ob das nur für Frauen gelte.

«Frauen versetzen sich in dich rein», sagte ich. «Manche übertreiben es. ‹Ich danke Gott, daß ich nicht so...› Und so weiter. Janet sieht mich an und sieht sich selbst, und das erträgt sie nicht. Sie muß schnellstens weg.» Ich lächelte ihn an. «Ist dir doch bestimmt aufgefallen. Wie sie den ganzen Morgen hier rumwuselt.»

Neil sagte nichts, sondern nickte nur geistesabwesend. Dann schaute er an mir vorbei und lächelte. Ich drehte mich um und sah, daß Janet wieder da war.

«Gefunden?» fragte Neil.

«Oh... ja. Tut mir leid, Leute. Ich war sicher, ich hätt es mitgebracht.»

«Kein Problem.» Neil und ich sagten es tatsächlich unisono. Wie zwei Katzen, die sich gerade einen Kanarienvogel geteilt haben. Ich hoffte, daß Janet meine Kurzanalyse ihres Verhaltens nicht mitbekommen hatte. Es hätte ihre Schuldgefühle nur verstärkt, und sie hatte eh schon zu viele. Natürlich fand ich sie entnervend, aber ich wußte, daß sie ihr Bestes tat. Es hatte keinen Sinn, auch noch gemein zu werden.

Wenn man meine Größe hat und gerade nicht von Fahrstuhlknöpfen, Trinkbrunnen und Geldautomaten gepeinigt wird, verbringt man sein Leben damit, auf die Empfindlichkeiten der «Normalen» Rücksicht zu nehmen. Man lernt, seine Gefühle zu unterdrücken und auf ihre einzugehen, und man hofft, daß sie einem auf halbem Weg entgegenkommen. Wieder und wieder steht man vor der Aufgabe zu erklären, zu ignorieren, zu verzeihen. Man kommt einfach nicht dran vorbei. Man tut es, wenn man was vom Leben haben will, statt sich von Wut und Ärger verzehren zu lassen. Man tut es, wenn man zur menschlichen Rasse gehören will.

«Wie fühlen Sie sich?» Janets Stimme war eine Spur zu laut, um natürlich zu wirken. «Sie müssen müde sein.»

Ich sagte, es ginge mir gut.

«Ich kann Ihnen schnell einen Kaffee holen oder...»

«Ich finde, wir sollten einfach unser Pensum erledigen», sagte ich.

«Oh... na gut.»

Neil sprang auf, so daß die kleine Bühne wackelte. «Dann verzieh ich mich mal.»

«Gefällt mir», sagte ich. «Das mit den schrägen Lichtstreifen.»

«Oh... meinen Sie mich?» Janet war so aufgedreht, daß ihr das Kompliment glatt entgangen war. Wie ein verwirrter Kranich machte sie eine halbe Drehung und betrachtete das filigrane Licht- und Schattenspiel auf der Wand hinter uns. «Wirklich? Finden Sie?»

Ich sagte, es würde mich an die langen Silhouetten auf den Häuserfronten im *Dritten Mann* erinnern.

«Tja...» Sie gestattete sich den Anflug eines Lächelns und errötete heftig. «Das ist wirklich nett von Ihnen, aber ich bin mir nicht sicher, ob es... Haben Sie das Lattengitter da oben gesehen?»

Ja, sagte ich, und in Schwarzweiß hätte es bestimmt eine tolle Wirkung.

«Oh, und ob», sagte sie. «Ich meine, ich hoffe es. Möchten Sie mal durchschauen?» Es war offensichtlich, daß sie bei ihrem Angebot nicht an die logistischen Umstände gedacht hatte, denn sie wurde plötzlich wieder rot vor Verlegenheit. «Es sei denn...»

«Neil kann mich hochheben.»

«Na dann... wenn Sie wirklich möchten...»

Neil half mir also von der Bühne und hob mich hoch, so daß ich mir Janets Werk durch die Kamera ansehen konnte. Janet nahm meine Position ein und hockte sich im Schneidersitz auf die Bühne, damit ich sehen konnte, wie das Licht auf mein Gesicht fallen würde. Es war tatsächlich ein beachtlicher Effekt – sehr sparsam und dramatisch –, aber längst nicht so eindrucksvoll wie das warme Mahagonibraun von Neils Haut, das durch die großen Maschen seines weißen Baumwollpullovers schimmerte.

«Lernt ihr das im AFI?» fragte ich Janet, als Neil mich wieder abgesetzt hatte.

«Was?»

«Die Beleuchtung. Sie scheinen Talent dafür zu haben.»

«Oh... nein. Das heißt, ja... ein bißchen.»

«Ich find's erstaunlich, daß Sie das mit natürlichem Licht hinkriegen.»

Sie schaute es sich noch mal an. Dann kehrte ihr Blick zu mir zurück. Daß ich so auf ihre Arbeit einging, schien sie ein bißchen zu beruhigen. Ich hatte den Eindruck, daß sie mich jetzt mit anderen Augen sah. «Ich freu mich ja so, daß es Ihnen gefällt», sagte sie.

Die Rückfahrt ins Valley gab Neil und mir Gelegenheit zu einer Manöverkritik.

«Kann sein, daß sie uns überrascht», meinte er.

Ich stimmte ihm zu und beließ es dabei.

«Ich hoffe, du bist nicht sauer», sagte er.

«Wieso?»

«Weil ich dich da reingezogen hab.»

Ich warf ihm einen tadelnden Blick zu und sagte, ich ließe mich nie in was reinziehen.

«Trotzdem», sagte er.

Ich fragte ihn, ob seine geschiedene Frau wie Janet war.

«Nein.» Er sah mich von der Seite an. «Warum?»

«Na, du hast gesagt, sie waren Freundinnen, und ich frag mich halt, ob sie sich ähnlich waren.»

«Nicht besonders», sagte er. «Linda war – *ist* – ein Ordnungsfanatiker. Das war bestimmt auch der Grund, warum sie sich mit Janet angefreundet hat – wieder so ein chaotisches Leben, in dem sie Ordnung schaffen konnte.»

«Hat sie das auch bei dir gemacht?»

«So gut sie konnte.»

«Und deshalb hast du dich von ihr getrennt?»

«Nicht nur.»

«Was war noch?»

Er wollte nicht so recht. «Suchst du Kandidaten für Oprah?» fragte er.

«Nein, aber ich tu so.»

«Sie war nicht besonders romantisch», sagte er schließlich.

«Hat dir keine Rosen mitgebracht, hm?»

Er schüttelte den Kopf. «Und auch selber keine erwartet.»

«Ooh», sagte ich, «das *ist* ein Problem.»

«Es wurde eins.»

Meine Sticheleien gingen ihm allmählich gegen den Strich, also ließ ich den wunden Punkt in Ruhe. «War sie im Showgeschäft?»

Er schüttelte den Kopf. «Krankenhausverwaltung.»

Sofort stellte ich mir eine unnahbare Zicke mit einem Clipboard vor; nein, eine unnahbare *doofe* Zicke, weil sie Neil vergrault hatte. Ich fragte, wo er sie kennengelernt hatte.

«In einer Show-Lounge in Tahoe, wo ich Klavier gespielt hab.»

«Und sie war als Touristin da?»

«Ja.»

«Hast du sie geliebt?»

«Ja, glaub schon.»

«Du bist dir nicht sicher?»

«Doch, schon. Ne Zeitlang.»

«Klingt nicht nach viel Gemeinsamkeit.»

«Ist es auch nicht.»

Ich hätte mich viel wohler gefühlt, wenn er gesagt hätte: «War es auch nicht.» Aber ich ließ es auf sich beruhen, denn mir war klar geworden, daß ihm Linda – aus welchen Gründen auch immer – noch sehr im Kopf herumging. «Was hast du an ihr gemocht?» fragte ich.

Er überlegte einen Moment und zuckte mit den Schultern. «Sie hat mir das Gefühl gegeben, begabt zu sein.»

«Du *bist* begabt.»

Er lächelte träge. «Nicht so doll.»

«Dein Klavierspiel hat ihr gefallen?»

«Ja.»

«Ist doch nicht verkehrt.»

«Nein», sagte er. «Solang es nicht das einzige ist.»

«Tja... da hast du recht.»

«Es gab schon noch mehr», sagte er. «Ich hab das zu simpel dargestellt. Damals war ich jung und hab jemand gebraucht, der an mich glaubt. Meine Eltern haben mir nicht viel zugetraut.»

Ich fragte, wie lange er schon geschieden war.

«Fast zwei Jahre.»

«Warum gehst du dann nicht mit andern Frauen aus?»

Au, das setzte ihm aber zu. «Wieso bist du dir da so sicher?»

«Du tust es also?»

«Manchmal. Wenn ich kann. Der Job macht es nicht grade leicht. Und ich nehm mir viel Zeit für meinen kleinen Jungen.»

«Oh, natürlich.»

«Aber ich werd schon noch. Öfter, meine ich.»

«Was öfter?»

«Mit Frauen ausgehen.»

Ich nickte.

«Fragst du Leute immer so aus?»

«Ja.»

«Warum?»

«Weil sie mir immer Antwort geben.»

Er lachte. «Tatsächlich?»

«Aber ja.»

«Willst du sehn, wo ich wohne?»

Im ersten Moment dachte ich, er wollte mich nur wegen meiner Neugier triezen. «Du, ich will dir nicht...»

«Nein, im Ernst», sagte er. «Schau dich ruhig bei mir um.»

«Na ja... gut. Irgendwann mal.»

«Warum nicht gleich?»

Mir fiel keine Ausrede ein.

Er wohnte im ersten Stock eines Apartmenthauses in North Hollywood. Es erinnerte an ein Motel – weißer Kunststein und schmiedeeiserne Gitter – und machte einen sauberen, zweckdienlichen Eindruck. Im leichten Wind schlug ein Plastiktransparent mit der Aufschrift WOHNUNGEN FREI klatschend hin und her. Die Eingangstüren waren entweder orangerot oder kobaltblau gestrichen. Auf dem Stückchen Rasen vor dem Gebäude saß ein kleines Mädchen mit roten Zöpfen vollkommen regungslos auf einem Plastik-Dreirad. Als wir näherkamen, fiel mir der merkwürdige Fischhautschimmer des Rasens auf, und ich merkte, daß es Kunstrasen war.

Zum Glück gab es einen Lift, und ich war noch halbwegs bei Puste, als wir seine Wohnung erreichten. Das Wohnzimmer, wo er mich in einen Sessel setzte, war hell und freundlich und garantiert an einem einzigen Samstagvormittag mit Möbeln von Pier One Imports eingerichtet worden. Es gab allerhand Korbzeugs in Pflaumenblau und Grün, Bambus-Rollos und ein lachhaftes Trio von großen Chiantiflaschen. Der beige Teppichboden roch wunderbar fabrikneu. Draußen vor den gläsernen Schiebetüren war ein Minibalkon mit Blick auf den Parkplatz und mit einem Ökosystem aus wuchernden Topf-pflanzen. An Danny, Neils siebenjährigen Sohn, der die Sommermonate bei seiner Mutter verbrachte, erinnerte ein üppiges Arrangement von Fotos auf dem Fernseher. Neil nahm eines der größeren herunter und gab es mir – die Frucht seiner Lenden saß am Klavier und schaute mit ansteckendem Grinsen in die Kamera.

«In den Fußstapfen des Vaters, wie?»

Er zuckte mit den Schultern. «Vielleicht. Wenn er will. Ich zwing ihn zu nichts.»

«Recht so.»

«Wirklich nicht. Mein Alter hat es bei mir immer ge-macht.»

Ich fragte, was sein Vater gewesen war.

«Er ist es noch», verbesserte er mich. «Apotheker. In India-napolis.»

Ich nickte.

«Zum Gähnen, nicht? Wir haben über der Apotheke ge-wohnt. Er hat von nichts anderem geredet. Man kam nicht dran vorbei.»

Ich stellte ihn mir als kleines Kind mit großen Augen und piepsiger Stimme vor, umgeben von Regalen voll Tabletten, während ein Patriarch mit grauen Schläfen sich endlos dar-über verbreitet, wie glorreich es doch ist, die Besitzer von Rezepten zu bedienen. «Was hat er von dir und deinem Piano gehalten?» fragte ich.

«Nicht viel. Später hat sich's ein bißchen gebessert.» Er

zuckte mit den Schultern. «Er ist nach Tahoe gekommen, um mich spielen zu hören.»

«Na, das war doch was.»

«Ja», sagte er. «Was.»

«Wenigstens weißt du, wie dein Vater aussieht», sagte ich.

Er schien verwirrt und zögerte einen Augenblick, bevor er sagte: «Du kannst dich überhaupt nicht an deinen erinnern?»

«Tja, ich weiß, daß es ihn gegeben hat, aber der Rest hat sich in Nebel aufgelöst.»

«Hast du nicht mal ein Foto von ihm gesehen?»

«Nee. Mom hat ihn einfach gestrichen, als er uns verlassen hat.»

«Verstehe.»

«Und glaub mir, ich hab überall gesucht. Wenn Mom nicht da war, hab ich ihre Sachen durchwühlt. In ihrer Kommode hatte sie ne Schublade – viel zu hoch für mich –, in der hatte sie ihre Briefe und Fotos und den ganzen Kram. Wenn sie einkaufen war, hab ich den Hocker aus der Küche reingeschleift und Detektiv gespielt.»

«Aber keine Fotos gefunden, hm?»

Ich schüttelte den Kopf. «Das einzige, was ich je gefunden hab, war ein Geschenkkärtchen, auf dem stand: ‹Für Teddy in Liebe›.»

«Hat er so geheißen?»

Ich lächelte. «Sie. Kurzform von Theodora.»

«Ach so.»

«Ich hab mir vorgestellt, es wäre von ihm. War's aber bestimmt nicht.»

«Weißt du seinen Namen?»

«Oh, sicher. Chapman. Sergeant Howard Chapman. Jedenfalls damals noch. Er ist aus dem Militärdienst ausgeschieden, kurz bevor er uns verlassen hat.»

«Weißt du, wo er hin ist?»

«Nein. Aber ich hab immer gedacht, Mom wüßte es und würde es mir bloß nicht sagen. Als ich zehn war, sind wir im Sommer mal nach New York gefahren und haben die Verwandtschaft besucht. Es war das erste Mal, daß ich aus Baker rauskam, und Mom hat ein großes Theater darum gemacht. Unterwegs hab ich mir irgendwie eingeredet, wir hätten meinen Vater endlich gefunden, und sie würde deshalb mit mir nach New York fahren. Es gab überhaupt keinen Beweis dafür, aber das konnte mich nicht davon abbringen. Bei unseren Verwandten in Queens hab ich sogar das Telefonbuch gewälzt und einen H. Chapman in Manhattan gefunden. Ich war sicher, daß er es ist.»

Neil lächelte. «Hast du angerufen?»

«Gott nee. Das hätt ich mich nicht getraut. Ich hab es mir bloß gemerkt – als Beweis, den ich anbringen kann, falls ich mal den Mut finde, Mom danach zu fragen.»

«Und? Hast du?»

«Ja, aber erst viel später. Ich hab immer gedacht, sie würde es mir abends mal als besondere Überraschung servieren, wenn wir in nem Eiscafé sind oder so. Wir würden irgendwo aus dem Bus steigen und mit dem Lift fahren, und da würde der Sergeant sein. Er würde groß und rothaarig sein und nach Pfeifentabak riechen – und viel netter sein, als wir gedacht hatten.»

«Wie bist du darauf gekommen, daß er in New York sein könnte?»

«Keine Ahnung. Es war für mich einfach der Ort, wo sich Väter verstecken. Mom hat sich prima verhalten, als ich sie schließlich nach ihm gefragt hab. Sie ist mit mir in eine Cafeteria gegangen, hat uns ein großes leckeres Dessert bestellt und mir zum erstenmal erlaubt, Kaffee zu trinken. Sie hat gesagt, sie wäre mit mir nach New York gefahren, damit ich sehe, wo ihre Familie her ist. Sie hätte keinen blassen Schimmer, wo mein Vater ist, und selbst wenn er wieder ankäme, würde sie ihn nicht mehr reinlassen. Er wäre ein Drecksack und Feigling, und es täte ihr wirklich sehr leid, daß sie mir das nicht schon früher klipp und klar gesagt hat.»

«Wie hast du es aufgenommen?»

«Eigentlich ganz gut. Irgendwie war's erleichternd.»

«Kann ich mir vorstellen.»

«Ich glaub, es lag an der Art, wie sie's mir gesagt hat – wie unter Erwachsenen. Als wäre ich alt genug dafür.» Ich mußte lächeln, als der alte Film in meinem Kopf noch einmal ablief. «Weißt du, was an dem Abend noch war?»

«Was?»

«Also, Mom ist rausgegangen, um ein Taxis anzuhalten, und hat mir Geld für die Kellnerin dagelassen – auch was Neues für mich: ne Rechnung bezahlen. In meinem Pappbecher war noch ein Rest Kaffee, den hab ich mit rausgenommen und auf dem Bürgersteig getrunken, während ich auf Mom warten mußte. Wie ich so dastehe, den leeren Becher in der Hand, und mich so richtig cool finde, da kommt ein Typ im Anzug vorbei, bleibt stehen und stopft mir 'n Fünf-Dollar-Schein in den Becher.»

«O nein.»

«Ich hab überhaupt nicht gewußt, was los ist. Ich hab ihm das Geld zurückgeben wollen, aber er hat bloß abgewinkt. Als Mom wieder da war, hab ich es ihr erzählt. Sie war außer sich. Ich glaub, wenn der Typ noch dagewesen wär, hätt sie ihm eine gelangt.»

Neil schüttelte fassungslos den Kopf. «Ist das wirklich passiert?»

«Das ist wirklich passiert», sagte ich.

Es war das erste Mal seit Jahren, daß ich die Geschichte erzählt hatte.

Wir putzten ein paar Dosen Bier weg und dann noch ein paar. Tatsache ist, wir kamen ganz schön in Stimmung, während wir das Debakel dieses Tages in Alkohol ertränkten. Als es dunkel wurde, bot Neil an, was zu essen zu machen, und ich nahm sein Angebot prompt an. Es gab Rührei und Toast mit Erdnußbutter und Apfelbrei mit Zimt drauf – das war alles, was die Küche hergab. Neil breitete ein Tischtuch am Boden aus, damit wir beim Essen auf gleicher Höhe sitzen konnten. Hinterher lehnten wir ermattet am Sofa, während die Grillen im Gebüsch ein Konzert für uns veranstalteten.

«Ich sollte Renee anrufen», sagte ich.

«Warum?»

«Damit sie weiß, wo ich bin. Manchmal wartet sie mit dem Essen auf mich.»

Er lächelte. «So jemand hätt ich auch gern.»

«Sei dir mal nicht so sicher.»

Er mußte lachen. «Wie lange ist sie schon bei dir?»

Das klang, als wäre Renee eine Hausangestellte, aber ich ging darüber hinweg. «Drei Jahre», sagte ich.

«Scheint ganz gut zu klappen.»

«Ja.»

«Obwohl ihr ziemlich verschieden seid.»

Ich verzog das Gesicht. «Dir entgeht auch gar nichts.»

Er lachte in sich hinein.

Ich sagte ihm, Renee und ich hätten gelernt, «unsere Unterschiede zu respektieren». Mit anderen Worten: Ich wüßte, daß sie nicht grade die Intelligenteste war, aber wir könnten uns trotzdem verständigen. Nicht besonders nett, so was zu sagen, aber was soll man machen. Wenn ich mit Neil zusammen bin, rutscht mir öfter was raus.

«Soll ich's dir holen?» fragte er.

Ich verstand nicht, was er meinte.

«Das Telefon. Damit du sie anrufen kannst.»

«Oh... ja, bitte.»

Er ging nach nebenan – ins Schlafzimmer, wie ich vermutete –, holte ein schnurloses Telefon und legte es mir in den Schoß. Renee meldete sich sofort, als hätte sie schon auf den Anruf gewartet. Ich sagte nur, wir hätten länger gebraucht als geplant, und sie solle mit dem Essen nicht warten. Ich wußte, sie hätte nur angefangen zu kichern, wenn ich ihr gesagt hätte, daß ich bei Neil war. Sie wollte wissen, ob jemand Interessantes beim Dreh erschienen war. Nein, sagte ich, nur Lady Di und Marky Mark. Eine Nanosekunde fiel sie drauf rein. «Ach du!» sagte sie dann.

Ich machte Schluß und sagte zu Neil, ich müßte mal. Zu meiner Erleichterung hatte er eine moderne, niedrige Toilette, die für mich leicht zu bewältigen war; ein anmutig geschwungenes taubenblaues Oval, auf dem ich wie eine Fürstin thronte und mir Dannys Zeichnungen an der Tür ansah. An den Wänden hingen Ansichtskarten aus Hawaii und Schnappschüsse von dem Jungen sowie diverse Porta-Party-Aufnahmen, darunter eine von mir auf der Bar-Mizwa während der Sonnenfinsternis. Ich entdeckte auch eine reizende Aufnahme von Neil und Tread am Strand und eine mit einer würdevollen alten Dame, die anscheinend Neils Mutter war.

Ich fühlte mich so wohl in dem kleinen, privaten Raum, so akzeptiert von meiner Umgebung – bzw. *seiner* –, daß ich ins Träumen kam. Mein Blick glitt von einem Bild zum anderen, während ich die Stationen seines Lebens auf mich wirken ließ. Ich wollte alles von ihm wissen. Durch das Grillenzirpen draußen hörte ich das trauliche Klappern von Geschirr, als Neil in der Küche abwusch. Ich war ein bißchen angeschickert, muß ich zugeben, aber es passierte auch noch etwas anderes mit mir. Plötzlich fühlte ich mich ihm so verbunden, als wäre ich ein ganz natürlicher Teil seines Lebens.

Ich nahm mir vor, es nicht zu übertreiben. Es genügte zu wissen, daß das Gefühl da war.

Als er mich nach Hause fuhr, redeten wir über den ominösen Staatsstreich in Rußland, über Pee-wee und den Onkel Tom, den Bush zum Obersten Bundesrichter ernennen will. Dann, wie auf ein geheimes Zeichen, versanken wir in Schweigen. Die laue Nacht schien sich auszubreiten und in den Kleinbus hereinzusickern, und es roch betörend nach Dieselabgasen und verblühtem Jasmin. Da ich so tief saß, konnte ich natürlich kaum was sehen, aber ich hörte die Sirenen, die Gettoblaster und die Valley Kids, die den Mond anheulten, als würde ihnen die Nacht gehören. Ich verstand genau, was sie meinten.

**Das Tagebuch mit
dem Kunstledereinband**

10

Neues Tagebuch. Kleiner diesmal, aber ich bitte zu beachten, daß es viel schicker ist – kastanienbrauner Kunstledereinband und hübsch marmorierte Vorsatzblätter. Neil hat es mir gekauft, als wir in Westwood einen besonders gräßlichen Auftritt überstanden hatten. Ich wollte es unbedingt selbst bezahlen, aber er hat nicht mit sich reden lassen und gemeint, ich könnte ihm ja abends mal ein Bier spendieren. Nett von ihm, denn das Tagebuch hat wesentlich mehr gekostet als ein Bier. Ich schreibe fast nie, wenn Neil dabei ist, aber ich habe ein paarmal erwähnt, daß ich ein Tagebuch führe, und ich glaube, er spürt, wie wichtig es mir ist.

Mit unserem Video ging es am zweiten Drehtag erstaunlich gut. Janet wirkte lockerer und nicht mehr so fahrig, und ich hatte den Eindruck, daß sie sich ihrer Sache viel sicherer war. Ich bin sogar schon richtig gespannt darauf. Janet kennt einen, der eine Kette von Filmkunsttheatern hat (falls drei schon eine Kette sind) und vielleicht interessiert wäre, unser Ding als Vorfilm zu zeigen. Es ist grade abseitig genug, um vielleicht für Aufsehen zu sorgen – oder wenigstens für ein bißchen Presse. Das Publikum wäre auf jeden Fall intelligenter und zugänglicher als der typische MTV-Zuschauer. Könnte genau das Richtige für mich sein, je mehr ich's mir überlege.

Ich bin auf dem Balkon von Callums Suite im Chateau Marmont, fünf Stockwerke überm Sunset Boulevard. Es ist Mittag, ich habe ein bißchen geschwommen, und jetzt sitze ich in einem Frottee-Bademantel in der Sonne. Meine Haut ist kühl, meine Haare sind noch naß und meine Brustwarzen angenehm steif. Es weht eine wohltuend warme Brise. Callum und Jeff sind unten bei Greenblatt's und holen Sandwiches, weil sich hier nie ein Zimmerkellner blicken läßt. Sie haben versprochen, mir eine Scheibe Putenbraten auf Roggenbrot mitzubringen. Der Blick vom Balkon geht nach Süden über West Hollywood mit Palmen im safrangelben Dunst und einem lachhaften, vier Stockwerke hohen Marlboro-Mann im Vordergrund. Das Hotel ist ein abenteuerliches Gewirr von Türmchen und Terrassen, und seine sechzigjährige Geschichte ist untrennbar mit Legenden verwoben.

Für die meisten ist das Chateau der Ort, wo Belushi ins Gras gebissen hat. Es hat aber noch viel mehr zu bieten. In dem Buch, das Callum unten am Empfang erstanden hat, steht eine ganze Menge Klatsch. Zum Beispiel pflegte eine blutjunge geile Grace Kelly hier durch die Korridore zu streifen – auf der Suche nach Kerlen, die ihre Tür offengelassen hatten. Howard Hughes, Bea Lillie und James Dean – alle haben sich irgendwann mal, in unterschiedlichen Stadien nervöser Erschöpfung, im Chateau verkrochen.

Von der Garbo heißt es, sie wäre immer mit dem Gesicht nach unten im Pool gedümpelt, damit sie nicht erkannt wird («Schau doch, da schwimmt ne Leiche im Pool!» «Sei nicht blöd, das ist keine Leiche, das ist die Na-du-weißt-schon!»). Die Markise über meinem Kopf hat einmal Pearl Bailey aufgefangen, als sie nach einem festlichen Lunch über das Geländer ihres Balkons kippte. Laut Buch war sie stockvoll und fühlte sich da oben pudelwohl, als die Feuerwehr ihre Leiter ausfuhr, um sie zu bergen.

Bestimmt ahnt ihr schon, daß sich Jeff und Callum gefunden haben. Nachdem sie sich fast eine Woche in dieser Suite verkuschelt haben, sind sie endlich aufgetaucht und haben mich heute morgen zum Sonnenbad am Pool eingeladen. Jeff bricht sich einen ab, um sich nichts anmerken zu lassen, aber jeder Idiot kann sehen, daß er vor Glück ganz benebelt ist. Callum dagegen wirkt wie bei unserer ersten Begegnung: genauso heiter und gelassen und nett, und genauso unergründlich. Selbst wenn er lacht, scheint er was zurückzuhalten, als würde er sich – und alle andern – aus sicherer Distanz beobachten.

Callum hatte tatsächlich Jeffs Telefonnummer verloren. Behauptet er jedenfalls. Möglich wär's ja, daß er Jeff gar nicht anrufen wollte. Daß er sich auf ein zweites Rendezvous nur eingelassen hat, weil es ihm peinlich war und die Bekanntschaft mit mir etwas ist, was sie verbindet. Aber das bezweifle ich ernstlich. Man muß sich die beiden nur ansehen. Vorhin habe ich sie am Pool dabei ertappt, wie sie so verliebte, schmachtende Blicke getauscht haben, daß ich mir schwer vorstellen kann, da wäre jemand zu etwas gezwungen worden.

Nicht, daß wir davon gesprochen hätten – *oder* von den Freundinnen an der Ostküste. Das hat mir Callum vermutlich nur gesagt, um mich abzuwimmeln. Meistens haben wir uns über *Mr. Woods* unterhalten und über mein Video und Callums neuen Film, ein aufwendiger Thriller, mit dem Philip Blenheim rein gar nichts zu tun hat. Callum spielt einen frischgebackenen Polizisten, dessen kleiner Bruder von einem Psychopathen gekidnappt wird. Ich habe dezent auf «kleine Rollen» angespielt, die vielleicht noch zu vergeben sind, und habe mir so was wie eine Fachkraft im kriminaltechnischen Labor vorgestellt – oder eine aufmerksame Person auf der Straße, die den entscheidenden Hinweis liefert –, aber Callum hat nur gelächelt und gesagt, das Drehbuch wär schon fertig. Drehbeginn ist in zwei Wochen bei Transworld. Marcia Yorke hat die weibliche Hauptrolle und spielt

Callums Freundin. Er hat mir auch den Regisseur gesagt, aber der Name ist mir entfallen.

Ich muß zugeben, es ist für mich ganz ungewohnt, Jeff mit einem jüngeren Typ verbandelt zu sehen. Schließlich war Ned Lockwood zwanzig Jahre älter, und deshalb habe ich mir vermutlich angewöhnt, Jeff ganz selbstverständlich in der Rolle des Jüngeren zu sehen, als müßte es immer so sein. Ned war übrigens Gärtner, ein großer massiver, herzensguter Kerl, dessen kahler Schädel das ganze Jahr haselnußbraun blieb. Er war längst nicht so ernst wie Jeff, manchmal sogar ein richtiger Witzbold, und ich war vollkommen vernarrt in ihn. Laut Jeff war er in seiner Jugend ziemlich legendär: ein freigebiger Mensch, der allerhand zwischen den Schenkeln hatte. Kurze Zeit war er mal der Liebhaber von Rock Hudson, als sie *Bettgeflüster* drehten. Hudson war damals mit Mitte dreißig der ältere.

Aber Ned war in der Zeit, als ich ihn kannte, durchaus keine verblühte Primel. Er hatte eine lässige, schlaksige Art und stand zu seinem Alter – im Gegensatz zu den meisten hier in der Stadt, die verzweifelt versuchen, jünger zu wirken. Er und Jeff haben nie zusammengelebt – Ned hatte direkt neben seiner Gärtnerei in Los Feliz eine kleine Bude –, aber es war ein Geben und Nehmen von der gleichen beiläufigen Selbstverständlichkeit, mit der Brüder untereinander die Klamotten austauschen.

Vielleicht gibt es doch so etwas wie ein Muster, ein ungeschriebenes Gesetz der schwulen Genealogie, das Jeff veranlaßt hat, die Fackel an einen jüngeren weiterzureichen, wie es sein Liebhaber getan hatte und dessen Liebhaber davor. Wie auch immer, ich bin froh, daß er endlich was für's Bett gefunden hat. Jeff hat unter Neds Tod so lange gelitten, daß er es verdient, wieder glücklich zu sein. Ich bin gar nicht mal sicher, daß es die wahre Liebe ist, aber wenigstens ist es ein

Anfang. Ich hatte schon gedacht, es würde nicht mehr passieren und Jeff würde so in seiner schriftstellerischen Nabelschau aufgehen, daß er jede Fähigkeit zu einem Intimverhältnis verliert.

Nach dem Lunch. Die Jungs waren da und sind wieder fort. Sie haben mich zu einem Ausflug eingeladen, aber ich habe beschlossen, mit meinem Tagebuch dazubleiben und mich an diesem herrlich schrulligen Ort in meiner Einsamkeit zu aalen. Als sie grade gehen wollten, hat Callum gemerkt, daß er seine Sonnenbrille am Pool vergessen hat. Er ist runtergerannt, um sie zu holen, und da hatten Jeff und ich den Moment für uns allein, auf den wir gewartet hatten.

«Scheiße, ich bin so stolz auf mich», sagte ich.

«Ja... tja...» Er sah mich mit einem verlegenen Grinsen an.

«Ihr paßt gut zusammen. Ich hab es gleich gewußt.»

Er stellte sich vor den Spiegel und fuhr mit dem Kamm durch sein schütteres Haar. Er wirkte so gehemmt und teenagerhaft, daß ich ganz gerührt war.

«Also, was ist angesagt?» fragte ich.

«Was meinst du?»

«Mit Callum. Er weiß doch, daß ich's weiß, oder?»

«Daß du was weißt?»

«Daß er ein Homo ist, Jeff.»

Er wirkte ein bißchen pikiert. «Natürlich.»

«Er läßt es aber nicht raus.»

«Na ja...»

«Er weiß doch, daß er sich auf mich verlassen kann, oder nicht?»

«Klar.»

«Na, dann sag ihm, er soll sich entspannen. Sag ihm, ich bin das größte Schwulenmuttchen seit Susan Sarandon.»

«Sag's ihm doch selber.»

167

«Tja, würd ich ja, aber... er macht mir den Eindruck, als würde er's als Einmischung auffassen.»

«Meinst du?»

«Ja.»

«Ist mir eigentlich noch nicht aufgefallen.»

«Nein?»

«Er ist bloß jung», sagte er und legte den Kamm hin.

Wenn ich mich nicht irre, war ich es, die das zu Jeff gesagt hatte, und es war noch gar nicht lange her. Daß er seine moralischen Ansprüche in so kurzer Zeit so drastisch gelockert hatte, konnte nur eins bedeuten: Seine übersteigerte Einstellung hatte vor einer Traumnummer auf der Matratze kapitulieren müssen. Mit einem Mona-Lisa-Lächeln sah ich ihn lange und eindringlich an.

«Was ist?» fragte er.

«Mir ist grad was gekommen.»

«Was?»

«Warum du am Pool nicht deinen Tittenring getragen hast.»

«Was?» Er runzelte die Stirn, schaute weg und nahm wieder den Kamm in die Hand.

«Er hat dich gebeten, ihn abzumachen, hab ich recht? Es war ihm zu schwul.»

«Ach so, ja. Stimmt.»

«Das wird ja was Ernstes.»

«Cadence...»

«Ist das auf Dauer gedacht, oder hast du ihn wieder dran?»

«Also, erstens sind Tittenringe längst keine schwule Sache mehr.»

«Ach ja?»

«Ja. Axl Rose hat auch einen, und der ist 'n homophobes Schwein.»

«Oh. Tja, wenn das so ist...»

«Und zweitens...»

Er brachte den Satz nicht zu Ende, denn Callum kam wieder zur Tür rein – schlank und rank, und die unergründlichen Augen hinter seiner Sonnenbrille verborgen. Als ich sah, daß Jeff augenblicklich knallrot wurde, hatte ich Erbarmen mit ihm und bugsierte die beiden ohne ein weiteres Wort durch die Tür.

Ich wußte über Jeffs Drang zu gut Bescheid, um ihn noch mehr zu triezen.

Ich hab's ja schon immer gesagt: Die Liebe wäre nicht blind, wenn das Ertasten der Blindenschrift nicht so verdammt großen Spaß machen würde.

11

Seit Wochen nichts mehr geschrieben. Ich leide an etwas, das Mom immer «die Motten» genannt hat – nicht so prononciert wie Katzenjammer, aber genauso entnervend. Wenn ich wüßte, woran es liegt, könnte ich was dagegen tun oder wenigstens darüber lästern, aber ich kann meine Gefühle nicht lang genug festnageln, um mir über sie klarzuwerden. Ich fühle mich einfach ausgelaugt und orientierungslos. Die einfachsten täglichen Verrichtungen – die Beine rasieren oder eine Mülltüte in den Abfalleimer stauchen – kommen mir so sinnlos vor, daß ich jedesmal fix und fertig bin. Ich sehne mich nach heiterer Gelassenheit, aber da tut sich nichts. Und eine verhaßte und sehr vertraute Stimme in meinem Hinterkopf sagt mir, daß ich wahrscheinlich schon alles vollbracht habe, was mir bestimmt war – und zwar schon vor zehn Jahren. Ich bin nur noch eine leere Hülse, ein ausgebrannter Organismus, der ins Vergessen schlingert.

Immer, wenn ich in so einer Verfassung bin, wird Renee grauenhaft munter und versucht, mich auf andere Gedanken zu bringen. Das klappt zwar nie, aber meistens tu ich dann so, als ginge es mir besser, damit sie mich endlich in Frieden läßt. Gestern abend hat sie wieder so einen Versuch gestartet und mein Lieblingsessen gekocht (Schmorbraten), und dazu hat sie mir ein halbes Dutzend Jeffrey-Dahmer-Witze aufgetischt, die sie bei der Arbeit gehört hat. Ich hab gestöhnt und gelacht, so gut ich konnte, und so getan, als wär ich wieder ganz die alte. Dann bin ich früh zu Bett und hab mich in den

Schlaf geweint. Hatte wieder einen langen, lebhaften Traum von Mom:

Wir waren bei der festlichen Premiere meines Videos. Renee war da, Neil und Jeff und Tread und Philip Blenheim. Sogar Tante Edie war mit dem Bus aus Baker gekommen. Mom hatte eine Turmfrisur, die sie sich seit meiner Geburt nicht mehr gemacht hatte. Sie sah damit richtig modern aus – so *out*, daß sie schon wieder *in* war. Ich sagte es ihr, und sie war ganz außer sich vor Freude. Das Video wurde als Endlosschleife auf einen großen Kubus über dem Büffet projiziert. Philip Blenheim war beeindruckt von meiner Stimme und daß ich so schlank wirkte. Als ich ihn Tante Edie vorstellte, machte sie ihm wegen *Mr. Woods* die übertriebensten Komplimente, aber er blieb ganz gelassen und zwinkerte mir – von Profi zu Profi – heimlich zu. Er bot mir eine Rolle in seinem nächsten Film an, aber ich zierte mich und machte eine Andeutung, daß ich schon bei Marty Scorsese im Wort wäre.

Dann ein abrupter Szenenwechsel, und ich war mit Mom auf einem Felsen am Pazifik. Die Sonne ging grade unter, und Mom hatte eine ganz goldene und samtene Haut wie eine Nymphe auf einem Gemälde von Maxfield Parrish. Sie saß neben mir, bürstete ihr Haar und sang leise vor sich hin. Als ich sagte, ich hätte gedacht, daß sie tot ist, lachte sie und sagte, sie sei nur in Palm Springs gewesen, zur Vorbereitung einer Miniserie über Lya Graf (– die gibt es wirklich, ich erzähl euch später von ihr). Einer aus der Chefetage von Fox – er käme gleich nach Barry Diller – wäre von dem Projekt sehr begeistert und fände mich ideal für die Rolle.

Mir wurde vor Erleichterung ganz warm ums Herz. Ich kreischte und fiel ihr um den Hals. Ich hatte gedacht, sie hätte mich für immer verlassen, und da saß sie nun, schöner denn je und so real, daß ich ihr mein Fläschchen Jean Naté reichen konnte, und sie schmiedete große Pläne für unsere Zukunft, als wäre sie nie weg gewesen.

Jetzt zu den miesen Nachrichten: Janet Glidden hat heute morgen angerufen und mir gesagt, es gäbe «Probleme im Labor» und wir müßten das Video wahrscheinlich neu drehen. Ich bin an die Decke gegangen und hab ihr gesagt, sie wäre «total unfähig» und hätte es nicht verdient, mit «richtigen Profis» zu arbeiten. Das kam mir schon bombastisch vor, als ich es sagte, also hab ich sie nach ein paar Minuten zurückgerufen und mich entschuldigt. Sie war so erschüttert, daß meine rabiate Enttäuschung prompt in rabiate Gewissensbisse umschlug. Das Projekt ist eindeutig im Eimer. Am besten, ich finde mich gleich damit ab, und Schluß damit. Ein weiterer Tag lippensynchrone Plackerei in diesem stickigen Gewächshaus würde die Qual nur verlängern. Ich hab es ihr möglichst schonend beigebracht, aber sie hat es gar nicht gut aufgenommen. Pech für sie. Ich sehe es so: Wenn sie schon alles neu machen muß, dann am besten mit jemand anderem.

Ich rief Neil an und sagte es ihm, weil ich annahm, daß Janet ihn anrufen würde, um sich bei ihm auszuweinen. Er hat alles getan, um mich zu trösten, und er hat sogar versucht, die Schuld an dem ganzen Debakel auf sich zu nehmen. Ich kann's gar nicht fassen, wie nett er ist.

Wir hatten die ganze Woche keinen Auftritt, und für die nächsten zwei oder drei Wochen ist auch nichts in Aussicht. Neil meint, ich soll mir keine Sorgen machen. Im Herbst sei das Geschäft immer ein bißchen flau. Er scheint die Atempause sogar zu genießen. Sein Sohn war da, und ich konnte hören, wie er im Hintergrund herumtollte und kicherte.

Tante Edie hat sich vor einer Weile gemeldet, aber ich hab

nicht abgenommen. Die Frau ist mir ein Rätsel. Wie macht sie das bloß? Kaum beginnt mein Leben aus den Fugen zu geraten, schon stürzt sie sich auf mich wie ein Geier auf ein Stück Aas. Sie hat mir auf dem Anrufbeantworter die Nachricht hinterlassen, daß sie an einer Tankstelle in Baker Lanny March getroffen hat. Mit Lanny bin ich mal gegangen, als ich noch auf der Highschool war. Seither hab ich ihn nicht mehr gesehen. Nach der Schule spielten wir Clue und gingen ab und zu ins Kino, und deshalb denkt Tante Edie, er wäre ein Schwarm von mir gewesen. War er aber nicht. Wenn ich mir's recht überlege, war er wahrscheinlich stockschwul. War immer so lieb und weggetreten und hatte ein irrsinniges Faible für Bernadette Peters. Tante Edie hat ihn nur erwähnt, um mich daran zu erinnern, daß die Menschen, denen *wirklich* was an mir liegt, noch immer in Baker wohnen.

Tante Edie ist ein bißchen jünger als Mom, aber man würde nie auf die Idee kommen, daß die beiden dem gleichen Schoß entstammen. Tante Edie ist so verklemmt, daß Marilyn Quayle neben ihr wie die Hure von Babylon aussieht. Sicher, Mom konnte auch etepetete sein, aber sie hatte auch was von einem richtigen Wildfang, so eine latent individualistische Art, die in den unverhofftesten Augenblicken durchkam. Sie ist schließlich in der Wüste aufgewachsen, und zwar in der einzigen jüdischen Familie weit und breit. Allein schon die äußeren Umstände müssen sie gezwungen haben, sich von Fall zu Fall ihre eigenen Regeln zu erfinden.

Trotz der gleichen Ausgangslage wurde Tante Edie total bürgerlich und hat sich auf der Linie von Betty Crocker und Barry Goldwater ein Leben gebastelt, das ihre Nachbarn verstehen konnten: Den Geschäftsführer eines Lokals geheiratet und drei übergewichtige Kinder in die Welt gesetzt, die

Katzen quälten, im Burger King kotzten und Baker als das Zentrum der zivilisierten Welt ansahen. Als ich auf der Bildfläche erschien und mein Vater gleichzeitig die Platte putzte, hat sie ihr Mitgefühl so penetrant zur Schau gestellt, daß Mom jede Verbindung zu ihr abgebrochen und sich vorgenommen hat, mit dem Leben allein fertig zu werden. Sie hat eine Neubauwohnung am anderen Ende der Stadt gemietet, sich die Haare honigblond gefärbt und in der Verwaltung des Elektrizitätswerks Überstunden gemacht, damit sie mir eine mehrbändige Enzyklopädie kaufen konnte. (Ich war bereits mit vier eine Leseratte.) Laut Mom war Tante Edie richtig neidisch auf die Freiheit ihrer Schwester, aber sie hat es nie zugegeben. Nicht einmal, als Mom und ich nach Hollywood zogen und Autogrammfotos von den Berühmtheiten, die wir kennenlernten, nach Hause schickten.

Mom hat immer darauf bestanden, daß Tante Edie nicht böse, sondern nur verängstigt ist. So verängstigt, wie's scheint, daß sie zu jedem Termin bei ihrem Frauenarzt eine Tüte mitgenommen hat, die sie sich während der Untersuchung über den Kopf stülpte. Laut Mom hat sie sich eingeredet, daß ihre Ehre nicht kompromittiert wird, solange sie den Arzt nicht sieht, während er ihr in die Muschi guckt. Mom hat hoch und heilig geschworen, das wäre die reine Wahrheit, und eh sie mich zum Stillschweigen vergattert hat, ist ihr ein kurzes illoyales Kichern rausgerutscht. «Aber ganz im Ernst, Cady, Edie wär tödlich gekränkt, wenn sie wüßte, daß du davon weißt.»

Seitdem kann ich Tante Edie nicht ansehen, ohne an die verdammte Tüte zu denken. Ich weiß nicht, ob sie aus Papier war, oder was. Deshalb erfinde ich einfach meine eigenen Versionen. Manchmal ist es eine spitze, gesteppte Haube mit Atemlöchern – sozusagen eine Steppdecke für den Kopf. Oder sie ist, wie Edies liebste Handtasche, aus cremefarbenem Leinen und hat ein verschnörkeltes eingesticktes Monogramm. Sogar bei Moms Beerdigung, zu der Tante Edie im dezentesten marineblauen Kostüm erschien, mußte ich unwillkürlich daran denken, wie sie mit einer marineblauen Tüte überm Kopf im Gynäkologenstuhl liegt, die dürren Nancy-Reagan-Beine gespreizt wie eine Gartenschere. Das Bild will mir einfach nicht mehr aus dem Kopf. Es war Moms endgültige Rache an ihrer Schwester.

Nein, *ich* bin eigentlich diese Rache. Der Anruf, in dem Mom ihr mitgeteilt hat, daß ich in Philip Blenheims Märchenfilm gewissermaßen die Hauptrolle habe, war der schönste aller Siege, die gelungene Vergeltung für zwanzig Jahre verschwiemeltes, unerbetenes Mitleid. Mom hat ihre Ressentiments nie ausgesprochen, aber die unüberhörbare Botschaft an ihre Schwester lag im Subtext meines Erfolgs: *Da siehst du mal, was man erreichen kann, wenn man nicht so verklemmt ist wie du.*

Ich hoffe, ich mache hier aus Mom keine erfolgsgeile Kinderstar-Mammi. Das war sie nämlich nicht. Die Träume von Starruhm hatte allein ich, und sie hat sich nur angepaßt. Vieles, was ich am Showbusiness liebe, hat ihr Rätsel aufgegeben und war ihr oft zuwider, aber sie wußte besser als sonst jemand auf der Welt, was ich wollte, und sie hat mehr als jeder andere getan, um mir dazu zu verhelfen.

In einem Buch hab ich mal gelesen, daß bei Kleinwüchsigen die Mutterbindung besonders stark ist. Da das Kind sein Leben lang Kindergröße behält, verzögert sich manchmal der Ablösungsprozeß, und es kann zu einer Abhängigkeit kommen, die man nie mehr loswird. Das hat mir, als Mom noch lebte, große Sorgen gemacht, und ich hatte die Angstvorstellung, daß ich immer ihr Baby sein würde.

Jetzt, wo sie nicht mehr da ist, fehlt sie mir unendlich.

Eh ich es vergesse: Lya Graf.

Mom ist vor Jahren auf sie gestoßen, als sie anfing, sich über Kleinwüchsige zu informieren. Lya Graf trat Ende der zwanziger und Anfang der dreißiger Jahre im Zirkus der Ringling Brothers auf. Die zeitgenössischen Berichte schildern sie als außergewöhnlich sympathische Person, und sie war ganze dreiundfünfzig Zentimeter groß. («Fast einen Kopf kleiner als du», wie Mom mich pointiert zu erinnern pflegte, damit ich nicht zu eingebildet wurde.) Auf einer Werbetournee besuchte Lya eines Tages den Senat in Washington. Zufällig machte J. P. Morgan gerade eine Aussage vor dem Bankenausschuß des Senats. Ein gewitzter Fotograf erkannte die Gelegenheit zu einem einmaligen Schnappschuß: Er setzte die zierliche Lya auf den ausladenden Schoß des berühmten Bankiers, und das Foto ging um die ganze Welt.

Das Foto machte Lya vollends zum Star. Sie tourte weiter mit dem Zirkus, und schließlich hatte sie soviel Geld beisammen, daß sie sich ihren Traum erfüllen und mit ihren Eltern nach Deutschland zurückkehren konnte. Leider war dort inzwischen Hitler an der Macht, und die körperliche Unvollkommenheit, mit der Lya die Herzen von Kindern in aller Welt erobert hatte, kam im Dritten Reich nicht so gut an. Sie und ihre Eltern wurden nach Auschwitz verfrachtet und im Interesse eines rassischen Ideals vergast.

Mom war auf diese Story so fixiert, als handele es sich um ein Stück Familiengeschichte. Hingebungsvoll traktierte sie damit jeden, der ihr zuhörte. Jahrelang fragte ich mich, ob die Geschichte eine Lektion für mich enthielt, eine unterschwellige Warnung, die mich vielleicht vor Lyas Schicksal bewahren könnte. Aber was war die Moral, die sie enthielt? Setz dich bei einem reichen Mann nicht auf den Schoß? Versuch nicht, mit deinen Eltern zusammenzuleben? Ich war schon fast ein Teenager, als mir klar wurde, daß Mom nur eine Be-

ziehung zwischen jüdischer Abstammung und Kleinwüch-
sigkeit herstellen wollte, zwischen ihrer Erfahrung mit Aus-
grenzung und dem, was ich durchzumachen hatte. Die
Geschichte der Lya Graf war *unsere* kleine Fabel von der rie-
sengroßen Ungerechtigkeit der Welt.

12

Der heutige, merkwürdig verquere Tag begann mit einem seltsamen Anruf von Neil. Mein erster Gedanke war, daß er endlich einen Auftrag für uns an Land gezogen hatte, doch diese Seifenblase platzte, als mir sein eigenartiger Tonfall auffiel – ungewohnt ernst und bedrückt. Nach denkbar knappen Einleitungsfloskeln fragte er, ob er vorbeikommen könne. Selbstverständlich, sagte ich. Er sagte, er hätte sich nur vergewissern wollen, daß ich da bin.

«Wo soll ich denn sonst sein?» fragte ich. «Zum Skilaufen in Gstaad?»

Ein kurzes, halbherziges Lachen. Er fühlte sich eindeutig unwohl.

«Was gibt's denn?»

«Ich glaube, das sollte warten bis nachher», sagte er.

Kaum hatte er aufgelegt, machte ich mir eine Liste von Kalamitäten. An erster Stelle stand der Verdacht, daß ich für PortaParty nicht mehr zu gebrauchen war; daß eine gute alte Kundin meine Anwesenheit – oder vielleicht nur meine Singerei – abstoßend fand und ausdrücklich darum gebeten hatte, daß ich bei der Geburtstagsfeier ihres kleinen Achmed oder Blake oder ihrer kleinen Zoe nicht in Erscheinung trete. Neil, so stellte ich mir vor, hatte die undankbare Aufgabe, mir die Hiobsbotschaft so zartfühlend wie möglich zu überbringen, und deshalb mußte er bei mir vorbeikommen.

Wenn das Fallbeil schon niedersausen soll, sagte ich mir, werde ich es machen wie Maria Stuart und mich in bester Aufmachung präsentieren. Ich schlüpfte aus meinem ausgeleierten malvenfarbenen T-Shirt und stieg in einen dunkelgrünen Matrosenanzug, der meine Augen zur Geltung bringt. Meine Frisur war nicht zu retten, aber ich trug schnell noch eine Schicht Puder auf und zog mir die Lippen nach. Dann drapierte ich mich kunstvoll auf das Sofa im Wohnzimmer und schlug in einer alten Ausgabe von *Premiere* einen Bericht über Jodie Foster auf. Neil kam und klopfte leise ein- oder zweimal an die Haustür, ehe er den Kopf hereinsteckte.

«Cady?»

«Hier bin ich. Komm rein.»

Er hatte eine Khakihose und ein Hawaii-Hemd an und wirkte genauso niedergeschlagen, wie er sich am Telefon angehört hatte. Ein Büßer, wie er im Buch steht. Wenn er mit Hut gekommen wäre, hätte er ihn jetzt in beiden Händen gehalten.

Ich wies auf den Sessel. «Mach dir's bequem.»

Er ließ seine schlaksige Gestalt in das abgewetzte Plüschpolster sinken. Sein ängstlicher Blick schweifte kurz durchs Zimmer und kehrte zu mir zurück. «Hübsche Kluft», sagte er.

«Das alte Ding?»

Er lächelte matt und fragte, ob Renee da sei.

«Arbeitet», sagte ich.

«Oh.»

«Manche Leute haben geregelte Arbeitszeiten, weißt du.» Es sollte eine kumpelhafte Bemerkung sein, eine unbekümmerte Anspielung auf unsere gemeinsame Zigeunerexistenz, doch sie schrammte zu nah an dem heiklen Thema Beschäftigung vorbei, und ich bereute sie sofort.

Neil ging mit einem zerstreuten Nicken darüber hinweg. «Entschuldige, daß ich am Telefon so vage war.»

«Ach was.» Ich zuckte mit den Schultern und brachte kein

Wort mehr heraus. Rückblickend glaube ich, daß ich sogar den Atem anhielt.

«Es geht um Janet Glidden», sagte er schließlich und starrte auf den Teppich.

«Was ist mit ihr?»

Er schluckte. «Sie ist tot. Hat sich letzte Woche erschossen.»

Ich kann euch nicht sagen, wie erleichtert ich war. Na ja, ich *sage* es euch grade, aber gegenüber Neil konnte ich es unmöglich aussprechen oder mir anmerken lassen, denn er machte ein Gesicht, als hätte er mir von einem unerhört schmerzlichen Verlust berichtet. Am Ende sagte ich «O nein» oder so was in der Art, legte die Hand an meine Wange und ließ sie ein oder zwei Sekunden dort.

Neil nickte. «Linda hat es mir heut früh am Telefon gesagt.»

«Äh... wer?»

«Meine geschiedene Frau. Janets beste Freundin.»

«Ach so, ja.»

«Sie wußte keine Einzelheiten.» Er strich mit der flachen Hand über die Sessellehne, um Zeit zu schinden. «Ich wollte es dir persönlich sagen, um sicher zu sein, daß du dich nicht... na ja... dafür verantwortlich fühlst.»

Ich nickte langsam und ließ mir das durch den Kopf gehen.

«Linda hat gesagt, sie wär schon seit Wochen depressiv gewesen. Janet, meine ich. Also egal, was du ihr am Telefon gesagt hast – es hätte nicht viel... Na ja, neulich im Gewächshaus hast du ja gemerkt, wie durcheinander sie war.»

«Ja», sagte ich, «glaub schon.» Ich nehme an, daß ich inzwischen ziemlich erschrocken war, aber vor allem war ich gerührt, weil Neil mich instinktiv schützen und mir Schuldgefühle ersparen wollte. Oder mußte ich mich doch schuldig fühlen? War mein kleiner Temperamentsausbruch wegen Janets «Unfähigkeit» genau zum falschen Zeitpunkt gekommen? Was, wenn sie jemandem davon erzählt hatte? Oder einen Abschiedsbrief hinterlassen hatte? Mein Gott, ein Abschiedsbrief? *Lebe wohl, grausame Welt. Die Zwergin hat mich dazu getrieben.* «Weiß Linda, daß ich mit Janet... Krach hatte?»

Neil schüttelte den Kopf. «Sie hat es jedenfalls nicht erwähnt.»

«Hat sie dich angerufen?»

«Linda?»

«Nein, Janet. Nachdem ich ihr die Leviten gelesen habe. Ich hab gedacht, sie weint sich vielleicht bei dir aus.»

Neil sagte, sie hätte sich nicht bei ihm gemeldet.

«Ich hab sie zurückgerufen, weißt du. Ich hab versucht, sehr nett zu ihr zu sein.»

«Ich weiß. Ich erinner mich. Ich glaub wirklich nicht, daß ihr Selbstmord was damit zu tun hat...»

«Weshalb war sie deprimiert? Hat Linda was gesagt?»

«Nein. Nur so... im allgemeinen.»

«Im allgemeinen», wiederholte ich trocken. Langsam störte mich seine ausweichende Art.

«Janet hatte ne Schraube locker. Schon immer.»

Ich fragte, ob er das schon gewußt hätte, als er mich mit ihr zusammenbrachte.

«Na ja...» Er wählte seine Worte sorgfältig. «Ich hab gewußt, daß sie neurotisch ist. Aber das sind kreative Menschen oft. Das kommt von allein.»

«Ja», sagte ich dumpf. «Wahrscheinlich.»

«Cady, es tut mir wirklich leid. Wenn ich nicht gewesen wäre...»

«Ach, jetzt hör aber auf.» Ich wollte großmütig sein und es

als belanglos abtun, aber im Geiste sah ich die Krawallszene wieder vor mir und suchte in den Trümmern nach Hinweisen, nach der Black box von Janets Persönlichkeit.

«Sie hat nichts hinterlassen?»

«Nein, anscheinend nicht.»

«Wann hat sie's gemacht?»

Neil überlegte einen Augenblick. «Dienstag, glaub ich.»

Der Tag danach, dachte ich. «Wo?»

«In ihrer Wohnung in Brentwood.»

Ich hatte sie mir schon im Gewächshaus vorgestellt, dem Ort ihres endgültigen Versagens; ihren bleichen Körper, fast perfekt ausgeleuchtet, mit verrenkten Gliedmaßen wie eine kaputte Marionette quer über die Bühne hingestreckt. Was, wenn sie an dem Tag *nicht* in Zwergenpanik gewesen war, sondern ihren normalen Streß hatte, weil ihr irgendein privater Dämon zusetzte? Und wenn sie sich dieses Monster vom Leib gehalten hatte, bis ich dazwischenkam und mit ein paar tödlichen Worten dafür sorgte, daß ihre Abwehr zusammenbrach?

Du bist total unfähig, Janet. Du verdienst es nicht, mit richtigen Profis zu arbeiten.

Neil muß meine bedrückte Miene aufgefallen sein, denn er stand aus seinem Sessel auf, setzte sich neben dem Sofa auf den Boden und nahm meine Hand. «Paß mal auf, Cady – ne Menge Leute denken jetzt das gleiche wie du. Du kannst dir unmöglich die Schuld an ihrem Tod aufladen. Du hast sie ja kaum gekannt.»

«Ja, wahrscheinlich.»

Lastende Stille, nur unterbrochen vom Schweinequieken der Stoate-Kinder, die durch ihren Garten tobten. Neil sah mit einem schläfrigen, ironischen Lächeln zu mir hoch. «Da wär noch was.»

«Ach du Scheiße. Was denn?»

«Nichts Schlimmes. Eigentlich eher was Erfreuliches. Sie haben uns zur Beerdigung eingeladen.»

Ich war vollkommen baff. «*Wer?*»

«Janets Eltern.»

«Nee. Kann nicht sein.»

Er nickte. «Sie haben mich ausdrücklich gebeten, dich mitzubringen.»

«Sie kennen mich doch gar nicht.»

«Sie wissen vermutlich von dem Video.»

«Wissen sie auch, daß ich *hingeschmissen* hab?»

«Anscheinend nicht. Linda hat bloß gesagt, daß sie versuchen, ein paar von Janets Bekannten zu erreichen. Verstehst du, sie wollen, daß die Beerdigung was von Janets Leben wiedergibt.»

Mhm, dachte ich, aber was ist, wenn sie ihrer Mutter von dem Zwischenfall erzählt hat? Und wenn mich ihre Mutter nur zur Trauerfeier eingeladen hat, um mich in eine häßliche Konfrontation zu locken? Ich sah es schon richtig vor mir, wie sie sich hysterisch schluchzend mit ihrem bleichen, ungelenken, Janet-gleichen Leib über den Sarg ihrer Tochter werfen und mit einem anklagenden Zeigefinger (lang und weiß wie der von Janet) auf die boshafte Actrice in der ersten Reihe zeigen würde.

«Also du, ich weiß nicht», sagte ich.

«Ich glaube, es wäre ihnen wichtig, daß du dabei bist», meinte Neil. «Sie halten allerhand von dir.»

«Wer?»

«Janets Eltern.»

«Ach komm.»

Neil zuckte mit den Schultern. «Auf jeden Fall hat Linda gesagt, daß sie von *Mr. Woods* wissen.»

«Na toll. Erwarten sie, daß ich in voller Kostümierung erscheine?»

Neil ging auf meinen Zynismus nicht ein. Mit einem nachsichtigen Lächeln sagte er: «Es ist am Samstag. Ich hab mir gedacht, wir könnten es mit einem Ausflug verbinden. Ich war noch nie auf Catalina.» Es hatte fast etwas Neckisches, wie er den Ortsnamen fallen ließ, und seine Augen blitzten belustigt, während er auf meine Reaktion wartete.

«Catalina? Die Insel?»

Er nickte.

«Da soll die *Beerdigung* sein?»

«Da wohnen sie», erklärte er mir mit sichtlichem Vergnügen. «In Avalon. Janet ist da aufgewachsen.»

«Niemand wächst dort auf.»

«Aber Janet ist von da.» Er warf mir einen spitzbübischen Blick zu. «Schon mal dagewesen?»

Ich mußte passen. Ich kenne Catalina nur von ein paar alten Schlagern und den Anzeigen eines Bademoden-Herstellers. Soviel ich gehört habe, besteht die Insel vorwiegend aus Wildnis, und Avalon ist eine Spielzeugstadt, ein Touristen-Mekka, mit dem es seit seiner großen Zeit in den zwanziger und dreißiger Jahren nur noch bergab gegangen ist. Sie haben immer noch Ausflugsboote mit Plexiglasböden und Salzwasser-Toffee und am Hafen den riesigen, kreisrunden Ballsaal, den man so oft auf Heften mit Schlagernoten abgebildet sieht. Wie es in einem der Songs heißt, sind es «nur sechsundzwanzig Meilen übers Meer», aber ich kenne keinen, der dort je einen Fuß an Land gesetzt hat.

Neil wartete auf meine Antwort. «Also, was meinst du?»

«Ach Gott, Neil, ich weiß wirklich nicht.»

«Es wär mir ne große Hilfe, wenn du mitkommst.»

«Warum?»

«Abgesehen von deiner angenehmen Gesellschaft?»

«Ja, abgesehen davon.»

«Tja... Linda wird dasein.»

«Oh.»

«Ich will sie nicht den ganzen Tag am Hals haben. Auf einer Insel.»

«Kein besonders taktvoller Spruch. Über jemand, den du mal geheiratet hast.»

«Ach na ja... was soll ich sagen.»

«Ist sie sehr anstrengend?»

«Ach, nicht besonders.»

Ich sah ihn zweifelnd an.

Er lachte. «Eigentlich gar nicht. Es würde mir nur helfen, wenn ich jemand dabei hab.»

«Als Puffer.»

«Nein, als Freund.»

«Einen Freund als Puffer. Läßt sich's an einem Tag machen?»

«Das ginge, ja.»

«Per Schiff oder was?»

«Oder mit dem Flugzeug, wenn du willst.»

Ich sagte, per Schiff wäre mir lieber.

Das hier schreibe ich im Bett. Renee ist mit ihrer Kollegin Lorrie vom Fabric Barn ins Kino gegangen (*Bill and Ted's Bogus Journey*). Ich fühle mich echt beschissen, aber es ist schön, das Haus für mich zu haben und meine Nino-Rota-Platten hören zu können, ohne daß Renee ihr Ach-Mensch-nicht-schon-wieder-Gesicht macht. Eine mickrige kleine Brise bewegt meine Vorhänge, und der Mond hat sich gerade gelbrot wie ein Kürbis in mein Blickfeld geschoben. Eine oder zwei Kugeln Malaga-Eiskrem würden meine Stimmung erheblich verbessern, aber ich bin einfach zu müde – oder vielleicht zu ausgelaugt –, um den Treck in die Küche zu machen und die Stehleiter ranzuschleppen, damit ich ans Gefrierfach komme.

Jeff hat vor einer Stunde angerufen. Wir hatten die längste Unterhaltung seit ewigen Zeiten. Die Dreharbeiten zu Callums Film haben begonnen, und der Set ist für alle Außenstehenden gesperrt. Jeff muß also, abgesehen von einem gelegentlichen Techtelmechtel spät abends im Chateau Marmont, allein zurechtkommen. Anscheinend ist er noch unvermindert heftig in Callum verknallt, doch mit Einzelheiten ist er überraschend knickerig. Ich vermute, er ist abergläubisch und will sich ein gutes Ding nicht verblasen. Sozusagen.

Als er sich nach meiner Arbeit erkundigte, sagte ich, daß ich bis jetzt nur für eine Trauerfeier gebucht war.

«Ach ja?» meinte er gleichmütig. «Jemand, den ich kenne?»

Ich erzählte ihm kurz von Janet und nannte sie nur «die Frau, die mein Video gemacht hat». Darauf reagierte er so einsilbig, daß ich mich frage, ob ihm ihr Tod im Vergleich zu dem, was er durchzumachen hat, als privater Luxus erscheint (falls man so was von einem Selbstmord sagen kann). Die meisten Leute, die Jeff kennt, haben es im Leben nicht gerade leicht.

«Und was wird jetzt?» fragte er.

«Mit was?»

«Mit dem Video.»

«Ach, das war eh schon ne ziemliche Pleite.»

Nein, ich habe ihm nichts von meinem Temperamentsausbruch gesagt. Fragt mich nicht warum. Vielleicht ist es doch so, daß ich mich schuldig fühle.

«Schade», sagte er. «Klang nach einer guten Idee.»

«Tja... das Leben ist nicht immer fair.»

Jeff lachte verlegen. «Scheiße, echt wahr.»

«Schreibst du zur Zeit?»

«Bißchen.»

«Also gar nicht, hab ich recht?» Jetzt war es endgültig klar: Er war verliebt. Er schreibt nur, wenn er leidet.

«Cadence...»

«*Ich* schreib so einiges.»

«Schön für dich.»

«Ich hab ein schickes neues Tagebuch.»

«Und was schreibst du so?» Er bemühte sich um einen netten Tonfall, aber ich merkte ihm an, wie impertinent er es fand, daß sich ein blutiger Amateur so leichtfertig auf seinem Terrain tummelte.

Ich tat mein Bestes, um ihn zu besänftigen. «Ach, bloß... was so passiert. Nichts wirklich Wichtiges.»

«Mmm. Na ja, ist immer ne gute Therapie.»

«Das ist es», sagte ich.

«Und was macht dein Liebesleben?»

«Tja... die Batterien sind ziemlich abgeschlafft, aber...»

Er schnaubte verächtlich. «Komm, hör auf. Du weißt, was ich meine. Der Kerl, mit dem du arbeitest. Der Afrika-Amerikaner.»

Ich versuchte, gelassen zu bleiben. «Er ist nicht mein Liebhaber, Jeff. Ist es nie gewesen.»

«Na ja...»

«Und er ist auch kein Afrika-Amerikaner.»

«Hast du nicht gesagt, er...?»

«Doch. Ist er auch. Aber er würde den Ausdruck nie benutzen. So was sagt nur ein weißer Liberaler.»

Das zog ihm den Teppich weg. Er revanchierte sich mit einem langen, gekränkten Schweigen.

Ich wollte keinen Krach und sagte leichthin: «Du benutzt ihn ja nicht mal selber. Hast ihn nur mal an mir ausprobieren wollen, hm? Mal sehn, wie es dir von der Zunge geht.»

Er informierte mich in eisigem Ton, daß er den Ausdruck schon seit Wochen benutzte.

Ja, dachte ich, seit du das Interview mit Spike Lee gelesen hast, der «Afro-Amerikaner» für unzumutbar erklärt hat. Aber ich hielt den Mund. Ich weiß, daß Jeff in Sachen politische Korrektheit keinen Spaß versteht.

«Ich hab nicht gewußt, daß das ein wunder Punkt ist», sagte er.

«Ist es nicht. Er ist bloß nicht das, was du denkst.»

«Na schön.»

«Er ist ein guter Freund.»

«Freut mich zu hören.»

Ich hatte ihm eigentlich von Janets Beerdigung in Catalina erzählen wollen – und daß ich mit Neil hinfuhr –, aber ich wußte, daß er nur wieder irgendwas anderes daraus machen würde. Also sparte ich das Thema aus und schonte meine Nerven und quatschte von der Arbeit und der miesen Auftragslage.

«Na ja», sagte er düster, «wir haben ne Rezession.»

«Meinst du, in Beverly Hills merken sie was davon?» Ich war nicht verbittert. Es interessierte mich wirklich. Die mangelnde Beschäftigung auf die blöde Rezession zu schieben, wäre viel zu einfach gewesen. Wenn mein ramponierter kleiner Stern am Sinken ist, will ich mich lieber den Tatsachen stellen und es hinter mich bringen.

Jeff sagte, auch die reichen Schweine müßten ab und zu den Gürtel enger schnallen. Und «zickige Geburtstagsparties» würden sie wahrscheinlich als erstes abschaffen.

«Zickig?» begehrte ich auf.

Er lachte glucksend. «Weißt schon, was ich meine.»

«Ja, allerdings.»

«Komm, Cadence, bleib mir weg mit dem Scheiß. Du weißt, du bist viel zu gut für den Job.»

«Es ist mein *Beruf*, Jeff. Davon lebe ich.»

Das fand er lächerlich. «Es ist *nicht* dein Beruf.»

«Was 'n dann, verdammt?»

«Cadence...»

«Was denn, Jeff? Das möcht ich gern mal wissen. Ne richtige Sängerin bin ich nicht. Schauspielerin weiß Gott auch nicht. Nach ner Weile muß man den Tatsachen ins Gesicht sehen, meinst du nicht?» Ich hatte keine Ahnung, woher das kam, aber es knallte mir furios raus und kochte über wie flüssiger Giftmüll. «Mein zickiger kleiner Job, wie du das nennst, ist mein Lebensunterhalt. Es ist alles, was sie mich machen *lassen*. Ich würde gern drüber lästern, aber ich brauch auch was, auf das ich stolz sein kann, nicht?»

Der arme Jeff. Einen Augenblick war er sprachlos, dann sagte er: «Wen meinst du mit ‹sie›?»

«Was?»

«Sie. Du hast gesagt, es ist alles, was *sie* dich machen lassen.»

Ich wußte, was er dachte, und wollte es gar nicht erst hören.

«Sie, Jeff. Die andern. Die Arschlöcher, die das Universum regieren.»

«Aha.»

«Und komm mir nicht mit dem Scheiß, daß es sie nicht gibt. Sie sind nämlich *alles* in meinem Leben, und was anderes wird's nie geben. Sie kommen mir schon zum Arsch raus.»

«Nett gesagt.»

«Leck mich. Du weißt, was ich meine.»

Längeres Schweigen. Dann die vorsichtige Frage: «Könnte es vielleicht sein, daß du grade...?»

«Nein. Meine Tage hatte ich letzte Woche. Ich bin stocknormal.»

Seit einiger Zeit hat Jeff die fiese Angewohnheit, meinen allmächtigen Monatszyklus für alles mögliche verantwortlich zu machen: Stimmungsschwankungen, Erdbeben, entgleiste Züge...

189

«Soll ich vorbeikommen?» fragte er.

«Wozu?»

«Was weiß ich. Dir den Arsch versohlen?»

Nur gut, daß er mein Grinsen nicht sehen konnte. «Sei froh, daß du nicht letzte Woche angerufen hast.»

«Bin ich auch», sagte er. «Kannst mir glauben.»

«Vielleicht dreh ich durch.»

«Oh, sicher.»

«Ich würde gern. Ich will, daß sich was *tut*.»

«Wird schon.»

«Nee, eben nicht. Nie mehr. Ich bin im Leerlauf, Jeff. Nicht mal das – ich steh auf'm Abstellgleis. Auf dem Abstellgleis im verfluchten Studio City, und es kommt nicht mal jemand und schiebt mich an.»

«Schreib das auf», sagte er.

«Schreib du's doch auf.»

«Und Leonard?» meinte er. «Der hat vielleicht ein paar Ideen. Callum bequatscht ständig was mit ihm.»

«Ja, Callum sieht auch gut aus und hat 'n hübschen Schwanz.»

«Cadence...»

«Hast du mir doch selbst erzählt.»

Er ging nicht darauf ein. «Brauchst du Geld? Ist es das? Ich könnt dir...»

«Nein. Na ja, brauch ich zwar immer, aber nee...»

«Bist du sicher?»

«Ja, Jeff. Danke.» Es war mir peinlich, daß er auf meine biestigen Sprüche plötzlich so lieb und hilfsbereit reagierte. Ganz ausgeschlossen, daß er mir Geld leihen könnte. Soviel ich weiß, verdient er noch weniger als ich. «Es geht schon», sagte ich. «Ich brauch kein gepumptes Geld, ich brauch ein Leben.»

Ein *längeres* Leben, hätte ich sagen sollen, aber das hätte nur

Emotionen geweckt, mit denen er nicht umgehen konnte. Janets Tod hatte mich darauf gestoßen, daß auch ich mal sterben muß. Und für Menschen, die so früh aufgehört haben zu wachsen, ist es auch an guten Tagen ganz normal, an den Tod zu denken. Hat mir jedenfalls Mom immer gesagt. Wenn man wie ich bloß ein Beutel voll Organen ist, muß man sich unwillkürlich fragen, wieviel Zeit einem noch bleibt.

Plötzlich wünschte ich mir, ich hätte Ned an der Strippe und nicht den Partner, der ihn überlebt hatte. Der gute alte unkomplizierte Ned. Der hätte diese Gefühle ohne große Erklärungen verstanden. In seinen letzten Monaten hatten wir viele Stunden miteinander verbracht, Karten gespielt und in seinem Garten gewerkelt und die unausgesprochene Ironie genossen, daß uns das Schicksal sozusagen auf dieselbe Stufe stellte.

Ich glaube, die gemeinsamen Stunden waren uns damals besonders kostbar, weil wir beide wußten, wie man sich fühlt, wenn man auf Abruf lebt.

13

Bis jetzt habe ich noch keinem von Catalina erzählt. Nicht, daß es mir peinlich wäre. Ich weiß im Moment einfach nicht, was ich davon halten soll. Die Eindrücke sind noch zu verschwommen und fragil, und ich möchte nicht, daß sie mir jemand interpretiert – schon gar nicht Renee oder Jeff –, bevor ich sie zu Papier bringe. Mit etwas Glück müßte in diesem Tagebuch (einem Geschenk von Neil – wie passend!) noch genug Platz für die ganze Geschichte sein. Wenn nicht, schwenke ich auf was anderes um.

Die Fähre nach Catalina geht von Long Beach, und am Samstag gegen Mittag sind wir im PortaParty-Kleinbus hingefahren. Der Bus – ungewaschen und ohne die übliche Fracht von Requisiten und Transparenten – war ein Bild des Jammers und hat mich penetrant an eine leere Bühne erinnert. Unsere einzige Ladung war ein Karton mit klapperndem Strandspielzeug hinten an der Hecktür. Der sichtbare Beweis, daß es mit unserer Truppe bergab ging, jagte mir einen mittleren Schauder über den Rücken, aber ich hielt den Mund, weil ich mir Neils Kommentar ersparen wollte.

«Ist das von Danny?» fragte ich und zeigte auf den Karton.

Mit einem Lächeln schaute Neil den dunstigen Freeway entlang. «Wir waren letzte Woche unten in Zuma.»

Ich sagte, ich fände den Strand sehr schön.

Er schien ein bißchen überrascht. «Du treibst dich gern am Strand rum?»

«Klar.»

«Ich auch», sagte er mit einem zufriedenen Schmunzeln, als

hätten wir grade eine unglaublich schöne Gemeinsamkeit entdeckt.

«Wo ist er eigentlich?»

«Wer?»

«Danny.»

«Oh. Bei den Nachbarn. Lindas Nachbarn.»

Ich sagte, ich hätte gehofft, Danny bei dieser Gelegenheit kennenzulernen, weil ich dachte, er oder Linda würden ihn auf den Trip mitnehmen. Der Anlaß war zwar traurig, aber für einen Jungen wäre es trotzdem ein fabelhafter Ausflug gewesen.

«Ja», sagte Neil, «wir haben davon gesprochen.»

«Aber?»

Er zuckte die Schultern. «Wir hatten einfach Bedenken, daß es zu anstrengend wird. Die Beerdigung, meine ich.»

Na toll, dachte ich. Ich stellte mir Mrs. Glidden vor, wie sie mir den Kragen meines Trauerkleides aus schwarzem Crêpe de Chine zusammendrücken und mich schütteln würde, daß mir Hören und Sehen verging. *Wissen Sie, was dieses Video meiner Tochter bedeutet hat? Hm? Haben Sie eine Ahnung?*

«Ich möchte natürlich schon, daß er die Insel mal sieht, aber...»

«Was? Entschuldige.» Ich hatte nicht zugehört.

«Er ist gern bei den Nachbarn», erklärte er mir. «Sie haben einen Pool mit Rutsche.»

«Oh... na ja.... das ist gut.»

«Ja. Da bin ich ihn mal los.»

Man merkte, daß er es nicht so meinte. Es war einfach typisch Mann, diese gespielte Schroffheit, die seine offensichtliche Zuneigung zu seinem Sohn kaschieren sollte. Ich fand seine Verlegenheit ein bißchen überraschend, denn im Umgang mit Hunderten von Kindern auf Geburtstagsfeiern hatte ich ihn immer ganz ungezwungen erlebt. Wahrscheinlich ist es beim eigenen Kind was anderes. «Fährt Linda auch mit dem Schiff?» fragte ich.

Er schüttelte den Kopf. «Sie ist heute früh nach Avalon geflogen. Sie meint, die Gliddens können vielleicht ein bißchen Hilfe gebrauchen.»

Ich dachte an verschiedene Möglichkeiten und tat sie alle als makaber ab. «Hilfe? Bei was denn?»

Neil sah mich mit einem trägen Lächeln an. «Ich glaube, nach der Trauerfeier gibt's einen Brunch.»

«Oh.» Ein Trauer-Brunch, dachte ich. Nur in Kalifornien. Während wir auf dem Freeway ins Ungewisse rasten, nahm das Ereignis in meiner Vorstellung zunehmend surreale Züge an.

Die *Catalina Express* war noch nicht da. Am Nachbarkai lag die *Queen Mary*. Der klassische Ozeanliner der dreißiger Jahre verdämmerte hier seine letzten Jahre als schwimmendes Hotel und schamlose Touristenfalle. Da wir bis zur Abfahrt der Fähre noch zwei Stunden totzuschlagen hatten, begingen wir die naheliegende Dummheit und erstanden Eintrittskarten für die *Queen Mary*. Die Tickets waren sündhaft teuer (Neil bezahlte mit Visa-Karte), und schon der Weg bis zur Gangway machte mich schier fertig. Die Menschenschlange schien kilometerlang zu sein und wand sich in strapaziösen Serpentinen erst durch das nachgemachte englische Dorf und dann vorbei an dem kreisrunden Hangar mit der «Spruce Goose», dem lachhaften Holzflugzeug von Howard Hughes. Als ich endlich an Deck der *Queen Mary* war, japste ich wie ein Hirtenhund in einer Hitzewelle.

«Geht's noch?» fragte Neil.

Ich sank an eine Wand – ein Schott, oder wie das heißt – und fächelte mir ein paarmal den Halsausschnitt. Neil kauerte sich neben mich und bot mir sein Taschentuch an. Ich fuhr mir damit über die tropfnasse Stirn und gab es ihm zurück.

Ein Trupp Kinder, begleitet von einer verhärmten alten Jungfer, blieb wie gebannt vor uns stehen und hielt uns anscheinend für die erste der exotischen Attraktionen an Bord. Die erwachsene Person, vermutlich eine Lehrerin, starrte uns so lange an, daß es peinlich wurde, nahm dann den Rest ihrer Beherrschung zusammen und bugsierte die Kinderschar weiter. Ich atmete zweimal tief durch und zählte langsam bis zehn. Mein Herz kam mir vor wie ein kleiner Vogel, der verzweifelt versuchte, aus dem Käfig meines Brustkorbs zu entkommen.

«Schon besser», sagte ich schließlich.

«Bist du sicher?» Ich nickte.

«Soll ich dir ein Glas Wasser holen?»

«Nein», sagte ich. «Ich brauch nur Schatten. Und ein Plätzchen zum Sitzen.»

Wir verzogen uns in einen der großen Aufenthaltsräume, einen stillen eleganten Salon mit nichts als Rundungen und Goldbronze und kühlen grünen Fresken. Neil hob mich auf ein Sofa und blätterte rasch die Schiffsbroschüre durch. «Ich glaub, das war ein großer Fehler.»

Ich sagte, das könnten wir nicht wissen, ohne uns mal umzusehen.

«Alles ist so weit weg», sagte er. «Bis auf...» Er sah noch einmal in die Broschüre.

«Was?»

«Sie haben einen Gang, in dem es spukt. Soll wie in der Geisterbahn sein.»

«Kinder im Dunkeln? Nee, du.»

Er lächelte. «Guter Einwand.»

«Was für Geister?»

«Ach... ein Matrose, der in den sechziger Jahren von einer Eisentür zerquetscht wurde. Angeblich hört man ihn manchmal noch klopfen.»

Ich verdrehte die Augen, mußte aber unwillkürlich die kaltblütige Vermarktungsstrategie bewundern. Die Besitzer dieses Unternehmens hatten offenbar aus der Erfahrung gelernt, daß ein hübsches Schiff allein nicht ausreicht, um das amerikanische Publikum bei der Stange zu halten. Richtige Familienunterhaltung verlangt wenigstens die eine oder andere grausige Zutat. Aber den «gespenstischen» Matrosen hatte es wirklich gegeben, und er war zu meinen Lebzeiten zerquetscht worden. Wahrscheinlich hatte er irgendwo noch Angehörige; Menschen, die ihn geliebt hatten und vermißten und die sich an das gräßliche Geschehnis noch erinnerten. Kriegen die nicht Zustände, dachte ich, wenn sie dran denken, daß man ihn zu einem aufregenden Spezialeffekt degradiert hat, zu einer Geisterbahn-Attraktion? Beziehen sie etwa Tantiemen?

Neil erriet meine Gedanken. «Wir könnten verschwinden.»

«Könnten wir, ja.»

Wir machten uns unverzüglich auf den Rückweg zum benachbarten Kai. Der Nachmittag war ungewöhnlich heiß für die Jahreszeit, und über dem Hafen lag ein grießiger Smog. Vor der *Catalina Express* stand eine lange Schlange von Touristen mit Taucherausrüstungen und Kühltaschen und Plastikbeuteln. Mir schauderte, und eine Ader an meiner Schläfe pochte die Synkopen dazu. Langsam dämmerte mir, daß ich einen gräßlichen Fehler gemacht hatte.

Die Überfahrt dauerte gut anderthalb Stunden. Zum Glück verschwand der Smog und es wurde kühler, sobald wir außer Sichtweite der Küste waren. Für die Passagiere gab es verstellbare Sitze wie in einem Flugzeug – eigentlich ganz behaglich, nur daß ich nichts sehen konnte. Neil hat mich deshalb ein paarmal auf das rutschige Deck eskortiert, wo ich mich krampfhaft an der unteren Stange der Reling festhielt und anerkennende Laute über die Farbe des Meeres von mir gab. Eine käseweiße Dame im Strandkleid und mit Barbara-Bush-Perlenkette beobachtete das linkische Ritual mit selbstgefälliger philanthropischer Genugtuung, als wäre ich eine verwaiste Landpomeranze mit Leukämie, die zum erstenmal den großen Pazifik zu sehen kriegt. «Das macht ihr sicher große Freude», sagte sie zu Neil. Anscheinend hielt sie mich auch noch für taub. Neil zuliebe beschränkte ich meine Reaktion auf einen kurzen, mörderischen Blick.

Unser erster Eindruck von Avalon war verblüffend. Die Stadt wirkte fast baufällig. Sie war wunderbar vergammelt, als wäre sie irgendwann in Vergessenheit geraten. Einfache Holzhäuser waren wie Schiffswracks über die ausgedörrten Berghänge verstreut, und der große runde Ballsaal markierte wie der Punkt eines Fragezeichens das Ende des blütenweißen halbmondförmigen Strandes. Im Hafen waren ein paar Dutzend Segelboote. Und Möwen übten sich im Sturzflug. Und von einem fernen Hang drang wahrhaftig Glockengeläut wie ein Willkommensgruß zu uns herüber. Neil und ich waren sprachlos. Bloß nicht zwinkern, sagte ich mir, sonst verschwindet alles auf einen Schlag.

Aus der Nähe konnte man natürlich die Risse in diesem Phantasiegebilde sehen. Die ausgewaschene Furche am Ende des Anlegestegs war mit Beton ausgegossen, und es gab viel zu viele fettärschige Touristen wie mich (na ja, fast so dick wie ich), die auf der Suche nach etwas Abwechslung über die Strandpromenade schlappten. Schlimmer noch – einige der neueren Bauten (postmoderne Imitationen spanischer Architektur) störten in diesem charmant verwahrlosten Stadtbild empfindlich. Trotzdem, der Ort gefiel uns sehr, und wir empfanden einen unerklärlichen Stolz, als hätten wir ihn als erste entdeckt.

Bis zur Trauerfeier war noch eine Stunde Zeit. Wir setzten

uns an der Promenade auf eine Bank und ließen das buntscheckige Aufgebot an uns vorüberziehen. Wer nicht zu Fuß unterwegs war, fuhr in einer zickigen weißen Golfkarre herum, denn Autos sind fast überall auf der Insel verboten. Beim Anblick dieser Spielzeugvehikel mußte ich unwillkürlich schmunzeln. Endlich mal ein Ort, wo das Leben ein bißchen auf meine Maße zugeschnitten war.

Neil vertiefte sich in einen Stadtplan, den er am Hafen gekauft hatte.

«Wie weit ist es bis zur Kirche?» fragte ich.

«Nicht weit.»

«Laß mal sehn.»

Er zeigte es mir auf dem Plan.

«Das ist aber weit», sagte ich.

«Meinst du?»

Ich nickte. «Es sei denn, du hast Zeit für zwei Beerdigungen.»

Er lachte. «Dann mieten wir eben eine Golfkarre.»

Ich verzog das Gesicht. «In einer Golfkarre kann man doch nicht zu ner Beerdigung kommen.»

«Wieso nicht? Tun sie hier doch alle.»

Also machten wir es genauso. Bei einer Vermietung in der Hauptstraße besorgten wir uns ein schnittiges kleines Ding mit einem gestreiften Baldachin und zuckelten auf der Suche nach der Kirche eine schattige Allee namens Metropole entlang. Die Federung der Karre taugte einen Scheißdreck, aber Neil hatte mich gut angeschnallt. Sooft wir durch ein Schlagloch holperten, ließ ich einen Schrei los, aber mehr aus Übermut als aus Angst. Neil sah mich jedesmal so besorgt an, daß ich ihn mit einem Lächeln beruhigen mußte. Es war wirklich ein selten komisches Erlebnis, in so einer Karre zu fahren. Ich kam mir lächerlich vor, und gleichzeitig fühlte ich mich pudelwohl.

Die Kirche war ein schlichter, weißgestrichener Holzbau, umrankt von scharlachroter Bougainvillea. Davor parkten Golfkarren. Die meisten waren aufwendiger als unsere und trugen nicht den verräterischen Aufkleber des Autovermieters. Sie gehörten offensichtlich Freunden der Familie, die auf der Insel lebten. Auf dem Weg zum Eingang fragte ich mich, ob Neil und ich die einzigen Trauergäste vom Festland waren. Außer der gefürchteten Linda natürlich.

Am Eingang stand ein hochgewachsener, grauhaariger Mann in Kapitänsuniform, der unser Kommen beobachtete. Als wir schließlich vor ihm standen, musterte er uns mit einem zweifelnden Blick und fragte leise, ob wir wegen Janet kämen. Neil nickte und folgte dem Mann in die Kirche. Ich ging mit meinen kurzen Schritten hinterher und bemühte mich um einen ehrfürchtigen oder wenigstens bekümmerten Gesichtsausdruck, denn ich merkte, daß alle Blicke auf mir ruhten. Neil hob mich auf eine Bank und gab mir ein bedrucktes Blatt. Unter dem Namen von Janet stand der Name des Pfarrers, und dann folgte der Ablauf der Trauerfeier. Dieses Blatt Papier und die Maserung der Rückenlehne vor mir waren alles, womit ich mich in der nächsten halben Stunde beschäftigen konnte, denn sonst gab's für mich nichts zu sehen.

Der Gottesdienst beschränkte sich in typisch protestantischem Understatement auf das Nötigste und war so unpersönlich, daß die Verblichene genausogut eine Achtzigjährige hätte gewesen sein können, die eines natürlichen Todes gestorben war. Wir sangen ein paar schlaffe Kirchenlieder und bekamen vom Pfarrer ein paar schlaffe Worte des Trostes zu hören. Irgendwann schaute Neil zu einer Frau rüber und bedachte sie mit einem dünnen Lächeln. Ganz sicher war es Linda. Ich hätte gern gewußt, ob auch die Tote da war, aber ich verkniff es mir, Neil zu fragen. Meine Stimme kann man manchmal ziemlich weit hören.

Um nicht ins Gedränge zu geraten, gingen wir während des letzten Liedes und warteten draußen auf Linda. Als sie sich zu uns durchgearbeitet hatte, hauchte sie Neil ein keusches Küßchen auf die Wange und hielt mir, ohne auf eine Vorstellung zu warten, ihre lange trockene Hand hin. «Hallo, Cady. Reizend von Ihnen, daß Sie gekommen sind.»

«Ach was», sagte ich doof, «gern geschehen.»

Die geschiedene Mrs. Riccarton war groß und schlank, hatte ein ovales Gesicht, und ihr Teint war einige Schattierungen heller als der von Neil. Sie war nicht gerade hübsch, aber elegant und unerhört selbstsicher. Sie trug ein graues Seidenkostüm von bemerkenswertem Chic und hatte die Haare à la Wilma Feuerstein straff nach hinten gebunden. Neil hatte sie mir nie als Monstrum geschildert, und sie machte auch gar nicht den Eindruck, als wäre sie eins. Wie hatte er sie genannt? Unsentimental? Pingelig?

«Haben Sie schon die Gliddens getroffen?» fragte sie.

Ich sagte nein.

«Ich glaube, sie sind...» Sie verrenkte ihren graziösen Hals. «Ja... da drüben.»

Die Gliddens standen nebeneinander auf dem Bürgersteig und nahmen das Beileid ihrer Freunde entgegen. Mit ihren birnenförmigen Körpern und den Zusselhaaren waren sie einander so ähnlich, daß sie wie Salz- und Pfefferstreuer wirkten. Auf ihren schlichten, gutmütigen Gesichtern lag derselbe stoisch-verzagte Ausdruck, und man sah auf den ersten Blick, daß sie eines jener Paare waren, die alles gemeinsam machen. Ich war mir ganz sicher, daß in ihrem Schrank zwei identische Nylon-Windblusen hingen.

«Vielleicht sollten wir noch warten», sagte ich. «Der Andrang ist ziemlich groß.»

Linda nickte. «Ich kenne eine Abkürzung zum Haus, falls ihr euch ein bißchen die Beine vertreten wollt.»

Neil sah sie verwundert an. «Gehn wir denn von hier nicht...?»

Seine Ex-Frau schüttelte den Kopf. «Die Urne ist im Haus.»

Neil warf mir einen fragenden Blick zu. «Wollen wir?»

«Klar», sagte ich so lässig wie möglich. Vor Linda wollte ich auf keinen Fall als Schwächling dastehen.

Wir folgten also ihren langen, energischen Beinen zwischen eingestaubten Sträuchern hindurch zum Haus der Gliddens, etwa drei Gärten weiter. Es gehörte zu einer Reihe von Holzhäusern, die alle gleich aussahen, obwohl es kleine Unterschiede gab. Ihnen gegenüber stand eine weitere Reihe, und dazwischen gab es einen gepflasterten Weg mit zwei Reihen Palmen. Ich fühlte mich an die Reihenhäuser in alten Arbeitersiedlungen erinnert, nur daß diese hier eine nette Staffage hatten – Keramik-Vogelbad, Rosenspalier, gepflegter kleiner Vorgartenrasen. Zu meiner Überraschung hatte sich hinter dem Glidden-Haus schon eine kleine Gruppe von Trauergästen versammelt.

«Und hier ist Janet aufgewachsen?» fragte ich Linda, nachdem Neil ins Haus gegangen war, um uns Bowle zu holen.

«Ich glaube, ja. Sie war dritte Generation, sagt Mary.»

«Und Mary ist...?»

«Ihre Mutter.»

«Aha.» Ich versuchte vergeblich, mir Janet mit ihrem acrylglänzenden Haar und dem Künstlergehabe in diesem einfachen Haus vorzustellen, bei diesen einfachen Salzstreuer-Menschen, diesem untrennbaren Zwillings-Set. Aber vielleicht war eben das zum Problem geworden. Vielleicht hatte sie es sich auch nicht vorstellen können. Schon als Kind nicht.

«Ihr Großvater hat unten in der Catalina Pottery gearbeitet», fuhr Linda fort. «Er war einer der ersten Angestellten von Wrigley.»

Ich hatte keine Ahnung, von wem sie sprach.

«Der große Kaugummi-Millionär aus Chicago. Er hat Avalon quasi erfunden. Die halbe Stadt hat für ihn gearbeitet.»

Ich nickte.

«Neil sagt, er arbeitet wirklich gern mit Ihnen.»

Der abrupte Themenwechsel brachte mich einen Augenblick aus dem Konzept. «Tja», sagte ich schließlich, «ich fühle mich geschmeichelt.»

«Sollten Sie auch. Er schließt nicht so leicht Freundschaft.»

Das kam so unerwartet, daß ich nur sagen konnte: «Ach nein?»

«Nein.» Sie beehrte mich mit der Andeutung eines schwesterlichen Lächelns, als wollte sie sagen: Wirklich wahr.

Ich war so durcheinander, daß ich mich suchend nach einer Ablenkung umsah. Die kam auch schon in Gestalt von Neil, der zwei Becher Bowle brachte. Das Zeug war limonengrün, und eine Kugel Vanille-Eis schwamm darin. Ich hatte so etwas seit meinen ersten beiden Jahren an der Highschool nicht mehr gesehen. «Wie festlich», sagte ich ungerührt. Ich prostete Neil zu, und er reagierte mit einem angedeuteten Schmunzeln. Ich sehnte mich danach, wieder mit ihm allein zu sein. Seine Verflossene kam mir schon jetzt wie die Sorte Frau vor, die imstande ist, einem auf die vertrauliche Tour – «ganz unter uns Mädels» – eine unglaubliche Gemeinheit zu servieren.

«Ich hab mit den Gliddens gesprochen», sagte Neil. «Sie sind nett.»

«Ja, nicht?» sagte Linda.

«Sie kommen gleich zu uns raus, Cady. Sie möchten dich unbedingt kennenlernen.»

«Hm... gut.»

Schon sah ich die beiden kommen. Ich merkte, daß ich weiche Knie bekam. Um besseren Stand zu haben, stellte ich die Beine ein bißchen auseinander. Jetzt hatte auch die stets wachsame

Linda die Gliddens erspäht und übernahm sofort die Regie.

«Mary, Walter...»

Die beiden begrüßten sie unisono.

«Die Trauerfeier war ja so schön», sagte Linda.

«Ja, nicht? Das haben wir grade auch Bud Larkin gesagt – dem Pfarrer.» Mrs. Glidden lächelte freundlich, doch ihre Augen waren vom Weinen verquollen. Es war rührend, wie tapfer sie versuchte, trotz ihres Kummers unverkrampft mit uns zu reden.

«Ich glaube, Neil haben Sie schon kennengelernt», sagte Linda.

Mary nickte. «Ja. Und das ist bestimmt...»

«Cadence Roth.» Ich streckte ihr die Hand hoch, ehe Linda sich vordrängen konnte. Wer weiß, als was sie mich vorgestellt hätte. Das Risiko war mir zu groß.

«Freut uns sehr», sagte Walter.

Ich dankte ihm.

«Ja, wirklich», meinte Mary.

Walter faßte sie unter und zog sie heran. «Wissen Sie, Mary hat Sie mal besprochen.»

Das war Mary sofort peinlich. «Also Walter, ich bitte dich!»

Ich hatte keine Ahnung, von was sie da redeten, aber mein schuldbewußtes Herz klopfte mir mal wieder bis zum Hals.

Walter tätschelte ihr die Hand. «Sei nicht so bescheiden, Mary. Ich darf doch mit meiner Frau ein bißchen angeben.»

Sie warf ihm einen liebevoll tadelnden Blick zu und wandte sich an mich. «Ich habe mal eine kleine Kolumne geschrieben. Eigentlich nur ein bißchen Klatsch. Für unsere Lokalzeitung. Ich fand *Mr. Woods* entzückend... und habe es in meiner Kolumne geschrieben.»

«Es war eine begeisterte Kritik», erklärte Walter.

«Na, eine *Kritik* war es wirklich nicht.» Mary sah mich verlegen an. Die Übertreibung ihres Mannes war ihr sichtlich peinlich.

«Dürfte aber geholfen haben, ein paar Kinokarten zu verkaufen.»

Diesmal war ihr Widerspruch energischer. «Walter, bitte. Ich glaube nicht, daß sie Hilfe von mir nötig hatten. Es war der erfolgreichste Film aller Zeiten.»

Die alte Dame wurde mir immer sympathischer. Ich sah zu ihr hoch und deutete ein Lächeln an. Von Frau zu Frau. «Nicht ganz. Die Nummer zwei, glaube ich.»

«Ach wirklich? Welcher ist denn auf Platz eins?»

«*Star Wars.*»

«Ach, na ja. Ihrer hat mir *viel* besser gefallen.»

Ich dankte ihr so ernsthaft, wie ich im Moment konnte.

«Janet war ganz begeistert von der Arbeit mit Ihnen.»

«Das ist nett von Ihnen.»

«Nein, gar nicht», beharrte sie. «Es ist die Wahrheit.»

Ich biß in den sauren Apfel. «Für mich war es auch toll. Ihre Tochter war ein Riesentalent.»

Die Gliddens waren von dieser monumentalen Lüge viel stärker gerührt, als ich erwartet hatte. Sie drückten sich aneinander wie ein Pärchen auf einer Achterbahn, bevor es in rasender Fahrt in die Tiefe geht. Marys Unterlippe bebte, aber es gelang ihr, die Fassung zu wahren. Ihr Mann unterdrückte die Tränen, indem er starr zu Boden sah. Wie Neil und Linda reagierten, bekam ich nicht mit, weil ich es nicht über mich brachte, sie anzusehen.

Walter war es schließlich, der mit gebrochener Stimme sagte: «Wir sind... schrecklich stolz auf sie.»

«Mit vollem Recht», sagte ich.

Ein quälendes Schweigen folgte. Ich wartete, daß Neil mir

aus der Klemme half, aber der elende Hund ließ mich einfach im Treibsand meiner Verlogenheit rudern.

Schließlich sagte Mary: «Wir haben nach diesem Film gesucht, wissen Sie. Wir konnten ihn nirgends finden.»

«Welcher Film?»

«Der mit Ihnen. Janets Film.»

«Ach wirklich?» piepste ich.

«Ist das nicht merkwürdig? Wo sie doch so oft davon gesprochen hat.»

«Ja.»

Sie hat ihn vernichtet, dachte ich. *Das Scheißding verbrannt. Von einer Klippe ins Meer geworfen. Gleich nach meinem Anruf, als ich ihr gesagt hab, was für ne Niete sie ist.*

«Sie hat Ihnen nicht zufällig eine Kopie gegeben?» fragte Walter.

«Nein.»

«Wie schade», sagte Linda.

Ich warf ihr einen raschen Blick zu, um zu sehen, ob sie es gehässig meinte, aber ihr Gesicht verriet keine Regung. Zu den Gliddens sagte ich: «Er war noch nicht fertig, wissen Sie.»

«Trotzdem», meinte Walter, «man sollte meinen, daß etwas da wäre.»

«Ja.» Unter meinem Crêpe de Chine brach mir der kalte Schweiß aus.

«Was haben Sie gesungen?» fragte Mary.

«‹If›», sagte ich.

«Ich glaube, das kenne ich nicht.»

Jetzt kam zum erstenmal Leben in Lindas Gesicht. «Der alte David-Gates-Song? Im Ernst? Davon hat mir Janet nie was gesagt.»

Ich hoffte inständig, daß Janet ihr auch nicht gesagt hatte, wie biestig ich mich benommen hatte, als ich ausgestiegen war.

205

Ich wollte nicht unbedingt, daß Linda meine Freundin wurde, aber ich wollte sie auch nicht zum Feind haben.

«Warum hast du mir nie gesagt, daß sie das singt?» fragte Linda ihren Ex-Mann. Der machte ein Gesicht, als würde er sich fürchterlich unbehaglich fühlen. Plötzlich fragte ich mich, ob der Song den beiden etwas bedeutet hatte; ob es womöglich – du meine Güte – *ihr Song* gewesen war. Schließlich war es Neil gewesen, der diese Nummer vorgeschlagen und in unser Repertoire aufgenommen hatte. Ich bekam Zustände bei dem Gedanken, daß ich vielleicht die ganze Zeit irgendeine nacheheliche Selbsttäuschung für ihn ausagiert hatte.

Walter schaltete sich ein, ehe die Frage geklärt werden konnte. «Sagen Sie – Sie hätten doch sicher nichts dagegen...»

«Walter...» Mary, die seine Gedanken erriet, wies ihn mit einem strengen Blick zurecht. «Miss Roth ist heute bestimmt nicht hergekommen, um zu singen.»

Mir verschlug es glatt die Sprache.

«Du hast recht», sagte Walter. «Wir würden nicht im Traum daran denken, Sie zu bitten.»

«Ganz bestimmt nicht.»

Linda sah mich flehentlich mit einem kuhäugigen Blick an, als wollte sie sagen: Denk doch mal, wieviel es ihnen bedeuten würde.

Neil schaute auf seine Schuhe runter und war mir überhaupt keine Hilfe.

«Die Sache ist die», sagte ich, «– ich bin's nur mit Begleitung gewöhnt.»

«Hier gibt's ein Klavier», platzte Linda heraus. «Neil, du könntest doch spielen.»

Das änderte alles. Walter sah hoffnungsvoll seine Mary an, Neil sah mich an, und ich sah in eine andere Dimension, wo ich grade groß genug war, um Lindas dürren Hals würgen zu können.

«Der Gedanke ist nicht so abwegig, wie Sie vielleicht denken», informierte mich Mary, die sich für die Idee sichtlich erwärmte. «Wir haben ein kleines Programm geplant. Janets Großmutter wird ihre liebsten Kirchenlieder singen.» Sie lächelte mich liebreizend an. «Beerdigungen sind ja eigentlich was für die Lebenden, nicht?»

Janet, dachte ich, hast du ein Glück, daß dir das alles erspart bleibt.

«Na ja», sagte ich schließlich, «wenn Sie ein paar Unebenheiten nicht stören.»

«Aber natürlich nicht!» kam es freudig und unisono von den Gliddens.

Linda war völlig hingerissen von der Aussicht auf etwas, das sie organisieren konnte. Sie bot Walter und Mary auf der Stelle ihre Dienste an und verwickelte die beiden in eine kurze Diskussion über das Aufstellen von Klappstühlen und den richtigen Platz für das Klavier. Von Tatendrang erfüllt strebten die drei in Richtung Haus und ließen Neil und mich auf dem Rasen zurück.

«Das verzeih ich dir nie», sagte ich.

Neil lachte in sich hinein.

«Im Ernst.

«Na ja... es ist das mindeste, was wir tun können.»

«Ach ja?»

«Für so ein Riesentalent.»

Ich warf ihm meinen bösesten Blick zu.

«Ich finde dich fabelhaft», sagte er.

Es müssen dreißig Leute gewesen sein, die sich in das kleine Wohnzimmer zwängten – einschließlich Janet, die ihre letzte Ruhestätte, wie man mir sagte, in einem originalen Catalina-

Tonkrug auf dem Kaminsims gefunden hatte. Wie angekündigt bestand mein Vorprogramm aus Janets Großmutter, die sich mit ihren Kirchenliedern ganz gut aus der Affäre zog, obwohl sie zwischendurch mal ein Problem mit ihrem Gebiß hatte. Das Publikum lohnte es ihr mit höflichem Applaus. Dann stand Walter auf.

«Und jetzt ist es mir eine große Ehre, als besonderen Gast eine junge Frau anzusagen, mit der unsere Janet vor – äh – zuletzt zusammengearbeitet hat. Manche von euch werden wissen, daß diese junge Frau in *Mr. Woods* aufgetreten ist, dem zweit-, äh, erfolgreichsten Film aller Zeiten, glaube ich, und *dann* war sie der Star in Janets letztem Video... entschuldigen Sie: *Film*.» Er rang sich ein lauwarmes Lächeln ab. «Janet hat den Ausdruck ‹Film› vorgezogen. *Jedenfalls*, bevor ich alles durcheinanderbringe... Cadence Ross.»

Mit einem schwächlichen Schlenker wies er auf das uralte Klavier, wo Neil und ich Platz genommen hatten – er auf dem Hocker und ich in luftiger Höhe ganz oben auf der Kante, wo ich mir wie eine Tingeltangel-Sängerin in einem Saloon vorkam. Ich erklärte dem Publikum, daß ich dieses Lied in Janets genialem, aber leider unvollendeten Film gesungen hatte. Ich hätte es schon immer sehr gemocht, und ich hoffte, daß es ihnen allen etwas sagen würde.

Ich war überrascht, wie schön es klappte. Ich war gut bei Stimme – dank der frischen Luft –, und Neil spielte mit einem zarten Anschlag, der dem Anlaß so richtig entsprach. Es war einwandfrei unsere Spitzenleistung, viel besser als alles, was wir für den dämlichen Videofilm gemacht hatten. Und der Song paßte so ideal, daß es fast unheimlich war. Vor allem der erhebende Schlußteil, der etwas von einer Himmelfahrt hat.

Als der letzte sehnsuchtsvolle Ton in der lauen Luft verklungen war, schloß ich die Augen und ließ den Kopf bescheiden auf die Brust sinken. Einen Augenblick herrschte völliges Schweigen. Dann erwachte das Publikum aus seiner Rührung und brach in donnernden, anhaltenden Beifall aus. Ich genoß ihn in vollen Zügen und sog ihn auf wie Sonnenschein nach wochenlangem Regen. Als ich die Augen wieder aufmachte, war Neil so überwältigt wie ich und sah strahlend zu mir hoch.

«Wir haben sie vom Hocker gerissen», sagte er später, als wir unten in einem Strandcafé saßen.
«Scheiße, und ob», sagte ich. «Miss Ross kann singen.» Ich hatte inzwischen schon ein paar Margaritas intus.
«Wir sollten öfter mal ne Beerdigung machen.»
«Wir sollten öfter mal *überhaupt* was machen.»
«Na, na.»
«Ach komm. Wir sind erledigt, Neil. Hab ich nicht recht?»
Zu meinem Entsetzen machte er sich nicht einmal die Mühe, es abzustreiten. Er zuckte nur mit den Schultern, rutschte verlegen hin und her und klimperte mit den Eiswürfeln in seinem Glas.
«Hab ich's mir doch gedacht.»
«Kann sich auch wieder ändern», meinte er. «Die ganze Wirtschaft lahmt im Moment.»
«Ja, ja. Noch 'n Drink?»
Er sah sein leeres Glas an. «Na ja...»
«Frollein!» Als die Kellnerin vom anderen Ende der Terrasse herschaute, wedelte ich wie ein Signalgast mit beiden Armen. Dann wandte ich mich wieder an Neil. «Ich schulde dir wenigstens einen oder zwei.»
«Wofür?»
«Das Tagebuch – erinnerst du dich?»
«Das war doch ein Geschenk.»

«Du hast gesagt, ich könnte dir mal einen Drink spendieren.»

Er lächelte. «Das war nur 'n Spruch.»

«Na, ich hab jedenfalls vor, mir einen anzusaufen.» Ich putzte den herben Rest meiner Margarita weg und knallte das Glas auf den Tisch. «Auch nur 'n Spruch.»

Er lachte glucksend, musterte mich einen Augenblick und sah hoch, als die Kellnerin kam.

«Der Herr möchte noch einen Gin-Tonic», informierte ich sie großspurig. «Und für mich wieder das Übliche.»

«Kommt sofort», sagte die Kellnerin.

«Ich glaube, das sollte mein letzter sein», sagte Neil.

«Warum?»

«Weil ich noch fahren muß.»

Ich schnaubte verächtlich. «Mit der piefigen Seifenkiste kannst du keinen überfahren, und wenn du dir noch soviel Mühe gibst.»

«Trotzdem.»

«Willst du meine Theorie hören?»

«Worüber?»

«Uns», sagte ich. «Das Geschäft.»

«Na schön.» Er verschränkte seine dunkelbraunen Finger und legte die gefalteten Hände auf den Tisch.

Ohne den Alkohol hätte ich es nie sagen können. Jetzt sprach ich es aus: «Ich glaube, das Problem bin ich.»

«Ach Scheiße.»

«Nein, laß mich ausreden...»

«Hör mal, Cady, seit du bei uns eingestiegen bist, hatten wir ein Rekordergebnis.»

Ich sagte, das wüßte ich.

«Also. Warum sagst du dann...?»

«Hör mir einfach zu, ja?»

«Ich höre.»

«Ich glaub, zuerst haben mich die Kunden gemocht, weil es... was Neues war und alle mal sehen wollten, wie das ist. Aber das hat sich inzwischen abgenutzt, und jetzt haben sie... verstehst du... so ein morbides Gefühl.»

«Also wirklich!»

Er sah mich so verärgert an, daß ich ein bißchen den Kopf einzog. «Bloß eine Theorie», sagte ich.

«Warst du vorhin nicht richtig da?»

«Wo?»

«Bei den Gliddens. Die Leute haben dich angebetet, Cady. Du hast sie in deine Seele blicken lassen, und dafür haben sie dich verehrt.»

So gern ich das hörte, ich mußte ihn daran erinnern, daß es sich schließlich um eine Trauerfeier handelte und die Leute emotional darauf eingestellt waren.

Das kaufte er mir nicht ab. «Auf die alte Dame waren sie eingestellt. Und für die haben sie kaum einen Finger gerührt.»

«Na, Menschenskind, der Alten ist auch das Gebiß rausgefallen. Sie hat sich verstolpert.»

Er warf den Kopf zurück und stöhnte genervt.

«Außerdem wäre das nicht gerade...»

«Eine Margarita und ein Gin-Tonic.» Die Kellnerin war aus dem Nichts aufgetaucht und brachte unsere Drinks.

Wir bedankten uns verlegen und warteten, bis sie weg war.

«Ist dir mal der Gedanke gekommen», sagte Neil in einem vernünftigen Ton, «daß das Geschäft ganz einfach flau ist? Die Welt ist groß, Cady. Es muß sich nicht alles um *dich* drehen.»

«Nicht?»

«Nein.»

«Na, das find ich aber beschissen.»

Er lachte matt. «Tut mir leid, daß ich dir das sagen muß.»

«Ich brauch 'n Drink», sagte ich und grinste ihn über den salzverkrusteten Rand des Glases an.

Die nächste Fähre zum Festland fuhr erst in ein paar Stunden, also behielten wir unsere Golfkarre noch ein bißchen und machten eine Spritztour. Neil schien Gott sei Dank einigermaßen nüchtern zu sein. Ich dagegen war ziemlich besäuselt. Auf der Küstenstraße fuhren wir an der ehemaligen Keramikmanufaktur vorbei, die jetzt nur noch eine Ruine war, dann ging es an der Meerwasser-Entsalzungsanlage rechts ab und in die Berge. Kein anderes Fahrzeug war zu sehen, und wir hatten die Straße fast die ganze Zeit für uns. Sie schlängelte sich durch würzig duftende Eukalyptushaine und riesige, abweisende Anhäufungen von Feigenkakteen, und in unregelmäßigen Abständen bot sich ein Blick auf das blaugrüne Meer. Feiner roter Staub tanzte in den schrägen Strahlen der Nachmittagssonne, und die Landschaft wirkte wie eine alte Fotografie.

«Was meinst du – ob wir Büffel zu sehen kriegen?» fragte Neil.

Ich sah ihn von unten herauf an. «Klar, *kemo sabe.*»

«Es gibt hier welche, weißt du.»

«Mhm. Sicher.»

«Vielleicht nicht hier, aber sonstwo auf der Insel.»

«Du meinst richtige? Wilde?»

«Ja. Sie vermehren sich einfach.»

Ich fragte ihn, wie sie hergekommen wären.

«In den zwanziger Jahren hat man ein paar für einen Film hergeschafft und vergessen, sie wieder mitzunehmen.»

«Hab gar nicht gewußt, daß Büffel ins Kino gehn.»

Ich hielt das für einen genialen Kalauer, aber Neil brachte nur ein dünnes Lächeln zustande. «Früher haben sie hier Zane-Grey-Western gedreht.»

«Aha.» In meinem beschickerten Zustand malte ich mir einen Cartoon von Gary Larson aus – ein Altersheim für ausrangierte Film-Büffel, wo die Insassen rumsitzen und Erinnerungen an die Szene mit der großen Stampede nachhängen, die ihr einziger ruhmreicher Auftritt war.

«Er hat sogar hier gewohnt.»

«Wer?»

«Zane Grey. Er hatte ein Haus im Pueblo-Stil, das jetzt Hotel ist. Da, auf der anderen Seite vom Hafen.»

«Was du nicht sagst.»

Er fuhr von der Straße runter und hielt.

«Was machst du?» fragte ich.

«Bißchen die Beine vertreten. Willst du aussteigen?»

Ich sagte, ich hätte es im Moment ganz bequem.

Er kletterte aus der Karre und streckte sich. Dann fischte er eine Zigarette aus der Brusttasche seines Blazers, zündete sie an und paffte einen Zug, während er die Bilderbuch-Szenerie unter uns betrachtete. Ich war es nicht gewohnt, ihn so in Schale zu sehen. Es stand ihm gut. Noch so etwas, was ich Janet zu danken hatte.

Nach einer Weile kam er auf meine Seite herüber. Er hatte die Zigarette noch zwischen den Fingern und starrte auf Avalon runter.

«Weißt du was?» sagte er.

«Was?»

«Ich hab nicht die geringste Lust, wieder auf diese Fähre zu gehn.»

Ich hatte keine Ahnung, was er von mir hören wollte, deshalb blieb ich so unverbindlich wie möglich. «Ja, es ist ganz nett hier. Ich bin überrascht.»

«Ja. Ich auch.»

«Wer hätte das gedacht?»

Er zog an seiner Zigarette. «Wir müssen eigentlich nicht.»

«Müssen was nicht?»

«Zurück.» Er zuckte die Achseln und sah mich mit seinen bemerkenswerten Augen eindringlich an. «Wozu die Eile? Zu tun haben wir eh nichts. Ich wette, wir könnten Zimmer im Zane Grey kriegen.»

Zimmer. Plural. Soweit ich mich erinnern konnte, hatte mir ein einzelner Buchstabe noch nie soviel Kummer gemacht.

«Jaaa», sagte ich vorsichtig und zog das Wort in die Länge, um meine Verwirrung zu kaschieren. «Könnten wir. Aber...» Den Rest brachte ich nicht über mich.

«Aber was?»

«Ich bin pleite, Neil.»

Er tat das lachend ab. «Vergiß es. Das geht auf mich.»

«Du bist doch auch pleite.»

Ein Schulterzucken. «Dafür gibt's ja Kreditkarten.»

«Mußt du nicht zu Danny zurück?»

«Nee. Der ist bei Linda. Sie holt ihn wahrscheinlich grade jetzt bei den Nachbarn ab.»

«Dann ist sie also schon wieder weg?» Ich weiß nicht, warum ich das fragte, aber ich mußte es einfach wissen. Nach meinem Lied hatte sich Linda bei mir bedankt und sich kurz mit Neil unterhalten (eine Qual für mich, weil ich kein Wort mitbekam), und dann war sie verschwunden.

Er nickte. «Mit dem Flugzeug. Gleich nach dem Empfang.» Er setzte ein schiefes Lächeln auf. «Und vorher hat sie ihnen bestimmt noch beim Aufräumen geholfen.»

Mich überraschte, wie erleichtert ich war. Um mir nichts anmerken zu lassen, wechselte ich das Thema. «Wieviel kostet das eigentlich? Der Flug, meine ich.»

Er verdrehte die Augen. «Mehr, als *wir* uns leisten können, das kannst du mir glauben.»

Ach, tat mir dieses *wir* gut. Daß er uns, in deutlichem Unterschied zu Linda, so beiläufig und selbstverständlich zu einem

Pärchen zusammenfaßte. Und jetzt, ob mit getrennten Zimmern oder nicht, hatten wir die Insel ganz für uns. Eine ganze Nacht. Und noch einen ganzen Morgen.

Das Zane Grey lag auf einem Bergrücken, fast auf gleicher Höhe mit dem Turm, dessen Glockenspiel wir bei der Einfahrt in den Hafen gehört hatten. Mit dem Auto kam man nur bis zu einem kleinen Parkplatz neben der Straße. Den Rest mußte man zu Fuß gehen. Ich blieb in der Karre sitzen, und Neil stieg durch den Kakteengarten hinauf, um sich nach Zimmern zu erkundigen. Knapp fünf Minuten später kam er beschwingt zurück.

«Zwei Einzelzimmer», sagte er strahlend. «Nebeneinander. Gleich am Pool. Mit einer traumhaften Aussicht.»

«Toll.»

«Geht aber nicht ohne Treppensteigen.»

«Ja, das sehe ich.»

«Wie wär's, wenn ich dich trage?»

Diesmal lehnte ich das Angebot ab. Die Prozedur schien mir ein bißchen zu öffentlich und würdelos. Außerdem sollte er mich nicht für hilflos halten. Und mein Trauerkleid war inzwischen schon etwas ausgebeult. «Geh du schon mal vor», sagte ich. «Wir treffen uns dann oben. Sie verkaufen hier nicht zufällig T-Shirts, oder?»

«Doch, glaub schon. Warum?»

Ich sagte, ich bräuchte was anderes zum Anziehen.

Er lächelte. «Welche Größe?»

«Large.»

«Kommt sofort. Soll's was Bestimmtes sein?»

Ich schüttelte den Kopf. «Hauptsache, es steht nicht ‹Friß Scheiße› oder so was drauf.»

«Alles klar.» Er stieg mit großen Schritten – zwei Stufen auf einmal – die Treppe hoch.

«Moment», sagte ich, «was ist meine Zimmernummer?»

Er überlegte kurz und sagte: «Western Stars.»

«Das ist die Nummer?»

«Sie haben die Namen von Zane-Grey-Romanen.»

«Wie neckisch.»

«Es ist die Reihe gleich hinterm Pool. Leicht zu finden.»

Ich bat ihn, meine Handtasche mitzunehmen, meine Tür offenzulassen und die Dusche anzustellen, aber bitte nicht zu heiß. «Ja, Ma'am», sagte er mit einem Lächeln. Er nahm meine Handtasche, lief die Treppe hinauf und verschwand.

Ich brauchte fast eine Viertelstunde bis nach oben. Da es kein Geländer gab, mußte ich den größten Teil des Anstiegs auf Händen und Knien bewältigen, und ich fluchte auf den Hausmeister, der versäumt hatte, den Sand von den Stufen zu fegen. Kurz bevor ich oben war, tauchten vor mir zwei weiße Männerbeine auf, die einem Fremden gehörten und sich eindeutig abwärts bewegten.

«Reizender Tag», sagte ich.

«Äh... ja. Kann ich Ihnen...?»

«Geht schon», versicherte ich ihm. «Tun Sie einfach, als wär ich nicht da.»

Der arme, verwirrte Mensch ging um mich herum und ließ mich die restlichen Stufen allein hochkraxeln. Zum Glück gab es oben ein niedriges Geländer. Ich zog mich daran hoch und verschnaufte. Von der kleinen Terrasse am Pool hatte man tatsächlich einen spektakulären Blick auf den Hafen. Es schien der höchste Punkt der Stadt zu sein.

Erleichtert stellte ich fest, daß ringsum niemand zu sehen war. Es gab nur ein Dutzend Katzen jeden Alters und jeder Farbschattierung. Sie lümmelten auf dem AstroTurf und beobachteten mich mit unverhohlenem Mißtrauen, als ich mich auf die Suche nach meinem Zimmer machte.

«Brave Kätzchen», murmelte ich. «Ich komm hier bloß durch. Bleibt mir ja weg.»

Das Geräusch von Duschen führte mich zu einer Zimmer-reihe direkt am Hang. Die erste Dusche war offenbar die von Neil, denn die Tür war zu. Das Brausen der zweiten drang einladend durch eine offene Tür, auf der tatsächlich «Western Stars» stand. Das Zimmer war kaum größer als das Doppel-bett. Die Dekoration bestand aus mexikanisch angehauchten Wandgemälden und einem riesigen Plastik-Kaktus in einem Pott voll Steinchen. Auf dem Nachttisch dröhnte ein blau-grauer Plastikventilator vor sich hin. Auf dem Bett war ne-ben meiner Handtasche ordentlich das T-Shirt ausgebreitet. Daß es mit einer Werbung des Hotels bedruckt war, kam nicht überraschend.

Ich drückte die Tür hinter mir zu, streifte mit einem Seufzer der Erleichterung mein Kleid ab und lief ins Badezimmer. Neil – Gott segne ihn dafür – hatte sogar daran gedacht, Seife und Shampoo von dem viel zu hohen Sims zu nehmen und auf die Einfassung der Duschkabine zu stellen. Es war ein wunderbar belebendes Gefühl, den Staub der Reise abzuwa-schen – und den Schweiß meiner diversen körperlichen und geistigen Anstrengungen. In einer neuen Umgebung kann ich mich erst nach einer guten Dusche richtig wohl fühlen.

Ich stand gerade vor dem Ventilator und frottierte mir die Haare, als Neil anklopfte. «Moment noch», rief ich. «Bin gleich soweit.»

«Kein Problem», sagte er.

Ich zog mir das T-Shirt über – ein weißes, aber mit genug Grün drauf, um meine Augen zur Geltung zu bringen –, fuhr mit gespreizten Fingern noch mal durch meine aprikosenduf-tenden Ringellocken und malte mir rasch die Lippen an.

«So, jetzt!» schrie ich. «*Entrez*.»

Neil hatte ein T-Shirt wie meines an, nur in rot, und dieselbe

Khakihose, die er zu seinem Blazer getragen hatte. «Na, soo was – eine ganz neue Frau.»

«Man tut, was man kann.» Ich machte in meinem T-Shirt einen kleinen Knicks. «Danke für das hinreißende Ensemble.»

«Aber gern.»

Ich verstaute Lippenstift und Spiegel in meiner Handtasche. «Ich *glaube*, ich bin soweit.»

«Soll ich die Dusche abstellen?»

«Ach so, ja. Bist du so nett? Danke.»

Als er wieder aus dem Badezimmer kam, sagte er: «Ich hab uns fürs Abendessen einen Tisch reserviert.»

Uns.

«Es ist ein Fischrestaurant unten am Strand. Mehr weiß ich nicht. Ich hoffe, es taugt was.»

«Bestimmt.»

«Der Kerl vom Empfang hat es mir empfohlen.»

Ich sah mit einem wissenden Lächeln zu ihm hoch. «Gehört wahrscheinlich seinem Schwager.»

«Ja.» Plötzlich schienen ihm Zweifel zu kommen. «Wenn du dir's lieber...»

«Ach was. Bloß ein Scherz. Ich könnt im Moment ein Pferd vertilgen. Einen *Büffel*.»

Er lachte und ging vor mir aus der Tür. Als wir am Pool und den Katzen vorbeikamen, sagte er: «Ist dir schon aufgefallen, wie leer es hier ist?»

«Ja, allerdings.»

«Die Saison muß schon vorbei sein.»

«Wahrscheinlich, ja. Macht mir gar nichts. Ich find's gut, daß wir alles für uns haben.»

«Ich auch», sagte er.

Diesmal ließ ich mich von ihm die Treppe runtertragen.

Das Restaurant – den Namen habe ich schon wieder vergessen – war ganz reizend. Es war wettergegerbt, mit Schindeln verkleidet und mit Lichtergirlanden behangen, und es stand auf Stelzen im Wasser. Das Essen war nichts Besonderes. Einfach frittierter Fisch mit Eisbergsalat und einer gebackenen Kartoffel. Aber in der salzigen Luft schmeckte es himmlisch, vor allem nach zwei oder drei Drinks mit kleinen Schirmchen drin.

«Gar nicht schlecht», sagte ich zu Neil. Ich zwirbelte ein Schirmchen zwischen den Fingern und schaute versonnen aufs mondhelle Meer. «Ein rundum gelungener Ausflug.»

«Ja», sagte er, «ich glaub, wir haben Janet zu danken.»

Ich lächelte ein bißchen und freute mich, daß wir das gleiche dachten. Dann steuerte ich entschlossen das Thema an, das mir immer noch zu schaffen machte. «Linda hat den Song anscheinend gemocht.»

«Hat sie, ja.»

«Ich meine – sehr.»

Er zuckte mit den Schultern. «Du singst ihn wunderschön.»

«Ja, aber ich hatte den Eindruck... verstehst du... daß er ne besondere Bedeutung für sie hat. Wenn ich dran denke, wie sie reagiert hat, als ich ihr gesagt hab, daß ich ihn singe.»

Wieder ein Schulterzucken. «Ist mir nicht aufgefallen.»

«Nicht? Mir schon.»

«Den Song mögen viele.»

«Ja, wahrscheinlich.»

Er machte ein völlig ratloses Gesicht. Vielleicht machte ich mir doch unnötige Sorgen.

«Sie war übrigens viel netter, als ich erwartet hatte.» Das war kein bißchen ehrlich gemeint, aber mir fiel im Moment nichts anderes ein, um ihn auf die Probe zu stellen.

«Ach ja?» sagte er und warf mir den Ball zurück.

«Na ja, sie war ganz reizend zu den Gliddens.»

«Janet war ihre Freundin», sagte er, als wäre damit alles erklärt. «Sie waren in der gleichen Studentenverbindung oder so.»

«Ja, aber sie war so hilfsbereit.»

«So ist sie immer», sagte er grimmig.

Ich fragte ihn, was daran auszusetzen wäre.

«Gar nichts. Solang es nicht ein Vorwand ist, um keine Gefühle zeigen zu müssen.»

Ich klappte das Schirmchen auf und zu und legte es weg. Ich hatte gehofft, er würde gelassen und vielleicht sogar ein bißchen abgeklärt über Linda reden können. Die widerstreitenden Emotionen, die da unter der Oberfläche rumorten, waren wirklich ein schlechtes Zeichen und bestätigten meine schlimmsten Vermutungen.

«Sie ist kalt wie ein Fisch», fügte er hinzu.

Ich nickte.

«Worauf willst du raus?» fragte er.

«Ich hab nichts gesagt.»

«Ja, aber du denkst was.»

«Spielt doch keine Rolle.»

«Doch. Was ist es?»

«Na schön… du bist anscheinend noch nicht drüber weg.»

«Seh ich vielleicht nicht so aus?»

Ich sagte, ich wüßte nicht, wie das aussieht.

«Na, so.» Er legte seine großen rosa Handflächen an die Ohren und schnitt eine Grimasse.

Ich zeigte ihm mit einem dünnen Lächeln, daß er mich nicht überzeugt hatte.

«Was bringt dich überhaupt auf die Idee?»

«Wie du im Moment redest», sagte ich. «So gekränkt. Wenn

du nichts mehr für sie empfinden würdest, wärst du nicht so sauer.»

Er war richtig entgeistert. «Ich bin sauer auf sie», sagte er betont ruhig, «weil ich sie immer noch am Hals hab. Wir haben einen Sohn, und sie hat einen elend schlechten Einfluß auf ihn.»

Richtig, dachte ich, bei manchen geht's nicht so glatt, weil noch Kinder da sind. Neil liebte seinen Jungen über alles, und es war ganz normal, daß er etwas dagegen hatte, diese Liebe mit Linda teilen zu müssen. So ergab es plötzlich einen Sinn. Natürlich war er über sie weg. Vor lauter Freude wäre ich am liebsten vom Pier gesprungen. Mit einem dieser geschmacklosen Schirmchen überm Kopf.

«Wieso hat sie einen schlechten Einfluß auf ihn?» fragte ich ganz sachlich.

«Ich sagte ja schon, sie ist kalt wie ein Fisch. Sie hätte gar nicht erst Mutter werden sollen. Jetzt hängt sie sich rein, weil sie denkt, es *gehört* sich so. Weil es noch so eine noble Verantwortung ist, die sie sich aufladen kann. Sie kann mit Danny nicht mal locker umgehen. Sie tätschelt ihm den Kopf, als wär er ein Nachbarkind. Es ist eine Schande, Cady. Jedesmal, wenn er bei ihr war, ist er tagelang ganz verschlossen.»

«Wie schrecklich.»

«Allerdings. Du solltest ihn mal erleben. Er muß so tun, als ob sie ihn gern hat. Er erfindet Geschichten, die beweisen sollen, wie nett sie zu ihm ist. Man merkt sofort, daß es erfundenes Zeug ist.»

Ich nickte.

«Ich red nicht viel davon, weißt du ... es hört sich an wie das typische Elterngezerre um ein Kind.»

Ich griff über den Tisch und drückte seine Hand, bzw. soviel, wie ich davon zu fassen kriegte – ein oder zwei Finger. Neil

erwiderte den Druck und sah mir in die Augen. «Ich finde
einfach, er hat was Besseres verdient», sagte er.
Ich sagte, das fände ich auch.

Wir kamen ziemlich in Stimmung und gingen erst, als sie
Feierabend machten. Wie wir in dieser Golfkarre wieder heil
den Berg raufgekommen sind, wird mir ewig ein Rätsel bleiben. Wir kicherten wie bekiffte Teenager, als wir die dräu-
ende Treppe des Zane Grey erreichten. Neil riß sich zusammen, nahm mich mit einem theatralischen Seufzer hoch und
machte sich an den Aufstieg. «Mein Gott», murmelte er,
«wer hätte gedacht, daß ein paar Shrimps so schwer sind.»
«Halt die Klappe und konzentrier dich», sagte ich.
«Ja, Miss Daisy.»
Unser Gekicher wurde noch hysterischer. Auf einmal
merkte ich, daß Neil leicht schwankte. Wie eine Eiche im
Sturm. «Halt», sagte ich, «wir fallen gleich hin.»
Er blieb stehen und fand sein Gleichgewicht wieder. «Bloß
keine Panik.»
Ich sah hinunter zu der Lichterkette am Strand, den schwarzen Silhouetten der Palmen, dem funkelnden Karussell des
Casinos. Der Blick war viel zu schön, als daß der Abgrund
dazwischen mir angst machen konnte. Wäre das ein Abgang,
dachte ich – in den Armen dieses Mannes kopfüber in die
mystische Landschaft zu stürzen. Das wär es mir fast wert.
«Nicht so hastig», sagte ich.
Er machte langsamer. Als wir es geschafft hatten, gratulier-
ten wir uns unisono mit einem Seufzer der Erleichterung.
Der kleine Pool war beleuchtet und schimmerte jetzt in dem
gleichen Grün – stellte ich mir jedenfalls vor – wie die Augen
der Katzen, die ringsum im Dunkeln schliefen. Warmer
Dunst waberte einladend auf dem Wasser. Wie hypnotisiert

blieb Neil am Beckenrand stehen. Dann riß er sich die Kleider vom Leib und machte einen Hechtsprung. Sein Körper glitt wie ein dunkler stählerner Torpedo durch den Pool und tauchte am anderen Ende mit einem gedämpften *Plop* wieder auf. «Es ist ganz warm», sagte er. «Komm rein.»

Ich vergewisserte mich, daß niemand zu sehen war; dann kickte ich die Schuhe von den Füßen, zog mir das T-Shirt über den Kopf und warf es zu Neils Sachen. Mein Sprung ins Wasser war nicht so elegant wie seiner, und ich ging unter wie ein Stein, aber es gelang mir, mich wieder an die Oberfläche zu strampeln und Luft zu schnappen. Ich lächelte ihm tapfer zu, und er reagierte mit einem fröhlichen Grinsen. Endlich waren unsere Gesichter mal auf gleicher Höhe.

«Grade richtig», sagte ich.

«Mmm.»

Aus Verlegenheit schaute ich nach oben und betrachtete den Mond, als sähe ich ihn zum erstenmal – groß und bleich und vollkommen rund. Er blinzelte erstaunt zurück und schimmerte wie das Monokel eines alten Herrn, der seinen Augen nicht traut. Als ich wieder nach vorn sah, paddelte Neil auf mich zu.

«Vielleicht können sie ein Duo gebrauchen.»

«Wer?» fragte ich wassertretend.

«Die hier. Dann müßten wir nie mehr weg.»

«Stimmt.»

«Ich spiele, und du singst ‹Feelings›.»

«Wo denn? Da vorne neben der Tischtennisplatte?»

Er lachte leise und kam näher. Er konnte auf dem Grund gehen, ohne daß ihm das Wasser übers Kinn reichte.

«Meine Beine machen schlapp», sagte ich. «Vielleicht sollte ich lieber...»

«Halt dich fest», sagte er.

«Was?»

«Verschränk die Hände in meinem Nacken.»

Das ließ ich mir nicht zweimal sagen. Sofort bekam ich Auftrieb, als würde mich die Hand eines Riesen sachte heben, und glitt an Neils straffe Brust. Da meine Beine nicht mehr strampeln mußten, konnte ich mich ganz entspannen. Ich spürte den federleichten Hauch seines Atems an meiner Wange.

«Wie ist das?» fragte er, faßte mich um die Taille und hielt mich ein wenig von sich ab.

«Prima.»

Er wippte ein bißchen auf den Fersen. «Wo möchtest du gern hin?»

«Nirgends.»

Er musterte mich einen Augenblick, dann küßte er mich auf den Mund. Ich erwiderte den Kuß.

Ein metallisches Klicken. Dann ein Surren, gefolgt von einem *Plonk*. Irgendwo in der Dunkelheit holte sich jemand eine Dose Limonade aus dem Automaten.

Wir erstarrten in unserer absurden Häschen-hüpf-Position und verhielten uns mucksmäuschenstill. Nur unsere Blicke verrieten, wie mulmig uns war. Neil schaute in die falsche Richtung, aber ich konnte sehen, wie sich im Schatten etwas Bleiches bewegte. Ein Zischen wie von einer Schlange – die Lasche der Dose wurde geknackt. Die Gestalt blieb noch einen Moment an der gleichen Stelle und entfernte sich dann mit dem gleichmäßigen *Flop-Flop* von Gummisandalen auf dem betonierten Weg.

«Verdammt», sagte Neil mit einem Grinsen. «Wie lang der da wohl gestanden hat?»

«Wer weiß.»

«Ach, was soll's.»

«Eben.»

Ich hielt mich noch immer an ihm fest, und als ich anfing,

224

wieder ein bißchen Wasser zu treten, überraschte es mich nicht besonders, daß ich mit der Fußsohle an etwas Hartes stieß. Ich gab mich schockiert. «Was 'n das?»

Er sah mich verschämt an.

«Wie lang hast du das schon?»

«Lang genug.»

Ich konnte es mir nicht verkneifen. «Kommt mir auch so vor.»

Er lachte glucksend.

Mein Fuß glitt an seinem muskulösen Bauch nach unten in das reizende Putzwolle-Wunderland, bis ich auf seiner Schwanzwurzel stand und das Ding von ihm wegbog. Mit den Zehen strich ich langsam daran entlang und genoß, wie seidig es sich anfühlte – mein privates Sprungbrett.

Neil steuerte auf den flachen Teil des Beckens zu.

«Wo gehn wir hin?» fragte ich.

«Irgendwohin, wo wir *nicht* das Unterhaltungsprogramm sind.»

«Ach, komm. Denk mal an den Spaß, den wir ihnen verderben.» Daß ich so ein loses Mundwerk hatte, lag einzig und allein an meinem Alkoholpegel. Ich kann die Schlampe rauskehren, aber ich bin kein Exhibitionist. Jedenfalls nicht im wörtlichen Sinn.

Wir holten unsere Klamotten und verzogen uns tropfnaß in Neils Zimmer. Es war ein Wunder, daß wir unterwegs keinen Hotelgästen begegneten. Die Ärmsten. Sie mußten auf einen Cocktailtratsch verzichten, der ihnen bis weit ins nächste Jahrtausend gereicht hätte.

Neil hatte ein Zimmer wie ich, nur daß der Wandschrank rechts statt links war und der Plastik-Kaktus zu einer anderen Sorte gehörte. Er knipste die kleine Lampe auf der Kommode an, holte Frotteetücher aus dem Bad und trocknete uns ab – erst sich (hastig), dann mich. Ich stand auf der groben

Tagesdecke des Bettes, und er tupfte dezent an mir herum. Meine kühle Haut war straff und prickelte, und ich hatte weiche Knie – nicht nur von der Anstrengung im Pool, sondern auch wegen der Nähe seines nackten Körpers. «Wie fühlst du dich?» fragte er leise und legte das Badetuch weg.

«Bestens.»

«Komm, leg dich hin.»

Er stellte die beiden Kissen am Kopfende hochkant, drückte mich sanft hinein und streichelte mich. Dann kniete er sich neben das Bett, und als sein Kopf näherkam, wirkte er so unvorstellbar riesig wie auf einer Leinwand. Im Schein der Lampe hatte sein Haar eine rötliche Aura. Dann spürte ich seine Lippen auf meinen. Seine Zunge glitt in meinen Mund und füllte ihn aus, dann wanderte sie weiter zu Ohren und Hals. Aufreizend gekonnt leckte er mir die Titten, ehe er sie vollständig in seinen warmen nassen Mund saugte.

Nicht lange, und sein Mund wanderte weiter, mümmelte an meinem Bauch herunter und zwischen meine Schenkel. Ich griff nach unten und wühlte meine Finger in das wollige Dickicht seiner Haare, während seine Zunge zielstrebig eine Gegend erkundete, in der sie sich anscheinend schon ganz gut auskannte. Als er hochsah und mich genießerisch anlächelte, sagte er nur ein Wort – «reizend» – und ging wieder an die Arbeit.

«Du», flüsterte ich.

«Mmm?»

«Komm hoch.»

Er zögerte, stand ein bißchen unbeholfen auf, und sein Schwanz schwang vor mir hin und her.

«Wohin?»

«Aufs Bett.»

Ich rutschte zur Wand, um ihm Platz zu machen.

«So?» fragte er, während er sich zu mir legte.

«Nein. Hinknien.»

Er kniete in der Mitte des Betts, und ich kniete vor ihm wie ein Pilger vor dem Schrein. So konnte ich hochlangen und ihm die prallen Ebenen von Brust und Bauch streicheln und vom Nabel abwärts dem schmalen Haarstreifen folgen. Ich hob seinen Sack an und spürte, wie die beiden Eier links und rechts von meiner Hand glitten. Dann nibbelte ich an dem Schaft, bis er sich regte und ruckartig wieder zum Leben erwachte. Die Vorhaut rollte sich träge und majestätisch zurück und enthüllte Fleisch, das so rosig schimmerte wie das Innere einer Schneckenmuschel.

Im Nu reichte meine Hand nicht mehr aus, und ich mußte sein Ding mit beiden Händen festhalten, während ich mich darüber hermachte. *Daran* machte, besser gesagt, denn es ging nur stückweise. Wie beim Lecken der Gummierung eines großen braunen Umschlags. Er spornte mich mit leisen kehligen Lauten an, strich mir durchs Haar und schob den Unterleib vor, damit ich leichteres Spiel hatte.

Als ich endlich seine Eichel im Mund hatte, beugte er sich vornüber, stützte sich mit einer Hand ab und fuhr mir mit der anderen über Titten und Bauch herunter zu meinem Busch, wo er mir seinen Mittelfinger tiefer und tiefer reinbohrte, während ich auf und nieder wippte. Sein Schwanz rutschte mir dabei aus dem Mund und schlug mir seitlich an den Kopf wie der Baum eines Schoners im Sturm. Ich wollte seine Lippen wieder auf mir spüren, aber sie waren jetzt meilenweit entfernt, irgendwo da oben, knapp unterhalb der Ozonschicht. Er mußte das gespürt haben, denn er legte sich lang und zog mich in seine Armbeuge hoch – er hatte mich noch immer wie eine Bowlingkugel auf seinem Mittelfinger. Dann leckte mich wieder seine Zunge, und ein zweiter Finger gesellte sich zum ersten und schloß wie durch ein Wunder den Kreis.

Ich lag da und keuchte, schmolz wie ein Klecks Butter in ihn hinein und wußte kaum noch, wo ich war. Von draußen war wieder das dämliche Gebimmel des Glockenspiels zu hören. Irgendwo miaute ein Kätzchen.

«Und du?» fragte ich und sah beziehungsvoll auf seinen Schwanz.

Er nahm ihn in die Hand und ließ ihn an seinen Bauch schnalzen – ein herrlich sattes Geräusch. «Hätt'st du was dagegen?»

«Nö, gar nicht.»

Er lächelte verlegen und fing an, sich einen runterzuholen – erst bedächtig, dann aber mit Karacho.

«Was kann ich dazu tun?» fragte ich.

«Nichts. Bleib einfach so. Ganz nah bei mir.»

Den Gefallen tat ich ihm gern. Ich kuschelte mich an seine Schulter und genoß seinen würzigen Schweißgeruch und die Hitze, die sein Körper verströmte. Kurz bevor es ihm kam, bohrte ich ihm die Zunge ins Ohr und quetschte herzhaft die Brustwarze, die mir am nächsten war. Jeff hat mir mal erzählt, Männer hätten das gern – die meisten jedenfalls –, und es schien auch zu funktionieren, denn Neils Stöhnen wurde in diesem Augenblick noch lauter. Sein Saft spritzte so weit, daß wir beide was ins Gesicht bekamen.

«Oha!» sagte ich lachend.

Er drehte den Kopf zu mir und wischte mir einen Spritzer von der Schläfe. «Ich hol einen Waschlappen.»

«Nein, bleib da.»

«Na gut.» Er sah mich an, und in seinem Blick lag eine Zärtlichkeit, die mich überraschte. «Nein, diese *Augen*.»

Erschöpft und verträumt lagen wir wer weiß wie lange da. Irgendwann griff er nach unten, nahm meinen Fuß in die Hand und rieb ihn träge, als wäre es ein glatter Stein. Etwas an dieser Geste machte mich unruhig und besorgt.

«Neil?»

«Mmm?»

«Das ist doch nicht... eine schwarze Marotte, oder?»

Er drehte wieder den Kopf zu mir herum. «Was?»

«Ist nicht persönlich gemeint.»

«*Was* soll ne schwarze Marotte sein?»

«Das hier», sagte ich. «Mit uns.»

«Was redest du denn da?» Er ließ meinen Fuß los. Er klang nicht zornig, aber eindeutig verstimmt.

«Na ja, manche Schwarzen denken, kleine Leute hätten... so was wie Zauberkraft. Als wären sie Glücksbringer – wie ne Hasenpfote oder so – und könnten ihnen Wünsche erfüllen. Sie würden sonstwas für einen tun, bloß damit man ne Weile dableibt.»

Mit einem Ruck stützte er sich auf den Ellbogen und ging auf Distanz. «Ich hör wohl nicht recht!»

«Ist aber so.»

«Wer sagt das? David Duke?»

«Ich weiß, es klingt blöd. Aber man findet es nicht bloß bei Schwarzen. Norweger sind genauso schlimm. Oder so gut darin – ganz wie man's nimmt. Und manche Osteuropäer. Ist einfach so ne kulturelle Eigenart.»

«Und du hast gedacht...»

«Ich hab gar nichts gedacht. Ich frage bloß.»

«Was denn – ob ich in dir einen Wichtel seh?»

«Na ja... ja.» Ich versuchte es mit einem Lächeln abzumildern. «Mehr oder weniger.»

In seinem Lachen lag mehr Bitterkeit als erwartet.

«Sei mir jetzt bitte nicht böse.»

Er überlegte eine Weile und sagte dann: «Seit wann denkst du das schon?»

«Nicht lange. Eigentlich erst seit vorhin. Ich versuche, mir einen Reim darauf zu machen.»

«Auf was?»

«Warum du mit mir... du weißt schon.»

«Cady...»

Ich wußte – oder ahnte –, was er sagen wollte, und beeilte mich, es abzubiegen. «Mir geht's nicht um Komplimente, Neil.»

«Eher um Beleidigungen, wie's aussieht», grummelte er.

«Tut mir leid. Ist nur so, daß ich's schon mal erlebt hab.»

«Ah ja?»

«Mhm.»

«Mit nem Schwarzen?»

«Ja sicher.» Als ich seinen Gesichtsausdruck sah, verbesserte ich mich rasch: «Ich meine, nicht *so*. Nicht mit jemand, den ich sehr... nicht im Bett oder so was... ach Quatsch. Scheiß drauf.»

Wenigstens brachte ihn meine Verwirrung zum Lachen. «Immer sachte», sagte er und legte sich wieder zu mir. «Erzähl mal.»

«Nein, es ist zu blöd. Ich hätte nicht davon anfangen sollen.»

«Komm, jetzt sag schon.»

Also erzählte ich ihm, wie ich in Watts einmal mit Mom in einen Tante-Emma-Laden gegangen war, weil sie telefonieren mußte. Der nette alte Inhaber war mir grinsend durch den ganzen Laden gefolgt und hatte mich mit gezuckerten Doughnuts und frommen baptistischen Sprüchen überschüttet. Wir waren dann noch öfter hingegangen, wenn wir knapp bei Kasse waren, und hatten uns große Tüten voll Lebensmitteln schenken lassen, und der Alte hatte dafür nur eine Gegenleistung erwartet – daß ich die Hand auf seinen arthritischen Ellbogen legte.

«War das der einzige Schwarze?» fragte Neil.

Ich sagte, es hätte noch ein paar gegeben.

Er lachte in sich hinein und fand es jetzt nicht mehr beleidigend, sondern ganz faszinierend.

«Ich hätte nicht davon anfangen sollen», sagte ich. «Ich war einfach verunsichert.» Mit einem matten Lächeln fügte ich hinzu: «Was ne typisch jüdische Marotte ist.»

«Ich weiß», sagte er ein bißchen traurig. «Das ganze Ding hier könnte ne jüdische Marotte sein.»

«Wie meinst du das?» Die Anspielung auf meine Herkunft machte mich sofort mißtrauisch.

«Daß du mit mir ins Bett gehst. Könnte so ein jüdischer Trip sein – als ob du dich schuldig fühlst und dich im Bus zu mir nach hinten setzt.»

«Na, das ist aber ziemlich gemein.»

«Nicht gemeiner als dein Vergleich mit ein paar geschenkten Doughnuts.»

«Es waren nicht nur ein paar», sagte ich und boxte ihn an seinen klebrigen Bauch. «Es war ne ganze Ladung. Und 'n Haufen andere Fressalien dazu.»

«Na ja, wenn es so ist...»

«Und ich hab auch nichts verglichen. Ich hab mich nur gefragt...»

«Ja, is ja gut. Und? Hat es geklappt?»

«Was?»

«Hast du ihn von seiner Arthritis kuriert?»

Ich lächelte ihn schuldbewußt an. «Ich hab damals ne Filmrolle gekriegt, und wir sind nicht mehr hingegangen.»

Er murmelte etwas, das nach Enttäuschung klang. Dann stand er auf, schnappte sich ein Handtuch vom Boden, machte es im Badezimmer naß und wischte sich ab. Nach einer Weile kam er zurück und machte dasselbe bei mir, tupfte mir Gesicht und Schultern ab und hielt mit der anderen Hand meinen Kopf.

«Eins kann ich jedenfalls sagen», meinte er schließlich.

«Was?»

«Meinen Wunsch hast du mir erfüllt.»

Das war ein erhebendes Gefühl, von dem ich die ganze Nacht zehrte. Ein paarmal schüttelte ich den Schlaf ab, um mich zu vergewissern, daß Neil bei mir war, daß sein warmer Körper tatsächlich neben mir lag und atmete. Einmal stand ich sogar auf und stellte mich ans Fenster, um die Brise auf meiner Haut zu spüren und mir alles einzuprägen – den verzauberten Ballsaal, die Lichtergirlande am Strand, das Wunder von Neils Körper unter der Bettdecke. Ich wußte, was immer geschah, es würde nie mehr so sein wie jetzt, nie mehr so rein und erfüllt und erfrischend neu. Ich wollte es irgendwie speichern, damit ich es wieder genießen konnte, wenn ich es dringend nötig hatte.

Das Gefühl hielt sich bis in den Vormittag hinein, aber ich sagte nichts davon, um ihn nicht zu verschrecken. Er hatte gehofft, daß es geschehen würde – er hatte sich sogar, viel mehr als ich, darauf eingestellt. Sein Verhalten an diesem Morgen bewies es: Beim Frühstück (in einer niedlichen Imbißbude wie aus einem alten Film) hielt er meine Hand, und in unserer versteckten Badebucht planschte er mit mir im klaren blaugrünen Wasser herum. Auch auf der Rückfahrt zum smogvernebelten Festland, als wir traurig zusahen, wie unsere geliebte Insel langsam in der Ferne verschwand, blieb er immer ganz nah bei mir, streichelte mich und lächelte und ließ seine Augen sprechen. Ich spürte, daß ich keine Angst haben mußte. Alles an ihm sagte mir, daß dies der Anfang und nicht das Ende von etwas war.

Kurz nach sechs setzte er mich vor meinem Haus ab. Wir verabschiedeten uns kurz und unspektakulär mit einem Kuß auf beide Wangen. Renee sah von der Haustür zu und hob kurz die Hand. Sie platzte beinahe vor Neugier – schließlich ist es nicht alltäglich, daß man nach einer Beerdigung über Nacht bleibt. Als Neil fort war, speiste ich sie mit der vagen Bemerkung ab, wir hätten die letzte Fähre verpaßt, und ging gleich auf mein Zimmer.

Das war gestern. Jetzt ist es wieder spät nachts, ich habe ununterbrochen geschrieben, und das Tagebuch ist beinahe voll. Renee hat den ganzen Tag immer wieder bei mir reingeschaut. Ich glaube, sie ist begeistert, daß ich soviel schreibe, aber es ist ihr auch ein bißchen unheimlich. Sie sagt, sie hätte gestern abend ein Rendezvous mit «einem vom Militär» gehabt. Über die Waffengattung ist sie sich anscheinend nicht ganz im klaren. Sie wären in einer Taco-Bude in Burbank gewesen, und anschließend hätten sie woanders noch ein Bier getrunken. Ich habe den starken Verdacht, daß sie in seinem Auto die Beine für ihn breitgemacht hat.

Sie ist jetzt im Bett, redet damenhaft im Schlaf und hält ihre Dankesrede als Miss San Diego. Wenn sie das macht, werde ich jedesmal ein bißchen schwach. Fragt mich nicht warum. Ich hatte gehofft, wenn ich das alles aufschreibe, hätte ich nicht mehr das Bedürfnis, mit jemandem darüber zu reden. Aber das klappt anscheinend nicht. Ich glaube, für so was braucht man einfach eine Freundin.

Vielleicht erzähle ich es ihr morgen früh.

Das Ringbuch

14

Ich habe mich für ein Notizbuch entschieden, wo ich jederzeit Seiten dazuheften kann, denn mein Leben wird immer verrückter, und da will ich nicht in Platznot geraten. Renee hat sich hartnäckig für ein weiteres Journal mit Mr.-Woods-Motiv eingesetzt und gemeint, das würde künftigen Historikern was bedeuten, aber ich habe ihr kurz und bündig erklärt, daß der Kobold für mich ein abgeschlossenes Kapitel ist. Der Einband ist diesmal ganz neutral – rein weißes Vinyl –, und was ich reinschreibe, wird sich hoffentlich auf meine Zukunft beziehen und nicht auf die Vergangenheit.

Neil und ich haben seit drei Wochen was miteinander – ein besserer Ausdruck fällt mir im Moment nicht ein. Wir leben nicht zusammen, aber wir telefonieren fast jeden Abend. Wenn wir uns treffen, dann meistens am frühen Nachmittag, wenn Renee noch arbeitet und Danny in der Schule ist. Neil kommt zu mir (das macht weniger Umstände), und wir machen uns frischgepreßten Orangensaft und leckere Sandwiches, fläzen uns auf den Teppich und sehn uns den Nachmittagsfilm an. Manchmal haben wir Sex, manchmal auch nicht.

Mrs. Stoate, meine Nachbarin mit den Adleraugen, kriegt wegen dieser neuen Entwicklung buchstäblich die Motten, hat aber noch nicht den Mut gefunden, mich auszufragen. Früher oder später wird sie's bestimmt tun. Vor ein paar Tagen hat sie versucht, die nachbarschaftlichen Beziehungen wieder aufzunehmen, und hat mich in eine völlig überflüssige Diskussion über den Zustand unserer Abflußrohre verwickelt. Anscheinend hat sie mir die Sache mit der Gelben Schleife verziehen, nachdem der Golfkrieg in ihrer verluderten Weltsicht mittlerweile eine olle Kamelle ist. Daß ich sie über meinen Gentleman-Besucher im unklaren lasse, ist – gelinde gesagt – eine wohltuende Revanche.

Seit meiner letzten Eintragung hatten wir zwei Auftritte – eine Verbesserung der Situation, aber noch lange kein dramatischer Wandel. Die Mühe lohnt sich kaum, wenn das Honorar erst mal verteilt ist auf Neil und mich und Tread und Julie und sonstige Clowns. Neil meint, wir werden die anderen wohl entlassen müssen, wenn PortaParty überleben soll. Er hat es ihnen noch nicht gesagt, um sie nicht zu demoralisieren, und aus demselben Grund haben wir es bisher auch für das beste gehalten, ihnen unsere Affäre zu verheimlichen. Ich fände es reizvoll, mit Neil allein aufzutreten, aber das mit den anderen macht mir Kummer. Wo sollen sie hin, wenn sie nicht mehr für ihn arbeiten können?

Letzte Woche habe ich Jeff endlich von meiner Affäre mit Neil erzählt. Wie erwartet, gab er sich blasiert und sagte, er hätte es «schon die ganze Zeit gewußt». Rückblickend verstehe ich eigentlich nicht, warum *ich* es nicht eher gemerkt habe – Neil behauptet nämlich, er hätte schon vor Monaten Signale ausgesendet und auf irgendeine Reaktion von mir gewartet. Vielleicht habe ich mich zu stark abgeschirmt, um etwas zu merken; oder die Signale waren gar nicht so eindeutig, wie er meint; oder er möchte ganz einfach glauben, daß es zwischen uns etwas mehr als bloße Freundschaft gegeben hat, bevor wir miteinander geschlafen haben.

Aber eins weiß ich: Neil tut es nicht aus Barmherzigkeit. Er ist genauso verblüfft wie ich. Und genauso unsicher, was seine Motive angeht. Die ganze Woche nach Catalina habe ich gebraucht, um ihn davon zu überzeugen, daß ich mit ihm geschlafen hatte, weil ich ihn mag und respektiere. Und nicht, wie er meinte, weil mir «Jungle Fever» zu Kopf gestiegen war. Das fand ich wirklich zum Lachen, denn schon Wochen vorher waren wir uns einig gewesen, daß der Film ein peinliches Machwerk ist, das mit einem sogenannten Konflikt dick aufträgt und sich dann feige in einen verlogenen Schluß flüchtet, an dem weder Jesse Helms noch Jesse Jackson irgendwas aussetzen könnte. Doch Neils Zweifel waren so ehrlich gemeint, daß ich mir alle Mühe gegeben habe, sie ihm auszureden. Immer wieder habe ich ihm versichert, daß ich über solchen Dingen stehe – oder vielleicht darunter – und daß ich ihn sexuell nicht mehr und nicht weniger exotisch finde als jeden anderen Mann, der einen Meter größer ist als ich.

Letzte Woche, als ich morgens einen schicken neuen rostroten Nagellack ausprobiert habe, kam ein Anruf, der mir ein totales Rätsel war. Ist er auch jetzt noch, deshalb sollte ich ihn vielleicht zu Protokoll geben:
«Hallo, Schatz. Hier ist Leonard.»
Mein verloren geglaubter Agent. Was sagt man dazu. Und zum erstenmal seit Jahren ruft *er* mich an.
«Hallo», sagte ich möglichst neutral und wedelte meine nassen Fingernägel durch die Luft. So oder so, ich habe jetzt eine Karriere, die ich ohne Leonard Lord auf die Beine gestellt habe, und das wollte ich ihm mit meinem Tonfall klarmachen. Außerdem habe ich keine Sekunde vergessen, daß er mich angelogen hat – von wegen, er wüßte nichts davon, daß Callum Duff wieder in der Stadt ist. Der Drecksack.
«Wie geht's denn so?»
«Gut. Bestens.»
«Hast also Arbeit, hm?»
«Ja sicher.»
«Tja, das ist gut.»
«Mmm.»

«Sag mal . . . bist du ne Weile zu erreichen?»

«Meinst du jetzt?»

«Nein.» Meine frostige Art machte ihm anscheinend zu schaffen. «Die nächsten Wochen oder so.»

«Moment mal.» Ich ließ ihn gut eine halbe Minute warten und wedelte inzwischen meine Fingernägel trocken. Ich bin sicher, er fiel nicht drauf rein, aber einen Versuch war es wert. «Sieht gut aus», sagte ich schließlich. «Was liegt an?»

«Na ja... vielleicht gar nichts. Oder vielleicht was Großes.»

Ist ja ne unheimlich präzise Auskunft, dachte ich, aber ich sprach es nicht aus, denn der Hundsknochen hatte mich mal wieder geködert. Einfach so. Gab es da draußen ein Projekt, für das ich im Gespräch war? Hatte endlich jemand eine richtig menschliche Rolle für eine kleine Person geschrieben? War natürlich nicht grade naheliegend, aber weshalb hätte mich Leonard sonst anrufen sollen? Vor allem, nachdem er mich an Arnie Greens Ramschladen abgestoßen hatte.

Ehe mir eine Antwort einfiel, redete er schon weiter. «Also, dann laß mich jetzt mal was fragen, Schatz.»

«Schieß los.»

«Es wird dich wahrscheinlich ärgern.»

«Nur zu.»

«Wieviel bringst du zur Zeit auf die Waage?»

Falls ihr euch erinnert: Das letzte Mal, als Leonard damit ankam, war es bloß eine billige Erklärung für meine Arbeitslosigkeit, und er genierte sich nicht einmal, den besorgten Freund zu mimen. Diesmal war es anders – eine bedeutungsschwangere Frage, die vermuten ließ, daß da draußen tatsächlich «was Großes» geplant wurde.

«Ich steh ganz gut da», log ich. «Hab ziemlich abgespeckt.»

«Toll.»

«Ich war auf der gleichen Diät wie Cher.» Irgendwie kam mir das gar nicht so gelogen vor, obwohl ich die schauderhaften Mixgetränke seit mindestens drei Monaten nicht mehr angerührt hatte. «Ich hab jetzt ne richtige Taille... und einen festen Freund.» Ich weiß, der letzte Teil war unangebracht, denn Neil mag mich so, wie ich bin, aber ich dachte, es würde Leonard vollends überzeugen, daß er es mit einer ganz neuen Cady zu tun hatte. Außerdem, wenn es um was wirklich Wichtiges geht, kann ich ja wieder ne Diät machen.

«Tja, paß auf, ich laß dann wieder von mir hören.»

«Ich singe jetzt, weißt du. Hab 'n einstudiertes Programm und alles. Ich meine, falls sie so was gebrauchen können.»

«Du, das freut mich für dich», sagte er, aber ich merkte, daß er nur halb hinhörte. Sein Sekretär – der neueste Bimbo, den er sich zugelegt hatte – quasselte irgendwas im Hintergrund. Meine Zeit war eindeutig um.

Mit etwas zuviel Hecheln in der Stimme fragte ich ihn, ob er mir wenigstens einen Anhaltspunkt geben könne.

«Leider nicht, Schatz. Aber du hörst bald wieder von mir.»

«Bald» kann bei Leonard alles mögliche heißen, von «nächste Woche» bis «nie».

Ich dankte ihm für den Anruf, legte auf und beschäftigte mich wieder mit meinen Fingernägeln.

Vor drei Tagen hatten wir Jeff und Callum zum Abendessen da. Ich wollte sie schon lange mal einladen; erstens, weil ich neugierig war, wie sich die Beziehung der beiden anläßt, und zweitens, weil Renee keine Ruhe gab und unbedingt ein weiteres Treffen mit ihrem zweitliebsten Filmstar wollte. Als ich ihr schließlich sagte, daß Callum auf Jungs steht – und ganz besonders auf Jeff –, dachte ich erst, sie würde das Interesse verlieren; aber sie steckte es bewundernswert weg und kniete sich voll in die Vorbereitungen. Sie machte Spaghetti und einen leckeren Salat, und zum Nachtisch überraschte sie uns mit Malaga-Eiskrem – im Film, wie ihr wahrscheinlich noch wißt, lockt Jeremy damit Mr. Woods aus seinem Versteck im hohlen Eichenstamm.

«Es ist von Baskin-Robbins», piepste sie, als sie Callum das Schälchen hinstellte. «Ich war mir nicht sicher, welche Marke es im Film war.»

«Sieht prima aus», sagte Callum.

«Es war gar keine Marke», sagte ich.

«Wieso?»

«Weil es Wachs war, Renee. Oder irgendein synthetisches Zeug. Richtiges Eis wäre unter den Scheinwerfern geschmolzen.»

«Ach», meinte sie ganz geknickt, «daran hab ich nicht gedacht.»

Callum wollte kein Spielverderber sein und sagte, das echte Zeug wäre ihm sowieso lieber. Aber dann warf er Jeff einen subtilen Blick zu, der mir zu denken gab. Anscheinend hatten die beiden über Renee gesprochen und waren sich einig, daß sie einen leichten Schatten hatte. Zum Glück bekam sie es nicht mit.

«Was hast du denn dann gegessen?»

Ich bezog die Frage auf mich und meine Kobold-Rolle und sagte, sie hätten in der Szene einen Roboter verwendet, und ich sei gar nicht dabeigewesen.

«Ich hab ihn gemeint», sagte sie und zeigte auf Callum. «Du hast doch davon probiert, bevor du's ihm gegeben hast – weißt du noch? Damit er sehn kann, wie gut es schmeckt.»

«Ach ja, richtig», sagte Callum und nickte.

«Das war doch kein Wachs, oder?»

«Nein.» Er lächelte – ohne eine Spur von Boshaftigkeit – und kratzte sich am Kopf. Er hatte inzwischen einen jungenhaften, adretten Bürstenhaarschnitt, den seine Filmrolle verlangte. «Ich kann mich nicht mehr erinnern, was es war. Eiskrem, nehme ich an. Es ist schon so lange her.»

«Ja», sagte ich und forderte Renee mit einem vielsagenden Blick auf, uns mit weiteren Ausflügen auf dem Pfad der Erinnerung zu verschonen. Ihr Trick mit der Eiskrem ärgerte mich, denn sie hatte mir immer wieder versprochen, ihre Anhimmelei auf ein Minimum zu beschränken. Sie machte große Augen und mimte die gekränkte Unschuld. Dann starrte sie trübsinnig auf ihr Eis.

Callum wandte sich an mich und nahm die Unterhaltung wieder auf. «Jeff sagt, du hast ihnen in Catalina die Show gestohlen.»

«Die ganze Trauerfeier, ja.»

Er lachte in sich hinein. «Ich wollte, ich wär dabeigewesen.»

Ich zuckte mit den Schultern und lächelte bescheiden. Ich fragte mich, wieviel Jeff ihm von mir und Neil erzählt hatte und ob er unsere Affäre komisch fand – oder, schlimmer noch: bizarr. Schließlich ist er aus Neuengland und kommt aus einer Familie, gegen die George Bush und sein Anhang exotisch wirken. Eigentlich hatte ich Neil zu unserem Essen einladen wollen, aber dann war mir aufgegangen, daß er seinen kleinen Sohn mitbringen müßte. Ich habe Danny noch nicht kennengelernt, und ein Abendessen mit fünf Erwachsenen wäre für unsere erste Begegnung nicht das Richtige gewesen. Die Erwachsenen hatten unter sich schon genug sozialen Konfliktstoff zu bewältigen.

«Auf dem Set hat sie immer gesungen», sagte Callum zu Jeff.

«Kann ich mir denken», sagte Jeff.

«Ach, leck mich doch.»

Callum lachte über unsere gespielten Reibereien. «Weißt du noch», fragte er mich, «wie du an Marys dreißigstem Geburtstag ‹Call Me› gesungen hast?» Ich nickte.

«Mary Lafferty?» Die Erwähnung eines weiteren Stars aus dem Film ließ Renee sofort wieder munter werden.

Callum bestätigte es ihr und sagte zu mir: «Da hab ich deine Mutter zum erstenmal spielen hören. Sie war toll.»

«Sie hat Klavierstunden gegeben», sagte ich und sah wieder vor mir, wie Mom in dem Augenblick, als sie sich ans Klavier setzte, für alle zu einer Persönlichkeit wurde. Bis dahin hatte man in ihr nur meine Betreuerin gesehen, eine etwas lachhafte Figur aus der Wüste, die mit leiser Stimme sprach und keine besondere Aufmerksamkeit verdiente. Von dem unverhofften Glanz, der auf sie fiel – und von dem Champagner, mit dem wir alle auf Mary anstießen – wurde sie sogar ein bißchen beschwipst. Ich mußte daran denken, wie sehr es sie gefreut hätte, daß jetzt wieder jemand in meinem Leben ist, der Klavier spielt.

«Was ist eigentlich aus ihr geworden?» fragte Jeff. «Mary Lafferty, meine ich.»

«Kriegt vermutlich keine Rollen mehr», sagte ich achselzuckend.

«Doch», sagte Renee. «Ich hab sie vor ein paar Monaten in *Matlock* gesehn.»

Ich sah Jeff an und verdrehte die Augen. «Ach na ja, ich laß mich gern belehren.»

Renee merkte mal wieder nichts und quasselte drauflos. «Als Mutter in *Mr. Woods* war sie so toll. Ich hab mir immer gewünscht, meine Mom wäre wie sie.»

«Ja, sie war gut in der Rolle», sagte Callum aus reiner Höflichkeit. «Sie hat es geschafft, so was wie der Prototyp zu werden, nicht?»

Renee nickte, obwohl sie keine Ahnung hat, was ein Prototyp ist.

«Weißt du, in ihrem Trailer hat sie sich immer Freebase reingezogen», sagte ich zu Callum.

Mein Filmpartner nickte bedächtig.

«Woher hast du das gewußt?»

«Einfach so», sagte er.

«Du warst ganze zehn Jahre alt, du kleiner Scheißer!»

Alle lachten, sogar Renee, die sonst in gemischter Gesellschaft ein großes Problem mit «unanständigen» Ausdrücken hat. Jeff warf Callum einen scheelen Blick zu und sagte: «Warum überrascht mich das nicht?» Ich hörte einen Unterton heraus, der mich nachdenklich machte. Gab es Spannungen zwischen den beiden? Ich sollte es bald herausfinden.

«Mary hat für *Gut Reaction* vorgesprochen», erzählte uns Callum.

«Ach ja?» sagte ich.

«Was ist *Gut Reaction?*» fragte Renee.

Ich sagte, es wäre Callums neuer Film.

Sofort war sie Feuer und Flamme. «Hat sie die Rolle gekriegt?» fragte sie Callum.

«Nee, leider nicht.»

Renee runzelte die Stirn. «Aach. Warum?»

«War einfach nicht das Richtige für sie», meinte Callum achselzuckend. «Sie ist in einem Alter, wo sie nicht mehr jung genug ist, um ne Mutter zu spielen, und noch nicht alt genug für ne Charakterrolle. Mein Agent sagt, sie hat auch ein bißchen ramponiert ausgesehen.»

Ich konnte mir lebhaft vorstellen, wie genüßlich Leonard die arme Frau für Schrott erklärt hatte.

«Na ja», sagte Renee, «wenn sie Drogen nimmt...»

Callum schüttelte den Kopf. «Sie ist seit Jahren davon runter.»

«Oh.»

«Es ist wirklich ein Jammer», sagte Callum.

«Ja.» Renee legte ein paar feierliche Gedenksekunden für Marys erschlaffte Karriere ein. Im nächsten Moment sagte sie putzmunter: «Um was geht's denn in dem Film?»

Mir fiel auf, daß Jeff ein bißchen unruhig wurde. Aber er sagte nichts. Er sah Callum nur an und wartete ab.

«Ach», sagte Callum etwas verlegen, «es ist einfach so 'n Action-Thriller.»

«Die mag ich ja so», sagte Renee.

«Ich spiele einen frischgebackenen Polizisten in L.A. und hab einen vierzehnjährigen Bruder, der entführt wird. Der Chef will mich bei den Ermittlungen nicht haben, weil ich zu jung bin und weil die Emotionen mit mir durchgehen. Also such ich den Kerl heimlich, nach Dienstschluß. Einfach aus nem inneren Drang – deshalb auch der Titel. Marcia Yorke spielt meine Freundin, die in der Führerscheinstelle arbeitet und den Fall am Ende mehr oder weniger löst.» Callum lächelte. «Die Story hat einen stark feministischen Drall.»

Renee würde einen feministischen Drall nicht erkennen, wenn er sich von hinten anschleicht und sie in den Arsch beißt, aber sie machte trotzdem ein begeistertes Gesicht. «Ist das die Rolle, für die Mary Lafferty vorgesprochen hat?»

Callum schüttelte den Kopf. «Nein, eine kleinere. Die Frau von nem Bullen.»

«Oh.»

Fast hätte ich Renee daran erinnert, daß Mary in *Mr. Woods* die Mutter von Callum gespielt hatte und deshalb nicht grade die logische Wahl war, um zehn Jahre später als seine Freundin aufzutreten. Aber ich verkniff es mir, als ich sah, was Jeff für ein Gesicht machte. Hinter seiner Stirn braute sich anscheinend etwas zusammen. «Erzähl ihnen von dem Entführer», sagte er.

Callum sah ihn verständnislos an.

«Na los», sagte Jeff.

«Ich glaub nicht, daß das interessiert.»

«Na, ich schon.»

«Er ist bloß ein Psychopath.» Callum zuckte mit den Schultern und sah Renee und mich an, als wollte er sagen: Was ist denn in den gefahren?

«Ein schwuler Psychopath», sagte Jeff.

«Das ist deine Interpretation.»

Jeff wandte sich heftig an mich: «Er trägt *Lidschatten*. Er hat ein beschissenes Judy-Garland-Poster überm Bett hängen. Ist das nicht das Letzte? Und sein Haar hat ne Farbe» – er sah sich suchend um und hielt dann einen Zipfel von Renees knallgelbem Tischtuch hoch – «wie das hier.»

«Du hast also das Drehbuch gelesen?»

«Was denn sonst? Sie lassen ja keinen auf den Set. Mich jedenfalls nicht.»

Auf diesen wunden Punkt wollte ich nicht eingehen. Ich wandte mich an Callum. «Und dieser Psychopath... vergreift sich an deinem kleinen Bruder?»

Er blieb erstaunlich gelassen und schüttelte nur den Kopf. «Dazu kommt es gar nicht. Es wird nie klar, was er vorhat.»

«Es *ist* klar», sagte Jeff. «Für mich schon.»

«Na ja, du hast eben ne sehr militante Einstellung.»

«Ist daran was verkehrt?»

Callum schüttelte den Kopf und lächelte matt. «Nein. Es sei denn, es geht um Unterhaltung.»

«Ja, da hast du ganz recht. Was könnte unterhaltsamer sein als ein guter altmodischer Schwulenkiller?»

«Jeff...»

«Na, darum geht's doch.»

«Finde ich nicht.»

«Du schmeißt ihn aus einem Hubschrauber, oder nicht? Und

wir sehn zu, wie er mit dem schlaffen Händchen wedelt, bis er unten aufschlägt. Ich hör jetzt schon, wie sie johlen.»

«Menschenskind, er ist der Bösewicht.»

«Der *schwule* Bösewicht. Und das reiben sie einem ständig unter die Nase. Ich könnt's ja noch verkraften, wenn es je einen schwulen Helden gegeben hätte oder wenigstens einen normalen Schwulen. Aber nein. Uns kriegt man nur als Killer vorgeführt oder als lachhafte Figuren.» Jeff drehte sich wieder zu mir um. «Findest du's nicht reichlich verkorkst, daß ein Schwuler einen Hetero-Bullen spielt, der eine Schwuchtel erledigt?»

Callum legte seine Serviette auf den Tisch. «Jeff, ich glaube, wir langweilen die Damen.»

«Ach wirklich?» sagte Jeff, ohne ihn anzusehen. Dann, zu mir: «Langweile ich dich?»

Ich wartete ein oder zwei Sekunden. Dann sagte ich ruhig: «Noch nicht.» Wahrscheinlich hatte er ja recht, aber er hatte sich einen unpassenden Moment ausgesucht. Renee machte ein ganz entsetztes Gesicht, und ich war es allmählich leid, den Prellbock abzugeben.

«Na schön», sagte Jeff. «Halt ich eben die Klappe.»

Callum versuchte, ihn zu besänftigen. «Was du gelesen hast, war eine alte Drehbuchfassung. Ich hätte dir die neue zeigen sollen.»

«Ja, das find ich auch.»

«Auch andere haben gemeint, daß es da heikel wird. Sie haben viel geändert.»

«Was denn?» wollte Jeff wissen. «Das Judy-Garland-Poster rausgeschmissen?»

«Kassabian, gib endlich Ruhe!» Das kam von mir. Ich warf mit meiner zusammengeknüllten Serviette nach ihm und hoffte, daß es noch einigermaßen spielerisch wirkte. Die Serviette landete auf seinem leeren Salatteller. Er sah sie stirn-

248

runzelnd an, schaute dann zu mir rüber, sagte aber nichts mehr. Anscheinend reichte es ihm, daß er das letzte Wort gehabt und ich nur den Schlußpunkt geliefert hatte.

«Es ist noch ne Menge Eis da», sagte Renee mit zittriger Stimme.

Nach dem Essen zogen wir uns in den ‹Salon› zurück – wie Renee immer sagt, wenn wir Besuch haben. Ich machte es mir zu Füßen von Callum und Jeff auf meinem Kissen bequem. Renee pflanzte sich in den Sessel, putzte vier Gläser «Cream dement» weg und betörte die Jungs mit einem unfreiwillig schauerlichen Bericht über die Kinderwettbewerbe, an denen sie einst teilgenommen hatte. Der Erfolg, den sie bei ihrem gebannt lauschenden Publikum erzielte, animierte sie zu einem großen Finale: Sie sprang auf und rezitierte (mit großen Gesten und allem) ein Gedicht über den Weltfrieden, das sie damals bei den Wettbewerben vorgetragen hatte. Mir kam diese Nostalgie-Show von Baby Renee ein bißchen doof vor, aber die Jungs verrieten mit keiner Miene, ob sie es lächerlich fanden oder nicht.

Zwischen Jeff und Callum kam es an dem Abend zu keinen weiteren Reibereien. Jedenfalls nicht, solange sie bei uns waren. Einmal wurden sie sogar zärtlich – Callum kraulte Jeff im Nacken und drückte ihm das Knie, als ich von dem Tag erzählte, als wir uns *Den Film* ausliehen, damit Jeff sehen konnte, ob Jeremy und Callum dieselbe Person sind. Trotzdem, je öfter ich mit den beiden zusammen bin, desto mehr habe ich den Eindruck, daß sie hoffnungslos verschieden sind. Jeff ist offen und verletzlich, aber auch schroff und überspannt. Callum dagegen ist umgänglich und gelassen und gibt überhaupt nichts preis. Sicher, Gegensätze ziehen sich an, aber muß es nicht wenigstens ein *bißchen* Gemeinsamkeit geben?

Spät abends, als Renee schon im Bett lag, hat Jeff noch angerufen. Ich hatte damit gerechnet und war extra aufgeblieben. Wie üblich sagte er gar nicht erst seinen Namen, sondern legte sofort los.

«Schläfst du schon?»

«Nein.»

«Ist Renee bei dir?»

«Nein.»

«Bist du sauer auf mich?»

«Kein bißchen.»

«Tut mir leid, daß ich dir die Party versaut hab.»

Ich sagte, das fände ich gar nicht, und er sollte nicht unnötig auf eine Absolution warten. Ich fragte ihn, wo Callum war.

«Im Chateau. Er muß morgen früh um fünf raus. Er hat Filme zu drehen und schwule Psychopathen auf Null zu bringen.»

Ich seufzte. Schon wieder diese Tour. «Ich hab gedacht, ihr vertragt euch wieder.»

Er grummelte was.

«Was soll das heißen?»

«Daß ich gekniffen hab», sagte er. «Ich hab das Thema fallen lassen.»

Ich war von seiner Kompromißbereitschaft so gerührt, daß ich mich prompt von meiner gütigsten Seite zeigte. «Vielleicht wird's gar kein Problem, Jeff. Ich meine, wenn sie das Drehbuch geändert haben, wie er sagt...»

«Einen Scheißdreck haben sie geändert. Das hat er doch bloß gesagt, um sich rauszuwinden.»

«Ach komm. Ich glaub, es macht ihm echt Probleme.»

«Ja, weil er Schiß hat. Das ist das einzige, an was er denkt. Er hat ne Scheißangst, daß er geoutet wird, wenn sich die Presse drüber hermacht.»

Das mußte ich erst mal verdauen. «Du meinst, es wird Zoff geben?»

«Könnte ohne weiteres sein. Es ist das gehässigste Drehbuch, das ich je gelesen hab, Cadence. Es hat zweieinhalb Millionen Dollar gekostet, und es ist nichts als wieder mal ein billiger Tiefschlag gegen Schwule. Ich werd nicht der einzige sein, der sich drüber aufregt.»

Ich fragte ihn, was er von Callum erwartete.

«Er könnte Krach schlagen. Wenn er sich schon nicht dazu bekennen will, daß er schwul ist, kann er wenigstens der Presse sagen, daß der Film die Schwulen runtermacht. Herrgott noch mal, er ist der Star. Kannst du dir Wesley Snipes in einem Film vorstellen, der gegen die Schwarzen hetzt?»

«Aber hat er das Skript nicht gelesen, eh er die Rolle angenommen hat?»

«Doch, aber von so was wie Gewissen wollen wir bei ihm erst gar nicht reden.»

Ich zögerte, ehe ich sagte: «Vielleicht sollten wir doch.»

«Wieso? Was meinst du?»

«Ich kapier das nicht, Jeff. Warum gibst du dich immer noch mit ihm ab, wenn er so ein aalglatter Scheißer ist?»

«Das hab ich nicht gesagt.»

«Du hast grad gesagt, er ist gewissenlos.» Als keine Antwort kam, setzte ich noch einen drauf: «Wie hübsch kann ein Schwanz eigentlich sein?»

«Weißt du», sagte er ganz ruhig, «ich werd es ewig bereuen, daß ich dir das gesagt hab.»

Möglich, sagte ich, aber die Information hätte mit unserer Diskussion einiges zu tun.

«Er hat noch andere Qualitäten», sagte er.

«Zum Beispiel?»

«Er kann sehr... zärtlich sein und auf mich eingehen. Wenn wir allein sind.»

Zärtlich sein und auf ihn eingehen. Ich konnte mir denken, wie wichtig ihm das grade jetzt war. Wenn Callum der erste war, bei dem er sich seit Neds Tod wieder wie ein Mensch fühlte, mußte es ihm schwerfallen, diesem Gefühl wieder zu entsagen – erst recht aus Gründen der Militanz. Es hätte bedeutet, daß er wieder bei Null anfangen mußte.

«Das ist doch gut», sagte ich. «Sollte dir eigentlich reichen.»

«Ich hab's ja versucht», sagte er. «Ich hab die ganze verdammte Chose mindestens zwei Monate lang auf Sparflamme gehalten. Ich hab sein Gewissen nicht strapaziert und auch sonst nichts von ihm verlangt.»

«Und?»

Er schniefte verbittert. «Am Ende hab ich im Chateau Marmont im Besenschrank gehockt.»

«Wie bitte?»

«Na gut, es war ne Kochnische oder so was, aber vorgekommen bin ich mir wie ne Schrankschwester.»

«Jeff...»

«Leonard ist an dem Abend unerwartet aufgekreuzt, und Callum hat gesagt, ich soll mich nebenan verstecken.»

«Du machst Witze.»

«Über so was Erniedrigendes mach ich keine Witze.»

«Aber Leonard ist doch schwul.»

«Na und? Er hat Callum eingeschärft, er soll sich mit keinem einlassen, bis der Film abgedreht ist, und Callum hat's ihm versprochen. Du kennst doch den Scheiß. Der Film ist 'n Haufen kryptofaschistischer Schund, aber es steht ne Menge Geld auf dem Spiel.»

Ich kicherte, aber nur ein bißchen. «Also hast du dich versteckt?»

«Reib mir nicht die Nase rein, Cadence.»

«Ich find's irgendwie süß.»

«War's aber nicht. Es war erniedrigend. Ich hatte bloß einen Gedanken: Ich bin der fünft- oder sechstbekannteste schwule Autor in L.A., ein gottverdammter, in Ehren ergrauter *Staatsmann* der Schwulen Nation – und da hock ich wie in einer Farce von Feydeau in einem bescheuerten Schrank...»

«Kochnische.»

«...und versteck mich vor zwei anderen Schwuchteln, Herrgott noch mal. Von denen einer, wie du weißt, ein anerkannt krankhafter, von Selbsthaß gebeutelter Korinthenkacker des Hollywood-Establishments ist.»

Er meinte anscheinend Leonard. «Ich hab gedacht, er weiß über dich und Callum Bescheid.»

«Nee, glaub nicht.» Er überlegte einen Moment. «Du hast doch nichts gesagt, oder?»

Ich sagte, daß ich es nicht gewagt hätte, gegenüber Leonard auch nur Callums Namen zu erwähnen, nachdem er mich wegen Callum angelogen hatte. Es sei nicht ratsam, Leonard mit einer Lüge auffliegen zu lassen – da könnte er sofort giftig werden.

«Kann sein, daß er dich ausfragen will», sagte Jeff. «Also stell dich bloß dumm. Callum glaubt, daß Leonard was ahnt.»

«Warum soll er mich ausfragen wollen?»

«Na ja... er weiß, daß du Callum kennst.»

«Das schon, aber er glaubt, ich denke, daß Callum immer noch in Maine ist.»

«Nein, tut er nicht. Callum hat ihm erzählt, daß er dich bei Icon getroffen hat.»

«Oh.»

«Leonard hat ihn vor ein paar Tagen sogar angerufen und gefragt, was du so machst.»

Ihr hättet mal sehen sollen, wie hellwach ich da wurde.

«Leonard hat sich bei Callum nach mir erkundigt?»

«Ja.»

«Warum?»

«Hat er nicht gesagt. Oder wenn, dann hat Callum es nicht für nötig gehalten, mich einzuweihen.»

«Mich hat er auch angerufen», erzählte ich ihm. «War so um die gleiche Zeit. Er hat gesagt, er hätte vielleicht ne Rolle für mich. Anscheinend was Großes.»

«Er hat doch nicht von Callum angefangen, oder?»

Ehrlich gesagt, ich war pikiert, daß er meine große Neuigkeit einfach überging. Er war es doch gewesen, der darauf rumgeritten hatte, daß Geburtstagsfeiern nichts für mich wären, und hier ignorierte er jetzt in all seiner egoistischen Glorie den ersten Hoffnungsschimmer, der sich seit Monaten an meinem Horizont zeigte. «Ich sag doch», fertigte ich ihn kurz ab, «wir haben nicht von deinem Schnuckelputz gesprochen.»

«Was hast du?» fragte er.

«Nichts.»

«Ich hab gewußt, daß du sauer auf mich bist.»

«Ich bin nicht sauer auf dich», sagte ich genervt.

«Aber du denkst, ich bin doof, hab ich recht? Oder eingebildet.»

«Nein.»

«Es ist nicht so, als könnt er nie über seinen Schatten springen. Ich hab mich anfangs auch nicht getraut. Es entwickelt sich eben allmählich. Wenn ich ihm Mut machen und ihn dazu bringen kann – stell dir doch bloß mal vor, was dann wäre, Cadence. Der adrette Junge, den alle wie einen kleinen Bruder lieben, wird zu einem großen amerikanischen Idol – und gibt ganz offen zu, daß er schwul ist. Wenn er's mit ein bißchen Klasse macht, würde es alle umhauen. Er könnte den Lauf der Geschichte ändern.»

Seine selbstlose Rede erinnerte mich an die Sprüche meiner

Mom über Paul Newman. Sie verehrte ihn mehr als jeden anderen Schauspieler und vergötterte seine bemerkenswert blauen Augen bis zu ihrem letzten Atemzug. Aber es war kein Genuß ohne Reue, denn sie glaubte, daß «ihr» Paul in Wirklichkeit Jude war und es immer verheimlicht hatte, um ein Liebling des Kinopublikums zu werden. Trotzdem klammerte sie sich an die Hoffnung, er werde eines Tages Farbe bekennen und sich hinstellen und verkünden: «Ich bin Jude.» Und damit ihren jahrelangen Glauben an sein Potential als «a Mensch» rechtfertigen. Sie war sicher, daß der Tag gekommen war, als er anfing, Popcorn und Salatsoße zu produzieren und den Erlös fortschrittlichen Organisationen zukommen zu lassen. Sie bestand darauf, jetzt werde er jeden Augenblick damit rausrücken, und zwar auf ganz naheliegende Art mit irgendeiner köstlichen Fressalie – Paul Newman's Gefillte Fisch oder Newman's Hausmacher Matze-Klößchensuppe. Sie wartete und wartete auf den Augenblick der Wahrheit und studierte hingebungsvoll jedes Etikett, aber der ganze Lohn für ihre Gläubigkeit war eine Soße Marinara.

Ich hatte das ungute Gefühl, daß so etwas auch Jeff bevorstand, und ich versuchte, es ihm schonend beizubringen. «Was du sagst, könnt ich mir gut vorstellen – in einer idealen Welt.»

«Und was soll das heißen?»

«Na ja ... Callum kann den Lauf der Geschichte nur ändern, wenn sie ihm Rollen geben.»

«Wer sagt, daß sie ihm keine geben? Wer hat denn *die* Regel aufgestellt?»

«Es ist einfach so, Jeff.»

«Es ist so, weil miese Kreaturen wie Leonard Lord den Arsch nicht hochkriegen und was dagegen tun.»

«Zum Teil, ja.»

«Na, es wird Zeit, daß wir mal laut fragen: Wieso eigentlich nicht? Wieso kann es nicht schwule Filmstars geben?»

«Ja, vielleicht.» Ich gähnte, damit er merkte, daß ich ins Bett wollte. Ich war nicht sicher, ob sein tapferer neuer Kreuzzug ernstgemeint war, oder ob es nur um eine improvisierte Rechtfertigung für eine Affäre geht, die anscheinend nicht vom Fleck kommt.

Er kapierte den Wink mit dem Zaunpfahl, wünschte mir zivilisiert eine gute Nacht und bat mich, Renee für das Essen zu danken. Ich stellte das Telefon auf den Boden, knipste die Lampe aus und flüchtete ins Land der Träume. Das zerwühlte Bettlaken roch noch immer nach Neil und den angetrockneten Spuren unserer nachmittäglichen Freiübungen.

15

Renee ist gestern abend was Schlimmes passiert, und auf mein Drängen hat sie sich heute früh krank gemeldet. Sie liegt jetzt in ihrem ausgefransten rosa Nachthemd auf dem Sofa, ihre blonden Haare verheddert wie Lametta vom letzten Christbaum, und preßt sich einen Eisbeutel auf die Backe. Den habe ich ihr kurzerhand aus einem Ziploc-Beutel und einem Backofenhandschuh gebastelt, und er scheint auch ein bißchen zu helfen, aber sie hat noch immer ihre Leidensmiene. Ich glaube, ihre Depressionen haben mit dem Zwischenfall weniger zu tun als mit der jähen, unschmeichelhaften Erkenntnis, daß sie ihr Leben nicht im Griff hat.

So gut ich konnte, habe ich sie den ganzen Tag mit ihrem Lieblingskaffee verwöhnt (Irish Mocha Mist – *würg!*) und ihr aus Schundzeitschriften vorgelesen. Ich wußte, daß sie in erster Linie viel Zuwendung braucht, und darum habe ich Neil am Vormittag angerufen, unsere Verabredung zum Mittagessen abgesagt und ihm die Einzelheiten aufgetischt. Wie erwartet, hat er es sofort eingesehen und sogar angeboten, mit einer Pizza vorbeizukommen und uns dann gleich wieder allein zu lassen. Ich hätte gern die Chance genutzt, ihn zu sehen, aber ich fand es besser, daß er sich ein oder zwei Tage nicht blicken läßt. Es muß nicht sein, daß Renee ausgerechnet jetzt mit der Nase drauf gestoßen wird, wie unglaublich lieb er sein kann.

Wie so oft bei Renee war es mal wieder ein Rendezvous, das in die Hose gegangen ist. Arrangiert hatte es Lorrie, ihre behämmerte Kollegin vom Fabric Barn. Ein Bekannter von

Lorrie hatte einen Freund, der eine Weile «abgetaucht» war –
was immer das heißen soll (wenn ihr mich fragt: Gefängnis) –
und es eilig hatte, eine Nummer zu schieben. Das wußte
Lorrie natürlich nicht, oder behauptete jedenfalls, es nicht gewußt zu haben, und deshalb fand sie nichts dabei, Renee mit
dem Typ allein zu lassen, nachdem sie zu viert eine Kneipen-
tour durch Venice gemacht hatten. Renee bestand darauf, er
hätte sich auf der Rückfahrt ins Valley «ganz einwandfrei»
verhalten und wäre erst ausgeklinkt, als er in der Einfahrt
parkte und sie ihm liebenswürdig zu verstehen gab, daß das
Rendezvous vorbei war.

Zuerst versuchte er es mit der rührseligen Masche und bet-
telte sie an. Als das nichts half, gab er sich empört und tat so,
als hätte sie falsche Reklame gemacht – ihr armer Wabbel-
arsch sollte wohl die Plakatwand sein und er der ahnungslose
Autofahrer, der sich davon verleiten ließ, die falsche Aus-
fahrt zu nehmen. Dann warf er mit Kraftausdrücken um sich,
deren kürzester – «Fotze!» – wie eine Heckenschere durch die
Büsche zischte und mich in meinem Schlafzimmer aus dem
Halbschlaf riß. Ich hörte eine Wagentür auf- und zugehen,
dann eine zweite, und dann kam ein hoher, gellender Schrei.
Das konnte nur Renee sein. Ich knipste das Licht an, wälzte
mich aus dem Bett und wetzte – oder was ich so nenne –
splitternackt zur Haustür.

Ich riß an der Schnur, mit der ich besagte Tür öffnen kann,
und trat vorsichtig hinaus auf die kleine, aus Ziegelsteinen
gemauerte Veranda. Renee lag, von einer Ohrfeige niederge-
streckt, neben der Einfahrt im Gras, stützte sich auf den Ellbogen und wimmerte leise. Ihr toller Hecht stand über ihr,
fletschte die Zähne und stieß halblaute Flüche aus. Ich war
überrascht, als ich sah, wie schmächtig dieser Maulheld war.
Er hatte ein blasses, kinnloses Frettchengesicht, das ich sonst
eher bemitleidenswert gefunden hätte, doch unter den gege-

benen Umständen erschien es mir wie der Inbegriff der Verderbtheit.

Okay, Cowboy. Mach die Fliege, und zwar dalli.

Das war ich. Danke für die Blumen. Keine Ahnung, woher dieser Cowboy-Scheiß kam oder für wen ich mich hielt – wahrscheinlich Thelma und / oder Louise –, aber mein rotznäsiges Auftreten hatte die gewünschte Wirkung. Der Kerl fuhr herum, um zu sehen, woher die barsche Piepsstimme kam, und entdeckte unterm Türlicht ein dickes Kind mit Titten und Schamhaar, das ihn keine Sekunde aus den Augen ließ.

«Das ist ernst gemeint», sagte ich. «Ich hab schon die Polizei verständigt.»

Wie auf Stichwort ging im Haus meines Nachbarn Bob Stoate das Licht an. Renees Begleiter warf einen kurzen Blick hinüber, schaute wieder zu mir und sah auf Renee runter, die das Winseln eingestellt hatte und sich endlich aufrappelte. Der Anblick ihrer nackten Retterin hatte anscheinend genügt, um sie zum Schweigen zu bringen.

«Weißt du, wie das Arschloch heißt?» fragte ich, während sie Richtung Veranda wankte.

Sie gab einen schwachen Laut von sich, der «ja» heißen sollte.

«Dann rein mit dir.»

Sie drückte sich an mir vorbei und verschwand im Haus. Ihr Angreifer murmelte etwas Unverständliches – garantiert wußte er selbst nicht, was er sagen wollte –, dann stieg er in sein Auto und knallte die Fahrertür zu. Der kleine Wurm legte einen Blitzstart hin, bei dem der Rollsplitt nach allen Seiten flog, und als er auf der Straße davonbrauste, erschien Mr. Bob Stoate, der Toyota-Händler, auf der Schwelle seines Hauses. Er hatte sich einen Frotteebademantel mit dem Emblem der Los Angeles Lakers übergezogen und schwenkte eine Pistole.

«Alles klar», schrie ich ihm zu. «Er ist weg.»

Er starrte mich entgeistert an.

Falsche Scham hielt ich zu diesem Zeitpunkt für unangebracht. «Entschuldigen Sie meinen Aufzug», sagte ich
nur.

«Hat er Ihnen was getan, Cady?»

Das war so ziemlich das Netteste, was jemand aus diesem
Haus bis dahin zu mir gesagt hatte. Ich war fast gerührt und
hätte die Nettigkeit um ein Haar erwidert, aber dazu war ich
nicht passend gekleidet. «Nein», sagte ich, «aber ich glaub,
er hat Renee eine reingehauen.» Damit verzog ich mich ins
Haus, denn allmählich hatte ich doch den Eindruck, daß ich
mir eine Blöße gab.

Renee lag schluchzend auf dem Sofa.

«Hat er dich vergewaltigt?» fragte ich.

Sie schüttelte den Kopf.

«Ich laß dir ein Bad ein», sagte ich.

Ich stand neben der Wanne und rieb ihr mit einem Schwamm
den Rücken. Sie hatte endlich aufgehört zu flennen, war aber
immer noch total fertig.

«Ich finde, du solltest Lorrie anrufen», sagte ich.

«Warum?»

«Weil der Drecksack versucht hat, dir den Kopf runterzu-
hauen.»

«Das ist nicht *ihre* Schuld», sagte sie.

«Dann ruf ich die Bullen an. Wie heißt er?»

«Skip.»

«Skip. Und wie noch?»

«Weiß nicht.»

«Renee...»

«Ich *weiß* es nicht.»

«Lorrie weiß es bestimmt.»

«Nee», sagte sie, «die kennt bloß Barry.»

«Mit dem sie ausgegangen ist?»

«Ja.»

«Dann rufen wir eben Barry an.»

«Nein», sagte sie mit einem verzagten Kopfschütteln, «laß es einfach.»

«Verdammt noch mal, er hat dich geschlagen!»

«Ich weiß.» Sie fing wieder an zu schniefen. «Was ist bloß mit mir, Cady?»

«Gar nichts. Herrgott, Renee – *du* bist doch nicht schuld.»

«Ich hätt mich nie auf ne blinde Verabredung einlassen sollen. Das wird doch nie was.»

«Tja... da hast du wahrscheinlich recht.»

«Und mit den normalen ist es genauso.»

«Ach, jetzt komm. Manchmal klappt's auch. Du hast schon ein paar nette Jungs kennengelernt.» Im Moment fiel mir zwar keiner ein, aber in dieser Situation schien es mir das Richtige zu sein. Zum Glück stellte mich Renee nicht auf die Probe.

«Aber das hält nie», sagte sie.

«Na ja...»

«Einen muß ich doch mal finden.»

«Wieso?»

«Weil... ach, schon gut.»

Wenn Renee so abwehrt, kann man sicher sein, daß die Wahrheit kurz darauf in irgendeiner gewundenen Formulierung zum Vorschein kommt. «Na, na», sagte ich und fuhr ihr mit dem Schwamm über den ausladenden rosigen Rücken, um Zeit zu schinden. «Du bist dreiundzwanzig. Du hast das ganze Leben noch vor dir.»

«Nicht, wenn...» Wieder unterbrach sie sich.

«Nicht, wenn was?»

«Wenn du ausziehst.»

«Warum soll ich ausziehen? Aus meinem eigenen Haus?»
Natürlich war mir jetzt sonnenklar, was an ihr nagte.
«Aber du hast jetzt 'n festen Freund...»
Ich machte eine Anleihe bei ihrer dämlichen Pop-Grammatik
und ergänzte mit Nachdruck: «... *nicht*.»
«Aber ich hab gedacht...»
«Wir sehn uns regelmäßig, aber das heißt nicht, daß einer
über den anderen verfügt.»
«Du schläfst mit ihm.»
«Na und?»
«Na, ich hab gedacht...»
«Er hat 'n Kind, Schatz. Das ist sein ganzer Lebensinhalt. Er
wird mich nicht bitten, mit ihm zusammenzuleben.»
«Vielleicht doch.»
«Ja, und vielleicht ist der Mond 'n Klumpen Käse.»
«Aber wenn er hier einzieht...»
«Mit Kind?» Ich verdrehte – ihr zuliebe – die Augen. «Nicht
mit mir, du.»
Sie kicherte. Anscheinend war sie erleichtert. Wie lange hatte
sie schon diese Idee, daß ich sie verlassen oder raussetzen
würde? War das der Grund, daß sie sich irgendwelchen
Drecksäcken an den Hals warf? Ich sah die Schwellung auf
ihrem Gesicht und kriegte langsam Schuldgefühle. «Wir sind
ein Team», sagte ich. «Ich hab gedacht, das weißt du.»
«Na ja...»
«Mit mir würde sich doch keiner soviel Mühe machen,
Schatz.»
«Ach Cady!» Von Gefühlen überwältigt machte sie Anstalten, sich wie ein verschmustes Elefantenbaby an mich zu
schmiegen. Ich ließ den Schwamm fallen.
«Nicht!» sagte ich und machte einen Schritt zurück. «Du bist
patschnaß.»

Heute haben wir beiden also unser trautes Einvernehmen gepflegt. Renees Stimmung hat sich beträchtlich gebessert, seit ich mit dieser Eintragung angefangen habe, aber sie hockt immer noch auf dem Sofa. Nachdem sie in Neil keine so große Bedrohung unserer Beziehung mehr sieht, ist sie dazu übergegangen, seine Vorzüge rauszustreichen – wie nett er ist und wie begabt und süß.

Zwischendurch sagte sie auf einmal: «Du solltest dir Denzel Washington holen. Der wär sooo perfekt.»

Ich schaute von meinem Tagebuch hoch. «Für was?»

«Für den Film.»

«Hm?»

Sie seufzte, als wäre ich die begriffsstutzigste Person auf der Welt. «Du schreibst doch über Jeff, oder nicht?»

«'n bißchen», sagte ich. Mir wurde das zu persönlich.

«Na...»

«Renee, ich glaub nicht, daß das mal ein Film wird.»

«Wieso nicht?»

«Verlaß dich einfach auf mich.» Ich hatte mir Denzel und mich in der großen Liebesszene von Catalina vorzustellen versucht, unter der Regie von Penny Marshall oder Ron Howard oder sonst einem Jungregisseur der siebziger Jahre, die im Moment die sensiblen Filme machen, aber es war mir einfach nicht gelungen. Sicher, die Zeiten haben sich geändert, aber so sehr auch wieder nicht. Außerdem war das reale Ereignis viel zu vollkommen und exquisit und intim gewesen, als daß man es sich auf der Leinwand vorstellen konnte. Vielleicht ist es eben so, wenn's im Leben richtig läuft: Die Wirklichkeit *ist* der Film.

Das Telefon hat grade geklingelt, und Renee sagt, es ist für mich.

16

Ich war den ganzen Tag bei Icon – im Filmstudio, nicht im Themenpark –, und ich habe soviel merkwürdiges Zeug erlebt, daß ich langsam nicht mehr weiß, wo mir der Kopf steht. Angefangen hat es gestern mit einem Anruf. Nicht der, der mir bei der letzten Eintragung dazwischenkam (das war Neil, der sagte, daß ich ihm fehle), sondern ein anderer, spät abends, als ich fast schon eingeschlafen war. Es war Callum. Er hat gefragt, ob ich Lust hätte, ihn bei den Dreharbeiten von *Gut Reaction* zu besuchen. Sie hatten eine wichtige Szene zu drehen, und er dachte, es würde mir Spaß machen, dabei zuzusehen. So hat er's jedenfalls ausgedrückt.

Und was glaubt ihr – er hat mich von einer Limousine abholen lassen. Nach dem Frühstück ist draußen so ein vulgärer weißer Schlitten vorgefahren, der aussah, als könnte man ein Jacuzzi drin unterbringen. Renee ist vor der Karre fast in die Knie gegangen, und dann ist sie reingerannt und hat mir meine Sonnenbrille geholt. Ich hab sie nur ihr zuliebe aufgesetzt, aber dann hatte ich so ein gutes Gefühl, daß ich sie bis zu Icon aufbehalten habe. Der Fahrer, ein geschniegelter Blonder namens Marc, hat mich ganz ungeniert nach meinem Job im Studio gefragt, und weil ich keine Lust hatte, bloß ein Gaffer zu sein, wählte ich den bequemen Ausweg und tat geheimnisvoll. Eigentlich mußte ich ihm gar nichts vorspielen, denn ich *fühlte* mich auch wie eine Frau mit einem Geheimnis.

Unsere Ankunft am Tor kriegte ich nur akustisch mit, als

264

Marc etwas zu dem Pförtner sagte. Es war ein gespenstisches Déjà-vu, denn ich mußte an die Zeit denken, als Mom und ich immer zur Halle 6 in den alten Fairlane Studios fuhren, wo die grüne Plastikwelt von *Mr. Woods* auf uns wartete. Der Pförtner war natürlich nicht mehr derselbe – die Stimme klang jünger –, aber mir lief trotzdem ein leichter Schauer über den Rücken. Ich erinnerte mich an den Tag, als ich zum erstenmal ein Stück Kulisse (einen schneebedeckten Alpengipfel) an einer Wand lehnen sah und den Namen eines Stars (Mary Steenbergen) an einem Wohnwagen erblickte und den herben Duft der Gardenien roch, die vor der Kantine aus der staubigen Erde wuchsen.

Der Fahrer brachte mich zur Halle 11, und dort erwartete mich eine junge Produktionsassistentin namens Kath, die mich sofort korrigierte, als ich sie versehentlich mit Kathy anredete. Sie ging mit mir in die düstere, lange Halle und half mir auf einen Klappstuhl, von dem aus ich die Action überblicken konnte. Sie sagte, die Szene mit Callum würde sich länger hinziehen als erwartet, aber das sei ja in diesem Geschäft keine Seltenheit. Ich ärgerte mich über ihren herablassenden Ton und reagierte nur mit einem knappen Nikken, um ihr zu zeigen, daß ich über dieses Geschäft und seine zeitraubenden Verzögerungen durchaus Bescheid wußte. Ich fragte mich, was ihr Callum über mich erzählt hatte.

Auf dem Set war die Wohnung des Psychopathen aufgebaut, ein City-Loft mit Möbeln aus den fünfziger Jahren, Hanteln und – jawohl, Jeff – einem Judy-Garland-Poster. Es ist Nacht. Das einzige Licht kommt von einer Tischlampe und einer gleißenden grünen Neonreklame draußen vor den großen, verschmierten Fensterscheiben. Callum kniet in seiner Polizistenuniform vor der Tür und bricht gerade das Schloß auf. Der Psycho hört ihn. Hastig öffnet er eine Falltür im Boden – in dem kleinen Stauraum, nicht größer als ein Sarg, kauert der verängstigte kleine Bruder von Callum.

In seiner Panik stülpt der Psycho dem Jungen etwas über, das wie ein S/M-Accessoire aussieht – eine schwarzlederne Kopfhaube mit chromglitzernden Nieten –, dann schließt der die Falltür und zieht einen Perserteppich darüber. Nur mit einem Sackhalter bekleidet klettert er an der Wand hoch und verschwindet oben in der Dunkelheit. Callum kommt vorsichtig in den Raum und bleibt genau über der Stelle stehen, wo sein Bruder verzweifelt versucht, sich bemerkbar zu machen. Man sieht die Szene im Querschnitt, und die Kamera fährt in einer beklemmenden, nahtlosen Bewegung von dem Jungen in seiner Kiste hoch zu seinem ahnungslosen Bruder und hinauf zu dem teuflischen Unhold, der lauernd im Gebälk hockt.

Laut Kath hatten sie bereits mehr als ein Dutzend Einstellungen gedreht, und der Regisseur war immer noch unzufrieden. Sie sagte, er sei äußerst pingelig, ein Perfektionist der alten Schule. Die Darsteller hatten allmählich die Nase voll. Als der Psycho versehentlich zu stark am Perserteppich riß und eine Davidstatue zerdepperte, bekam der Junge unterm Fußboden – der schon den ganzen Morgen auf Leder kaute – einen Lachkrampf. Der breitete sich, wie das immer so ist, ebenso rasend wie hemmungslos aus und steckte zuerst den Psycho an, dann die Crew und schließlich so ziemlich alle am Set. Nur der stets coole Callum zeigte vorbildliche Selbstbeherrschung. Der Regisseur verlangte mit eisiger Stimme «etwas mehr Professionalität, wenn ich bitten darf».

Mit dem neunzehnten Take war er endlich zufrieden, und sie machten Mittagspause. Callum und der Typ mit dem Sackhalter wechselten ein paar Worte. Dann kam Callum zu mir herüber und ging neben meinem Stuhl in die Hocke. «Fühlst du dich an was erinnert?»

«O Gott», sagte ich und verdrehte die Augen.

«Aufregend, nicht?»

Ich warf einen Seitenblick auf den Regisseur, der sich über ein Clipboard beugte und einer Assistentin etwas diktierte. «Und ich hab Philip mal für analfixiert gehalten.»

Callum reagierte mit einem neutralen Lächeln und dachte offenbar daran, auf welcher Seite er gebuttert war. «Lust auf einen Happen?»

«In der Kantine?»

Er nickte. «Ob du's glaubst oder nicht, sie ist zur Zeit gar nicht so schlecht.»

«Du hast bloß deinen Speiseplan erweitert, das ist alles. Früher hast du nichts als überbackene Makkaroni gegessen.»

Er lachte. «Das weißt du noch?»

«Ich weiß noch alles», sagte ich.

Die Kantine erkannte ich kaum wieder. Sie hatten neue Tische und Stühle und an der Wand ein witziges buntes Mosaik, das die Icon-Stars beim Anstehen am Tresen zeigte. Mr. Woods war natürlich auch dabei – der kleinste von allen, wenn man von den Trickfilm-Stars absah – und freute sich auf ein Schüsselchen Malaga-Eis. Callum nahm zwei Tabletts, ging mit mir am Tresen lang und sagte mir, was es alles gab. Ich entschied mich für Chicken Kiev mit Kartoffelbrei und ein Stück Zitronenkuchen.

«Du brauchst was mit Vitaminen.»

Ich sagte, im Zitronenkuchen wären ja welche.

«Der Spargel sieht gut aus», meinte er.

«Tu nicht, als wärst du meine Mutter, ja? Schon gar nicht, wenn du ne Bullenkluft anhast. Is ja widerlich.»

Er bezahlte unser Essen, und wir nahmen uns einen Tisch am Fenster. Nach einem kurzen Streifzug durch die Kantine fand er eine Sitzunterlage für mich – zwei Drehbücher, die ihm ein

Scriptgirl borgte. Ich setzte mich drauf und kicherte in mich hinein. «Das sind sie ja auch meistens – für 'n Arsch.»

Er lachte und trank einen Schluck Eistee.

«Wer ist alles da?» fragte ich und sah mich um. «Jemand Interessantes?»

Er zuckte mit den Schultern. «Bridget Fonda.»

«Wo?»

«Da drüben in der Ecke.»

Tatsächlich, da saß sie. Unverkennbar, aber kleiner, als ich sie mir vorgestellt hatte. Ich fragte mich, ob sie dasselbe auch von mir sagen könnte.

«Heiße Nummer, was?» Zu meiner Überraschung gelang Callum ein lüsternes Grinsen, das ganz überzeugend wirkte. «Die würd ich sofort flachlegen.»

Ich warf ihm einen freundschaftlichen, aber beziehungsvollen Blick zu. «Du und wer noch?» Etwas flackerte hinter seinen Augen, doch er unterdrückte es und griff nach seinem Eistee.

«Ich weiß, du bist hier auf dem Präsentierteller», sagte ich und stopfte mir die Serviette in den Ausschnitt meines Peter-Pan-Kragens, «aber vor mir brauchst du dich nicht zu produzieren.»

Er wurde rot. «Du weißt nicht alles von mir.»

«Ja, das glaub ich auch.» Ich zeigte mit der Gabel auf seinen Teller. «Der Spargel sieht wirklich gut aus.»

Er schaute runter.

«Hast recht gehabt», sagte ich. «Den hätt ich auch nehmen sollen.»

Von da an machten wir einen Bogen um das heikle Thema. Ich erwähnte nicht einmal Jeff, obwohl ich gern gewußt hätte, wie Callum zu der Affäre steht. Übrigens habe ich heute morgen bei Jeff angerufen. Ich dachte, er wäre vielleicht auch bei Icon eingeladen, und wollte wissen, was er von meiner Einladung hält. Er war nicht da, und ich habe ihm eine Nachricht hinterlassen, aber bis jetzt war noch kein Pieps von ihm zu hören. Vielleicht ist es zwischen ihm und Callum bereits aus.

Beim Nachtisch sagte Callum: «Letzte Woche hab ich Philip und Lucy in Malibu besucht. War ganz nett.»

Philip Blenheim ist seit sechs oder sieben Jahren mit Lucy verheiratet. Als ich mit ihm zu tun hatte, war er noch Junggeselle. Für mich ist Lucy also bloß eine dieser abgehärmten Schicksen, deren Visagen ich ab und zu auf Paparazzi-Fotos sehe. Sie hält sich möglichst im Hintergrund, setzt Kinder mit langen alttestamentlichen Namen in die Welt und kümmert sich um die Einrichtung der drei – ganz recht: drei – Villen, die sie hier in der Gegend haben.

«Alle sagen, sie ist nett», sagte ich.

«Ist sie auch. Richtig patent. Sie würde dir sehr gefallen. Und du ihr.»

«Ja ... wenn ihr Mann nicht was gegen mich hätte.»

Callum runzelte die Stirn. «Wie meinst du das?»

«Ach, du weißt doch. Die alte Geschichte.»

«Welche Geschichte?»

Ich erzählte kurz von meinem Krach mit unserem Regisseur. Daß ich einer lokalen Filmzeitschrift ein einziges Interview gegeben hatte und bei Philip prompt in Verschiß geraten war. «Alle auf dem Set haben davon gewußt», sagte ich. «Ich kann mir nicht vorstellen, daß du dich nicht mehr dran erinnerst.»

«Ja, vielleicht doch», sagte er, «aber nur ganz schwach.»

«Kurz und gut, er und ich sind nicht mehr die besten Freunde.»

«Aber er mag dich, Cady. Wir haben viel von dir gesprochen.»

269

Ich brachte den Mund nicht mehr zu. «Wann?»

«Letzte Woche in Malibu.»

«Du und Philip? Ihr habt von mir gesprochen?»

Er äffte meinen erstaunten Ton nach. «*Jaa*, Cady.»

«Was hat er gesagt?»

«Daß er dich sehr gern hat.»

«Aha.»

«Ich sag dir, er hat sich riesig gefreut, daß wir uns übern Weg gelaufen sind. Er hat gesagt, er hätte dich aus den Augen verloren.»

Ich stehe natürlich im Telefonbuch, aber das war jetzt unwichtig. Was ich da von Callum hörte, war zu überwältigend.

«Er wär bestimmt gekränkt», sagte Callum, «wenn er denken müßte, daß du auf ihn sauer bist.»

«*Ich?* Sauer auf *ihn?*» Ich konnte nur lachen. «Spielen wir verkehrte Welt oder was?»

Jetzt mußte auch Callum lachen. «Du hättest ihn mal hören sollen, Cady. Wie er haarklein nachgewiesen hat, was du alles für die Rolle getan hast. Vor allem in der letzten Szene. Er hat gesagt, das wär den Zuschauern richtig ans Herz gegangen, weil sie da gemerkt haben – unterschwellig jedenfalls –, daß die ganze Zeit etwas dringesteckt hat, ein lebendiges Wesen, das all die komplizierten Emotionen vermittelt hat. Er hat gesagt, so was hätte man auch mit dem besten Roboter nicht machen können.»

Das ging mir runter wie Honig. Ich legte sogar die Gabel weg und ließ meinen Kuchen stehen – wahrscheinlich zum erstenmal in meinem Leben. «Und du hast das nicht auf Band aufgenommen? Du hast mich nicht von der nächsten Tankstelle angerufen?»

Er kicherte in sich hinein. «Ich war sicher, du hast das schon x-mal gehört.»

«Nicht von Philip.»

Eigentlich von gar keinem. Nicht in solchen Worten.

«Also, jedenfalls hat er nichts gegen dich», sagte Callum.

«Ganz im Gegenteil.»

Ich saß da und konnte nur noch den Kopf schütteln.

Damit nicht genug, sondern fünf Minuten später kam Blenheim höchstpersönlich in die Kantine! Ehe ich Callum auf ihn aufmerksam machte, sah ich ihn mir gründlich an, um sicherzugehen, daß es keine Halluzination war. Die vertrauten Merkmale waren alle da: die glänzende Glatze, die uralte Lederjacke, die Kordhose, der massige Körper, die Hängeschultern. Er stand am Eingang und überschaute den Raum mit dem lässigen und zugleich wachsamen Blick eines gerissenen großstädtischen Antiquitätenhändlers bei einer Haushaltsauflösung auf dem Land.

«Rat mal, wer da ist», sagte ich.

Callum drehte ruckartig den Kopf, sah Philip und versuchte sofort, sich bemerkbar zu machen.

«Nicht!» sagte ich.

«Warum?»

Mir fiel kein Grund ein. Ich war in Panik.

«Is schon gut», versicherte mir Callum. «Ehrlich.»

Anscheinend fiel ich Philip nicht auf. Er kam in unsere Richtung, und erst als er bei uns am Tisch war, prallte er in grandioser Verblüffung zurück.

«Cady! Großer Gott – Cady!»

Ich möchte nicht wissen, was für ein dämliches Gesicht ich in dem Augenblick machte.

«Scheiße, ich glaub's einfach nicht», röhrte er. «Ist ja nicht zu fassen. So trifft man sich wieder. Mensch, du siehst fabelhaft aus.»

«Danke», sagte ich lahm. «Du auch.»

«Was machst du hier?»

«Ach», sagte ich mit einem Seitenblick auf Callum, «ich häng bloß mit den Stars rum.»

«Scheiße, was sagt man dazu.» Er musterte mich wie ein gütiger Bär. Dann zog er sich einen Stuhl heran und hockte sich verkehrt herum drauf. «Doch nichts dagegen, Junge, oder?» sagte er zu Callum.

Der schüttelte lächelnd den Kopf.

Philip wandte sich wieder an mich. «Er hat mir erzählt, daß er dich getroffen hat. Verdammt noch mal, ich war richtig eifersüchtig.»

Mir fehlten die Worte.

«Du singst jetzt, hm?»

«Ja, 'n bißchen.»

«Find ich ja so cool. Ich hab dir gesagt, daß deine Stimme was hat. Hab ich's dir nicht immer gesagt?»

«Ja, hast du.» Ich konnte mich bloß nicht mehr dran erinnern.

«Du mußt mal zu uns rauskommen, damit ich dir Lucy und die Kinder vorstellen kann.»

Ich sagte, das würde ich gern.

«Deine Mutter lebt nicht mehr, hm?»

Ich nickte.

«Ach, das tut mir leid.» Er senkte den Kopf und ließ ihn betrübt einen Moment hängen. «Sie war so ne feine Lady.»

«Ja.»

«Wirklich wahr.»

«Mmm.»

«Tja, ihr zwei...» Er seufzte, klatschte die Hände auf die Knie und stand wieder auf. «Ich hab ne Drehbuchbesprechung. Vielleicht besser, ich bring meinen fetten Arsch in Schwung.»

Ich lachte, um in letzter Sekunde noch etwas zur Unterhaltung beizutragen. Meine Passivität war mir inzwischen peinlich. Der legendäre Titan der Filmindustrie, der plötzlich wieder mein guter alter Freund geworden war, würde im nächsten Augenblick verschwunden sein. Ich warf mein Taktgefühl über Bord und fragte ihn auf den Kopf zu: «Um was geht's denn?»

«Ach, was von früher.» Er war schon zwei Tische weiter. «So ne Art Musical. Ich muß mich beeilen, *Tantele*. Wir hören voneinander, ja? Hat Callum deine Nummer?»

«Ich steh im Buch», schrie ich ihm nach, während er sich am Ausgang zwischen einigen Bühnenarbeitern durchzwängte, die Doughnuts futterten. Sie musterten ihn halb ehrfürchtig, halb blasiert – wie die Hirten auf dem Felde, denen schon der dritte oder vierte Engel erscheint.

Callum war hochzufrieden mit sich. «Na?» sagte er. «Hat er dich gern oder was?»

Oder was, entschied ich.

Eindeutig «oder was».

Noch ehe unser Lunch zu Ende war, wußte ich, daß was im Busch war. Da sagte nämlich Callum, ich könnte die Limousine den Rest des Nachmittags behalten. Der Fahrer, sagte er, wäre für den ganzen Tag gebucht, und das sollte ich ruhig ausnutzen. Icon würde es ja bezahlen, und denen wäre es egal. Die Szenen, die sie am Nachmittag drehten, wären sowieso stinklangweilig, und wenn ich noch was vorhätte... Es würde sich jedenfalls nicht lohnen, dazubleiben. Ich bin sicher, daß er mich nicht loswerden wollte. Er wollte nur nett sein. So unglaublich nett, wie Philip gewesen war.

Marc erwartete mich an der Stelle, wo ich ihn zurückgelassen hatte. Er saß auf einer Bank in der Sonne und las einen *Silver-Surfer*-Comic. Seine prallen Bizepse beulten wie runde Melonen die Ärmel seiner Chauffeurjacke aus schwarzem Polyester aus. Als er mich sah, sprang er auf.

«Oh, hallo. Schon fertig?»

«Fertig», sagte ich.

«Wohin jetzt?»

Ich gab ihm Neils Adresse in North Hollywood.

«Is gebongt.»

Er machte die Tür auf und hob mich auf den Rücksitz, wie er es von Renee gesehen hatte. «Ist das ne Produktionsfirma?»

«Ein Apartmenthaus», sagte ich. «Mein Freund wohnt da.»

Er nickte.

«Er rechnet nicht mit mir. Kann also sein, daß Sie für mich auf die Klingel drücken müssen.»

«Klar», sagte er. «Sie können ihn auch anrufen. Wir haben Telefon.»

Ich sage es nur ungern, aber dieser elementare Fakt des modernen Lebens war einer armen Kirchenmaus wie mir überhaupt nicht in den Sinn gekommen. «Natürlich», sagte ich. «Wie dumm von mir.»

Während wir vom Studiogelände fuhren, rief ich also Neil an. In erster Linie, um den Augenblick aktenkundig zu machen.

«Rat mal, wo ich bin.»

«Wo?»

«Bei Icon, auf dem Rücksitz einer Limousine.»

Er lachte glucksend. «Was ist los?»

«Weiß ich eigentlich selber nicht. Lust auf 'n kleinen Besuch?»

«Je kleiner, desto besser», sagte er.

Das Verkehrsgewühl war so schlimm, daß wir gut eine halbe Stunde brauchten. Bei unserer Ankunft stand Neil bereits an der Straße und platzte offensichtlich vor Neugier.

«Na so was», sagte er, als Marc mir heraushalf.

«Marc, das ist Neil. Neil – Marc.»

Die Jungs schüttelten sich jovial die Hände, und ihre Unterarme wurden ganz steif dabei. Irgendwie wirkt es richtig sexy, wenn sich zwei Typen so steifarmig voneinander abdrücken. Ich fragte mich, ob Marc einen kleinwüchsigen Menschen wie mich erwartet hatte, statt jemanden wie Neil, und ob er jetzt überlegte, wie heißblütiger pyrotechnischer Sex bei einem so ungleichen Paar aussehen könnte. Ich jedenfalls stellte es mir bereits vor, denn Neil sah mit seinem T-Shirt und den lila Turnschuhen wie eine Million Dollar aus. Oder wie hoch man so ein sagenhaftes Exemplar heutzutage taxiert.

«Soll ich warten?» fragte der Fahrer.

Ich sah Neil an. «Soll er?»

«Ach», sagte er mit einem verräterischen Zucken um die Mundwinkel, «doch, ja.»

«Wie lange können Sie warten?»

«Tja», sagte Marc und warf einen Blick auf seine Uhr, «Sie haben mich bis sechs.»

«Dann vielleicht... eine Stunde oder so?»

Der Fahrer erriet meine Gedanken und lächelte liebenswürdig. «Ganz wie Sie wollen.»

In Neils Schlafzimmer kickte ich die Schuhe von den Füßen und ließ mich aufs Bett plumpsen. Neil ließ die Bambusrollos runter, und das Licht im Raum verdunkelte sich zur Farbe von Eistee. Dann schnürte er seine Turnschuhe auf, zog sie von den Füßen und sank neben mir aufs Bett. Er drehte sich zu mir, stupste mit dem Zeigefinger meine Nasenspitze und betrachtete mich amüsiert.

«Also – wie bist du zu dem Lakaien gekommen?»

Ich erzählte ihm kurz, was ich euch gerade berichtet habe. Nur nicht, daß ich ihn als meinen Freund bezeichnet hatte. Als ich fertig war, lächelte er und strich mir die Haare aus der

Stirn. «Was für ein Vormittag», meinte er, als wäre damit alles gesagt.

«Aber findest du's nicht reichlich seltsam?»

«Was?»

«Daß Philip einfach so aufkreuzt. Nachdem mir Callum grade diese schmeichelhaften Sachen erzählt hat.»

«Vielleicht.»

«Das heißt, vielleicht auch nicht?»

«Hollywood ist doch ein Dorf.»

«Nicht unbedingt. Nicht immer. Philip ist reingekommen, als wüßte er, wen er sucht. Ich hab das Gefühl, das war alles geplant.»

«Wozu?»

«Weiß ich nicht. Vielleicht, damit wir uns auf elegante Art aussöhnen können.»

«Hm.» Er fand es anscheinend nicht sehr überzeugend.

«Paß auf», sagte ich, «erinnerst du dich an den Anruf von meinem Agenten vor ein paar Wochen?»

«Ach ja, richtig.»

«Also. Und der hat gesagt, es würde sich was Großes tun.»

«Genau. Mensch, du hast recht. Das hatte ich ganz vergessen.»

«Und Callum, der denselben Agenten hat, lädt mich ins Studio ein, schickt mir eine Limousine, buttert mir den Arsch, als wär's ne geröstete Semmel...»

Neil kicherte.

«... und erzählt mir, Philip hätte mich immer gemocht – was glatt gelogen ist, machen wir uns nichts vor –, und dann kommt Philip mit einem scheißfreundlichen Grinsen reingelatscht, erzählt mir, wie fabelhaft ich singe und wie toll meine liebe alte Mutter war, und ganz nebenbei läßt er die Bemerkung fallen, daß er grade an einem Musical arbeitet. Ist doch eindeutig, Neil – er will mich für irgendwas.»

Neil nickte bedächtig. «Sieht ganz so aus.»

«Ja, nicht?»

«Aber warum hat dich dein Agent nicht einfach angerufen?»

«Weil er weiß, daß es zwischen Philip und mir böses Blut gegeben hat. Er hat Callum vorgeschickt, damit Philip die Peinlichkeit erspart bleibt, sich bei mir entschuldigen zu müssen. Philip hat ein paar Minuten von seiner kostbaren Zeit geopfert, und wir haben alle so getan, als wären wir ein Herz und eine Seele. So machen sie das immer. Wenn sie dich dringend brauchen, bist du auf einmal wieder ihr bester Freund.»

Neil machte große Augen und fand es anscheinend genauso aufregend wie ich. «Um was geht's in dem Musical?»

«Ich weiß nicht. Er hatte es wie immer furchtbar eilig. Was von früher, hat er gesagt. Stell dir das mal vor – ein Philip-Blenheim-Musical!»

«Vielleicht solltest du deinen Agenten anrufen?»

«Nein.»

«Warum nicht?»

«Der soll mich anrufen.»

«Jetzt sei mal nicht zu stolz.»

«Bin ich gar nicht. Ich find's einfach besser so. Morgen oder übermorgen ruft er mich an. Wirst schon sehn.»

Er musterte mich einen Augenblick. Dann drückte er mir einen Kuß auf die Stirn.

«Und was war bei dir?» fragte ich.

«Ach... ich hab die andern entlassen.»

Ich machte ein mitfühlendes Gesicht. PortaParty war für mich längst gestorben – spätestens seit dem Lunch –, aber für die Kollegen tat es mir leid. Wir waren mal so was wie eine Familie gewesen und hatten dieselben Träume gehabt. Bis Neil und ich die Truppe auf ein Duo reduziert hatten.

«Es war ziemlich hart», sagte Neil.

«Kann ich mir vorstellen.»

«Mit Julie ging's noch, aber Tread ist geflippt.»

«Der Ärmste.»

«Er hat sogar angeboten, für umsonst zu arbeiten.»

«O nein.»

«Ich fühl mich ganz elend.»

«Das mußt du nicht, Neil. Ist doch nicht deine Schuld.»

«Ich weiß.»

Allmählich fühlte ich mich selber ein bißchen schuldig. Schließlich war ich an einem Tag, der für Neil sicherlich der schlimmste seit langem war, großspurig mit meinen tollen Neuigkeiten hereingeplatzt. «Was wird jetzt?» fragte ich.

«Schätze, ich muß mit Arnie reden und sehn, ob es irgendwo 'n Salon-Job gibt.»

Was mich innerlich zusammenzucken ließ, war nicht nur das Wort «Salon-Job», sondern auch die Erinnerung an meinen eigenen Auftritt im Büro von Arnie Green. Der Morgen, als ich mich der Gnade des Agenten ausgeliefert hatte, schien plötzlich weit zurückzuliegen. Ich haßte den Gedanken, daß Neil trotz seines großen Talents in diesem schäbigen kleinen Büro wieder bei Null anfangen mußte.

«Weißt du», sagte ich, «wenn es mit meinem Film klappt, brauchen sie vielleicht einen Pianisten.»

Er schüttelte den Kopf und lächelte matt. «Ich glaub nicht, daß das so läuft.»

«Könnte doch sein.»

Er kuschelte sich an mich und fing an, mein Kleid aufzuknöpfen. «Aber was anderes könnte passieren. Hast du's schon mal gemacht, während draußen ne Limousine auf dich wartet?»

«Nö.»

«Ich auch nicht.»

«Das war auch der Hintergedanke», sagte ich.

Als wir nackt waren, hatten wir unseren ersten richtigen Fick. Neil zögerte ein bißchen – aus Rücksicht auf mich –, also packte ich sozusagen den Stier bei den Hörnern. Mit gelassener Präzision rollte ich ihm einen Präser auf den Schwanz, als würde ich auf einer langsam drehenden Töpferscheibe aus Lehm eine Vase formen. Dann ließ ich mich Stück für Stück darauf niedersinken, bis mich die süße Gewißheit so vollständig ausfüllte, als wäre sein Ding ein Teil von mir, ein Nachbarorgan meines Herzens. Als ich es ganz drin hatte, lächelte er träge, packte mit einer Hand meinen Hintern und fing an, sich in mir zu bewegen.

Ich hatte tatsächlich Visionen, als es mir kam. Technicolor-Filme waberten und zuckten mir durch den Kopf. In einem war ich ein zerlumptes Bauernmädchen, eine zwergenhafte Revolutionärin auf den Barrikaden vor der Bastille. In einem anderen war ich der kecke Star eines kleinen Wanderzirkus in den vierziger Jahren. In beiden sang ich mit glockenheller Stimme und mit solcher Hingabe, daß alle im Studio, sogar der Regisseur, ganz überwältigt waren. In dem Augenblick, als ich mich verbeugte, kam es Neil, und er bäumte sich mit einem gutturalen Stöhnen auf. Klingt vielleicht überdreht, aber für mich war es wie ein Applaus.

17

Gestern abend hat es im Fabric Barn einen kleinen Brand gegeben. Renee hat drei Tage frei, bis sie die Trümmer beseitigt haben. Die Aussicht auf soviel Freizeit macht sie unternehmungslustig wie ein Kind, das man wegen einer Bombendrohung aus der Schule nach Hause geschickt hat. Sie hat prompt einen Einkaufsbummel organisieren wollen, aber ich hab ihr gesagt, sie soll allein gehen. Ich hab mir gedacht, ich bleibe lieber in der Nähe des Telefons, falls Leonard anruft.

Hat er natürlich nicht.

Bis jetzt jedenfalls nicht, und es ist schon fast vier Uhr nachmittags.

Damit wären es jetzt schon zwei Tage.

Scheiß auf ihn. Soll er mich doch.

18

Fünf Tage seit dem großen Lunch, und noch immer kein Pieps.

Renee arbeitet wieder, und ich hocke allein in meinem Vorstadtkäfig und rüttle an den Gitterstäben.

Jeff war heute morgen da und hat Trost in seinem Elend gesucht. Vor drei Tagen hat er sich mit Callum bei Musso & Frank's zu einem kurzen, grimmig effizienten Essen getroffen, und die beiden haben Schluß gemacht.

Jeff legte sich vor mir auf den Boden und wedelte mit einem dicken Joint vor meiner Nase herum.

Ich sah ihn entgeistert an. «Um zehn Uhr morgens?»

Er machte ein verständnisloses Gesicht, zündete sich den Joint mit einem Bic an, saugte Rauch ein, wartete einen Moment, exhalierte und hielt mir den Glimmstengel hin. «Wenn du nicht deine Tage kriegen würdest, wär's ein exzellenter Einwand.»

Ich strafte ihn mit einem langen bösen Blick. Dann nahm ich den Joint und paffte ein paar Züge.

«Ich vermute, es hat niemand angerufen», sagte er.

Ich schüttelte den Kopf.

«Was meinst du, was das zu bedeuten hat?»

Keine Ahnung, sagte ich und beließ es dabei. Ich konnte meine düsteren Zweifel nicht in Worte fassen. Ich bin bereit, mich ganz erwachsen damit auseinanderzusetzen, aber jetzt noch nicht. Nicht offiziell. Etwas in mir hofft immer noch gegen jede Vernunft, daß Leonard bloß mal wieder lahmarschig ist. Ich bin ja nicht gerade seine wichtigste Klientin. Es

281

könnte sein, daß er Verhandlungen für jemanden führt, der wichtiger ist als ich – und vielleicht sogar beim gleichen Musical mitwirken soll.

«Weißt du was?» sagte Jeff. «Ich könnte Callum anrufen und fragen, ob er was weiß.»

Das verblüffte mich. «Was? So freundschaftlich habt ihr euch getrennt?»

«Na ja, das nicht. Aber es macht mir nichts aus, ihn anzurufen.»

Ich sagte, das wäre lieb von ihm, aber ich wollte ihm keine Umstände machen. Ehrlich gesagt hatte ich Sorgen, daß Jeffs geplatzte Romanze auf meinen erhofften Deal abfärben und mir alles verderben könnte. Ich traute ihm nicht zu, bei der Sache cool zu bleiben.

Er inhalierte noch mal und starrte nachdenklich an die Decke. Dann drückte er die Kippe aus und verstaute sie in der Tasche seiner Jeansjacke. «Weißt du, was mir stinkt?»

«Was?»

«Ned hat mich vor so was gewarnt. Er hat es mir von A bis Z geschildert.»

«Was denn?»

Er zuckte mit den Schultern. «Wie man sich dabei fühlt.»

«Bei *was?*»

«Wenn man mit einem Filmstar pennt, der ne Schrankschwester ist.»

«Tja, Ned muß es ja gewußt haben.»

«Schade, daß ich nicht auf ihn gehört hab.»

«Was hat er gesagt?»

«Er hat gesagt: Ganz egal, wie es anfängt, am Ende fühlt man sich wie ne Mätresse.»

Ich musterte sein Gesicht, um zu sehen, ob er es ernst meinte.

«Fühlst du dich denn wie eine?»

Er nickte. «Irgendwie schon.»

«Hast du wenigstens Reizwäsche gekriegt?»

«Gott nee.» Er lachte sarkastisch. «Überhaupt nichts.»

«Na, dann scheiß drauf.»

«Genau.»

«Wann hat dir Ned das gesagt?»

«Kurz nachdem wir uns kennengelernt hatten. Als er mir erzählt hat, daß er mit Rock Hudson zusammengelebt hat. Jahrelang hab ich es jedem aufgetischt, und dann hab ich Callum getroffen und es prompt vergessen.»

«Tja nun... ein hübscher Schwanz ist wie ne Melodie.»

«Komm, verschon mich.»

«Na gut.»

Meine Friedfertigkeit überraschte ihn. «Seit wann bist du so umgänglich?»

«Seit du mich umgarnt hast.»

Jeff lächelte und schwieg eine Weile. «Weißt du», sagte er dann, «ich hab von dem Film überhaupt keinen kennenge-lernt.»

«Wirklich?»

«Keinen einzigen. Auch sonst keinen von seinen Bekann-ten.»

Ich schüttelte mitfühlend den Kopf.

«Wie war es denn? Du hast mir gar nichts erzählt?»

«Auf dem Set?»

«Ja. Ist der Film schwulenfeindlich?»

Ich sagte, der Killer hätte auf mich einen schwulen Eindruck gemacht, aber sonst hätte ich zu wenig gesehen.

«Sie werden dagegen demonstrieren, weißt du.»

«Wer?»

«GLAAD.»

Ich kicherte. «Die Plastikfolien-Firma?

Er fand das nicht witzig. «Die Gay and Lesbian Alliance Against Defamation.»

«Ach so, ja.»

«Mit dieser Scheiße muß mal Schluß sein.»

Ich fragte, ob er bei der Demonstration mitmachen wollte.

«Weiß nicht. Ist noch zu früh.»

Ich sag es ungern, aber ich dachte schon wieder an mich. Würde er Leonard mit seinem militanten Aktionismus verprellen? Und würde Leonard seinen Ärger an mir auslassen?

«Weiß Callum von dem GLAAD-Protest?»

«O sicher. Deshalb haben wir uns ja zuletzt verkracht. Ich hab ihm davon erzählt und gesagt, ich fände das richtig. Da hat er gesagt, ich würde mich nur so militant aufführen, weil mein Lover gestorben ist und ich meinen Frust anders nicht loswerden kann. Ich hab ihm gesagt, ich hätte schon lange vor Neds Tod so gedacht, und ich hätte Arschlöcher wie ihn langsam satt, die mit einer Lüge leben, bloß um ihre Karriere nicht zu gefährden. Da hat er gesagt, ich wär ein Faschist und wollte seine Karriere sabotieren, und ich hab gesagt: Na und? Wenn die Karriere sowieso verlogen ist? Warum soll ich einen Pfifferling geben für ein System, das eisern so tut, als würde ich nicht existieren? Das ist doch nicht ne Einbildung von *mir*.»

Ich erinnerte mich an den Lunch in der Kantine und Callums tölpelhafte, schmierige Bemerkung über Bridget Fonda.

«Meinst du, er ist vielleicht bi?»

«Hat er dir das gesagt?»

«Nicht direkt.»

«Egal, was er gesagt hat – er ist es nicht.»

Ich nickte.

«Verlaß dich drauf.»

«Tu ich ja», sagte ich mit der Andeutung eines Lächelns.

«Er ist einwandfrei ein Mitglied der größten Show auf Erden.»

«Schade, daß das nicht gereicht hat.»

«Na ja. Es gibt eben solche und solche Schwuchteln.»

«Mmm.»

«Bloß weil einer Schwanz lutscht, ist er noch lang nicht perfekt.»

«Das sag ich mir auch immer.»

«Jede Wette», sagte er.

Wir mußten beide kichern, und bald wälzten wir uns vor Lachen auf dem Boden. Jeffs Anfall hatte die größere reinigende Wirkung, denn er dauerte länger als meiner. Er endete mit einem tiefen Seufzer.

«Du kommst drüber weg», sagte ich.

«Ich weiß.»

«Hast du ihn verlassen oder er dich?»

Er überlegte. «Sowohl als auch.»

«Wie geht denn das?»

«Na ja... ich hab ihm gesagt, daß Schluß ist, und er war erleichtert.»

«Aha.»

«*Sehr* erleichtert.»

Ich zögerte. «Meinst du, er hat einen anderen?»

«Ach Gott, nee», sagte er. Dann schien ihm was einzufallen, und er verzog höhnisch den Mund. «Es sei denn, du zählst Billy Ivy.»

«Wer ist das denn?»

«Pornostar. Einer von hier. Spielt College-Boys in Schmuddelfilmen... Balgereien mit nix als nem Sackhalter an... läßt sich in den Arsch ficken, ohne die Krawatte abzunehmen... so in der Art.»

«Schon klar.»

«Callum ist ganz versessen auf ihn. In Maine hat er ihn sich immer in *Honcho* angesehen und dazu gewichst. Auch hier hat er sich das Tape sofort besorgt, und ich schwör dir – im Chateau Marmont war es ständig in seinem Videorecorder.»

«Ihr habt es euch zusammen angesehen?»

Er nickte. «Das erste Mal hat's mich noch gereizt, aber für Callum ist es ne richtige Manie geworden. Nach einer Weile hat er's nur noch mit mir gemacht, wenn der Preppie-Arsch von Billy Ivy übern Bildschirm geflimmert ist. Ich fand das langsam beleidigend. Und dann ist Callum eines Abends mal nach Silver Lake gekommen – das einzige Mal, daß er bei mir war – und hat ein paar von meinen *Advocates* durchgeblättert und festgestellt, daß Billy Ivy für den Raum Los Angeles ne gebührenfreie Nummer annonciert.»

«Du meinst... Telefonsex?»

«Nee, richtig. Wenn dir seine Filme nichts mehr geben, rufst du an und bestellst ihn dir ins Haus.»

«Du denkst, Callum hat das gemacht?» fragte ich mit einem Schmunzeln.

«Ich weiß es. Er bestreitet es, aber er hat's gemacht.»

«Stört dich das?»

«Es stört mich, daß er gelogen hat.»

«Sonst nichts?»

«Nein. In Sachen Sex denk ich positiv.»

Ich machte ein skeptisches Gesicht.

«Na schön», sagte er, «ein bißchen stört es mich schon.»

«Danke.»

«Aber das war nicht der Grund, warum wir Schluß gemacht haben. Er hat einfach Schiß gekriegt, weil ich ihm gesagt hab, er soll sich endlich dazu bekennen.»

«Ah.»

«Ich hab ihn nicht getriezt, falls du das denkst.»

«Trau ich dir auch nicht zu.»

«Ich hab es ganz schonend gemacht. Ich hab ihm gesagt, er soll doch mal überlegen, wieviel ausgeglichener er wäre, und wie sehr es den Millionen von schwulen Jungs helfen würde, die immer noch mit sich ringen.»

«Und was hat er gesagt?»

«Gar nichts. Er ist ganz blaß geworden und hat das Thema gewechselt.» Jeff zeichnete mit dem Zeigefinger ein Muster in den Teppich. «Das war's dann. Von da an war ich für ihn der Feind.»

Er wirkte so niedergeschlagen, daß ich mir jeden Kommentar verkniff.

«Weißt du», sagte er, «ich hab gedacht, ich könnte ihn umstimmen.»

«Ja.»

«Das war mein erster Fehler, hm?»

«Vielleicht nicht.»

«Doch. Hier ändert sich doch nie was, und man kann nichts dagegen machen. Der Junge ist zwanzig Jahre alt, und er könnte genausogut Rock Hudson im Jahr 1949 sein. Die Sorte stirbt nie aus.»

«Das wird sich auch mal ändern.»

«Ja, ja. Und Ned lacht sich bis dahin schief.» Langsam strich er mit der Hand über den Teppich, als wollte er sich trösten. Tränen standen ihm in den Augen, aber ich konnte nicht sagen, ob er Callum nachtrauerte oder ob es die verblaßte Erinnerung an Ned war, die wieder hochkam.

19

Ich habe eine Stinkwut. Neun Tage nach dem Lunch bei Icon hat sich Leonard endlich gemeldet. Mir ist nicht danach, die Unterhaltung aufzuschreiben, aber ich werde es trotzdem tun. Einfach wegen der Vollständigkeit.

«Schatz.»

«Leonard.»

«Wie geht's dir?»

«Prima.»

«Toll. Paß auf, die Sache läuft.»

«Welche Sache?»

«Die, von der ich dir erzählt hab. Kannst du Samstag in einer Woche?»

Eine üble Ahnung kroch wie Pflanzengift in mir hoch. Wenn es um ein hochkarätiges Musical geht, redet man nicht von «Samstag in einer Woche». Ich setzte mich auf den Boden, atmete tief durch und riß mich zusammen. «Sag mir einfach, um was es geht, Leonard, dann sag ich dir, ob ich kann.»

Er antwortete nicht gleich. Offensichtlich war er sich über meine heikle Verfassung im klaren. «Na schön... wie findest du das: Meryl Streep, Whoopi Goldberg, Jay Leno, Candy Bergen, Sly Stallone, Elizabeth Taylor, Michael Jackson. Annette Bening, Warren Beatty, Madonna... unterbrich mich, wenn du genug gehört hast.»

«Nein, nur weiter. Verarsch mich noch 'n bißchen.»

«Es ist mein Ernst.»

«Mhm.»

«Es geht um eine Feier, Schatz.»

«Was wird denn abgefeiert – meine Dusseligkeit?»

Er lachte. «Nee, Philip Blenheim.»

Ich sagte nichts.

«Bist du noch da?»

«Ich höre. Erzähl weiter.»

«Na ja... die UFL verleiht Philip eine Auszeichnung für sein Lebenswerk, und da machen sie ne große Sause im Beverly Hilton. Wird so was wie die Oscar-Nacht. HBO überträgt live, und *ET* bringt 'n großen Bericht. Ich hab so ein Staraufgebot seit Jahren nicht mehr gesehen. Bette wird was singen, Patrick Swayzee soll tanzen... vielleicht singt sogar Barbra, Menschenskind...»

Was soll ich sagen? Ich gab mir Mühe, cool zu bleiben, aber mein Gesicht brannte vor Vorfreude wie eine flambierte Banane. «Und die wollen *mich*?»

«Wen sonst?»

«Für einen Auftritt?»

«Nee, als Serviererin. *Natürlich* für 'n Auftritt.»

Ich lachte schallend, denn Leonard kam mir plötzlich wie der witzigste Mensch auf der Welt vor. «Das ist dein voller Ernst?»

«Mein voller Ernst.»

«Donnerwetter.»

«Brauchst dich nicht zu bedanken. Deine Begeisterung ist der schönste Lohn für mich.»

«Ha, ha! Die zehn Prozent, die du bei mir absahnst – *die* sind dein schönster Lohn.»

«Na ja, die auch.»

«Sie zahlen doch Gage, oder?»

«Ob sie Gage zahlen, fragt die Frau. Ob sie Gage zahlen!»

Plötzlich ergab alles einen Sinn. Philip in der Kantine von Icon; daß er auf einmal wieder so viel von mir hielt; daß er gesagt hatte, ich würde toll singen, und er hätte mein Talent schon damals erkannt. Dann fiel mir ein, daß Leonard sich nach meinem Gewicht erkundigt hatte, als er das erste Mal damit rausgerückt war, es wäre «was Großes» in der Mache. Und prompt sah ich mich im Beverly Hilton auf der Bühne, vor mir ein Publikum in Abendgarderobe – und ich sang «If», oder vielleicht was ganz Neues, und in den Kulissen standen Meryl und Madonna und hörten mir staunend und hingerissen zu. Und Produzenten, die so leicht nichts aus der Ruhe brachte, balgten sich um die Telefone.

«Also», sagte Leonard, «sie sind schon dabei, die Kluft gründlich zu überholen.»

«Wie bitte?»

«Mr. Woods. Sie desinfizieren ihn. Sprühen ihn mit Poly-Dingsbums ein.» Er lachte. «Er war ne Ewigkeit eingemottet, aber für dich machen sie ihn wieder taufrisch.»

Innerhalb von Sekunden war mir schlecht vor Verzweiflung. Die nackte Wahrheit schnürte mir die Luft ab. Ich brachte kein Wort heraus.

«Cady?»

«Also darum geht es die ganze Zeit? Ihr braucht jemand, der in die Scheißkluft steigt?»

«Nicht *irgend jemand*.»

«Na, ihr könnt euch 'n andern Zwerg suchen.»

«Schatz. Du tust, als wär das gar nichts. Das ist was Historisches. Ein monumentales Ereignis. Seit den Dreharbeiten hat niemand Mr. Woods mehr zu sehen bekommen.»

«Quatsch. Auf der verdammten Gondelfahrt hab ich 'n paar hundert gesehn.»

«Auf welcher Gondelfahrt?»

«Bei Icon.»

«Das sind Roboter.»

«Dann nehmt doch 'n Roboter. Ich bin Schauspielerin.»

«Sie *brauchen* eine Schauspielerin, Cady. Deshalb wollen sie ja dich. Du *bist* Mr. Woods.»

«Ja, ja.»

«Du weißt, was es dafür braucht, Cady. Wie man ihn lebendig macht. Wie man ihm Persönlichkeit gibt. Du bist die einzige, die es kann.»

«Und was ist mit Philips eiserner Regel?»

«Welcher Regel?»

«Daß sich der Kobold nie in der Öffentlichkeit zeigen darf.»

Leonard rang sich einen herablassenden Seufzer ab. «Versuch ich dir doch grad zu sagen. Das wird das erste Mal sein. Niemand wird damit rechnen, und wenn's passiert, werden sie alle aus'm Häuschen sein. Das wird ein Riesenerfolg. *Du* wirst ihm nämlich den Preis überreichen.»

«Mr. Woods, willst du sagen, nicht ich.»

«Aber begreifst du denn nicht? Das bringen sämtliche Zeitungen auf der Titelseite.»

So wütend und enttäuscht ich auch war – diese Feststellung stimmte mich nachdenklich und brachte mich auf eine Idee, mit der vielleicht uns beiden gedient war. «Na schön, wie wär's denn damit...»

«Ja?» sagte er mißtrauisch.

«Wie wär's, wenn ich die Kobold-Nummer bringe und später noch mal als ich selber auf die Bühne komme und... vielleicht was singe?»

Keine Reaktion.

«Das würde sie *wirklich* überraschen. Da steigen sie auf die Stühle.»

«Nee, du, ich glaub nicht –» Den Rest verschluckte er.

«Was?»

«Krieg das jetzt nicht in die falsche Kehle, Cady. Es hat nichts mit dir zu tun.»

Natürlich nicht, dachte ich. Hat es ja nie.

«Ich glaub nicht, daß sich Philip das so vorstellt.»

«Oh.» Jetzt wurde mir einiges klar. «Also Philip organisiert das in Wirklichkeit selbst?»

«Na ja, er ist als Berater dabei. Muß ja auch sein. Sie wollen auf Nummer Sicher gehn.»

«Natürlich.»

«Er möchte wirklich, daß du mitmachst. Cady. Er hat es mir selbst gesagt.»

«Ist er mir deshalb letzte Woche bei Icon so um den Bart gegangen?»

Leonard stellte sich dumm. «Da komm ich jetzt nicht mit, Schatz.»

«Nehm ich dir nicht ab. Du hast das über Callum angeleiert, stimmt's? Du hast gewußt, daß Philip und ich verkracht sind, also hast du's so arrangiert, daß wir uns übern Weg laufen und den Knatsch kitten. Bloß, damit ich mir noch mal dieses beschissene Körper-Kondom überziehe und die Preisverleihung mache bei dem Affenarsch, der –»

«Cady, hör zu –»

«Callum ist mit von der Partie, nicht? Ist er doch garantiert.»

«Ja sicher, aber –»

«Also habt ihr Jungs zusammengelegt und mir ne Limousine geschickt und... Ach Gott, jetzt ist mir alles klar. Warum hab ich das nicht gleich gerafft? Ich bin ja so ein Dussel.»

Leonard schwieg beleidigt. Dann sagte er: «Ich kann's nicht fassen, daß du mich so anfeindest.»

Und ich konnte nicht fassen, daß ihm noch nicht der Kragen geplatzt war. Eigentlich hätte er längst auflegen müssen. In zehn Minuten hatte er sich von mir mehr an den Kopf werfen lassen als in den letzten zehn Jahren zusammen. Seine Zurückhaltung konnte nur eins bedeuten – er brauchte mich so dringend, daß er nicht riskieren konnte, mich zu verärgern. Philip hatte ihm offensichtlich die Daumenschrauben angelegt. «Was ist denn?» sagte ich. «Sind euch grad die kleinen Leutchen ausgegangen?»

Keine Antwort.

«Das ist es doch, nicht?» Ich lachte verbittert. «Ihr findet keinen, der in die verdammte Kluft reinpaßt.»

«Das stimmt nicht, und das weißt du auch.»

«Warum versucht ihr's nicht bei Arnie Green? Der hat ein paar tolle Liliputaner. Vielleicht müßt ihr die Füße absägen, aber was soll's. Oder vielleicht ein Kind. Das würde klappen. Am besten eins von der Straße, dann tritt euch auch die Schauspielergewerkschaft nicht auf die Zehen.»

«Das paßt gar nicht zu dir.»

«Doch, Leonard, das paßt genau zu mir. Das bin *ich*. Das kriegst du serviert, wenn ich mich nicht mehr in acht nehmen muß. Wenn mir scheißegal ist, was du denkst.»

Und *da* hat er den Hörer auf die Gabel geknallt.

Inzwischen ist mindestens eine Stunde vergangen. Ich habe mich ein bißchen beruhigt, aber ich bin noch leicht benommen. Leonard hat vor einer Weile noch mal angerufen. Als ich abgenommen habe, hat er sich nicht mal die Mühe gemacht, seinen Namen zu sagen. Er hat einfach angefangen zu reden, und zwar im Tonfall eines leidgeprüften Vaters.

«Wie lange kennen wir uns jetzt schon?»

Ich stöhnte.

«Hab ich dich je verladen? Hab ich dich je verratzt? Hab ich je gegen deine Interessen gehandelt?»

«Spar dir die Verrenkungen, Leonard. Ich mach nicht mit.»

«Sag mir doch bloß mal, warum.»

«Weil es zu weh tut.»

«Du meinst, die Kluft? Ich bin sicher, sie könnten –»

«Nicht die Kluft. Die ganze verkackte Chose. Es hängt mir zum Hals raus. Ich muß endlich mal sein können, wie ich bin. Ich kann so nicht weitermachen.»

«Mit was?»

«Unsichtbar sein.»

Nach einer Pause sagte er: «Es hatte auch seine Vorteile, oder nicht?»

«Nicht genug.»

«Denk an die Leute, die du kennengelernt hast. Denk an das Leben, das du gehabt hast.»

«Daran *denk* ich ja.»

«Komm, so schlecht war das nicht.»

«Ach ja? Probier's doch selber mal.»

«Ja, gut...» Er lachte verlegen. «Wahrscheinlich hast du recht.»

Das glanzvolle Staraufgebot hatte für mich sogar jetzt noch etwas Verlockendes. Ich brauchte meine ganze Willenskraft, um das quengelige Kind in mir zum Schweigen zu bringen, das mir ständig sagte: Herrgott, schmeiß doch deine Prinzipien über Bord, Meryl und Bette und Barbra werden da sein, und du wirst ihnen wahrscheinlich vorgestellt. Aber ich konnte nicht die Jahre vergessen, in denen ich für Philip abgemeldet war, sowenig wie das Schweigen, zu dem er mich von Anfang an verdonnert hatte. Ich fand, daß es besser war, meinen Standpunkt zu behaupten und in Würde abzutreten. Ich mußte mir beweisen, daß ich dazu fähig war, daß ich mein Geschick in die eigenen Hände nehmen konnte, auch wenn sie mir noch soviel Flitterkram auf den Weg streuten.

«Du verschwendest deine Zeit», sagte ich.

«Hör zu...»

«Ich bin Sängerin und Schauspielerin, Leonard. Wenn du da was für mich tun kannst, schön. Wenn nicht...»

«Du tust es nicht mal für Philip?»

«Warum sollte ich? Der macht für mich doch keinen Finger krumm.»

«Das ist nicht wahr.»

«Hat er sein Musical schon besetzt?»

Eins könnt ihr mir glauben – *das* hat ihm prompt den Wind aus den Segeln genommen. «Tja, äh... davon krieg ich eigentlich nicht viel mit.»

«Ja, ja. Von wegen.»

«Bis jetzt ist es bloß ein Drehbuch. Wenn für dich ne passende Rolle drin ist, wird er ganz bestimmt...»

«Ach, komm mir doch nicht mit diesem Blabla.»

«Warum führst du dich so auf?»

«Weil du ein verlogenes Aas bist.»

«Ich hab dich nie angelogen.»

«Scheiße, und ob.»

«Wann? Wann hab ich gelogen?»

«Als ich dich gefragt hab, ob Callum in der Stadt ist. Du hast gesagt, er wär an der Ostküste auf'm College.»

«Na, das war er ja auch – damals.»

«War er nicht, Leonard. Im Griffith Park hat er sich von nem Freund von mir pimpern lassen.»

Ich hörte, wie er schluckte. Ah, tat mir das gut.

«Genauer gesagt, nicht im Park, sondern bei meinem Freund zu Hause. Im Park haben sie sich kennengelernt.»

«Was willst du damit sagen?»

«Daß er hier war, und daß du es gewußt hast. Und mich angelogen hast. Warum hast du gelogen?»

«Ich kann mich daran kaum noch erinnern.»

«Dann überleg mal, warum du mich angelogen haben *könntest*. Weil du gewußt hast, daß ich versuchen würde, Callum zu treffen?»

«Ja... vielleicht.»

«Vielleicht?»

«Der Junge hat seine Ruhe gebraucht, Cady.»

«Und ich hätt ihn ja bloß wegen Jobs bekniet und dir das Leben schwergemacht.»

Er ließ sich das durch den Kopf gehen und sagte: «Ja, so was in der Art.»

«Und deshalb hast du mich angelogen.»

«Ja ... also gut – *ja*.»

Wir ließen ein paar besinnliche Sekunden verstreichen.

Schließlich sagte Leonard kleinlaut: «Du kannst ganz schön... hartnäckig sein, weißt du.»

Ich grunzte was.

«Obwohl, ich bewundere so was. Ich bewundere es sehr. Versteh mich nicht falsch.»

Langsam hatte ich das Gefühl, daß ich Leonard dazu bringen konnte, die Sünden der ganzen verlotterten Stadt auf sich zu nehmen. Es war ein Machtgefühl, von dem mir ein bißchen schwindelig wurde. Ich glaube, nichts macht einen stärker, als wenn man jemanden abblitzen läßt, der einen unbedingt für etwas haben will. Wenn ich die Zeit gehabt hätte, wären mir wahrscheinlich noch andere Methoden eingefallen, wie ich ihn quälen konnte. Aber ich fühlte mich plötzlich kraftlos und hundemüde. Ich merke, daß ich die Geschichte endgültig hinter mir haben will. Ich will nur noch in Neils Armen liegen und mich ausweinen.

«Ich muß los», sagte ich.

«Sei so gut und denk drüber nach», sagte Leonard. «Ich möchte nicht, daß du jetzt schon nein sagst.»

«Hab ich doch grade, Leonard.»

«Ich ruf dich in ein oder zwei Tagen wieder an. Das war alles ein bißchen viel auf einmal. Ich werd Philip noch nichts sagen. Klar, er kann auch jemand andern finden, aber das will ich nicht. Ich will, daß du es machst und die Rolle spielst, die du kreiert hast. Ist einfach gutes Karma auf der ganzen Linie.»

Gutes Karma? Nachdem alles versagt hatte, verlegte er sich jetzt auf Metaphysik. Wenn die Masche nicht so untypisch für ihn wäre, hätte ich vielleicht Mitleid mit ihm gehabt. Alles, was Leonard von Karma weiß, hat er von einem Einkaufsbummel mit Shirley MacLaine im Bodhi Tree.

Zwei Stunden später.
Eben hat Callum angerufen – zum erstenmal überhaupt. Ich hab ihn auf Band sprechen lassen.
«Cady, hier ist Callum. Leonard hat mir erzählt von deiner – äh – Reaktion auf die Feier für Philip. Ich wollte dir nur sagen, daß ich dich wirklich gern dabeihätte. Philip bestimmt auch. Er bewundert dich wirklich sehr. Es sieht nach einem unglaublichen Abend aus, und wenn du nicht mitmachst, würde einfach was fehlen. Ich hoffe, ich hab dich nicht mit irgendwas verärgert. Leonard denkt das anscheinend. Ich bin immer noch im Chateau. Ruf mich an, ja?»
Ja, ja. Mhm.

Nach dem Abendessen.
Im Lauf des Abends habe ich ein paarmal versucht, Neil zu erreichen, aber er war nicht da. Renee denkt, ich hab nicht mehr alle Tassen im Schrank. Als ich ihr erzählte, daß ich bei der Feier nicht mitmache, hat sie mich ganz entsetzt angesehen. «Aach, Cady...»
«Spar dir die Mühe. Ich kenn schon sämtliche Argumente.»
«Aber wenn er doch gesagt hat, es tut ihm leid...»
«Wer?»
«Blenheim.»
«Einen Scheißdreck hat er gesagt. Er hat Leonard und

Callum vorgeschickt, damit sie ihm die Dreckarbeit abnehmen.»

«Aber er kann nicht sauer auf dich sein. Sonst hätte er dich nicht gefragt.»

«Mir doch scheißegal, ob er sauer ist oder nicht. *Ich* bin sauer.»

Das war nicht zu übersehen, also ließ sie das Thema fallen. Aber ihre gekränkte Miene ist inzwischen ganz penetrant geworden. Sie hockt auf dem Sofa, stopft sich Schoko-Kekse in den Mund und stiert beleidigt in ihre Illustrierte. Die Botschaft ist eindeutig: Ich bin ein Hitzkopf und ein Idiot und habe einen übersteigerten Stolz. Und mit ihrem Schweigen bestraft sie mich dafür, daß ich sie mutwillig um einen glamourösen Abend bringe.

Wir haben eine komische Beziehung, Renee und ich. Manchmal bin ich ihre Mutter, und manchmal ist sie meine. Ich weiß nicht, was im Moment grade dran ist, aber ihre Haltung stinkt mir. Wenn sie in ihrer langweiligen Existenz ein bißchen Glamour haben will, soll sie sich doch selber drum kümmern. Mir reicht es. Ich will mein eigenes Leben führen, und nichts weiter.

Neil hat grade angerufen, und ich habe ihm erzählt, was passiert ist. Er hat angeboten, vorbeizukommen und mich zu sich zu holen.

Klingt nach einer guten Idee.

20

Es regnete in Strömen, als wir bei Neil ankamen. Das weiße Gebäude hatte die Farbe von Spülwasser und wirkte so unappetitlich wie ein altes Kleenex, doch der Kunstrasen war strahlender denn je und schimmerte in einem unirdischen Chemie-Grün. Ich hatte in der Eile keinen Regenmantel mitgenommen, und Neil nahm mich unter seinen, während wir zum Fahrstuhl gingen – unter dem bleiernen Himmel bewegten wir uns schwerfällig vorwärts wie eine seltsame Kreatur mit vier Beinen, zwei Armen und einem Kopf. Da unten – ich reichte Neil grade übers Knie – fühlte ich mich so sicher und geborgen wie in einem kleinen privaten Terrarium, in dem es behaglich warm war und köstlich nach Jeansstoff roch. Ich hätte da stundenlang bleiben können.

In seiner Wohnung machte er mir einen Kakao. Er hatte vor einer Woche von meinem Seelentröster erfahren und war sofort losgezogen, um eine große Dose zu kaufen – nur für mich, als hätte er geahnt, daß ich bald eine Menge Trost brauchen würde. Während der Fahrt hatte er sich teilnahmsvoll mein Klagelied angehört, ohne etwas dazu zu sagen. Ich wußte, daß das noch kommen würde, aber ich wollte es nicht forcieren. Erst als wir unseren Kakao getrunken hatten und aneinandergeschmiegt unter der Bettdecke lagen, schnitt ich das Thema wieder an.

«Meinst du, ich hab Scheiße gebaut?»

«Wieso?»

«Weil ich gesagt hab, ich mach nicht mit.»

Er lächelte ein bißchen. «Nicht, wenn du dich so besser fühlst.»

Ich sagte, ich wüßte nicht, wie ich mich fühlen soll.

«Na ja», meinte er, «wenn es für dich erniedrigend war, in die Kluft zu steigen, dann war's das Richtige.»

«Ich finde es entwürdigend, daß sie nichts anderes in mir sehen wollen.»

«Nämlich dich selber.»

«Mich selber, ja.» Meine Augen hingen an seinen Lippen. Ich war dankbar, daß er mich so gut verstand. «Sag mir mal was.»

«Was?»

«Warum ist Mr. Woods niedlich, und ich bin bloß ein unangenehmer Anblick?»

«Ach komm.»

«Aber das denken sie alle, Neil. Sie sprechen es nicht aus, aber genau das denken sie.»

«Du bist bloß deprimiert.»

«Nein, komm mir nicht mit dem Quatsch. Ich erwarte, daß du ehrlich zu mir bist.»

Er blinzelte mich erstaunt an und schien zu überlegen.

«Liegt es daran, daß ich eine Frau bin?»

Er lachte glucksend. «Du hörst dich an wie die Streisand.»

«Jetzt bleib mal ernst. Wär ein kleiner Mann leichter zu ertragen?»

«Ich weiß nicht.»

«Aber wie sehn sie mich denn dann?»

«Wer?»

«Die Leute.»

«Ich bin mir nicht sicher», sagte er nach einer Weile. «Wenn sie dich näher kennen, bist du einfach Cady.»

«Bemitleiden sie mich?»

«Ich nicht», sagte er. «Ich bewundere dich manchmal, daß

300

du soviel wegsteckst, aber ich bemitleide dich nicht. Sonst könnte ich nicht mit dir zusammen sein. Du bist stärker und verständnisvoller als alle, die ich kenne. Das macht dich so wunderbar.»

Ich gab mir größte Mühe, nicht zu flennen. Trotzdem kullerte mir eine Träne über die Backe. Neil wischte sie mit dem Daumen weg. Draußen schüttete es aus Kübeln, und der Regen prasselte an die Fensterscheiben. Ich hörte Reifen auf dem nassen Asphalt, und irgendwo ging der Alarm eines Autos los. Es klang wie das Kreischen einer Irren.

Nach einer Weile sagte ich: «Findest du mich begabt?»

«Cady...»

«Sag mir's einfach noch mal, ja?»

«Ich finde dich sehr begabt.»

«Bin ich mainstream?»

«Ich weiß nicht recht, was das sein soll, aber... ich denke, dich würden alle mögen.»

«Leonard findet nicht, daß ich mainstream bin.»

«Hat er das gesagt?»

«Nicht direkt, aber ich weiß, wie er ist. Er denkt, ich mach die Pferde scheu und verschrecke die Jockel vom Land.»

«Was weiß denn der schon.»

«In der Beziehung alles. Damit ist er reich geworden. Es ist sein Job, den Geschmack des Publikums zu treffen. Er ist ne pissige Tunte mit einem Hockney an der Wand und einem mondänen Haus in den Bergen, und er wird dafür bezahlt, daß er genauso denkt wie jemand aus Iowa.»

«Wer braucht den schon», sagte Neil.

«Ich glaub, er weiß nicht mal, daß ich schauspielern kann.»

«Wen juckt's? Er ist doch bloß ein Agent.»

«Ich kann schauspielern, weißt du. Ich bin eine wirklich gute Schauspielerin – wenn man mich läßt. Ich mach's nicht nur mit meiner Untergröße.»

Ich muß zugeben, daß ich in dem Punkt ein bißchen empfindlich bin. Als Mom und ich in die Stadt gezogen sind, haben wir meine Statur als Entree bei den Reichen und Berühmten benutzt. Wenn Robin Williams im Comedy Store aufgetreten ist, sind wir hingefahren und haben den Türsteher überredet, ihm einen handgeschriebenen Zettel in die Garderobe zu bringen: «Hi, Robin! Ich bin die kleinste Frau der Welt, und ich finde Sie toll. Wenn Sie mich kennenlernen wollen – ich warte draußen.» Das war unverfroren, aber es klappte fast immer – die einzige Ausnahme war Diana Ross –, und Mom hat Tante Edie in Baker jeden Monat in einem langen, kräftig ausgeschmückten Brief eine Chronik unserer Eroberungen serviert. Nach dem Motto: So, und was sagst du jetzt?

Für mich war meine Größe einfach Mittel zum Zweck, und ich habe damit operiert wie ein Anreißer vom Rummelplatz – ich wußte immer, daß ich genug Talent und Ehrgeiz hatte, um mich zu beweisen. Mom war in der Beziehung eigentlich noch fanatischer als ich. Ich werde nie den Abend vergessen, als sie über mich hergezogen ist, weil ich mir zu einer großen Premiere die Haare hochgesteckt hatte. «Das verdirbt die ganze Wirkung», sagte sie. «Es macht dich gut fünf Zentimeter größer. Du bist fast so groß wie das Mädel in North Dakota.» Mom war immer auf dem laufenden.

«Ich hab mir was überlegt», sagte Neil.

«Was?»

«Wie wärs, wenn wir ein paar Hochglanzfotos von uns machen lassen und mal mit Arnie reden?»

«Und?»

«Und ne eigene Nummer auf die Beine stellen. Riccarton und Roth. Ich finde, es wird Zeit. Meinst du nicht?»

«Riccarton und Roth?»

«Hört sich gut an, find'st du nicht?»

«Nur, wenn man gern die zweite Geige spielt.»

Er lachte. «Na gut, dann Roth und Riccarton.»

Ich probierte es aus und lauschte dem Rhythmus der Worte.

«Nee, du hast recht. Andersrum ist es besser.»

Er strich mir übers Haar. «Ich kenn den Besitzer von dem Klub hier um die Ecke. Er engagiert uns vielleicht nicht sofort, aber an dem Abend, wo sie Talentschuppen machen, stehlen wir allen die Schau. Und wer weiß, was sich daraus ergibt?»

«Na ja... es wär ein Anfang.»

Er runzelte die Stirn. «Du find'st es Scheiße, hm?»

«Nein, klingt gut.» Nicht so gut wie ein Abend mit Meryl und Bette und Barbra und Madonna, aber ich gab mir zum erstenmal richtig Mühe, meine Erwartungen niedriger zu hängen. Denn eins war mir klar: Wenn ich in dieser Stadt überleben will, geht's nicht anders. Alles in allem war mir ein Talentschuppen in North Hollywood immer noch lieber als Telefonwerbung in Reseda oder noch so ein idiotisches Infomercial, wo man nicht mal mein Gesicht sieht. Schließlich war ich schon wesentlich tiefer gesunken und hatte trotzdem den Kopf oben behalten.

Neil stand auf, steckte sich eine Zigarette an, legte sich wieder neben mich und starrte an die Decke. «Wir müssen nach erster Sahne aussehen», sagte er. Anscheinend kam er langsam auf den Geschmack. «Vielleicht besorg ich mir 'n Smoking. Und ne Fliege in der gleichen Farbe wie dein Kleid.»

«Das wär hübsch.»

«Du könntest dich auf 'n Barhocker mit Rückenlehne setzen. Mit einem Punktstrahler auf dir.»

Ich sagte, im Stehen hätte ich eine bessere Stimme.

«Na gut, dann basteln wir dir ne kleine Kiste, so ne Art Podest. Ich kann es auf die Bühne rollen, eh du rauskommst, und dich ansagen – es wäre sozusagen unser Markenzeichen.»

«Können wir Stufen dranmachen?»

«Klar.»

«Es ist besser, wenn du mich nicht hochheben mußt. Dann ist das Publikum nicht so gehemmt.»

«Im Ernst?» Er tat, als wäre ihm der Gedanke noch nie gekommen.

«Absolut», sagte ich.

«Na gut.»

«Ist aber ne gute Idee, das Podest. Gefällt mir.»

«Hab ich im stillen auch gehofft.»

Ich lächelte, obwohl ich noch Bedenken hatte. «Bist du dir auch ganz sicher?»

«Vollkommen. So sicher wie noch nie.» Er streichelte mir die Wange. «Kannst du über Nacht bleiben?»

Ich sagte, das hätte ich mir schon vorgenommen.

«Gut.»

«Wir können es machen, Neil, aber ich will keine Gouvernante.»

«Das weiß ich.»

«Ich bin meine eigene Gouvernante.»

«Ja doch», sagte er. «Ich bin bloß der Klavierspieler.»

«Singen wir denn nicht Duett?»

«Doch», sagte er lachend. «Wenn du willst.»

«Ich finde, das würde sich gut machen.»

«Dann singen wir auch im Duett. Soviel du willst.»

Ich sagte, er solle es mir nicht so leicht machen, sonst würde ich es ausnutzen.

«Ich freu mich einfach, daß du bleibst», sagte er.

Er machte uns ein leckeres Essen – Beefstew mit Knoblauchbrot und Salat –, während draußen der Regen runterplatschte. Ich blieb im Bett, stellte den Fernseher an und genoß die Düfte aus der Küche, wo er mit Töpfen und Geschirr klapperte. Im Fernsehen übertrugen sie die Anhörung von Clarence Thomas im Senatsausschuß. An diesem Tag kamen die absonderlichsten Sachen aufs Tapet, und sie brachten eine Wiederholung nach der anderen.

«Das *darf* doch nicht wahr sein!»

Neil kam aus der Küche. Er hatte einen weißen Metzgerschurz um und hielt einen Suppenlöffel wie ein Zepter in der Hand. «Was ist denn jetzt?»

«Er hat ihr gesagt, er hätt einen Schwanz wie Long Dong Silver!»

«Wer is'n das?»

«Der Porno-Macker.»

«Du kennst ihn?»

«Hab ihn mal gesehn. Mein Freund Jeff hat mir vor Jahren ein Magazin mit nem Foto von ihm gezeigt. Er hat 'n langen dünnen Bammelmann, der ihm bis zu den Knien runterhängt. Sieht aus wie ein Stück Gartenschlauch. Ein richtig nutzloses Stück Gartenschlauch. Auf dem Foto hatte er sich 'n Knoten reingemacht.»

Neil grinste. «Du willst mich verscheißern.»

«Nein, Sir. Und wenn *wir* uns darüber unterhalten, tun sie's in den Fernsehsendern garantiert auch.»

Neil lachte in sich hinein.

«Sie haben in diesem Moment das Foto auf dem Tisch und überlegen, ob das wirklich etwas ist, was Amerika kennen muß. Ich finde, sie sollten es zeigen. Soll doch die ganze Welt wissen, was für ne Drecksau dieser Clarence Thomas ist.»

«Woher willst du wissen, ob sie nicht lügt?»

«Warum sollte sie, Neil? Warum sollte sie sich da hinsetzen und die Worte ‹Long Dong Silver› aussprechen?»

«Weil sie bei ihm abgeblitzt ist.»

«*Abgeblitzt?*»

«Na ja, er hat ihr 'n Korb gegeben. Es ist doch klar, daß sie mal scharf auf ihn war.»

«Ach, ich bitte dich!»

«*Und* er hat ne Weiße geheiratet.»

«Oh, *das* ist natürlich ein triftiger Grund, um ihn reinzureiten.»

«Für eine Schwarze schon. Was Schlimmeres kann man ihr nicht antun.»

«Schau sie dir mal an», sagte ich und zeigte auf das starke, selbstsichere, würdevolle Gesicht auf dem Bildschirm. «Sieht sie vielleicht wie ne Rassistin aus? Menschenskind, sie hat Vorlesungen über Bürgerrechte gehalten!»

«An der Oral Roberts University.»

«Na ja…»

«Mit so was würde *ich* nicht angeben. Das ist… als würde man bei Exxon über Ökologie dozieren.»

Ich ließ mir das durch den Kopf gehen. Dann warf ich ihm einen vermufften Blick zu und sagte: «Stell dich wieder an deinen Herd.»

Wir aßen im Bett. Die Medien in ihrer schmierigen Sensationsgeilheit ließen die arme Anita Hill im Lauf des Abends die Worte «Long Dong Silver» mindestens vierhundertmal wiederholen. Egal, wohin man zappte – jedesmal sah man prompt wieder den gleichen Ausschnitt und das schäbige Spektakel dieser weißen Herren jenseits der besten Jahre, die heroische Anstrengungen machten, um ihr Grinsen zu unterdrücken: allen voran Teddy Kennedy.

Nach einer Stunde hatten wir genug und knipsten den Fernseher aus. Der Regen und das wohlige Gefühl meines satten Magens lullten mich ein. Als Neil sah, daß mir die Augen zufielen, machte er das Licht aus, legte sich zu mir ins Bett und zog die Decke über uns. Ich kuschelte mich an ihn und sank in einen tiefen Schlaf.

Als ich wieder aufwachte, war ich allein, und Sonnenstrahlen drangen durch die Bambusrollos herein. In der Küche hörte ich Neil rumoren. Ich stand auf, fuhr mir mit den Fingern durch die Haare und ging in dem T-Shirt, in dem ich geschlafen hatte, zu ihm hinaus. Er war voll damit beschäftigt, Essensreste in den Shredder der Spüle zu schaben, Abfälle einzutüten und die Anrichte mit dem Schwamm sauberzureiben.

«Ich hoffe, du machst das nicht wegen mir.»

«Ich muß Mattscheibe haben», sagte er. «Ich hab etwas total vergessen.»

«Du hast noch ne Verabredung, und sie kreuzt in fünf Minuten hier auf.»

Sein Lachen war kurz und klang säuerlich. «Nee, Linda bringt Danny vorbei.»

«Oh.»

«Heut ist zwar nicht sein Tag, aber sie hat neulich angerufen und gefragt, ob's geht. Ich hab einfach nicht mehr dran gedacht.»

«Macht doch nichts.»

«Tut mir wirklich leid.»

«Soll ich mir ein Taxi bestellen?»

«Nein, bloß nicht.»

«Würd mir nichts ausmachen.»

Er zuckte mit den Schultern und sah mich verlegen an. «Hat nicht viel Sinn. Sie sind in zehn Minuten da.»

Mit anderen Worten, wir mußten uns darauf einstellen, und damit hatte es sich. Kein Wunder, daß Neil in Panik war. Ich fand es plötzlich ärgerlich, daß meine erste Begegnung mit Mutter und Sohn wegen seiner Vergeßlichkeit unter Zeitdruck stattfinden mußte.

«Brauchst du irgendwas?» fragte er.

«Nö... na ja, vielleicht 'n nassen Waschlappen.»

«Kriegst du.»

«Hast du noch mein grünes T-Shirt, das ich letztes Mal dage-lassen hab?»

«Klar.»

«Dann zieh ich das an.»

Er brachte mir die Sachen und ließ mich im Schlafzimmer allein. Ich zog mein angeschmuddeltes T-Shirt aus und machte vor dem Spiegel des Wandschranks eine Katzenwä-sche. Dann zog ich mir das grüne T-Shirt über. Das war we-nigstens frisch gewaschen, und die Farbe stand mir. Ich zog mir die Lippen nach, puderte mir die Nase und sprühte mich mit Charlie ein. Nach einem vergeblichen Versuch, meine zerknautschte Frisur in Ordnung zu bringen, warf ich die Haarbürste entnervt auf den Boden. Ich machte mir die ganze Mühe wegen Linda – aber fragt mich nicht warum.

Ich ging ins Wohnzimmer, wo Neil die herumliegenden Zei-tungen vom Fußboden aufsammelte.

«Soll ich dir helfen?» fragte ich.

«Nee, geht schon. Du siehst prima aus.»

Ich grummelte was.

«Entschuldige den Schlamassel.»

«Ach, was soll's.»

«Sie bleibt nicht lang. Sie liefert ihn nur hier ab.»

«Du brauchst 'n bißchen Zeit für ihn. Ruf mir doch einfach ein Taxi, und...»

«Ich fahr dich dann nach Hause. Kann gleich losgehen.»

Ich zuckte mit den Schultern.

«Er ist ein netter Junge. Er beißt nicht.»

«Aber ich vielleicht.»

Er lachte. Als er den Packen Zeitungen auf den Eßtisch legte, klingelte es.

Ich zuckte unwillkürlich zusammen. «Ist sie immer so pünktlich?»

«Immer», sagte er und ging zur Tür.

Ich strich mein T-Shirt glatt und blieb, wo ich war, damit er Gelegenheit hatte, meine Anwesenheit zu erklären und mich dann vorzustellen. Er machte die Tür auf. Linda war salopp gekleidet – rosa Hose, Leinenbluse, Sonnenbrille –, und dicht neben ihr stand der hübsche Siebenjährige mit dem aufgeweckten Blick, der die beiden Geschiedenen zwang, sich immer noch zu treffen. Danny trug Cowboystiefel aus Vinyl, eine Levi's und ein hellgrünes Kordhemd. Während Mutter und Vater sich begrüßten, schaute er ins Zimmer und sah mich. Wie ich hatte auch er instinktiv gemerkt, daß noch jemand da war, zu dem er nicht hochschauen mußte. Ich schätzte, daß er gut einen Kopf größer war als ich.

«Wir sind doch nicht zu spät?» fragte Linda.

«Nein, nein», sagte Neil. «Ganz pünktlich. Tag, Skeeter.»

«Tag, Dad.»

«Seht mal, wer da ist.» Neil strahlte die beiden an. «Wir haben grade geprobt.»

«Oh, hallo», sagte Linda. «Wie geht's, Cady?»

«Bestens.»

«Danny, das ist Miss Roth...», setzte Linda an.

«...die Lady, mit der ich singe», beendete Neil den Satz.

Der Junge starrte mich immer noch an. Ich ging lässig auf ihn zu, damit er sehen konnte, wie mein Gestell funktioniert.

«Tag, Danny.» Ich schaute zu Neil hoch. «Warum sagst du Skeeter zu ihm?»

Neil lächelte. «Ist nur mein Spitzname für ihn.»

Ich hielt dem Jungen die Hand hin. «Mir gefällt Danny besser. Solang es nicht für Danforth steht.»

Der Junge schüttelte mir brav, aber lustlos die Hand und wich meinem Blick aus.

Linda, die meinen kleinen Scherz gerafft hatte, lachte. «Nee, keine Sorge.»

«Hab ich mir auch halb gedacht.»

«Da sind seine Ohrentropfen.» Die ehemalige Mrs. Riccarton gab Neil eine braune Papiertüte. «Die Dosierung steht drauf.»

«Alles klar.»

«Nach sechs kannst du mich bei Vonda erreichen.»

«Is gut.»

«War nett, Sie zu sehen, Cady.»

«Gleichfalls», sagte ich.

«Daß du mir keinen Kummer machst.»

Einen ungemütlichen Augenblick lang dachte ich, sie würde mit mir reden. Dann sah ich, daß sie Danny den Kopf tätschelte. Dreimal, ganz mechanisch und exakt. Eine blutleere, kalte, sparsame Geste, die Neil mir einmal geschildert hatte. Dieselbe Geste hätte ich mir von meinem Vater vorstellen können. An dem Tag, als er aus meinem Leben verschwand.

Linda ging, ohne einen Fuß in die Wohnung gesetzt zu haben. Ich fragte mich, ob das die übliche Prozedur war, oder ob sie Neil damit sagen wollte, was sie von meiner Anwesenheit hielt.

Sobald die Tür zu war, rannte Danny an mir vorbei in den Flur und steuerte sein Zimmer an.

«He, mal langsam, Skeeter!» rief Neil ihm nach und spielte jovial den Entrüsteten. «Er muß unbedingt nachsehen, ob sein ganzer Kram noch da ist», sagte er.

Ich lächelte zu ihm hoch.

«Tut mir leid, das ganze.»

«Geht das immer so fix?»

«Was?»

«Der Wachwechsel.»

«Heute hat sie sich direkt Mühe gegeben», sagte er. «Sonst schickt sie ihn schon unten auf dem Bürgersteig los und wartet, bis ich ihr am Fenster ein Zeichen gebe.»

Ich verdaute diese Information. Dann sagte ich: «Er ist süß.»

Er nickte.

«Er ist ein Glückspilz, daß er einen Vater wie dich hat.»

Er zuckte mit den Schultern. «Ich tu einfach das Übliche und hoffe, daß es richtig ist.»

«Wie gesagt – ein Glückspilz. Viele haben das nicht. Ich hatte es nie.» Ich lächelte ihn an. «Muß wohl der Grund sein, warum ich ne Schwäche für große Jungs hab.» Nach dieser Selbstanalyse wurde ich ein bißchen rot und redete schnell weiter, damit er nicht darauf reagieren konnte. «Ich geh jetzt besser, Neil. Das ist für ihn zuviel auf einmal.»

Neil wirkte geknickt. «Aber er weiß doch, wer du bist, Cady.»

«Die Lady, die mit dir singt.»

Er nickte. «Das – und eine gute Freundin.»

«Is doch egal.» Ich sah mich nach dem schnurlosen Telefon um und wollte mir ein Taxi rufen. Wenn ich in der Wohnung bin, läßt Neil das Telefon immer auf dem Fußboden liegen, aber heute hatte er es während seiner hektischen Vorbereitungen auf Lindas Ankunft in die Halterung neben der Hausbar gesteckt. Ich wollte ihn gerade bitten, es mir runterzugeben, als Danny aus dem Flur hereinkam.

«Oh, hallo», sagte ich.

«Hey.»

«Dein Dad sagt, du spielst auch Keyboard.»

«Yeah. 'n bißchen.»

«Er sagt, du spielst toll.»

Er zuckte mürrisch die Achseln.

«Danny, sieh die Leute an, wenn sie mit dir reden.» Der Va-

311

ter ging unter all dem Druck allmählich in die Knie. «Er ist klasse auf den Keyboards. Willst du Ms. Roth nicht was vorspielen?»

«Nein.»

«Warum nicht?»

«Ich bin müde.»

«Neil, ich glaube, es ist am besten –»

«Müde? Es ist grade mal zehn Uhr!»

«Na, ich will aber nicht!» Der Junge drehte sich auf dem Absatz um und stiefelte zurück in sein Zimmer.

Neil sah mich entschuldigend an.

«Ich nehm's ihm nicht krumm», sagte ich.

«Doch. Er weiß, daß es sich nicht gehört. Ich muß das gleich mal klären. Entschuldige mich 'n Moment.»

Neil lief seinem Sohn nach. Ich stieß einen Seufzer aus, der uns alle einschloß. Als ich mich ans Sofa lehnte, merkte ich, daß ich mal mußte. Zum Glück stand die Badezimmertür offen. Ich schlüpfte hinein und zog sie hinter mir zu, so gut es ging – ich kam nicht bis an den Türgriff.

Als ich auf dem Thron saß, mußte ich feststellen, daß ich direkt neben dem Zimmer war, in dem sich das Drama zwischen Vater und Sohn abspielte. Ich bekam nur Bruchstücke der Unterhaltung mit – wie bei einem Autoradio, wenn man durch einen langen Tunnel fährt –, aber der strenge, gemessene Ton väterlicher Zurechtweisung war unverkennbar. Ich verstand etwas von «grob und unhöflich» und «so hab ich dich nicht erzogen» und «nicht ihre Schuld, daß sie so ist». Dann, von Danny: «Mir doch egal» und «abartig» und «zum Kotzen».

Als ich fertig war, räumte ich schnell das Feld. Ich holte meine Handtasche aus Neils Schlafzimmer und verdrückte mich ins Wohnzimmer. Nach ein paar Minuten kam Neil zurück. Seine Hand lag leicht auf Dannys Schulter, als wäre

312

der arme Junge ein Häftling, der in die Besserungsanstalt eingeliefert wird.

«Also», sagte Neil mit übertriebener Munterkeit, «wollen
wir?»

«Aber sicher.»

«Der Regen scheint aufgehört zu haben.»

«Mmmm. Sieht so aus.»

«Vielleicht können wir unterwegs noch ein Eis essen
gehn.»

Ich sagte ihm, daß Renee schon auf mich wartete.

«Ach so... na dann...»

Vater und Sohn gingen voraus und warteten auf mich am
Kleinbus. Neil hob mich auf den Rücksitz und schwafelte
munter drauflos – wie plötzlich das Unwetter gekommen
war und wie sehr es über Nacht für reine Luft gesorgt hatte.
Auf der Fahrt zu mir erzählte er seinem Sohn, was für eine
prima Sängerin ich wäre und daß ich in dem Film den Mr.
Woods gespielt hätte und an diesem Morgen zeitig angerückt
wäre, damit wir mit den Proben für unsere neue Nummer
anfangen konnten.

Danny saß nur da und schwieg.

21

Der nächste Tag. Gott sei Dank. Neil hat heute früh angerufen und sich wegen Dannys Benehmen entschuldigt. «So ist er sonst gar nicht», sagte er.

«Schon gut.»

«Ich kann's mir nur so erklären, daß ihm Linda vielleicht was erzählt hat.»

«Du meinst – von uns?»

«Ja.»

«Hast *du* ihr von uns erzählt?» Ich war sicher, daß er Danny nichts gesagt hatte – und es wahrscheinlich auch nie tun würde –, aber ich wußte nicht, was er seiner Verflossenen anvertraut hatte.

«Sie weiß, daß wir Freunde sind.»

«Danach hab ich nicht gefragt.»

«Na ja... nein. Das nicht.»

«Wie soll sie's dann Danny gesagt haben?»

«Weiß ich auch nicht», sagte er. «Sie kann ja von selbst drauf gekommen sein.»

«Und das stört dich?»

«Nein.»

«Blödsinn, Neil. Wenn du dir Sorgen machst, daß der Junge dahinterkommt...»

«Ich mach mir um gar nichts Sorgen. Ich versuch nur zu erklären, warum er sich so aufgeführt hat.»

«Ich finde, er hat's ganz gut gemacht», sagte ich. «Mit den Informationen, die er hatte.»

Ich bin sicher, Neil hat die Anspielung verstanden. Aber er

314

ging nicht darauf ein, sondern wählte den echt männlichen Ausweg und wechselte das Thema. «Ich hab gestern Arnie Green angerufen», sagte er.

«Ach ja? Wegen was?»

«Du weißt schon. Riccarton und Roth.»

«Oh.»

«Er meint, er kann uns unterbringen, Cady. Er findet es ne prima Idee.»

«Na ja, er findet auch tanzende Pudel ne prima Idee.»

Schweigen.

«Vergessen wir's einfach», sagte ich. «Einverstanden?»

«Paß auf, Cady... wenn du's mit ner andern Agentur versuchen willst...»

«Nein. Ich will einfach nicht.»

«Na gut.» So kleinlaut hatte ich ihn noch nie erlebt.

«Ich hab ein paar andere Ideen», sagte ich, «und die will ich nicht an so 'n Kleinkrämer wie Arnie Green verschwenden.» Ich wußte, daß ihn das schmerzen mußte, denn Arnie hatte mich schließlich an Neil vermittelt. Aber das war mir egal. Ich wollte, daß es ihn schmerzte. Er sollte wenigstens ahnen, wie mir zumute war.

«Na ja», sagte er leise, «wenn ich dabei helfen kann...»

«Nee, danke.»

«Möchtest du diese Woche ins Kino? Oder irgendwo essen gehn?»

«Nee, eigentlich nicht.»

«Cady, wenn ich irgendwas gesagt hab...»

«Laß gut sein, ja?»

«Aber ich will nicht, daß du...»

«Paß auf, Neil. Ich hab nicht mehr die Kraft, um dir was zu verzeihen. Wirklich nicht. Reim dir's selber zusammen. Ich hab was Besseres zu tun.»

Ich legte auf – bzw. ich drückte auf die Taste meines schnurlosen Telefons – und verbannte ihn mit einer kleinkarierten melodramatischen Brüskierung aus meinem Leben. Im nächsten Moment lag ich wie ein Häufchen Elend auf dem Boden und flennte. Ich heulte, bis keine Tränen mehr kamen und meine Augen rot und mit Wimperntusche verschmiert waren. Als klar war, daß er nicht zurückrief, riß ich mich zusammen, schlappte in die Küche und kochte mir zwei Eier.

Kurz vor Mittag klingelte endlich das Telefon. Jeff war dran. Ich habe anscheinend in ein Wespennest gestochen, als ich Leonard von Callum und Jeff und ihrer Begegnung im Griffith Park erzählt habe. Jeff sagt, Callum hätte ihn einen Petzer genannt, denn Leonard hat an Callum seine Wut ausgelassen und ihm «total uncooles Verhalten in einem äußerst heiklen Augenblick» vorgeworfen. Der Augenblick ist deshalb so heikel, weil GLAAD eine rigorose Medienkampagne gegen *Gut Reaction* veranstaltet und den Film als Musterbeispiel für Schwulenhetze bezeichnet. Leonard hat Callum erzählt, daß Aktivisten damit gedroht haben, eine wichtige Außenaufnahme zu verhindern, die für nächste Woche geplant ist.
Wie man sich denken kann, ist Leonard außer sich. Was, wenn die Schundblätter – oder schlimmer noch: irgendwelche Aktivisten – rauskriegen, daß der virile Jungstar des besagten Films auf dem lokalen Fleischmarkt mit seinem Schniedelwutz rumgewedelt hat? Laut Jeff, der den Zoff in vollen Zügen genießt, hat Callum dem wütenden Leonard immer wieder versichern müssen, er hätte sich höchstens ein- oder zweimal im Gebüsch verlustiert und sich auf nichts mehr eingelassen, nachdem er Jeff kennengelernt hatte. Jeff glaubt kein Wort davon, aber er behauptet, es wäre ihm egal, und das nehme ich ihm diesmal auch ab.
Callum hat Jeff anscheinend auch vorgeworfen, den

GLAAD-Protest angezettelt zu haben – was Jeff bestreitet. Von dem Drehbuch, sagt er, wären mehrere Exemplare im Umlauf. Allerhand Schwule hätten jetzt die Nase voll und würden die Filmstudios ausspionieren.

Ich fragte ihn, ob sie bei GLAAD wüßten, daß Callum schwul ist.

«Na klar.»

«Wissen sie es von dir?»

«Cadence», sagte er beleidigt, «ich hab monatelang mit dem Typ geschlafen. Ich lebe nicht unter einer Käseglocke. Ich hab Freunde, ich treffe Leute. *Er* soll doch angeblich unsichtbar sein, nicht ich.»

«Weiß Callum, daß sie es wissen?»

«Hat er nicht gesagt. Und ich hab ihn nicht gefragt.»

«Was *hat* er denn gesagt?»

«Bloß, daß du Leonard den Tratsch vom Griffith Park erzählt hast, und daß er mir dankbar wäre, wenn ich dir auf die nette Art sage, du sollst in Zukunft vorsichtiger sein.»

«Und was hast du gesagt?»

«Daß er selber mit dir reden soll, wenn ihn was ärgert.»

«Das macht er nicht.»

«Warum?»

«Weil er nett zu mir sein muß.»

«Wieso?»

Ich erzählte ihm von der Feier und daß Philip, Callum und Leonard mich tagelang bekniet hatten, bis ich am Ende die Rückkehr von Mr. Woods abgewürgt hatte. Als ich fertig war, brachte er eine Weile kein Wort heraus. Dann sagte er:

«Du machst es wirklich nicht?»

«Nein.»

«Findest du das klug?»

Ich rang mir einen tiefen Seufzer ab. «Herrgott, Jeff, wenn *du* das nicht begreifst, wer dann?»

«Schon, aber... Bette Midler *und* Madonna!»

«Jeff...»

«Ich versteh, daß es dir ums Prinzip geht. Glaub mir, ich versteh, was du meinst...»

«Aber?»

«Hm, ich weiß nicht.»

«Na, ich aber.»

«Und wenn sie jemand andern finden, der in die Kluft steigt? Das versuchen sie bestimmt.»

«So klein wie ich? Glaub ich nicht.»

«Man kann nie wissen.»

Und wenn schon, sagte ich. Dann müßte ich mich eben damit abfinden.

«Hast recht», sagte er schließlich. «Vergiß es. Scheiß auf die Linkmichel. Das ist genau die richtige Marschroute. Nur so kannst du dich gegen sie durchsetzen.»

«Danke.»

«Es sei denn...»

«Nix ‹es sei denn›.»

«Nein, jetzt warte doch mal...»

«Jeff...»

«Wie wär's, wenn du die Kluft nicht anziehst?»

«Ich hab doch grade gesagt...»

«Nein, ich meine... wenn du sie anziehst oder dich dazu bereit erklärst und die Proben und alles mitmachst – und dann ziehst du das Ding aus! Kurz vor deinem Auftritt...»

Ich fand, daß der Vorschlag nur eisiges Schweigen verdiente.

«Dann könnten sie dich nicht mehr stoppen», sagte er. «Sie würden sich unmöglich machen.»

«Na schön, Einstein. Und dann?»

«Dann singst du. Oder was immer.»

«Ohne eine einzige Probe, ohne was mit dem Orchester abzustimmen – ich pflück mir einfach ein Mikro von einem einsfuffzig hohen Stativ und fang an zu singen.»

«Mit dem Mikro könnte dir jemand helfen. Und vergiß das Orchester. Sing a capella. Dann kommt deine Stimme noch besser.»

«Jeff, mach dir doch eins mal klar: Vor mir wird Philip Blenheim stehen und auf seinen Preis warten.»

«Dann singst du eben Philip Blenheim an. Es ist dein Tribut an ihn. Das Publikum wird gerührt sein, und er muß einfach stillhalten und es lächelnd über sich ergehen lassen.» Jeff lachte triumphierend. «Das ist genial! Ich kann's nicht fassen! Genauso mußt du es machen, Cadence!»

Was ich in diesem Augenblick empfand, war eine kuriose Mischung aus Angst, Verärgerung und totaler Begeisterung. Ich wußte sofort, daß Jeff recht hatte. Es wurde Zeit, daß ich in diesem unheiligen Krieg nicht wie ein Opfer, sondern wie eine Guerillakämpferin dachte. Warum sollte ich aus bloßer Verärgerung vor meiner besten Chance für einen großen Durchbruch weglaufen? Was hab ich davon, wenn ich aus Ehrpusseligkeit stur bleibe, und das Publikum erfährt es nie?

«Gott, Jeff... meinst du wirklich?»

«Ich bin *sicher*.»

«Aber sie werden mich als Mr. Woods ansagen.»

«Und raus kommt eine schicke kleine Frau, total entspannt und selbstbewußt. Ich sag dir, Cadence, ich krieg jetzt schon ne Gänsehaut.»

Die kriegte ich auch, aber aus ganz anderen Gründen. Was wäre, zum Beispiel, wenn ich nicht rechtzeitig aus der Kluft komme? Das ist ein sperriges Ungetüm aus Latex und Kabeln, kein dünner Schleier, den ich wie Salome mal schnell fallenlassen kann. Oder wenn jemand diesen heimlichen

Striptease mitkriegt und mich abfängt, eh ich auf die Bühne entwischen kann? Andererseits handelte es sich bloß um eine Live-Veranstaltung im Ballsaal eines Hotels. Da gab es nicht die straffe Organisation wie in einem Filmstudio mit haufenweise Personal. Mit dem richtigen Komplizen und ein paar gut plazierten Ablenkungsmanövern war es vielleicht zu schaffen.

Jeff muß am Telefon gehört haben, wie es in meinem Hinterkopf tickte. «Ich weiß, du siehst es schon richtig vor dir», sagte er.

«O ja.»

«Was ist denn noch?»

«Ich weiß nicht. Ich glaub, ich trau mich nicht recht.»

Er lachte. «Was kann denn schiefgehn?»

«Alles mögliche.»

«Juckt dich das?»

«Nö.»

«Na also.»

«Hilfst du mir dabei?»

«Klar. Aber... wie wär's denn mit Neil? Der kennt sich im Showbusiness viel besser aus.»

«Wenn ich ihn haben wollte, würd ich ihn fragen», sagte ich.

«Oh. Verzeihung.»

«Also – hilfst du mir?»

«Was hätt ich denn zu tun?»

«Ach», sagte ich, «rumstehen und mit Latex fummeln.»

«Das bring ich.»

«Jede Wette.»

Er lachte. Aber dann spürte er wohl die Last der Verantwortung, die auf ihn zukam, und er wurde wieder ernst. «Da fällt mir was ein», sagte er. «Was ist, wenn sie wollen, daß du mit Callum auf die Bühne kommst? Als Mr. Woods, meine ich. Dann hättest du ihn schon hinter der Bühne am Hals.»

«Das wird nicht passieren», sagte ich. «Mr. Woods zusammen mit dem erwachsenen Jeremy, das wär zuviel auf einmal. Damit wär das Publikum überfordert.»

«Ich weiß nicht», sagte Jeff. «Vielleicht finden sie, es wär ein rührendes Bild – der Größenunterschied.»

«Ja, aber so denkt Blenheim nicht. Er wird wollen, daß der Kobold allein rauskommt. Ich vermute, Callum wird vorher rausgehn und Mr. Woods ansagen.»

«Du mußt drauf bestehen, daß du deine eigene Garderobe kriegst», sagte er.

«In Ordnung.»

«Damit dich bis zum letzten Moment niemand sieht.»

«Gute Idee.»

«Und wenn er dir mit irgend nem Scheiß kommt, laß dich auf nichts ein. Du hältst hier die Trumpfkarten.»

Ich mußte tatsächlich schlucken, als ich mir ausmalte, wie ich zwischen den Auftritten von Bette und Barbra im Rampenlicht stehen würde. «Am besten, ich ruf ihn sofort an», sagte ich.

«Wen?»

«Leonard.»

«Nee. Warte, bis er sich bei dir meldet. Und geh nur ganz widerstrebend drauf ein. Du kannst nicht auf einmal Feuer und Flamme sein, sonst wird er mißtrauisch.»

«Ja, hast recht.»

«Aber du darfst auch nicht vergrätzt sein. Sonst sehn sie dich als Sicherheitsrisiko.»

«Du hast das Zeug zum Kriminellen.»

«Die richtige Einstellung ist alles», sagte er.

«Ich muß jetzt Schluß machen. Ich will mir alles noch durch den Kopf gehen lassen.»

«Ich denk, du hast dich entschieden.»

«Hab ich auch. Aber ich muß es noch verdauen. Sag mir mal was.»

«Was?»

«Du machst das nicht bloß, um Callum in Verlegenheit zu bringen, oder?»

Er zögerte ein bißchen und sagte dann: «Warum sollte ihn das in Verlegenheit bringen?»

«Na ja... es ist nicht das, was sie geplant haben.»

«Nee, es ist hundertmal besser. Niemand kriegt hier eins ausgewischt, Cadence. Alle werden davon profitieren, ob sie's wissen oder nicht. Wart's ab. Sogar Blenheim wird einsehen, daß es so eine menschliche Note hat, die viel interessanter ist.»

«Also gut», sagte ich. «Wenn das Pipi in den Panasonic rauscht, bist du schuld.»

«Wenn *was*?»

Ich kicherte. «Ist 'n Spruch von Leonard.»

«Sieht ihm ähnlich.»

«Ich wollte dir nur ein bißchen Hollywood bieten.»

«Verschon mich.»

«Ich mach jetzt Schluß.»

«Ruf mich an, wenn du mit ihm gesprochen hast.»

«Keine Sorge.»

«Das ist die beste Idee, die ich je hatte», verkündete er.

Die nächsten zwei Stunden ging ich in meinem Garten auf und ab, und in meinem Kopf drehte sich alles, während ich mir abwechselnd Katastrophen und Triumphe ausmalte. Für Katastrophenstimmung sorgte die Vermutung, Leonard könnte Philip bereits von meiner Ablehnung erzählt haben, und Philip könnte in seiner Wut das Guinness Book zur Hand genommen und in der Rubrik «kleinster Mensch» nachgesehen haben. Dann würde er keine Kosten scheuen, um die 74 Zentimeter große Titelhalterin aus Jugoslawien zu verpflichten. Wie einen lebenden Hummer würde man sie noch rechtzeitig einfliegen, um den großen Abend zu retten. Philip würde aus lauter Dankbarkeit seinen Schwur vergessen, das Geheimnis um den Kobold lüften und seine Entdeckung eines neuen «Däumlings» mit massiver Publicity abfeiern. Ich konnte die kleine Zicke schon vor mir sehen, wie sie allerliebst im Los Angeles Airport auf ihrem Gepäck hockte, den Reportern Kußhändchen zuwarf und in charmant gebrochenem Englisch ihre Lebensgeschichte auftischte.

Auf der positiven Seite sah ich die erstaunlichsten Dinge auf mich zukommen: Ein Feature in der Filmzeitschrift *Premiere*. einen Plattenvertrag, eine maßgeschneiderte Rolle in Philips Musical – und wie sich Leonard mit seinem besten scheißfreundlichen Grinsen in meinem Erfolg sonnen würde, als hätte er immer schon daran geglaubt. Neil würde so stolz auf mich sein, daß er sich mit mir für die Rubrik «Paare» in *People* beim ungenierten Techtelmechtel auf seinem Kunstrasen ablichten ließ. Ich konnte mir in diesen Stunden der Ungewißheit fast alles vorgaukeln, denn ich war mir – vielleicht zum erstenmal in meinem Leben – ganz sicher, daß so gut wie alles möglich war.

Als Leonard endlich anrief, legte ich einen matten, gutwilligen, leicht resignierten Tonfall vor und erklärte mich bereit, aus reiner Freundschaft ein letztes Mal in die Gummikluft zu steigen. Er war so begeistert, daß er mir eine eigene Garderobe zugestand, kaum daß ich den Wunsch ausgesprochen hatte – ein klares Zeichen dafür, daß ich noch mehr hätte verlangen sollen. Nächste Woche soll es bei Icon eine Anprobe geben, falls noch «Änderungen» nötig werden. Was ich wieder einmal als versteckte Anspielung auf mein Gewicht auffaßte. Mr. Woods wird nur einen Satz zu sprechen haben (dreimal dürft ihr raten, welchen), und der wird als Tonbandkonserve aus einem kleinen Lautsprecher in seinem Kopf kommen. Leonard hat mir versichert, daß der Kobold solo auf die Bühne kommen wird.

22

Noch fünf Tage. Vielleicht war es ein Fehler, aber gestern habe ich Renee von meiner Coming-Out-Party erzählt. Schließlich ist sie ständig um mich, und es wurde einfach zu anstrengend, das Geheimnis für mich zu behalten. Außerdem brauche ich, ehrlich gesagt, eine Modeberaterin für den großen Abend. Daß ich beschlossen habe, die Kluft zu tragen, hat ihr einen Juchzer entlockt, und noch lauter hat sie gekreischt, als ich ihr den Plan verklickert habe. Sie findet die Idee sogar genial und hält sie für absolut narrensicher. Für manche wäre das Grund genug, sich ernste Sorgen zu machen.

Heute vormittag ist sie mit mir zum Fabric Barn gefahren und hat mir geholfen, den Stoff für meinen Debütantinnen-Fummel auszusuchen. Wir haben uns für was Dunkelgrünes mit Glasperlen entschieden – gewissermaßen eine kleine Verbeugung vor Mr. Woods. (Außerdem paßt Grün, wie ihr wißt, besonders gut zu meinem Haar und meiner Augenfarbe.) Für die Rückenpartie haben wir einen langen Velcro-Klettverschluß gekauft, damit ich das Kleid in Sekundenschnelle anziehen kann. Ich werde eine Stunde oder länger in der Gummikluft stecken, und das Kleid kann ich unmöglich drunter tragen. Zudem erinnert mich Renee immer wieder daran, daß ich nach dem Aufenthalt in diesem Schwitzkasten neu frisiert und geschminkt werden muß. Dafür, sagt sie, wird ein Profi gebraucht, der fix arbeitet. Jemand wie sie, zum Beispiel.

Die Fähigkeiten, die sie sich bei ihren Kinderwettbewerben

angeeignet hat, werden mir bestimmt zugute kommen, aber ich habe meine Zweifel, ob es ihr gelingen wird, mitten unter all den Stars einen klaren Kopf zu behalten. Bei Callum ist sie ja schon richtig tütelig geworden. Andererseits, je mehr Helfer ich habe, desto leichter wird sich die Verwandlung bewerkstelligen lassen. Ich schätze, ich muß es einfach frei Schnauze machen.

Mittlerweile habe ich eine geniale Idee für das Lied, das ich Philip auf der Bühne singen werde: «After All These Years», ein Song aus *The Rink*. Er ist von Kander & Ebb, hat eine flotte und beschwingte Note, aber der Text hat auch einen eindeutig sarkastischen Unterton – vor allem, wenn man ihn auf mich und Philip bezieht:

> *Ach, wie schön, dich zu sehn*
> *Nach all den Jahren*
> *Ach, du hast mir so Auftrieb gegeben*
> *Und mich bei der Stange gehalten*
> *In all den Jahren –*
> *Was ist dein Geheimnis, alter Freund?*
>
> *Ich seh, das Glück ist dir hold gewesen*
> *Und hat dir anscheinend Kummer erspart*
> *Ach, du siehst fabelhaft aus*
> *Nach all den Jahren*
> *Du hast dich kein bißchen verändert!*

Die Zeile mit dem «Kummer erspart» könnte ein paar Lacher kriegen. Ich hätte nichts dagegen. Hauptsache, das Publikum bleibt bei Laune. Philip würde die Anspielung jedenfalls nicht entgehen.

Jeff hat mich Anfang der Woche zur Anprobe bei Icon gefahren. Das Wiedersehen mit der Kluft war ungefähr so, als würde man vor der einbalsamierten Leiche eines alten Erzfeindes stehen. Sie hatte ihre eigene Kammer und war auf einem Tisch ausgelegt. Ich mußte an Lenin in seinem Mausoleum denken. Techniker pappten und schnippelten und löteten mit klinisch lässiger Ruhe an der Kreatur herum und erweckten sie wieder zum Leben. Für die Augen- und Gesichtsmuskeln hatten sie neue, leichtgewichtige Schaltkreise eingebaut, so daß das Atmen für mich einfacher wurde, aber der Unterschied war nicht so groß, daß er eine echte Verbesserung bedeutet hätte. Innen hatten sie Mr. Woods neu beschichtet, und zwar mit einem Kunststoff, der jetzt ausgaste. Einer der Techniker versicherte mir aber, bis Samstagabend würde der Geruch verflogen sein.

Während ich mit vorwärts gestreckten Armen wie ein Schlafwandler in die Kluft stieg, hatte ich einen schrecklichen Augenblick lang die Befürchtung, der Motherfucker würde nicht passen. Als ich ganz drin war und der Reißverschluß an meinem Rücken hochgezogen wurde, war es um Hüfte und Arsch ein bißchen eng, aber sonst ganz bequem. Ich war so erleichtert, daß ich einen nervösen Scherz über mein Gewicht machte. Der Techniker lachte nur und sagte, Philip hätte das vorausgesehen und deshalb verlangt, daß sie die Kluft weiter machten. War nicht grade das, was ich jetzt hören wollte.

Ich hatte halb damit gerechnet, daß Philip an diesem Tag aufkreuzen würde, aber er kam nicht. Nach Auskunft der Techniker hält er sich über die Arbeiten in der Werkstatt auf dem laufenden, hat aber ausdrücklich darum gebeten, daß er Mr. Woods vor der Veranstaltung nicht zu sehen bekommt, damit ihm das Erlebnis nicht verwässert wird. «Wie eine Braut vor der Hochzeit», meinte der Techniker lachend, als wären es genau solche unberechenbaren Schrullen, die Philip so verdammt liebenswert machen. Wären wir in der Bude nicht so beengt gewesen, hätte ich auf der Stelle mein Mittagessen ausgekotzt.

Als Mr. Woods betriebsbereit war und ich seine Funktionen testete, verbreitete sich die Kunde von seiner Auferstehung wie durch Telepathie im ganzen Filmstudio. Sekretärinnen, Hilfskräfte und naßforsche Publicity-Fuzzis bettelten um Zugang zu dem bereits überfüllten Korridor, in dem der Kobold auf und ab stolzierte. Nach kurzem Herumprobieren konnte ich die Steuerung wieder bedienen, als hätte ich sie nie aus der Hand gegeben. Wie Radfahren, das man angeblich auch nie verlernt. Durch Druck auf diverse Bällchen in meinen Händen konnte ich ihn dazu bringen, daß er die Nase rümpfte, die Augen verdrehte und auf das kollektive «Aaah!» der Gaffer mit zwei charmanten Grübchen reagierte. Ich hatte fast vergessen, was für ein Gefühl das war – in ihm zu stecken, ihm Leben einzuhauchen und doch nicht er selbst zu sein. «Ist er nicht süß?» flöteten sie immer wieder, und dieses gedankenlose, unzutreffende «er» schmerzte wie eh und je.

Am wichtigsten war mir natürlich, daß Jeff da war und sich mit der Kluft vertraut machte. Ich wußte, daß er mir im entscheidenden Augenblick bei meinem ‹Ausstieg› helfen konnte, ohne daß ich mit bösen Überraschungen rechnen mußte. Ehe ich reingestiegen war, hatte er mir verstohlen zugezwinkert, als wollte er sagen: «Keine Bange, da hol ich dich im Nu wieder raus.»

Beim Verlassen des Studios fragte ich ihn, ob ihm unser Vorhaben jetzt schwieriger vorkäme, als er gedacht hatte.

«Nö, gar nicht.»

«Meinst du immer noch, es ist das Richtige?»

«Absolut.» Er sah mich von der Seite an. «Hast du in letzter Zeit mit Callum gesprochen?»

«Nur kurz», sagte ich. «Er hat angerufen und gesagt, er wär froh, daß ich mitmache. Warum?»

«Nur so.»

«Ich hab ihm nicht gesagt, daß du dabei bist. Falls du das meinst.»

«Ist doch egal.»

Ich fragte, was aus dem GLAAD-Protest geworden sei.

Er zuckte mit den Schultern. «Wir haben demonstriert.»

«Wir?»

«Ich. War ne große Sache. Ich steh voll dahinter.»

«Hat Callum dich gesehen?»

«Ja, glaub schon.»

«War das nicht ein blödes Gefühl?» fragte ich.

Und er sagte: *«Nicht so blöd wie das Versteckspiel in seiner Küche.»*

Auf der kurzen Fahrt nach Hause geriet meine Entschlossenheit ins Wanken, aber als ich das neue *Variety* durchgeblättert hatte, war sie wieder intakt. Ich stellte fest, daß sie für *Die Rückkehr von Batman* kleinwüchsige Menschen als Pinguine verkleideten, um eine Schar von echten Pinguinen zu verstärken. Also *das* war doch mal ein Job, der das volle Engagement eines Schauspielers verdiente. Ein anderes Studio plante einen Film mit dem Titel *Der Kobold*, einen Thriller über einen kleinen grünen Serienkiller, der in das friedliche Leben einer amerikanischen Durchschnittsfamilie einbricht. Den könnten sie ja gleich *Fatal Enchantment* nennen. All das bestätigt mal wieder, daß ich zu drastischen Maßnahmen greifen muß, wenn ich meinem Leben eine neue Wendung geben will.

Als Renee nach Hause kam, war ich schon mitten in meinen Näharbeiten. Sie kickte die Schuhe von den Füßen, hockte sich zu mir auf den Boden und sah sich an, wie weit ich mit den Ärmeln war. Sie hielt den Stoff hoch, so daß die Glasperlen im Licht glitzerten. «Das ist soo elegant», rief sie aus. «Ich bin froh, daß wir das genommen haben.»

Ich stimmte ihr zu.

«Neil wird begeistert sein», sagte sie.

«Neil wird es nicht sehen», sagte ich. «Außer im Fernsehen.»

«Was? Er kommt nicht mit?»

«Nee.»

«Warum nicht?»

«Weil ich ihm nichts gesagt hab.»

«Aber warum denn? Er findet es toll, wie du singst. Jede Wette, daß er die Idee schick findet.»

«Na ja ... es war mir einfach zu kompliziert.»

Sie runzelte die Stirn. «War was?»

«Nein.»

«Irgendwas muß gewesen sein, Cady. Was ist los?»

Ich frage mich, wie eine Frau, die «jede Wette» und «schick» in einem einzigen Satz unterbringt, ein derart sicheres Gespür für meine Verstimmungen haben kann. «Seine Verflossene ist mit dem Jungen aufgekreuzt», sagte ich.

«Oh.»

«An dem Morgen, als ich bei ihm in der Wohnung war.»

Vor Schreck hielt sie sich die Hand vor den Mund. «Du meinst, ihr wart im Bett?»

«Nein, nein. Nicht im entferntesten.»

«Ah.»

«Es war einfach verklemmt. Alle waren so proper und steif und betont gutgelaunt. Wie in ner richtig hohlen Folge von der *Cosby Show*. Ich bin mir wie eine Aussätzige vorgekommen. Als hätt ich da überhaupt nichts zu suchen.»

Renee kniff die Augen zusammen und sah mich verwirrt an. «Weil du ne Weiße bist?»

330

«Nee, weil es ihm peinlich war. Er hat sich dagegen gewehrt, aber man hat's ihm angemerkt.»

«Daß es ihm *peinlich* war?»

«Ja.»

«Weil du ne Weiße bist?»

«Nein, nicht *das*! Weil ich bin... wie ich bin.»

«Ich glaub wirklich nicht, daß –»

«Na, du warst nicht dabei, oder?»

«Aber er ist mit dir nach Catalina.»

«Na und?»

«War seine Frau nicht auch da?»

«Seine Ex. Ja. Und?»

«Na, da war's ihm doch auch nicht peinlich.»

«Weil er mich da noch nicht gefickt hat.»

Bei dem unanständigen Wort verzog sie das Gesicht. «Was hat'n das damit zu tun?»

«Alles», sagte ich. «Alles. Ne Freundschaft, das geht noch. Da beweist er, daß er ein netter Kerl ist. Aber ficken, das ist nicht mehr koscher. Da könnten sie ja denken, er ist pervers. Vor allem seine Familie...»

«Ach, jetzt komm...»

«Ganz im Ernst, Renee. Überleg mal. In dieser Kultur kommt es *sehr* darauf an, wo einer seinen Schwanz reinsteckt.»

Sie errötete wie eine Jungfer. «Meinst du, sie weiß es?»

«Bin mir nicht sicher.»

«Na dann...»

«Ist doch auch egal. Der Punkt ist, daß er niemals dazu stehen wird.»

«Na ja, vielleicht später.»

«Nein. Nie. Und bestimmt nicht vor dem Jungen, mit dem er sein halbes Leben verbringt. Daddy kann doch so was nicht als Freundin haben.»

331

Renee starrte auf den Boden.

«Ich hab gewußt, daß es kommt», sagte ich leise. «Bloß nicht, wann. So läuft das eben, verstehst du. Früher oder später. Man kann es verdrängen oder auch nicht. Ich hab mich für das zweite entschieden.»

Renee sah mich mit triefigen Augen an. Ihre Unterlippe bebte.

«Es war dumm von mir zu glauben, daß ich es hinkriegen kann», sagte ich. «Ich kenn doch die Spielregeln.»

«Aber er ist so ein netter Kerl.»

«Sicher.»

Sie hielt das halbfertige Kleid, als wollte sie im nächsten Moment reinschneuzen. Ich nahm es ihr weg. «Wenn du flennen willst, geh ins andere Zimmer.»

«Bist du nicht traurig darüber?» fragte sie.

«Das kann ich mir nicht leisten», sagte ich. «Ich muß mich in Form bringen für 'n Auftritt.»

23

Eben ist mir ein merkwürdiger Gedanke gekommen. Was ist, wenn der Rummel um mein Debüt meinen Vater aus der Reserve lockt? Ich nehme an, er lebt noch. Er ist noch keine sechzig und wahrscheinlich immer noch beim Militär. Was ist, wenn er abends mal durch die Kanäle zappt oder in einer Zeitschrift blättert und auf dieses zwergenhafte Multitalent mit dem unverkennbaren Namen stößt? Wird meine Berühmtheit ein Grund für ihn sein, sich bei mir zu melden? Wird er demnächst ganz zerknirscht hier auftauchen – oder mich wenigstens dafür respektieren, daß ich es so weit gebracht habe? Und wenn ja: Werde ich ihm verzeihen? Nein, nein und noch mal nein.

24

Noch drei Stunden. Eigentlich sollte ich mich aus-
ruhen, aber ich bin so nervös, als hätte ich eine Wespe im
Hintern (wie Mom ungefähr zweimal am Tag zu sagen
pflegte). Außerdem will ich das hier schnell aufschreiben,
denn nach dem heutigen Abend wird es noch eine Menge zu
berichten geben.

Heute morgen hat mich Jeff zur Technikprobe ins Beverly
Hilton begleitet. Leonard, der eine Weile da war, hat mich
überschwenglich an sich gedrückt und eine große Schau ab-
gezogen. Als ich ihn Jeff vorgestellt habe, hätte man an dem
starren Blick, mit dem sie einander fixierten, die Wäsche
eines ganzen Monats aufhängen können. Zum Teil liegt es an
dem Rabatz wegen *Gut Reaction* und zum Teil daran, daß
jeder dem anderen vorwirft, Callum verdorben zu haben.
Für Leonard war Jeff ganz klar ein Eindringling, ein unsiche-
rer Kantonist, den man nicht hinter die Bühne lassen sollte.
Trotzdem waren sie, wenigstens nach außen hin, höflich zu-
einander.

Als ich Leonard ein Kompliment wegen seiner Figur machte,
quasselte er endlos von einer neuen Diät (eine Frau bringt
ihm einmal die Woche frisches Gemüse). Glaubt er vielleicht,
daß ich denke, er hat Aids? Das wäre typisch Leonard.
Könnte gut sein, daß er Aids hat – er ist kein Mensch, der so
etwas freiwillig zugeben würde. Auf jeden Fall sah er ganz
gut aus. Braungebrannt wie noch nie. Daß ihn Jeffs Anwesenheit gestört hat, könnte für mich sogar ein Vorteil gewesen sein, weil ich dadurch einen weniger verdächtigen Ein-

druck auf ihn gemacht habe. Ich gab mich cool und kompetent, als wollte ich nur meinen Job erledigen und wieder nach Hause gehen. Ganz der solide Profi, der für Flausen keine Zeit hat.

Der Ballsaal war größer, als ich erwartet hatte. (Laut Leonard gehört er zu den größten in der Stadt, und deshalb angelt sich das Hilton so viele Veranstaltungen der Filmindustrie.) Bis auf ein paar Producer und technische Assistenten war niemand da. Die Bühne war ziemlich klein – die eigentliche Show sollen wohl die ganzen Stars im Publikum sein. Damit es im Fernsehen besser wirkt, sind sie in ansteigenden Sitzreihen in einem Halbkreis vor der Bühne plaziert. Eine große Party ohne Drinks, aber mit allerhand überraschend vertrauten Gesichtern. Manche Plätze waren mit einem Streifen Kreppband markiert, der mit Filzschreiber in Leuchtfarbe beschriftet war. Jeff ging für mich auf Patrouille und hüpfte durch die Reihen. Als er wiederkam, grinste er wie ein Bandit. Er machte sich einen Klebestreifen vom Handrücken ab und pappte ihn mir auf den Arm. MRS. FORTENSKY stand darauf.

«Tu das wieder zurück!» sagte ich.

«Warum?»

«Darum.» Ich machte das Ding ab und hielt es ihm hin. «Ich will, daß Mrs. Fortensky einen guten Platz kriegt.»

Er lachte.

«Gibt's auch einen Mr. Fortensky?» fragte ich.

«Klar. Und neben ihnen sitzt Mr. Eber.»

«Find ich vernünftig. Der Abend wird lang. Könnte sein, daß ihr die Frisur aus dem Leim geht.»

Er schmunzelte.

«Sonst noch was?»

«Callum sitzt zwei Plätze neben Miss Foster.»

«Du verscheißerst mich.»

«Nö.»

«Was noch?» fragte ich.

Er lächelte. «Das reicht. Sonst kriegst du ne Überdosis.»

«Scheiße, ich find's toll!»

«Ohne Flachs», sagte er.

Der technische Direktor hörte unser Gelächter und kam herunter, um sich vorzustellen. Er ging mit uns in eine Garderobe, wo der Kobold in seiner Metallkiste bereits auf uns wartete. Der teure Fummel war mit einem großen Vorhängeschloß gesichert. Ich dachte an die alten Zeiten, und meine Erinnerungen waren alles andere als liebevoll. Wie versprochen, hatte ich die Garderobe ganz für mich, und das war sicherlich nicht schwer zu arrangieren gewesen, denn die anderen Mitwirkenden werden in Abendgarderobe erscheinen und auch so auf die Bühne gehen. Wenn ich es recht sehe, bin ich die einzige, die sich umziehen muß.

Der Direktor hat mir gesagt, daß Fleet Parker heute abend die Conference macht. (Eigentlich eine naheliegende Wahl, wenn man bedenkt in wie vielen Blenheim-Filmen er schon mit seinen Silikonmuskeln geprotzt hat.) Mein Auftritt kommt ganz zum Schluß direkt nach Callum. Der wird Reklame für seinen neuen Film machen und davon reden, daß Philip während der Dreharbeiten ein prima Daddy für ihn gewesen ist. Dann kommt Fleet wieder raus und sagt ein paar Worte, worauf Philip seine Fürstenloge verläßt und zu dem Schauspieler auf die Bühne kommt. Sie unterhalten sich eine Weile – yodda, yodda, yodda –, und dann kriege ich mein Stichwort. Ich trotte als allerliebster Mr. Woods raus, überreiche Philip seine Trophäe (ein gräßliches Ding), laß meinen herzerwärmenden Tonbandspruch ab und trolle mich wieder.

«Kurz und schmerzlos», faßte es der Direktor zusammen. «Das Publikum kräftig anmachen und wieder verschwinden, eh der Effekt verpufft. Das Überraschungsmoment, darauf kommt's uns hier an.»

«Alles klar.»

«Wie lange soll sie in der Kluft stecken?» fragte Jeff.

«Sie meinen, vor dem Auftritt?»

«Ja.»

«Ach, ne Stunde oder so. Sie sollten um sieben hier sein, aber die Kluft müssen Sie erst so gegen neun anziehen. Es wird jemand da sein, der Ihnen hilft.»

«Dazu bin ich da», sagte Jeff.

«Nein, ich wollte sagen – jemand, der die Verkabelung checkt und sich vergewissert, daß alles funktioniert.»

«Ach so.»

«Werden Sie bei ihr in der Garderobe sein?»

«Ja sicher», sagte Jeff und bemühte sich um einen selbstbewußten Ton.

Als ich sah, daß der Direktor mit einem leichten Stirnrunzeln reagierte, fügte ich rasch hinzu: «Ich brauche jemand... Sie wissen schon...» Ich sah ihn mit großen Augen an und ließ den Rest unausgesprochen, als wollte ich andeuten, daß er sich lebhaft vorstellen konnte, was für heikle und intime Handreichungen eine Person wie ich nötig hatte.

«Is klar», sagte er und nickte. Er wollte es gar nicht so genau wissen.

Unsere erste kleine Gewitterwolke war vorübergezogen, und ich war heilfroh, daß ich Jeff vor Betreten des Ballsaals gebeten hatte, seinen Button mit der Parole SCHWUL TUT GUT abzumachen. Bloß nicht unnötig auffallen.

Der technische Direktor mußte sich jetzt um ein Beleuchtungsproblem kümmern, und wir hatten Gelegenheit, die Bühne und meinen Weg dorthin zu inspizieren. Von der Garderobe hatte ich nur eine kurze, ziemlich gerade Strecke zu bewältigen. Das Risiko, entdeckt zu werden, hielt sich also in

Grenzen. Am Bühnenrand gab es mehrere Mikrofone auf Ständern. Jeff erklärte sich bereit, in dem kurzen Augenblick vor meinem Auftritt, solange die Scheinwerfer noch aus waren, auf die Bühne zu rennen, ein Mikro abzumachen und für mich auf den Boden zu legen. Auf dem Weg zu Philip, sagte er, sollte ich es einfach aufheben und reinsingen.

«Und wenn es tot ist?» fragte ich.

«Ich such dir schon eins aus, das geht.»

«Wehe, wenn nicht», sagte ich. «Das wär nämlich *dein* Tod.»

«Was ist mit dem Preis?»

«Was soll damit sein?»

«Kannst du den *und* das Mikro halten?»

«Scheiße. Nee.» Das war eine ziemlich wichtige Frage der Logistik, und ich hatte überhaupt noch nicht daran gedacht.

«Gut... dann vergiß einfach den Preis.»

Ich sah ihn entgeistert an. «Jeff – er *muß* diesen Preis kriegen.»

«Wieso?»

«Es muß einfach sein. Ich hab nicht vor, ihm den ganzen Abend zu ruinieren.»

«Dann kommst du hinter die Bühne und holst ihn. Oder ich bring ihn dir raus.»

«Nicht grade die elegante Art.»

«Ist so ein Coup doch nie», meinte er achselzuckend.

«Wenn du mich nervös machen willst», sagte ich, «gelingt es dir prächtig.»

Er lächelte sarkastisch. «Dann nimm den Preis mit raus und stell ihn ab, wenn du das Mikro aufhebst. Und laß dir Zeit. Spiel es aus. Du weißt, was zu tun ist. Du wirst den ganzen Weg im Lichtkegel eines Scheinwerfers sein, also mach was daraus. Da kommt nicht *irgend jemand* auf die Bühne, Cady.

Du hast die Aufmerksamkeit des Publikums. Und ne gute Staffage, mit der du arbeiten kannst.»

Das klang vernünftig. Gleichzeitig löste es neue Horrorvorstellungen aus. «Und wenn sie den Spot abschalten?»

«Wann?»

«Wenn sie sehen, daß ich es bin.»

«Das werden sie nicht.»

«Wieso?»

«Weil Blenheim ja auch noch auf der Bühne ist.»

«Und?»

«Und weil es ne Überraschung sein könnte, die er in letzter Sekunde eingebaut hat. Ist das nicht so ne Art Spezialität von ihm?»

«So ne Art, ja.»

«Also. Wenn er da oben steht und auf dich reagiert – mit Lächeln und was weiß ich –, dann werden sie denken, alles ist paletti.»

«Und wenn er nicht lächelt?»

«Wird er aber. Er hält sich doch für 'n kumpelhaften Typ, oder nicht?» Er machte ein nachdenkliches Gesicht. «Wirst du bloß was singen?»

«Was meinst du mit ‹bloß›?»

Er lachte in sich hinein. «Ich meine... sagst du nicht auch was zu ihm?»

«Tja, werd ich wohl müssen.»

«Und was?»

«Hm.» Ich hatte natürlich schon hin und her überlegt, aber den passenden Spruch hatte ich noch nicht gefunden.

«Was hättest du denn als Mr. Woods sagen sollen?»

«Das kannst du vergessen.»

«Warum? Das wär vielleicht das Logische. Das schafft die Verbindung zwischen dir und der Figur.»

«Wozu brauch ich das denn?»

339

«Damit sie wissen, warum du da oben bist, Cadence. Außerdem – willst du nicht die Anerkennung für die Rolle?»

«Ja, schon.»

«Find ich doch ganz vernünftig.»

Er hatte schon wieder recht, und ich sagte es ihm. Als ich mir aus der obersten Sitzreihe die Bühne eingeprägt hatte, gingen wir. Bei dem Gedanken, daß ich wie ein Stückchen Treibholz auf diesem Meer von Berühmtheiten schwimmen würde, schlug mir das Herz bis zum Hals, aber eigentlich war ich ganz gefaßt. Aus der Kluft zu kommen, das war die schwierigste Hürde. Der Rest würde wie ein Auftritt bei einer Geburtstagsfeier sein. Nur größer.

Jeff hat mich heute mittag kurz nach zwölf hier am Haus abgesetzt, und wir haben verabredet, daß er mich um sechs wieder abholt. Beim Abschied war er ganz lässig – aus Rücksicht auf meine Nerven, nehme ich an –, aber ich habe ihm angemerkt, daß er genauso aufgedreht war wie ich. Als er um die Ecke gebogen ist, hat er mir ein Hupzeichen gegeben, als wollte er mir noch mal versichern, daß wir absolut das Richtige tun.

Im Haus war alles durcheinander, weil mich die Veranstaltung von heute abend seit Tagen so beschäftigt, daß ich mich um nichts mehr gekümmert habe. Ich schüttelte im Wohnzimmer ein paar Kissen auf, warf alte Zeitungen raus und türmte im Wandschrank meine schmutzige Wäsche auf einen Haufen. Soll angeblich helfen, die Gedanken zu ordnen, aber mir hat es einen Scheißdreck genützt. Ich beschloß, meine Dämonen bei den Hörnern zu packen und meine Nummer ein letztes Mal zu proben – diesmal mit den Abmessungen der Bühne im Hinterkopf. Big Ed, mein Vibrator, diente mir als Mikrofon. Ich schlängelte mich quer durch den Garten, sang aus vollem Hals und blieb an der Bananenstaude stehen, die als Philip herhalten mußte.

Der Auftritt ging glatt über die Bühne. Am Ende, wo der tosende Beifall hätte kommen sollen, hörte ich nur das einsame Patschen zweier Hände. Vor Schreck ließ ich Big Ed ins Gras fallen. Dann schaute ich hoch und sah Mrs. Stoate, die mich über den Zaun angrinste.

«Das ist wirklich hübsch», sagte sie.

«Danke.»

«Ich hoffe, ich hab Sie nicht erschreckt.»

«Nein.»

«Ist das ein Hobby von Ihnen?»

«Nein», sagte ich geduldig, «mein Beruf.»

«Wirklich? Das hab ich gar nicht gewußt. Ich meine, ich weiß, daß Sie ab und zu 'n Film drehen, aber das... ist mir ganz neu.»

Sie war so eindeutig beeindruckt, daß ich den Kopf verlor und ihr sagte, daß ich heute abend singe.

«Tatsächlich? Wo denn?»

«Im Beverly Hilton. Mit Bette Midler und Madonna und Meryl Streep.»

Sie sah mich mit einem peinlich berührten Lächeln an. Es war klar, daß sie dachte, ich hätte ein paar Schrauben locker.

25

Meine Coming-Out-Party (Forts.).

Jeff ist zur vereinbarten Zeit erschienen und hat Renee und mich zurück zum Hotel gefahren. Mit Renee hatte er natürlich nicht gerechnet und sah mich deshalb etepetete und tadelnd an, aber ich sagte nichts. Ich wußte genau, daß er sie für den Job, der uns erwartete, zu dusselig fand. Aber das war mir egal. Ich hatte in letzter Minute entschieden, daß Renees Loyalität und fröhliches Wesen gut für meine Moral sein würden – als hätte ich instinktiv geahnt, was kommen sollte.

Als wir vor dem Hotel waren, stellte ich mich auf den Beifahrersitz des Civic und checkte die Szene. Der Eingang war bereits gegen die Fans abgeriegelt, und fahles Scheinwerferlicht schnitt durch die winterlich bleiche Abenddämmerung. Ich sah mehrere Limousinen vorfahren, denen erste Gäste entstiegen, aber es waren nur graue, anonyme Producer-Typen. Renee stieß einen theatralischen Seufzer aus, als sie auf dem Gehsteig eine Blondine in einem eng anliegenden Glitzergewand sah, die sie für Meryl Streep hielt. Leider mußte ich sie korrigieren – es war in Wirklichkeit Sally Kirkland –, und im nächsten Moment sah ihr Gesicht so zermatscht wie ein Soufflé in einem Platzregen aus. Von Sally Kirkland hatte sie noch nie gehört.

Ich glaube, ich hätte ewig so dastehen und mein nichtsahnendes Publikum ausspionieren können, aber ein Polizist forderte uns zum Weiterfahren auf. Jeff fuhr auf den Parkplatz für das Hotelpersonal, den der technische Direktor erwähnt hatte. Wir wiesen uns bei einem Sicherheitsmenschen aus und gingen durch eine Tür, die weniger an einen Bühnen- als vielmehr an einen Lieferanteneingang erinnerte. Im Gang vor den Garderoben herrschte ein solches Gedränge, daß Renee und Jeff mich nach vorn und hinten abschirmen und mir einen Weg bahnen mußten. Ich sah mich in dem Gewühl vergeblich nach Stars um, aber als wir in meiner Garderobe waren, versicherte mir Renee, ich hätte «mindestens eine Minute lang» stumme Zwiesprache mit den Beinen von Lucie Arnaz gehalten.

Von Philip stand eine Flasche Champagner da – laut Jeff eine teure Marke. Callum und Leonard hatten mir ein paar Dutzend gelbe Rosen geschickt. So stand es jedenfalls auf dem angehefteten Kärtchen: «Callum und Leonard». In der Handschrift irgendeiner Floristin.

Ich hielt Jeff die Karte hin. «Sind die zwei jetzt ein Paar?»

«Glaub ich nicht», sagte er lächelnd.

«Warum nicht?»

«Leonard und sein Lover würden niemals ihre Stickley-Sammlung auseinanderreißen.»

«Trotzdem, vielleicht treibt er's nebenbei mit Callum.»

Jeff lächelte versonnen. «Ich hoffe, er mag Oberschüler-Pornos.»

Bei diesem Schwulentratsch huschten Wellen von Rot über Renees Gesicht. Ich zwinkerte ihr beruhigend zu. «Wie findest du unser Hauptquartier?»

«Ist nett», sagte sie. Dann, mit einem Seitenblick auf die Metallkiste des Kobolds: «Ist das, äh...?»

Ich nickte.

«Aach. Kommt jemand, der dir... reinhilft?»

«Später, ja.»

Renee versuchte, tapfer zu lächeln und einen gefaßten Eindruck zu machen, aber sie kam mir vor wie jemand, der auf einer hohen Brücke steht und ganz bescheiden wartet, bis er mit seinem Bungee-Sprung an der Reihe ist.

Wir hatten noch eine Menge Zeit totzuschlagen. Renee und Jeff machten abwechselnd eine Tour durch die Gänge hinter der Bühne und sogar in den Ballsaal und berichteten anschließend von den Stars, die sie gesichtet hatten. Renee sah Meredith Baxter Birney, Tori Spelling und «den Typ, der den Behinderten in *L. A. Law* spielt». Jeff erkannte Jonathan Demme, Michael Douglas und Jamie Lee Curtis. Ich blieb, wo ich war, schlürfte Champagner und konzentrierte mich. Das anschwellende Stimmengewirr aus dem Saal klang wie ferner Fabriklärm.

Schließlich kamen zwei Techniker von Icon, holten die Kreatur aus ihrer Kiste und prüften die Anschlüsse. Während der Arbeit machten sie höfliche Konversation mit mir, und der eine wollte sogar, daß ich für seine Kinder ein Programm signiere. Als sie sich vergewissert hatten, daß an meiner Kluft alles funktionierte, gingen sie. Eine Viertelstunde später waren sie wieder da und hatten eine Assistentin von Philip dabei, eine ernsthafte junge Frau namens Ruth, die sagte, sie wollte nur nachsehen, ob ich alles habe, was ich brauche. Sie hielt sich so lange auf, daß ich ihr Jeff und Renee vorstellen mußte – «Freunde, die zu meiner moralischen Unterstützung mitgekommen sind». Was ja auch halbwegs stimmte. Zu meiner Erleichterung schöpfte sie keinerlei Verdacht und begrüßte die beiden, als gehörten sie dazu. Ich fühlte mich dem Sieg wieder ein Stück näher.

Als es draußen losging, ließ der Besucherverkehr in meiner Garderobe schlagartig nach. Im Nu waren wir nur noch zu dritt. Wir spitzten die Ohren, als Fleet Parker wie ein Marktschreier die großen Namen ausrief und ein star-hungriger Scheinwerfer durch die Sitzreihen strich.

Anders, als Leonard es mir geschildert hatte, war die Show weniger ein Konzert als vielmehr eine mondäne Abendgesellschaft. Das meiste bestand aus kurzen, witzigen und / oder rührenden Lobreden von Philips berühmten Freunden und Kollegen. Madonna sang zwar (Jeff sah sie aus einer Garderobe flitzen), aber nur zu Playback. Es gab überhaupt kein Orchester. All das war für mich eine Erleichterung, denn es bedeutete, daß es an diesem Abend nicht in erster Linie um Entertainment, sondern um Star-Power ging. Mein kleiner Auftritt würde also gar nicht so aus dem Rahmen fallen.

Zur verabredeten Zeit kamen die beiden Techniker wieder und halfen mir in die Kluft. Renee und Jeff sahen der Prozedur wortlos zu und machten so große, besorgte Augen, als würde ich in eine Raumkapsel steigen. Ich glaube, daß ihnen erst jetzt so recht bewußt wurde, wer da alles draußen im Saal saß und wie heikel unser Vorhaben war. Ich – bzw. Mr. Woods – entkrampfte die Situation mit einem elektronischen Zwinkern und dem niedlichsten Lächeln, das der Kobold draufhatte. Renees begeistertes Kreischen muß sogar Mrs. Fortensky gehört haben.

«Ich kann's einfach nicht glauben!» rief sie.

«Kannst du ruhig», sagte ich.

«Du klingst, als wärst du in ein paar Millionen Matratzen eingepackt.»

Ich sagte, das wäre auch genau mein Gefühl.

«Ach je, da hätt ich aber...»

«Platzangst», ergänzte Jeff.

«Moment mal, bitte», sagte einer der Techniker, der jetzt am Bart des Kobolds fummelte.

Renee machte einen Satz nach hinten. «Oh, Verzeihung.»

«Ich glaub, wir sollten raus», meinte Jeff.

«Nein», sagte ich, «ihr könnt ruhig dableiben.»

«Bist du sicher?» fragte Renee.

«Glaub schon.» Ich wandte mich an die Techniker. «Oder sind euch die zwei im Weg?»

«Nö, kein Problem», sagte der jüngere und attraktivere von den beiden. Er flocht jetzt kleine Zweige in den Bart.

«Meine Freunde haben die Kluft noch nie gesehen», erklärte ich ihm.

«Ach ja?»

«Das heißt, Jeff schon – ich glaube, ihr kennt euch bereits –, aber für Renee ist es das erste Mal.»

Ich konnte Renee natürlich nicht sehen, aber ich spürte, daß sie vor Verlegenheit hochrot wurde. «Ich bin der größte Fan von... dem da», sagte sie und zeigte auf meine Kluft. «Ich kann's nicht fassen, daß ich bloß die Hand ausstrecken müßte, und schon könnt ich ihn berühren.»

«Na, tu's doch», sagte ich.

«Echt?»

«Nur zu», sagte der Techniker.

Sie kniete sich hin und betastete vorsichtig die runzlige Haut am Ellbogen des Kobolds. «Das ist zum Staunen.»

«Die Haare sind alle von Hand eingesetzt», erklärte ihr der Techniker.

«Ehrlich?»

«Jedes einzelne.»

«Kaum zu glauben!»

«Ja, nicht?»

Der Techniker kniete sich neben sie und wies sie auf weitere Eigenheiten des Kobolds hin. Sie waren so nahe beieinander, daß ich ihre Gesichter durch die Gaze des Gucklochs im Bart gleichzeitig sehen konnte. Ihre Köpfe wirkten verrenkt wie auf Paßbildern, bei denen sich ein Pärchen zusammen in einen Foto-Automaten zwängt. Und der Kerl hatte auch denselben schwärmerischen Gesichtsausdruck. Ich fragte mich, wie lange er schon auf Renee scharf war, und ob sie es mitgekriegt hatte. Und was das für uns beide bedeuten würde.

Ich machte mir Sorgen, weil ich dachte, er würde überhaupt nicht mehr weggehen. Als sein Partner den Kobold schon längst für tipptopp erklärt hatte und verschwunden war, um einen Kaffee zu trinken, blieb der Süßholzraspler immer noch da. Er war hoffnungslos in Renee verknallt und hielt ihr einen Vortrag über jede beschissene Warze und Noppe am runzligen Leib von Mr. Woods. Eins wurde erschreckend klar: Renee genoß das in vollen Zügen und hatte nicht die leiseste Ahnung, daß sie unseren Plan schwer gefährdete.

Jeff kniete sich vor mich hin und sah mich durch die Gaze vielsagend an.

«Ich weiß», sagte ich.

Er formte mit den Lippen die Worte: «Was jetzt?»

«Moment.» Die beiden waren inzwischen in eine Unterhaltung vertieft, und ich watschelte zu ihnen hin. «Ich will kein Spielverderber sein, ihr zwei, aber ich brauch jetzt meine Ruhe.»

Renee machte ein ganz betretenes Gesicht. «Ach je, entschuldige. Wie spät ist es denn schon?»

«Zeit für meine Meditation.»

«Hm?»

«Du weißt doch», sagte ich beziehungsvoll. «Meine Meditation. Vor dem Auftritt.»

«Ach, ja.»

«Vielleicht könnt ihr euch draußen weiter unterhalten.»

«O nein», sagte Renee, «ich bleib da.»

Damit meinte sie natürlich, daß sie mir bei meiner Verwandlung helfen wollte. Wobei sie dummerweise übersah, daß wir den Techniker loswerden mußten. Ich warf ihr den

347

giftigsten Blick zu, den ich durch die Gaze zustande-
brachte.

Zum Glück steckte in diesem Augenblick der technische Direktor den Kopf zur Tür herein und rief: «Noch zehn Minuten, Mr. Woods.»

«Ich bin soweit», sagte ich.

«Tja», sagte der Techniker, «dann laß ich Sie jetzt lieber me-
ditieren.»

«Danke.»

«Kein Problem.»

«Ich muß mich einfach... einstimmen.»

«Schon klar. Hat mich gefreut.»

«War nett, Sie kenn'zulernen», sagte Renee ein bißchen weh-
mütig.

Kaum war der Techniker aus der Tür, kniete Jeff schon wieder vor meinem Bart. «Und jetzt?»

«Kann man die Tür absperren?»

«Glaub schon.»

«Dann mach es.»

Nach einigen Sekunden hörte ich das beruhigende Geräusch
eines Riegels, der vorgeschoben wurde.

Renee erschien vor meinem Guckloch. «Du, Cady, es tut mir
furchtbar leid, wenn ich...»

«Vergiß es», sagte ich. «Hol dein Köfferchen. Wir haben
noch neun Minuten.»

«Ich hab's schon da.»

«Wo ist Jeff?»

«Da bin ich», sagte er irgendwo hinter mir.

«Weißt du noch, wo die Verschlüsse sind?»

«Klar.»

«Dann los.»

Im nächsten Augenblick spürte ich den Druck seiner Finger,
die sich an meinem Rücken geschickt von oben nach unten

vorarbeiteten. Die Gummikluft pellte sich von mir ab wie ein gräßlicher Kokon, den ich jetzt für immer abstieß. Ich beugte mich vor, und als das Ding langsam von mir fiel, spürte ich die wohltuend kühle Luft durch mein bereits verschwitztes T-Shirt. Ein Stück Draht hatte sich in meinen Haaren verfangen, aber Jeff entwirrte es gekonnt und hatte es im Nu heraus. Kaum war ich aus der Kluft, machte sich Renee mit einem Handtuch über mich her, trocknete mir den Schweiß ab und kommentierte die Reparaturarbeiten, die vor ihr lagen, mit einem dramatischen Seufzer.

«Alles in Ordnung?» fragte Jeff.

«Bestens», sagte ich. «Dreh dich um.»

«Komm, ich hab dich schon nackt gesehn.»

«Ich weiß», sagte ich. «Tu mir trotzdem den Gefallen.»

Er maulte was von meinem latent bourgeoisen Tick und drehte sich zur Wand, während Renee mir das T-Shirt über den Kopf zog. Sie rubbelte mich noch einmal ab und hüllte mich dann in eine Wolke von Babypuder ein. «Nicht soviel von dem Zeug», sagte ich und verzog das Gesicht.

«Du willst doch nicht, daß deine Haut glänzt.»

«Aber ersticken will ich auch nicht», sagte ich.

Sie nahm das grüne Kleid aus ihrer Tasche, stopfte mir die Arme durch und machte hinten den Klettverschluß zu.

«So», sagte ich zu Jeff. «Kannst dich wieder umdrehn.»

«Und wenn noch mal jemand reinkommt?» sagte er.

«Ach Quatsch.»

Renee war jetzt mit meinen Haaren beschäftigt. Sie toupierte hektisch daran herum und drückte ab und zu auf den Knopf ihrer Haarfestigerdose – wie ein unverbesserlicher Sprayer, dem die Bullen schon auf den Fersen sind. Es war seltsam beeindruckend zu sehen, wie flott sie arbeitete. Ein Muster von Eleganz unter erschwerten Bedingungen. Ich merkte, daß sie sich auf diesem Gebiet bestens auskannte, und ihre resolute Könnerschaft verlieh ihr eine Autorität, die ich nie vermutet hätte.

«Hübsch, das Kleid», sagte Jeff.

«*Merci.*»

«Weißt du noch deinen Song?»

«Ja, Mom, ich weiß meinen Song noch.»

Er lächelte.

Jemand klopfte an die Tür.

«Scheiße», flüsterte ich. «Frag, wer es ist.»

«Wer ist da?» rief Jeff.

«Bei euch alles in Ordnung?» Es war der technische Direktor.

«Alles bestens», sagte Jeff.

«Noch drei Minuten.»

«Sie ist soweit.»

«Hals- und Beinbruch.»

«Danke», schrie Renee an meiner Stelle. Sie kniete vor mir und hielt mir einen Handspiegel hin, damit ich mir die Lippen nachziehen und mein Augen-Make-up checken konnte. Aus der Nähe wirkte es aufgedonnert, aber ich sagte mir, daß es von der Bühne bis zum Publikum grade richtig kommen würde.

«Was ist, wenn er noch draußen ist?» sagte Renee leise. Sie meinte den technischen Direktor.

Ich zuckte mit den Schultern.

«Du willst einfach an ihm vorbeigehn?»

«Genau das.» Ich machte einen Schritt zur Tür und blieb abrupt stehen. «Scheiße!»

Jeff wurde augenblicklich blaß und stellte sich wohl schon das Schlimmste vor. «Was ist?»

«Der Preis.»

«Oh.» Er holte die phallische Monstrosität vom Regal und hielt sie mir hin. «Gut, daß du dran gedacht hast.»

«Tja», sagte ich, als ich ihm das Ding abnahm, «dann wollen wir mal.»

«Wird 'n Klacks», meinte er.

An der Tür blieb ich stehen und wartete, daß er sie mir aufmachte.

«Moment noch», sagte Renee und sank neben mir auf die Knie. «Da ist noch ein bißchen was...» Sie zupfte ein stark mit Haarspray versteiftes Löckchen an meiner Schläfe zurecht. «So, jetzt bist du tipptopp.»

Wir tauschten einen schwesterlichen Blick. «Danke», sagte ich.

«Gern geschehen.»

Ich atmete tief durch, und Jeff machte die Tür auf. Die Luft schien rein zu sein. Nirgends war ein Wachhund zu sehen, und ich hatte freie Bahn bis zur Bühne. Zur Feier dieses kleinen Wunders zwinkerte ich Renee und Jeff lässig zu. Dann ging ich mit Philips Trophäe in meinen kleinen verschwitzten Händen in die Richtung, aus der die Musik kam – Bette Midler war grade dran. Bald würde Fleet Parker seine langatmige Ansprache beginnen, an deren Ende mein Stichwort kam: «Und den Preis überreicht jetzt jemand, der doppelt so alt ist wie wir alle zusammen.»

Ich hatte noch zwanzig Schritte bis zu den Kulissen, da tauchte unverhofft der technische Direktor auf. «Da sind Sie ja. Heiliger Strohsack! Wo ist die Verkleidung?»

«Die haben wir gestrichen.»

«Was?»

«Das ist was Neues.»

«Kann man wohl sagen.»

«Die Producer wissen Bescheid. Sie haben mich grade angerufen.»

«Wo?»

«In der Garderobe.»

«Da ist doch gar kein Telefon.»

«Jetzt schon.»

«Seit wann?»

«Wir haben eines installieren lassen.»

«Und was ist jetzt mit Mr. Woods?»

«Der ist beerdigt», sagte ich und ging weiter.

Aus den Kulissen sah ich auf die kleine Bühne, wo Bette Midler sich in Positur warf und etwas Herzzerreißendes und Ätherisches aus «I Remember You» herausquetschte. Ich stellte die Trophäe ab und verschnaufte. Im stillen fürchtete ich, daß der technische Direktor in diesem Augenblick mit Philip sprach, um zu kontrollieren, ob ich ihm die Wahrheit gesagt hatte. Ich ließ mich von Bette und ihrer Ballade einlullen, so gut es ging. Die Dunkelheit und die tröstliche Nähe eines gutgelaunten und empfänglichen Publikums halfen dabei.

Wird schon hinhauen, sagte ich mir. Das Schlimmste hast du hinter dir.

Es sei denn...

Das Mikrofon! Jeff sollte es doch abmachen und mir auf den Boden legen!

Ich rechnete mir bereits aus, wie lange ich brauchen würde, um zurück in die Garderobe zu Jeff zu kommen, und als ich auf dem Absatz kehrtmachte und losrennen wollte, lief ich – zack! – gegen Jeffs Beine.

«Jessas», flüsterte ich.

«Ich bin da», flüsterte er zurück.

«Das hatte ich ganz vergessen.»

«Wann gehn die Scheinwerfer aus?»

«Wenn Bette fertig ist.»

«Scheiße... das da ist sie, nicht?»

«Das ist sie», sagte ich.

«Welches Mikro willst du?»

«Das mittlere.»

«In das sie grade reinsingt?»

«Ja.» Ich sah mit einem leicht ironischen Lächeln zu ihm hoch, als wollte ich sagen: Ich hab's ja so gewollt.

«Wird gemacht», sagte er.

Als ich noch klein war, hat mir Mom immer aus dem Roman *Erinnerungen einer Zwergin* von Walter de la Mare vorgelesen. Ich glaube, das Buch war aus den zwanziger Jahren, aber der blumige, bedächtige Stil hatte was echt Viktorianisches. Die Erzählerin – man kennt sie nur als Miss M – war eine überarbeitete kleine Zicke, deren höchstes Lebensziel es war, vollkommen aus den Augen ihrer Mitmenschen zu verschwinden. Man sollte meinen, ich hätte sie verabscheut – aber nein. Ich konnte sie so gut verstehen. Die endlose Schmach, die sie von grausamen bourgeoisen Herrschaften zu erdulden hatte – und von Kutschen, die rücksichtslos durch die Straßen rasten. In unserem Haushalt war sie so ein gottähnliches Wesen, so eine prägende Kraft, daß ich tatsächlich dachte, sie würde eine LP aufnehmen, als ich ihren Spitznamen das erste Mal in Verbindung mit Bette Midler sah.

Ich erzähle euch das, weil es mir durch den Kopf ging, als ich da in den Kulissen stand und auf meinen Auftritt wartete – direkt nach dieser *anderen* Miss M und mit einem seltsam beklemmenden Gefühl in der Brust. So blöd es klingt, mein erster Gedanke war, ich wäre wieder in die Kluft gezwängt und müßte schwitzend ihr Gewicht ertragen. Mein zweiter Gedanke war der richtige. Nämlich der, der mich wie ein Bussard verfolgt, seit Mom auf dem Parkplatz von Pack 'n Save den Löffel abgegeben hat. Benommen tastete ich nach Jeffs Bein, um mich zu stützen.

«Was ist?» fragte er.

Ich weiß noch, daß ich versucht habe, ihn nicht zu erschrekken; daß ich was sagen wollte wie «Mein Timing ist mal wieder fabelhaft, hm?», aber mir fehlte die Kraft dazu, und meine Stimme versagte. Ich fühlte mich wie nasser Zement, der langsam hart wird – oder eine Fliege, die von einem Zementblock eingeschlossen ist. Die Schmerzen allerdings, grell und metallisch, waren etwas ganz Neues für mich. Noch ehe Bette mit ihrem Song zu Ende war, lag Jeff neben mir auf den Knien, machte Mund-zu-Mund-Beatmung und schrie zwischendurch nach Renee.

Das letzte, woran ich mich erinnere, ist das Geräusch eines Klettverschlusses, der aufgerissen wird.

26

Wie man sieht, bin ich nicht gestorben. Ich habe die letzte Eintragung gestern morgen geschrieben – an meinem ersten Morgen hier – und zwar in aller Heimlichkeit, denn mein Arzt hat mir strikte Ruhe verordnet. Von dem griesgrämigen alten Griechen im nächsten Bett weiß ich, daß sie das ihren Herzpatienten immer sagen, aber sie achten fast nie darauf, daß es auch befolgt wird. Also riskiere ich es jetzt noch mal. Was können sie schon machen, wenn sie mich erwischen? Einen Scheißdreck. Ich schreibe auf die losen Blätter einer Ringbucheinlage, die Renee in der Geschenkboutique des Krankenhauses erstanden hat. Erst hat sie sich mit Händen und Füßen gewehrt und wollte mir kein Papier besorgen – bis ich sie zart daran erinnert habe, daß der Film über unser gemeinsames Leben nie gemacht wird, wenn niemand weiß, wie zum Kuckuck die Geschichte eigentlich ausgeht.
Ich hatte einen «leichten Infarkt». Die Ärzte sagen, ich müßte mir keine großen Sorgen machen. Es sei denn, ich kriege in den nächsten paar Tagen noch einen. Reizend. Ich fühle mich ziemlich gut, abgesehen von einem schemenhaften Schmerz in der Brust, aber das ist wahrscheinlich bloß eine Nachwirkung. Ich habe geächzt wie eine alte Drehorgel, als sie mich eingeliefert haben, aber seither habe ich regelmäßig Sauerstoff bekommen und scheine wieder ganz gut beieinander zu sein.
Falls es euch interessiert: Mein vorzeitiger Ausstieg hat die Veranstaltung kein bißchen aus dem Takt gebracht. Ehe Fleet Parker mit seiner Ansprache fertig war, bekam er vom

technischen Direktor einen Zettel mit der Mitteilung, daß ich indisponiert war. Fleet hat den Preis selber überreicht, und das Publikum bekam überhaupt nichts zu hören von dem «Jemand, der so alt ist wie wir alle zusammen». Da mir Philip einen Pott mit gigantischen Hortensien ins Krankenhaus geschickt hat, habe ich im stillen gehofft, er hätte vielleicht der Presse von mir erzählt, aber heute morgen stand nichts in der Zeitung, und in *Entertainment Tonight* haben sie gestern abend auch nichts gebracht. Die Berichterstattung über die Veranstaltung war so minutiös, daß sie sogar die Abendkleider im Publikum präsentiert haben, doch von der kleinen medizinischen Krise hinter der Bühne war nicht die Rede.

Jeff und Renee sind im Krankenwagen mitgefahren, und seither sind wir nicht mehr auf dem laufenden und wissen nur, was wir aus den Medien erfahren. Ich bin nicht mal sicher, ob Philip von meinem ketzerischen Kostümwechsel weiß. Ich nehme an, der technische Direktor hat es ihm gesagt oder ausrichten lassen, und ich finde es deshalb ein bißchen rätselhaft, daß er immer noch so reizend zu mir ist. Wenn ich raten soll, würde ich sagen, er weiß Bescheid, hat aber Angst, daß ich es den Gazetten brühwarm erzähle und seinem glorreichen Abend einen Schmierfleck verpasse (DER ECHTE MR. WOODS – BIZARRES MISSGESCHICK IN DEN KULISSEN). Wenn ich es mir recht überlege, wäre das gar keine dumme Idee. Beim *Star* zahlen sie, soviel ich höre, dicke Knete für so was.

Callum hat sich nicht gemeldet. Jeff meint, Leonard hätte ihm vielleicht abgeraten, weil er (Jeff) fast die ganze Zeit hier ist und daraus nur Komplikationen entstehen könnten. Wer weiß? Man sollte meinen, er hätte wenigstens mal angerufen – und sei es nur als symbolischer Akt, um sich aus erster Hand zu informieren.

Renee und Jeff sind die ganze Zeit bei mir geblieben und

wechseln sich nur manchmal ab, um duschen zu gehen und sich einen Happen Schnellfraß zu besorgen. Beide werden von Gewissensbissen geplagt und geben sich die Schuld an meinem Infarkt, weil sie bei etwas mitgemacht haben, von dem sie glauben, daß es der Auslöser war. Ich finde den Gedanken ermüdend, habe aber nicht viel Energie aufgewendet, um ihn den beiden auszureden, denn Kraft habe ich nicht grade zu vergeuden. Ich habe ihnen nur klipp und klar gesagt, sie sollen sich ihre trüben Mienen abschminken.

Wie es scheint, hat das Ereignis genügt, um zwischen den beiden eine lose, inoffizielle Partnerschaft entstehen zu lassen. In knapp drei Tagen habe ich beobachten können, wie sie gelernt haben, sich mit Blicken zu verständigen und sich gegenseitig das Wort aus dem Mund zu nehmen, als wären sie ein altes Ehepaar. Ich hätte nicht für möglich gehalten, daß sie einmal so aufeinander eingehen. Jeff schreit nicht mehr los, wenn Renee in ihrer kleinen weißen Bibel liest – obwohl sie immer noch die Lippen dazu bewegt –, und Renee zuckt nicht mehr zusammen, wenn Jeff eines von den T-Shirts trägt, auf denen ein von Keith Haring gestrichelter Schwanz pulsiert. Jetzt, wo einer von uns dreien im Krankenhaus liegt, haben wir ein System. So, wie Jeff und ich mal eins mit Ned hatten – wir erleben dauernd den Nachhall von gemeinsamen Erinnerungen, ein Déjà-vu, auf das wir mit Worten gar nicht mehr eingehen müssen.

Außer mir liegen noch vier Herzpatienten im Zimmer. Unsere Betten sind durch Vorhänge abgetrennt. Bis jetzt kenne ich nur den alten Griechen und auf der anderen Seite von mir eine Dame, die nach Südstaaten klingt. Nach dem Ton zu urteilen, in dem sie mit mir redet, hält sie mich anscheinend für ein extrem frühreifes Kind. Die anderen habe ich noch nicht gesehen, weil ihre Vorhänge immer zu sind.

Aber ich kann sie hören – manchmal mitten in der Nacht –, und die Geräusche, die sie von sich geben, klingen nicht ermutigend.

Nein, ich habe Neil nicht angerufen.

Renee und Jeff haben mich dazu gedrängt, aber bis jetzt habe ich nicht nachgegeben. Schließlich habe ich Neil nichts von dem Plan erzählt, und er würde wahrscheinlich denken, ich wollte im nachhinein eine Bestätigung von ihm. Außerdem würde er mich vielleicht davon überzeugen wollen, daß das, was sich an jenem Morgen bei ihm in der Wohnung ereignet hat, kein Ausdruck seiner wahren Gefühle für mich gewesen ist. Noch schlimmer wäre, wenn er's gar nicht erst versucht. Tut mir leid, aber damit kann ich mich im Moment – und noch eine ganze Weile – nicht abgeben.

Dabei mache ich ihm gar keinen Vorwurf. Die bloße Tatsache, daß auch jemand wie ich eine Sexualität hat, ist für die meisten schon schwer genug zu verkraften. Es gibt also keinen Grund, daß es bei Neil anders sein sollte – vor allem, wenn er vor der Aufgabe steht, seine Rolle in dieser unbequemen Realität zu verteidigen. Daß er und ich so ungleich sind, macht ihn zum Abweichler in einer Kultur, die in Sex angeblich eine Vereinigung verwandter Seelen sieht, obwohl sie's in Wirklichkeit gar nicht glaubt und auch nie glauben wird.

Renee sitzt bei mir am Bett und paßt auf, daß ich beim Schreiben nicht ertappt werde. Sie liest in einer alten Ausgabe von *Highlights for Children*, die sie im Wartezimmer entdeckt hat. Selbst ungeschminkt sieht sie heute richtig hübsch aus, und ihre Haut hat einen wunderbar weichen, pfirsichfarbenen Ton. Auch der frische Glanz in ihren Augen steht ihr gut – und hat zweifellos etwas zu tun mit einem gewissen Mike Gunderson, dem Icon-Techniker, den wir am Abend der Veranstaltung aus der Garderobe verscheucht haben. Mike, wie ich inzwischen weiß, hat Jeff nach meinem Zusammenbruch geholfen, die Gaffer auf Distanz zu halten, und er ist bis zum Eintreffen des Krankenwagens nicht von Renees Seite gewichen und hat beruhigend auf sie eingeredet. Renee erwähnt ständig, wie lieb und nett und absolut süß er gewesen ist. Man muß also kein Genie sein, um zu sehen, was da passiert ist.

Vor einer Weile hab ich ihr gesagt, sie soll Mike bei Icon anrufen und ihm für seine Mühe danken.

«Warum?» fragte sie mißtrauisch.

«Mir zuliebe», sagte ich.

Ihre Augen verengten sich. «Warum rufst du ihn dann nicht selber an?»

«Weil nicht ich es bin, die mit ihm ficken will.»

«Caaady...»

«Was ist schon dabei? Wenn du ihn magst – warum sagst du's ihm dann nicht?»

«Weil das geschmacklos ist.»

«Ach, und deine blinden Verabredungen waren nicht geschmacklos?»

Sie zog einen Flunsch, starrte einen Augenblick in ihre Zeitschrift und sah wieder hoch. «Das schreibst du doch da nicht rein, oder?»

«Was?»

«Das von mir und Mike.»

«Was gibt's da zu schreiben? Außerdem geht dich das nichts an.»

Sie schaute wieder runter.

«Ich merk doch, daß er dich mag», sagte ich. «Ich hab's ihm an dem Abend sofort angemerkt. Wenn er dir durch die Lappen geht, bist du selber schuld.»

«Du mich auch», sagte sie.

359

27

Man soll den Teufel nicht an die Wand malen. Jeff hat von der Kasse bei Ralph's grade eine der übleren Schundgazetten mitgebracht. Auf der Titelseite haben sie ein Standfoto von Jeremy und Mr. Woods, und darüber steht in dicken Lettern: JUNGE AUS MR. WOODS OPFER SCHWULER VERLEUMDUNGEN. Im Innenteil steht neben einem neueren Foto von Callum die Meldung, «fanatische schwule Aktivisten» hätten «häßliche Gerüchte» über die angebliche Homosexualität des einstigen Kinderstars in Umlauf gebracht, doch der «Megadollar-Superagent Leonard Lord» habe die Anschuldigungen «kategorisch zurückgewiesen». Leonard wird mit dem Ausspruch zitiert: «Callum Duff ist durch und durch Mann.»

Jeff sah mich grinsen, als ich zu der Stelle kam. «Scheiße, hältst du das für möglich?»

«Er ist zu smart, um so was zu sagen.»

«Er hat's garantiert nicht gesagt», meinte er.

«Meinst du, Leonard hat die Zeitung angerufen oder umgekehrt?»

«Ich glaub nicht, daß sie überhaupt miteinander gesprochen haben. Das Dementi war einfach die sicherste Art, die Story rauszulassen. Damit können sie unterstreichen, daß Schwulsein was Gräßliches ist, und ihm gleichzeitig an die Wäsche gehn. Und Leonard kann nichts dagegen machen.»

«Warum nicht?»

«Was soll er denn tun? Abstreiten, daß er's abgestritten hat?»

360

«Was meinst du, was jetzt passiert?»

«Ach... die sogenannte *seriöse* Presse wird Callum bedauern und allerhand Meldungen über das Mädchen bringen, dem er sein Herz geschenkt hat – wer immer das glückliche Lesben-Starlet sein mag –, und alles ist wieder paletti, denn Schwule gibt es in Hollywood nicht.» Er sank stöhnend auf einen Stuhl und sah in die Einkaufstüte, die er mitgebracht hatte. «Können sie einen verhaften, wenn man hier Doughnuts mit Gelee einschmuggelt?»

Ich muß zugeben, ich hatte nicht gedacht, daß er welche mitbringen würde. «*Schweig still, mein Herz.*»

«Ja», sagte er. «Genau.»

«Wie viele?»

«Eine», sagte er und gab sie mir. «Aber iß langsam.»

Ich knabberte dran. Mit angemessener Langsamkeit, wie ich fand. «Was hast du da noch drin?»

«Tja... Big Ed, zum Beispiel.»

Ich lachte. «Du lügst.»

Er lächelte mich an. «Nö.»

«Du Luder. Was noch?»

«Bloß ein paar Illustrierte. Wie geht's mit dem Tagebuch voran?»

«Ganz gut.» Der Augenblick war so gut wie jeder andere, also rückte ich damit raus: «Jeff, ich muß dich um einen Gefallen bitten.»

«Was ist es?»

«Würdest du's Philip Blenheim bringen?»

«Das Tagebuch?»

«Ja.»

«Wann?»

«Wenn ich fertig bin», sagte ich beziehungsvoll.

Jeff blinzelte mich an und brauchte eine Weile, um zu verdauen, was das hieß. «Ist gut», sagte er schließlich.

«Du mußt es abtippen. Ich will nicht, daß er das einzige Exemplar hat.»

Er nickte.

«Und daß du mir nichts änderst.»

«Jawohl, Euer Majestät.»

Wir lächelten einander an.

«Wär's das?» fragte er.

«Das wär's.»

«Du hast nicht vor... schon bald fertig zu sein, oder?»

Ich sagte, ich wüßte es nicht.

28

Ich bin hier zum Prunkstück avanciert. Immer mehr Ärzte rücken an, und der Wall von Notizblöcken und Kladden rings um das Bett erinnert an die Chinesische Mauer. Liegt es an meinem derzeitigen Zustand oder an meinem lebenslangen? Ich habe nicht die leiseste Ahnung. Sie lächeln viel, machen sich Notizen und gehen wieder. Oft kommen sie nach ein paar Minuten zurück und bringen weitere gierige Gaffer mit. Alle haben sich schon darüber ausgelassen, sogar Mrs. Haywood, die wortkarge Südstaaten-Lady im Bett neben mir. Sie kann sich kaum noch beruhigen, daß ich soviel Aufmerksamkeit finde. Bis jetzt habe ich mich beherrscht, aber demnächst sag ich ihr, sie soll mich mal.

Renee war heute morgen mit Mike Gunderson da. Sie hat endlich den Mut gefunden, ihn anzurufen, und gestern Abend hatten sie ihr erstes Rendezvous, falls man es so nennen kann – sie haben sich in der Cafeteria des Krankenhauses zum Essen getroffen. Sie war sehr mit sich zufrieden und sah aus wie ein Kater, der dem Frauchen eine eindrucksvolle tote Beute auf die Türschwelle legt. Was nicht heißen soll, daß Mike im geringsten leblos wirkt. Er ist ein quicklebendiger Typ aus dem Mittelwesten und hat eine ernsthafte Art, die von Renee als Ausdruck einer «tollen Persönlichkeit» gewertet wird. Na, ich drück ihr die Daumen.

Gestern abend, als Renee und Mike beim Essen waren, hat Jeff reingeschaut und eine kleine Bombe platzen lassen.

«Werd jetzt nicht stinkig», fing er an.

«Wieso?»

«Ich weiß, was du mir gesagt hast, aber...»

«Was *ist* denn, Jeff?»

«Neil ist draußen.»

«Ach, Scheiße.»

«Er hat 'n Zettel an die Tür gemacht. Ich hab es ihm sagen müssen.»

«An welche Tür? Hier?»

«An deiner Haustür.»

«Was stand drauf?»

«Bloß, daß du dich melden sollst. Er ist ein fabelhafter Kerl, Cadence.»

«Du hast mit ihm gesprochen?»

«Bißchen, ja.»

Fragt mich nicht warum, aber ich wurde sofort paranoid. Der bloße Gedanke, daß die zwei über mich geredet hatten, war äußerst entnervend. Mir blieb nichts anderes, als Jeff auf die sarkastische Tour zu kommen. «Habt ihr etwa getratscht?»

«Cadence...»

«Habt ihr doch, stimmt's? Is ja reizend.»

«Ach, leck mich.»

«Ihr habt euch aus *Eisenhans* vorgelesen.»

«Willst du deine Handtasche?»

Er hielt sie mir hin, ohne meine Antwort abzuwarten. Ich nahm sie ihm ab und fing an, mir das Gesicht anzumalen.

«Weißt du», sagte er beleidigt, «das beweist mal wieder, wie wenig du von mir weißt.»

«Wie das?»

«*Eisenhans* wär das letzte, was ich lesen würde. Schwule brauchen diesen Rübezahl-Scheiß nicht. Wir verstehn uns auch so.»

«Wen juckt's. Wie seh ich aus?»

«Passabel.»

«*Passabel*?»

«Die Schminke ist auf den Lippen. Was willst du sonst hören?»

Ich streckte ihm die Zunge raus.

«Ich schick ihn dir rein», sagte er.

Neil hatte seine gute Gabardinehose an und machte einen verdächtig adretten und gutrasierten Eindruck:

«Hallo.»

«Hallo.»

«Siehst gut aus», sagte er.

«Besser als erwartet?»

Er lächelte und zuckte mit den Schultern.

«Du weißt von dem... tollen Plan?»

Er nickte.

«Ziemlich bescheuert, hm?»

Wieder ein Nicken und ein Lächeln.

«Drum hab ich dir nichts davon gesagt.»

«Hab ich mir schon gedacht.»

«Weil du so ein Angsthase bist.»

«Ich weiß.»

«Na, dann gewöhn dir's doch ab», sagte ich. «Ist nicht gesund, so ängstlich zu sein.»

Unausgesprochenes hing in der Luft wie Ozon nach einem Gewitter.

«Das mit uns», sagte er, «– ich will's den andern sagen.»

«Vergiß es.»

«Nein, ich möchte es.»

«Ist doch nicht wichtig.»

«Mir schon.»

«Warum?»

«Ich weiß nicht. Ist halt so.» Er setzte sich auf die Bettkante

365

und sah sich um. «Ich hätte dir Blumen mitbringen sollen. Die da sind hübsch.»

«Mir stehn Blumen bis hier», sagte ich. «In meiner Garderobe hab ich 'n ganzen Haufen liegenlassen.»

«Glaub ich dir aufs Wort.» Er streckte zögernd die Hand aus und streichelte mein Gesicht. «Ich hab dir aber was anderes mitgebracht.»

«Was?»

«Kommt dir's auch nicht ungelegen?»

«Doch», sagte ich, «– jetzt, wo du's sagst. Aber Donnerstag in ner Woche ginge vielleicht.»

«Ich möchte die andern hier nicht stören.»

«Herrgott, jetzt sag schon, was es ist.»

Er lächelte und stand auf. «Ich hol es.»

Er ging aus dem Zimmer, und kurz darauf kam er verlegen wieder herein – mit einem massiven, vierrädrigen Holzgestell, das nur quer durch die Tür paßte. Was es war, wurde mir erst klar, als er das Ding auf mich zurollte und ich seitlich zwei stabile Stufen rausragen sah.

«Meine Bühne», sagte ich.

«Oder dein Podest... wie du willst.»

«Mein Bühnen-Podest.»

«Schau mal...» Er kniete sich neben das Ding und fummelte unten an etwas herum. «Hier unten hab ich eine kleine Bremse eingebaut, mit der man es arretieren kann.»

«Damit ich beim großen Finale keinen Slalom ins Publikum mache.»

Er lachte. «Genau.»

«Gut gedacht.»

Mir fiel auf, daß Mrs. Haywood ihre Neugier nicht mehr zügeln konnte. Sie beugte sich so weit aus dem Bett, daß es aussah, als würde sie im nächsten Moment auf dem Boden landen. «Es ist ein Podest!» rief ich.

«Für was?!»
«Für mich!»
«Oh.»
«Sie haßt mich», sagte ich leise zu Neil. «Bis ich reinkam, war sie hier der Star.»

29

Neil blieb so lange, wie sie ihn ließen, und er nahm das Podest wieder mit nach Hause, weil die Schwestern dauernd darüber stolperten. Aber ich habe letzte Nacht davon geträumt, und in meinem Traum stand es noch neben dem Bett, als wollte es mir im Schlaf Gesellschaft leisten. Kurz vor Tagesanbruch weckte mich ein Geräusch – das heißt, ich habe geträumt, daß ich davon wach wurde –, und ich erkannte das Surren der kleinen Räder auf dem Linoleum. Ich blieb ganz still liegen, machte ein Auge auf und wartete. Das dunkle Sperrholzding bewegte sich wie eine Riesenschildkröte langsam zum Fußende. Vom Bett aus war niemand zu sehen – wer immer es angeschubst hatte, mußte also unter dem Bett hocken.

Ich setzte mich auf. Das Podest blieb stehen und stellte sich tot. Fast hätte ich gekichert, denn es erinnerte mich an Filme, in denen ein Eindringling zur Statue erstarrt, um nicht bemerkt zu werden. *Niemand hier. Nur wir Podeste.* Ich lauschte mit geneigtem Kopf, aber ich hörte nur eine ferne blecherne Sirene und ein blubberndes Schnarchen aus einem der anderen Betten. Wahrscheinlich war es Mrs. Haywood. Im Zimmer war es noch dunkel, aber durch das große Fenster drang schon ein milchiger, bläulicher Schimmer.

Ich legte mich wieder lang und stellte mich schlafend. Kurz danach setzte sich das Podest wieder in Bewegung. Nach ein paar Sekunden stieß es (mit den Stufen, nehme ich an) gegen den Bettpfosten. Das laute *Bonk* entlockte dem Entführer einen schwachen, genervten Seufzer.

Noch ehe er unter dem Bett hervorkam, wußte ich, wer es war. Ich witterte einen Hauch von feuchter Erde, schwelendem Holzfeuer und altem Schweiß und mittendrin den beißenden Geruch von Unkraut. Es war seltsam, ihn zum erstenmal allein an seinem Geruch zu erkennen. Wie alle, die behaupteten, ihn gut zu kennen, hatte ich mich immer auf das verlassen müssen, was ich sehen und hören konnte. Aber der Geruch paßte zu ihm, und ich spürte, daß er beruhigend auf mich wirkte. Ich blieb ganz gefaßt, als er seine Heimlichtuerei beendete, auf das Podest stieg und mich angrinste.

«Was fällt dir ein?» fragte ich in einem strengen Flüstern.

Er zeigte auf das Podest und dann auf die Tür.

«Kommt nicht in Frage», sagte ich. «Das bleibt hier.»

Er schüttelte den Kopf.

«Ich ruf die Schwester.»

Das quittierte er mit einem ausgelassenen Keckern. Ich schaute in die Runde, um zu sehen, ob er ein paar von den anderen aufgeweckt hatte, aber alles war ruhig. Er stieg auf den komischen kleinen Stufen, die Neil gebaut hatte, vom Podest herunter, und im nächsten Augenblick sprang er mit beneidenswerter Gelenkigkeit zu mir aufs Bett. Ich zog mir die Decke bis ans Kinn und versuchte, ihn niederzustarren. Das gab mir Gelegenheit, ihn eingehender zu mustern.

Er wirkte einige Jahrhunderte älter als im wirklichen Leben. Was ihn so authentisch machte, waren nicht so sehr die vertrauten blauen Augen, sondern der angetrocknete Schmant in den Augenwinkeln. Aus der Nähe konnte ich Leberflecken erkennen, und ich sah, wie kreppähnlich die Runzelhaut an seinem Hals war. Als er lächelte, entblößte er einen abgebrochenen Zahn, vergilbt wie eine antike Elfenbeinschnitzerei; und als er einen Augenblick den Kopf drehte, fiel mir in den Rillen seines spitzen Ohrs ein Mitesser auf. Jeder Defekt, den ich entdeckte, machte ihn um so echter.

Ich weiß noch, daß ich dachte: *Das ist nicht zu fassen. Was wird sich Philip als nächstes ausdenken?*

Im Schneidersitz, die Hände im Schoß gefaltet, hockte er eine Weile einfach nur da und ließ sich betrachten.

«Du kommst zu früh», sagte ich.

Er machte große Augen und zuckte mit den Schultern. Dann griff er in die Tasche seiner zerschlissenen Tweedhose und holte eine fleckige goldene Taschenuhr heraus, die eindeutig kaputt war. Ernst und würdevoll sah er auf das Zifferblatt, tippte gegen den Glasdeckel und nickte, als wäre damit alles erklärt.

**Der Brief
des Regisseurs**

Liebe Di,

Mensch, es war toll, dich und Roger letzte Woche bei der Veranstaltung zu treffen. Ihr habt beide fabelhaft ausgesehen, und es hat mich gefreut zu hören, daß es mit dem neuen Drehbuch gut vorangeht. Sag Marty, er ist ein Idiot, wenn er den Schluß nicht genauso dreht, wie er auf dem Papier steht.

Die Notizbücher, die ich dir hier schicke, sind strikt vertraulich. Die Gründe werden dir bei der Lektüre gleich klarwerden. Es sind die Tagebücher von Cady Roth, der Zwergin, die wir bei *Mr. Woods* in den Szenen eingesetzt haben, wo der Kobold sich bewegen muß – erinnerst du dich? Sie hat sie mir durch einen gewissen Jeff Kassabian überbringen lassen, der hier vor ein paar Tagen erschienen ist und ein T-Shirt anhatte, auf dem Clark Kent und Dick Tracy einander abknutschen. (Wird alles im Manuskript erklärt.) Cady geht es sehr schlecht – sie liegt in einer Klinik im Valley im Koma, falls sie nicht schon gestorben ist.

Um zur Sache zu kommen: Ich schicke dir das Manuskript, weil ich von deinem Urteil die höchste Meinung habe. Außerdem spielt deine geniale mythologische Kreation eine große Rolle in der Story, die du (hoffentlich) gleich lesen wirst. Ich kann mich total irren, aber ich meine, aus diesem Material ließe sich ein wichtiger Film machen. Das wird dich vielleicht überraschen, wenn du es liest, denn ich werde eher als eiskalter Typ dargestellt, aber du wirst bestimmt verstehen, wie aufregend ich die Chance finde, über die Folgen meines Werks – *unseres* Werks – ironisch zu reflektieren. Es könnte ein «kleiner Film» werden, der den Mainstream-Klassiker auf kluge und elegante Art ergänzt, ohne ihm etwas zu nehmen. Ich kann mich an keinen Regisseur erinnern, der so etwas je gemacht hat, und ich möchte gern der erste sein, der es versucht. Natürlich müßten einige Elemente der Story aus juristischen Gründen und wegen des dramatischen Aufbaus verändert werden, aber im Kern sagt sie mir sehr zu. Schau mal, was du davon hältst. Betrachte es als Rohmaterial und entwickle etwas daraus. Für das Drehbuch kommst eindeutig nur du in Frage.

Lucy würde darauf bestehen, daß ich dich herzlich von ihr grüße.

Philip

**Die Antwort
der Drehbuchautorin**

Lieber Philip,

heute früh bin ich doch tatsächlich aufgewacht und habe an diese Tagebücher gedacht. Jetzt wird es wohl Zeit, es dir zu sagen: Ich glaube, du bist da an was Großem dran. Die Geschichte von dieser winzigen ehrgeizigen, nervigen, liebenswerten Frau, die von einer Ikone der populären Kultur gleichzeitig versklavt und erhöht wird, scheint mir vollkommen neu und originell. Zugleich ist sie in der besten Manier von Dickens altmodisch und hochmoralisch. Außerdem hat sie einen progressiven feministischen Subtext, der mir ausgezeichnet in den Kram paßt – was dir zweifellos bewußt war, als du mir das Manuskript geschickt hast.

Ich vermute, du wirst die Story fiktionalisieren wollen, und es geht deshalb weniger um ein Dokudrama, sondern eher um eine moderne Parabel. Damit wären wir die juristischen Probleme los und hätten die Freiheit, unsere Themen tiefer auszuloten. (Es ist faszinierend, sich vorzustellen, was Mr. Woods in dieser neuen Version sein könnte. Ein Wesen aus dem All? Ein Troll, der unter einer Brücke haust?) Auf jeden Fall: Die Tatsache, daß du deinem Lebenswerk einen Spiegel vorhältst, ganz wie Fellini in *8½*, wird keinem Filmkritiker entgehen.

Die Schwierigkeit wird sein, unsere Heldin ganz menschlich erfahrbar zu machen, so daß das Publikum alles mit ihren Augen sieht und stets auf ihrer Seite ist, ohne daß die Kamera ständig ihre Augenhöhe reproduziert (– nicht, daß ich dir sowas zutrauen würde, mein Lieber). Ich muß dir natürlich nicht sagen, daß eine so schräge Person, erst recht als Hauptfigur, einen beruhigend vertrauten Bezugsrahmen braucht, damit das Publikum sie genauso selbstverständlich ins Herz schließt, wie Jeremy es mit Mr. Woods getan hat. Dazu einige Überlegungen:

Müssen wir auf Cadys Liebesleben eingehen? Mir war bei den Sexszenen äußerst unwohl, und ich kann dir versichern, daß ich nicht die einzige Frau sein werde, die so empfindet – auch wenn das besserwisserisch klingt. Mir scheint, die eigentliche Beziehung in den Tagebüchern ist die zwischen Cady und Renee, zwei Frauen, die – aus ganz unterschiedlichen Gründen – Geiseln ihres eigenen Körpers sind. Da liegt für mich der Angelpunkt des Dramas, und das sollten wir ausbauen. Wenn ich Gott spielen könnte, hätten wir eine Liebesaffäre zwischen Renee und Neil. Beim Lesen hatte ich immer das Gefühl, daß es dazu hätte kommen können, und ich fände es viel interessanter (und letzten Endes anrührender), wenn Cady so etwas wie eine schlagfertige Mittlerin zwischen den beiden normalgroßen Liebenden wäre. Mit wem sie ins Bett steigt, möchten wir lieber nicht wissen. Wirklich nicht.

Die gemischtrassige Komponente ist interessant, aber ein Risiko, weil sie den Film zu themenlastig machen und seine Wirkung verwässern würde. Ich meine, wenn man sich auf heikles Terrain wagt, gräbt man sich leicht selbst eine Grube. Wir haben eh schon genug Hindernisse zu überwinden. Außerdem, wenn Renee sich verlieben soll, zweifle ich doch sehr, daß sie sich einen Schwarzen angeln würde. Zu einem flatterhaften Valley-Girl wie ihr würde das einfach nicht passen. Wir wissen bereits, daß sie sich als Melanie Griffith sieht – warum geben wir ihr nicht gleich einen Don Johnson? Oder Richard Gere? Oder Jeff Bridges. Er könnte immer noch Cady am Klavier begleiten, und wir würden das potentiell beleidigende Klischee eines schwarzen Pianisten vermeiden. Vielleicht könnte auch dieser Techniker ihr Liebhaber sein. Was meinst du?

Was Callums Privatleben angeht (– der Grund, weshalb ich dir das nicht als Fax schicke): Es ist ganz klar, daß wir dieses Handlungselement komplett streichen müssen. Ich kann jetzt schon die Anwälte hören, und diese Geschichte im Park gibt einer im Grunde unschuldigen Story bloß eine schmierige Note. Wenn ich daran denke, wie sehr du Callum magst, bin ich mir sicher, daß du genauso empfindest. Es wäre sowieso kaum Platz dafür, wenn wir die Beziehung zwischen Cady und Renee noch ausbauen wollen. Man könnte Cady immer noch in einer Szene mit einem schwulen Freund zeigen (vielleicht sollte er ein bißchen weniger militant sein). Das wäre zusätzliches Kolorit und würde Cadys Toleranz demonstrieren. Ich fände das ganz gut, solange es nicht zuviel Raum einnimmt. Auf die Balance kommt es an.

Übrigens, ich bin gar nicht deiner Ansicht, daß du als eiskalter Typ rüberkommst. Ich verstehe es so, daß du für sie einfach der natürliche Sündenbock bist, weil sie an einer Selbsttäuschung leidet, die sie um keinen Preis aufgeben will. Vielleicht war sie wirklich so begabt, wie sie glaubt – nach den Tagebüchern kann ich das nicht beurteilen –, aber ich bezweifle es sehr. Was dieser Umstand der richtigen Schauspielerin in punkto tragische Nuancen bieten wird – das könnte aufregend werden.

Die Besetzung wird, gelinde gesagt, eine Herausforderung sein, aber publicitymäßig sicherlich tolle Möglichkeiten eröffnen. Unsere Hauptdarstellerin muß auf jeden Fall größer als Cady sein. Es sei denn, wir machen eine Jugoslawin aus ihr. (Kleiner Scherz.) Größer wäre eigentlich gut, vielleicht auf lange Sicht auch einfacher. Ich weiß, ich greife jetzt vor, aber ich würde ernsthaft überlegen, ob wir nicht eine kleine Person statt einer Zwergin nehmen. Eine kleine, aber ganz normal proportionierte Person. Weniger abschreckend, wie ich finde.

Das sind natürlich nur spontane Gedanken. Ich will die Sache möglichst rasch in Gang bringen. Ich kann mich an kaum ein Projekt erinnern, das mich so begeistert hat.

Herzlich,
Di

P. S. Wie findest du «Vielleicht der Mond» als Titel? Das habe ich so ähnlich irgendwo in den Tagebüchern gefunden, und ich meine, es trifft genau den Punkt – die Sehnsucht nach dem Unmöglichen.

P. P. S. Die beiliegende Meldung ist aus dem heutigen *Variety* – falls sie dir entgangen sein sollte.

Cadence Roth

Cadence Roth, die 79 cm große Schauspielerin, die in dem Philip-Blenheim-Film «Mr. Woods» die Titelrolle spielte, ist am vergangenen Dienstag im Alter von dreißig Jahren verstorben.

Nach Angaben einer langjährigen Bekannten starb Roth im Medical Center von North Hollywood an Herzversagen als Folge einer Lungenkrankheit.

Blenheim hatte Roth auf dem Farmers Market in Los Angeles entdeckt und sofort für die Rolle des Kobolds in seinem Film engagiert, der heute ein Klassiker ist.

Obwohl der Regisseur verlangt hatte, die Spezialeffekte von Mr. Woods geheimzuhalten, gab Roth öffentlich bekannt, daß sie in Szenen, die Bewegung verlangten, die Figur gespielt hatte und nur in Großaufnahmen ein mechanischer Mr. Woods verwendet wurde.

Cadence Roth hinterläßt keine Angehörigen.

Die Beisetzung findet morgen im Forest Lawn Memorial Park in North Hollywood statt.

Armistead Maupin

Armistead Maupin, 1944 geboren und Journalist von Beruf, kam Anfang der siebziger Jahre nach San Francisco. 1976 begann er mit einer Serie für den «San Francisco Chronicle», die in den USA zu einem Riesenerfolg wurde und das Material lieferte für sechs Romane - die heute schon legendären «Stadtgeschichten». In deren Mittelpunkt steht die ebenso exzentrische wie liebenswerte Anna Madrigal, 56, die ihre neuen Mieter gern mit einem selbstgedrehten Joint begrüßt. Unter anderem treten auf: Das Ex- Landei Mary Ann, der von Selbstzweifeln geplagte Macho Brian, das New Yorker Model D'orothea und San Franciscos Schwulenszene. All den unterschiedlichen Menschen, deren Geschichte erzählt wird, aber ist eines gemeinsam: Sie suchen das ganz große Glück.

Stadtgeschichten
Band 1
rororo 13441

Mehr Stadtgeschichten
Band 2
rororo 13442
«Maupins Geschichten lassen den Leser nicht mehr los, weil sie in appetitlichen Häppchen von jeweils circa vier Seiten gereicht werden und man so lange ‹Na, einen noch› denkt, bis man das Buch ausgelesen hat und glücklich zuklappt.»
Der Rabe

Noch mehr Stadtgeschichten
Band 3
rororo 13443

Tollivers Reisen
Band 4
rororo 13444
«Nichts ist schlimmer, als die steigende Zahl der Seiten, die das unweigerliche Ende des Romans ankündigen.»
Hannoversche Allgemeine Zeitung

Am Busen der Natur
Band 5
rororo 13445

Schluß mit lustig
Band 6
rororo 13446
«Ein Kultroman.» *Die Zeit*

rororo Literatur

«Es ist merkwürdig, aber von jedem, der verschwindet, heißt es, er sei hinterher in San Francisco gesehen worden.» *Oscar Wilde*

Nick Hornby
Fieber
Das Leben eines Fußballfans

Deutsch von Marcus M. Geiss, ca. 225 Seiten, gebunden, ca. DM 28,–

»Höchst unterhaltsam. Es ist vielleicht das erste Buch, das eine glaubwürdige Erklärung liefert, warum jemand Fan wird.«
(Times Saturday Review)

Verlag Rogner & Bernhard
(Bücher von R&B nur bei Zweitausendeins, Tel. 069-4208000)